I0657703

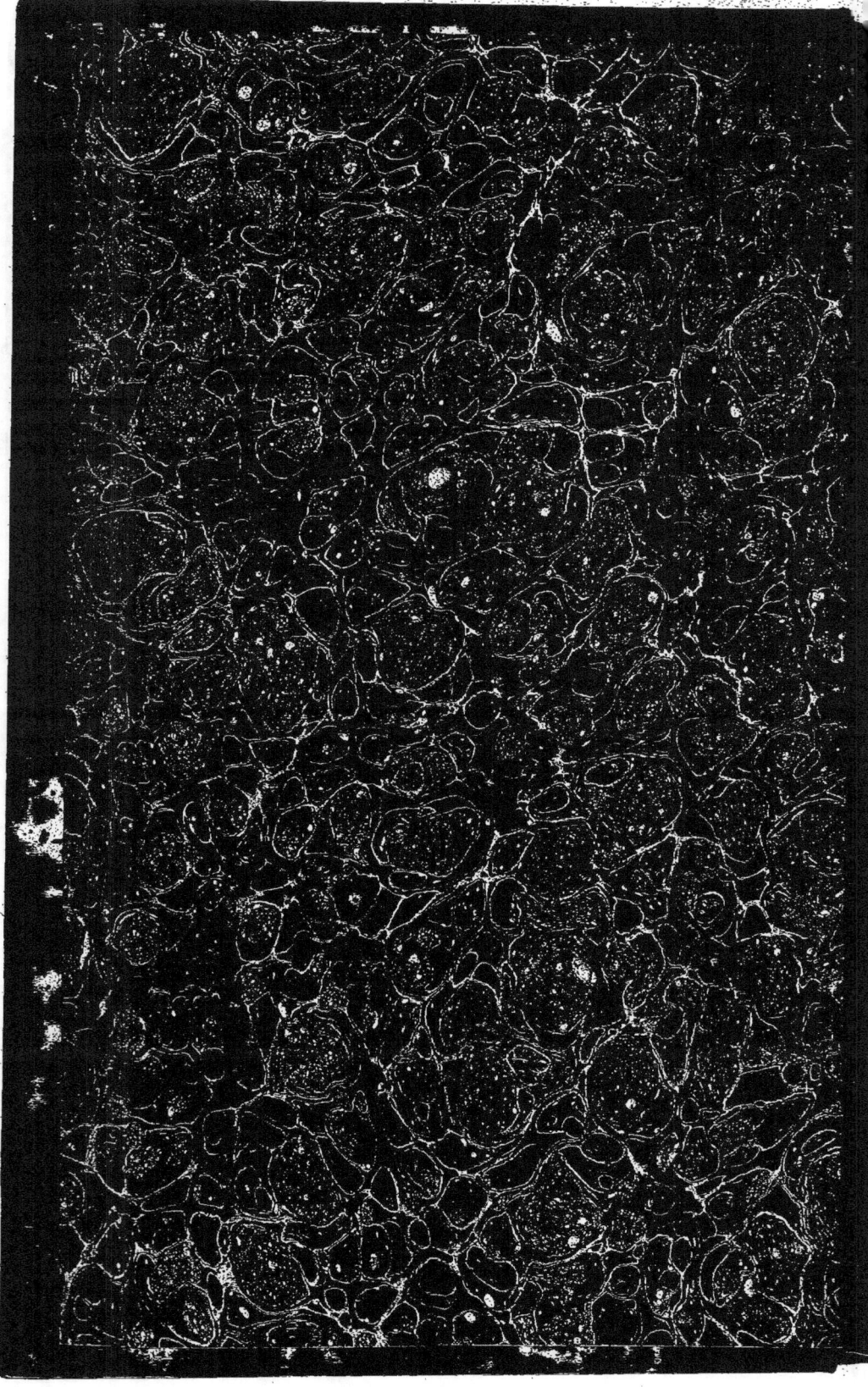

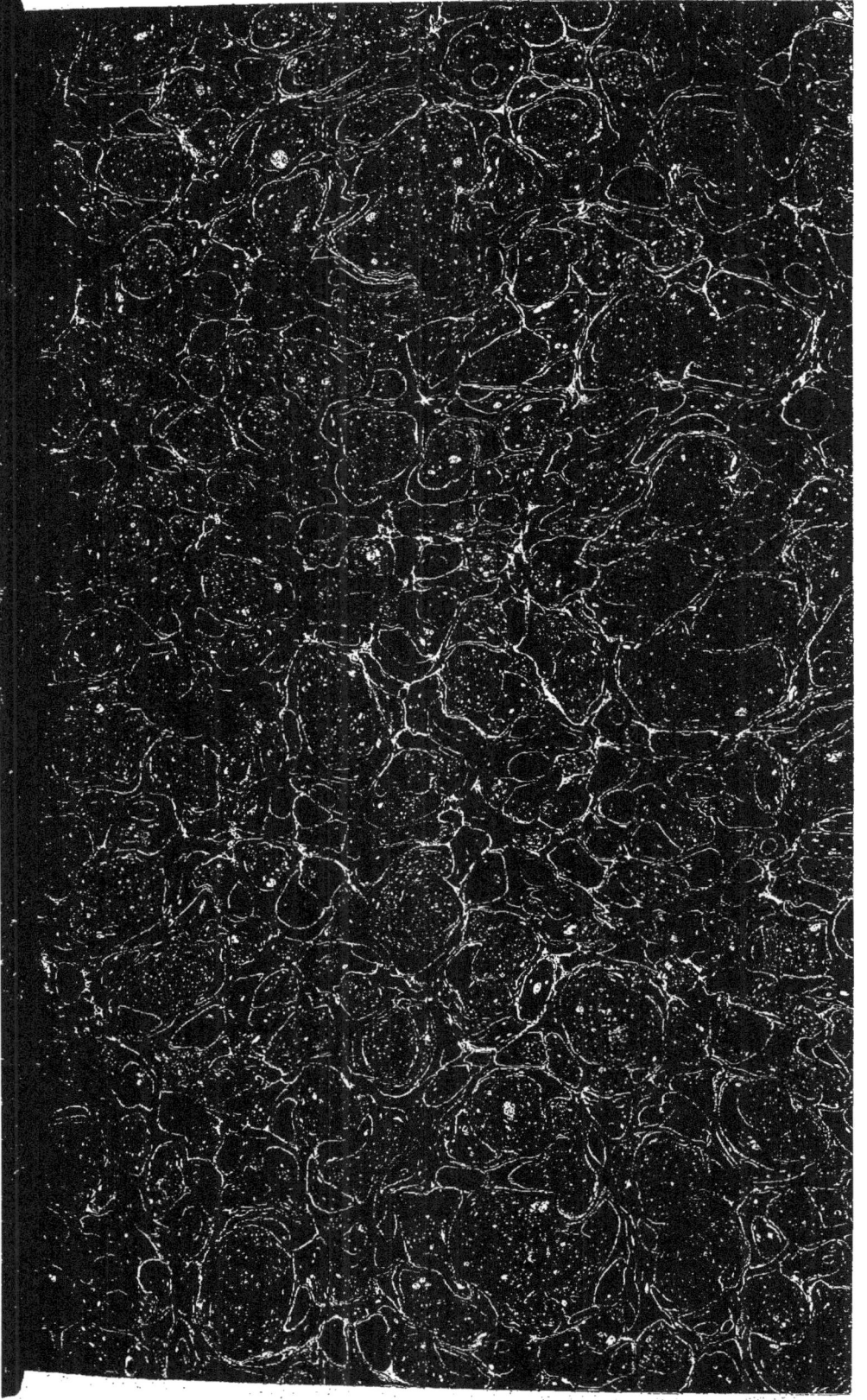

15900. $\overline{Bis.}$

H.

# DES LIVRES

# CHEZ LES ROMAINS.

IMPRIMERIE DE L. BOUCHARD-HUZARD,
rue de l'Éperon, 7.

# ESSAI

# SUR LES LIVRES

DANS L'ANTIQUITÉ,

## PARTICULIÈREMENT CHEZ LES ROMAINS.

par **H. GÉRAUD.**

> Forsitan hunc aliquis verbosum dicere librum
> Non dubitet ; forsan multo præstantior alter
> Pauca reperta putet , cum plura invenerit ipse ;
> Desit et impatiens nimis hæc obscura putabit :
> Pro captu lectoris habent sua fata libelli
> Sed me judicii non pœnitet.
>
> TERENTIANUS MAURUS.

PARIS,

TECHENER, LIBRAIRE, PLACE DU LOUVRE, 12.

—

**1840.**

8'H. 22824.

# INTRODUCTION.

Il a tenu à peu de chose que les Romains n'aient connu l'imprimerie dès les premiers siècles de notre ère. Il semble qu'ils auroient dû l'inventer ; l'usage des anneaux et des cachets les mettoit sur la voie. Ils auroient pu aussi la trouver dans leurs courses militaires à travers le monde qu'ils vouloient conquérir. Ah ! si j'étois plus jeune ! s'écrioit Trajan sur le rivage de la mer Érythrée, les yeux tournés vers l'Inde. L'idée fixe de Trajan, dans ses expéditions d'Orient, étoit de dépasser Alexandre. S'il eût été plus jeune, il seroit entré dans l'Inde, et auroit franchi le Gange. De là à la frontière chinoise il n'y avoit qu'un pas, et Trajan l'eût probablement fait ; car il avoit pris au sérieux la mission que s'attribuoit Rome de commander à tout l'univers, et la Chine n'avoit pas encore vu les aigles romaines. Or, en Chine, l'imprimerie existoit à cette époque. Importée en Occident, quels immenses résultats n'auroit pas produits cette belle invention sous les auspices d'un prince aussi puissant, aussi éclairé, aussi libéral que Trajan ! Les destinées de l'Europe auroient été tout autres.

Mais il ne devoit pas en être ainsi : les Romains n'allèrent point dans l'Inde ; ils continuèrent à imprimer avec leurs anneaux, sans se douter de ce que renfermoit d'applications utiles cette première invention, et l'écriture à la main resta, pendant quatorze siècles encore, le seul moyen de publication connu. Ce procédé si imparfait a, néanmoins, joué un si grand rôle dans les civilisations antiques, les monumens qui nous restent des diverses écritures sont si nombreux et d'une si haute importance, qu'avant d'étudier ces monumens dans leur forme extérieure, il ne sera pas hors de propos de jeter un coup-d'œil sur l'art d'écrire considéré en lui-même, sur ses origines, ses progrès, ses transformations successives. Malheureusement cette question, l'une des plus intéressantes peut-être que présente l'histoire de la civilisation, est aussi l'une des plus obscures.

L'alphabet des principales langues vivantes de l'Europe est le même que l'ancien alphabet latin. Celui-ci, à son tour, étoit, sauf quelques légères modifications, semblable à l'alphabet grec originaire, et les écrivains de l'ancienne Rome connoissoient bien cette analogie (1). On trouve aussi des similitudes frappantes entre les lettres européennes et celles qui composent le système d'écriture de quelques nations asiatiques, telles que les Hébreux, les Syriens, les Phéniciens. Là se bornent les notions positives, incontestées, relativement à l'origine de l'écriture; s'aventurer au delà de cette limite, c'est s'exposer à se perdre sans retour dans le dédale inextricable de mille opinions diverses et souvent contradictoires. Contentons-nous donc de constater un fait remarquable, c'est que l'art de peindre la parole existoit antérieurement aux temps historiques, et qu'il étoit connu simultanément par des peuples que séparoient des distances immenses. La Grèce le possédoit avant l'arrivée, dans ce pays, du Phénicien ou de l'Égyptien Cadmus (2). Les lois de Manou, composées et probablement écrites dans le xve siècle avant notre ère (3), font mention de conventions entre particuliers consignées dans des actes écrits. Antérieurement à cette époque, Moïse avoit rédigé ses livres historiques et donné des lois au peuple hébreu. On cite des inscriptions chinoises qui ont quarante siècles d'antiquité (4); enfin l'Égypte se glorifie d'avoir fourni les plus anciens monumens écrits que l'on connoisse; l'Europe lui a ravi de frêles mor-

(1) Pline, Hist. nat., VII, 58. Tacit., Ann. XI, 14.
(2) Fréret, Mém. de l'Acad. des Inscrip., éd. in-12, tom. IX, p. 338, s. Larcher, trad. d'Hérod., t. IV, p. 254 ss.
(3) Voy. la préf. de la trad. franç., par M. Loiseleur-Deslongchamps, p. V, et l'art. de M. Chézy, dans le Journ. des Sav. de 1831, p. 22 s.
(4) Abel Rémusat, Nouv. mém. de l'Ac. des Inscr., t. VIII, p. 6.

ceaux de papyrus qui remontent à 1700 ans avant notre ère, et une planche de sycomore dont l'inscription a, dit-on, été tracée il y a quelques *six* mille ans (1)! Ces monumens nous reportent au berceau du monde, suivant la chronologie sacrée.

Est-ce à dire que l'écriture soit aussi ancienne que la société humaine? Cette opinion ne seroit pas neuve; nous la trouvons émise aussi bien dans les ouvrages de l'antiquité que dans les livres des philosophes modernes. Les Indiens croient avoir reçu du ciel l'art d'écrire (2), et les Crétois, au rapport de Diodore, donnoient aussi à cet art une origine divine (3). Toutefois l'écriture porte les caractères d'une invention humaine. Il est impossible, sans doute, d'assigner son origine, son point de départ, et de détailler la route qu'elle a suivie pour se répandre insensiblement dans l'univers entier; mais nous la voyons, pour ainsi dire, en état d'enfance, et nous suivons facilement ses progrès et ses transformations successives, depuis les procédés les plus grossiers jusqu'à la magnifique invention de l'imprimerie.

On peut distinguer chez les anciens deux sortes d'écriture, l'écriture monumentale et celle que j'appellerai usuelle ou pratique. La première, dans son origine, ne différoit pas de la peinture; au lieu d'écrire le nom d'une chose, on en dessinoit la forme. Ce système méritoit le titre d'*universel*, en ce sens qu'il étoit intelligible partout et pour tous; en revanche, il étoit doublement incomplet, ne pouvant rendre ni certaines idées abstraites, ni les noms propres, qui dévoient pourtant se rencontrer à chaque ligne des inscriptions monumentales. Voici comment on remédia à ce double inconvénient : d'abord on choisit, pour représenter les idées dont l'objet ne tombe pas sous les sens, des images de corps matériels, images auxquelles on convint de donner une certaine valeur symbolique. Ainsi, en Égypte, le scarabée étoit le symbole du monde; le serpent tortueux désignoit le cours des astres, etc. En-

(1) Voy. chap. I, p. 19.
(2) Mél. asiat., t. I, p. 368.
(3) Diodor., V, 74, éd. Wessel.

suite on attribua aux signes figuratifs une valeur alphabétique, au moyen de laquelle ils pouvoient représenter
les sons du langage parlé, et se combiner entre eux pour
exprimer les noms propres. L'ensemble de ces trois écritures, figurative, symbolique et alphabétique ou phonétique, compose tout le système hiéroglyphique des
Égyptiens, des Chinois et probablement aussi des anciens
peuples du Mexique.

Appliqué aux inscriptions lapidaires ou métalliques,
ce système d'écriture ne présentoit pas de graves inconvéniens, mais il se prêtoit difficilement à la transcription
d'un ouvrage historique, par exemple, encore moins à
celle des actes publics et privés, des correspondances, de
cette foule d'écrits que nécessitent les relations d'homme
à homme, de famille à famille, de nation à nation, et
par qui ces relations elles-mêmes sont créées, modifiées
et entretenues. Pour ces usages de chaque jour, il falloit
un mode de communication plus simple, dont l'emploi
exigeât moins de temps et les résultats moins d'espace.
Divers expédiens furent imaginés dans les diverses contrées. Au Pérou, les livres consistoient en un certain
nombre de cordelettes, dont la signification varioit suivant leur couleur et le nombre de nœuds dont elles étoient
chargées. Le même procédé fut longtemps usité chez les
Chinois (1). L'emploi d'une écriture si imparfaite et si
peu commode ne peut guère s'expliquer que par l'absence complète de toute substance maniable et portative,
susceptible de recevoir l'écriture. En Égypte, où le papier de papyrus étoit en usage dès l'antiquité la plus reculée, nous trouvons un système graphique bien différent
dès le xviii<sup>e</sup> siècle avant notre ère. Les signes figuratifs
furent abrégés par les prêtres egyptiens, seuls en possession de recueillir, d'étendre et de perpétuer les notions
historiques et scientifiques. L'écriture qui résulta de cette
première modification a reçu le nom d'*hiératique* : bien
qu'elle fût déjà beaucoup mieux appropriée que l'écriture
monumentale aux besoins de la littérature, elle n'étoit

(1) Voy. Fréret, Mém. de l'Acad. des Inscr., t. IX, p. 351, 352.

pas encore assez expéditive pour se plier aisément aux exigences des affaires et des relations sociales ; de nouvelles réductions produisirent l'écriture démotique ou populaire. L'écriture chinoise actuelle a passé par des transformations analogues. Mais toutes ces modifications n'atteignoient que la forme des caractères ; le fonds même du système graphique restoit toujours affecté d'une imperfection radicale, je veux dire le mélange des trois élémens, figuratif, symbolique et phonétique. Et n'est-il pas surprenant que le dernier de ces trois élémens, le plus simple sans contredit, le plus naturel et le plus commode, n'ait pas fini par prévaloir dans l'écriture de deux nations telles que les Égyptiens et les Chinois, chez qui la civilisation fut si précoce et l'art de peindre la parole si anciennement répandu ? Néanmoins on peut, jusqu'à un certain point, expliquer cette espèce d'anomalie.

En Égypte, l'instruction étoit concentrée dans le cercle étroit de la caste sacerdotale. La possession exclusive des traditions de l'histoire et de la science faisoit, aux yeux de la nation, toute l'importance de cette caste. Aussi, loin de se prêter à des innovations, qui auroient facilité l'étude et favorisé la diffusion des lumières, les prêtres égyptiens devoient-ils faire tous leurs efforts pour en conserver le précieux monopole, et rendre à jamais inaccessible aux profanes le mystérieux sanctuaire des lettres. Le progrès des études a trouvé, en Chine, des obstacles différens. On connoît toute l'exagération du respect, on peut même dire du culte religieux que les Chinois ont voué à leurs anciens livres. Cet engouement fanatique va si loin, que la moindre altération introduite volontairement, dans les ouvrages de Confucius, par exemple, seroit regardée comme un crime punissable. L'incendie des livres, exécuté vers l'an 240 avant J.-C., par les ordres de l'empereur Chi-Hoang-Ti, fut véritablement une calamité nationale. Depuis ce funeste auto-da-fé, les lettrés chinois se sont appliqués, avec un zèle opiniâtre, à rechercher les anciens monumens écrits de leur histoire qui avoient échappé au désastre, à les interpréter, à les reproduire. Leur vénération ne se borne pas à la doctrine contenue dans ces

livres; les caractères mêmes, les formes extérieures de l'é-
criture sont aussi l'objet de leur culte (1), et ils consu-
ment dans des études paléographiques un temps et des
soins qui seroient bien mieux employés, s'ils les consa-
croient au perfectionnement de leur écriture actuelle.

Ces vues, je le sais bien, ne sont pas à l'abri de toute
objection. Ainsi l'alphabet existoit dans l'Inde et chez
les peuples de la race de Sem, quoique le sacer-
doce y constituât, comme en Egypte, un corps savant
héréditaire. Sans doute; mais sont-ce les prêtres qui ont
introduit dans l'écriture le système alphabétique? rien
ne le prouve : ce système se montre, dès l'antiquité la plus
reculée, dans les langues sémitiques et indo-germaniques,
sans qu'on puisse dire s'il a succédé à un procédé purement idéographique, ou s'il remonte jusqu'à l'origine des
peuples de l'Inde et de l'Asie Mineure. D'ailleurs, sans
vouloir affecter, sur les langues orientales, des connois-
sances qui me manquent, je crois pouvoir avancer que,
dans ces langues, comme dans celle de l'Egypte, il est
facile de reconnoître l'influence fatale de l'esprit de caste.
Le peuple hébreu, par exemple, qui peut jusqu'ici revendiquer les plus anciens monumens de l'écriture alphabétique, en quoi consiste sa littérature? elle n'a produit qu'un seul livre, un livre religieux, et sa langue,
de l'aveu des savans, est une des plus pauvres qui aient
été parlées dans le monde connu des anciens.

La plus riche, au contraire, est celle de la Grèce : c'est
aussi dans la Grèce que l'écriture alphabétique a pris un
rapide essor. Là tout favorisoit son développement : les
prêtres se bornoient à faire parler leurs oracles; l'étude
aride des temps passés étoit peu goûtée. En revanche, le
caractère ardent, l'esprit actif, l'imagination brillante des
Grecs firent naître les arts, la poésie, les études spécu-
latives. L'écriture dut à la fois contribuer aux progrès et
participer aux bienfaits de cette civilisation. Mais à quelle
époque, d'où, par qui et comment l'art d'écrire fut-il

(1) Ab. Rémusat, Mém. de l'Acad. des Inscr., t. VIII, p. 4 et 5.

ımporté en Grèce? ce sont autant de questions qu'on ne résoudra jamais d'une manière positive.

Suivant l'opinion la plus commune, Cadmus apporta les lettres en Grèce plus de quinze siècles avant notre ère. Mais Cadmus étoit-il d'Égypte ou de Phénicie? enseigna-t-il aux Grecs les lettres égyptiennes ou les phéniciennes? Voilà déjà deux points sur lesquels on n'est plus d'accord. Il est impossible d'admettre qu'un système d'écriture purement alphabétique soit sorti tout fait de l'Égypte. D'un autre côté, les Grecs figuroient, par des caractères séparés, les voyelles que les Phéniciens n'exprimoient pas du tout; l'alphabet grec, jusqu'à la guerre de Troie, se composa seulement de seize consonnes, tandis que celui des Phéniciens en comptoit vingt-deux. Les deux nations avoient donc un système d'écriture fort différent. Concluons de là, avec le judicieux et savant Fréret, que la Grèce ne put devoir à Cadmus autre chose que des modifications dans la forme des lettres dont elle faisoit usage avant lui; mais ces modifications sont incontestables, si toutefois on admet que la Grèce n'ait pas primitivement reçu l'écriture de l'Asie Mineure, et que les anciens caractères pélasgiques aient été inventés dans le pays (1). On ne peut nier, en effet, qu'il n'existe une similitude frappante entre les caractères ordinaires de l'écriture grecque et ceux des langues phénicienne, hébraïque, syrienne et chaldéenne. De plus, les noms des lettres grecques *a* et *ϭ*, qui composent le mot d'*alphabet*, se retrouvent dans tous les dialectes sémitiques. Enfin il est certain qu'après avoir écrit perpendiculairement, à la manière des Chinois, les anciens peuples de la Grèce ont, à une certaine époque, dirigé leur écriture de droite à gauche comme les Orientaux. Le *boustrophédon*, dont il nous reste encore des monumens fort anciens, ne fut chez eux qu'un système de transition entre le premier procédé et celui dont Pronapis fut l'inventeur, qui consiste à écrire de gauche à droite comme le font aujourd'hui tous les peuples de

(1) Hesychius. V. Ἀττικα.

l'Occident. Cette écriture en *boustrophédon*, dans laquelle les lignes sont alternativement dirigées de droite à gauche et de gauche à droite, se montre particulièrement dans les inscriptions des Étrusques. Ceux-ci, dit Tacite (1), avoient reçu l'art d'écrire du Corinthien Démarate (2), tandis que l'Arcadien Évandre l'avoit enseigné aux Aborigènes établis en Italie. Les Pélasges, selon Pline, apportèrent l'art d'écrire dans le Latium (3). Ces trois opinions s'accordent sur un point important, c'est que les Romains ont reçu de la Grèce leur système graphique, de même qu'ils en ont reçu leur langage (4).

L'alphabet latin, insuffisant d'abord, de même que l'alphabet grec, se compléta et se perfectionna insensiblement; il dut être entièrement formé avant le siècle d'Auguste. Cependant l'empereur Claude s'avisa d'y introduire trois nouvelles lettres, entre autres le digamma Ⅎ, qu'on retrouve, en effet, dans quelques inscriptions du temps de cet empereur, avec la valeur de notre V (5). Quelle que fût l'utilité de cette lettre pour distinguer l'U voyelle du V consonne, l'innovation de Claude n'eut aucun succès. Au vıe siècle, le roi franc Chilpéric eut aussi la prétention d'ajouter à l'alphabet quatre lettres nouvelles; mais cette réforme, quoiqu'elle pût faciliter la représentation de quelques sons de la langue germanique (6), ne fut pas plus heureuse que celle du César romain. Depuis cette époque jusqu'au xvıe siècle, l'alphabet latin n'a eu à subir en Europe que des modifications de pure forme. En 1524, le Trissin, dans une lettre au pape Clément VII, proposa un assez grand nombre de rectifications à introduire dans l'orthographe italienne.

(1) Ann., XI, 14.

(2) Il est inutile de dire que ce Démarate est un tout autre personnage que le père de Tarquin l'Ancien.

(3) Hist. nat., VII, 57, t. I, p. 413, l. 7.

(4) Les Romains connoissoient et avouoient eux-mêmes l'origine grecque de la langue latine. Voy. Aulugelle, Noct. att. I, 18.

(5) Tacit., Ann., XI, 14. Suét. Claud., 41.

(6) Greg. de Tours, V, 45, t. II, p. 330, et notes, p. 538, éd. Guadet et Taranne.

La distinction de l'*i* et du *j*, de l'*u* et du *v* est la seule de ses réformes qui ait été adoptée.

Dans les langues grecque et latine, comme dans toutes celles qui en sont dérivées, nous retrouvons toujours les deux formes graphiques que nous avons distinguées en commençant cette préface, savoir : l'écriture monumentale et l'écriture usuelle ou pratique. Les inscriptions lapidaires et métalliques de la Grèce et de Rome sont composées avec un caractère anguleux, de grandes dimensions, à traits bien marqués et bien arrêtés ; c'est la lettre appelée capitale, presque en tout semblable à nos grands caractères d'imprimerie. Deux formes d'écriture furent usitées pour les livres. D'abord l'onciale, grande écriture aux traits arrondis, qui étoit à la capitale ce que sont aux lettres majuscules de l'imprimerie les lettres majuscules de notre écriture manuelle ; ensuite la minuscule sur laquelle a été modelé le caractère romain de nos livres modernes. La capitale et l'onciale formoient ensemble un seul genre d'écriture qu'on appelle majuscule ancienne ; l'écriture des affaires, des comptes de famille, des correspondances étoit la cursive dont nous ne pourrions guère donner une idée sans en produire des spécimens. Elle a été remplacée, mais avec d'immenses avantages, par notre écriture à la main, et, dans l'imprimerie, par le caractère qu'on appelle italique. La majuscule, la minuscule et la cursive répondoient, dans la Grèce et dans l'Italie, aux écritures hiéroglyphique, hiératique et démotique des Égyptiens. Quelque rapide que fût l'écriture cursive, les Grecs et les Romains avoient senti la nécessité d'un système graphique encore plus expéditif ; ils inventèrent la sténographie : les principes de cette écriture particulière, connue sous le nom de *notes tyroniennes*, n'ont pas encore été suffisamment éclaircis ; on peut dire seulement que, quoique bien différente de la tachygraphie moderne, l'écriture tyronienne offroit les mêmes avantages et la même économie de temps (1).

Les détails qui précèdent paroîtront peut-être un peu

----

(1) Voir, pour plus de développ., notre ch. III, p. 63 et suiv.

longs à ceux qui prendront la peine de les lire ; mais, en considérant l'importance de l'écriture et tout ce que les hommes doivent à cette sublime invention, on sentira, comme moi, combien ils sont incomplets, combien les mystères d'un sujet si riche et si neuf encore, quoique si souvent traité, mériteroient un plus digne interprète ! mais je ne pouvois guère me dispenser d'en effleurer au moins les données principales, en tête d'un travail spécialement consacré à la bibliographie des anciens.

Ici encore, je crains bien d'être souvent resté au-dessous de ma tâche ; mais, si je ne m'abuse, l'intérêt et la nouveauté du sujet doivent suppléer à l'insuffisance de mes recherches, et solliciter en faveur de cet opuscule l'indulgence du lecteur. Tant que le système actuel d'éducation se maintiendra en Europe ; tant que les universités offriront à la jeunesse studieuse les chefs-d'œuvre de l'antiquité grecque et latine comme les meilleures sources où elle doive puiser l'ai de penser, de parler et d'écrire, les auteurs classiques seront toujours lus avec autant de plaisir que de profit, même au milieu des plus grandes préoccupations politiques, industrielles ou commerciales. Mais comment ceux qui trouvent encore quelques charmes à cultiver la littérature ancienne ne seroient-ils pas curieux de connoître par quels moyens leur auteur favori s'est fait connoître à ses contemporains, par quels moyens ses œuvres se sont conservées et perpétuées, de siècle en siècle, jusqu'à l'époque mémorable où l'invention de l'imprimerie est venue leur assurer une impérissable publicité ? Si, de plus, on réfléchit au grand nombre d'auteurs grecs et latins dont les ouvrages, quoique mutilés pour la plupart, sont parvenus jusqu'à nous, au nombre bien plus considérable de ceux que nous ne connoissons que de nom, et dont les travaux sont entièrement perdus (1), enfin à la foule innombrable des écrivains de bas étage dont le nom même n'a pas survécu

(1) M. Meineke, qui vient de publier, à Berlin, le premier volume d'un ouvrage intitulé *Fragmenta comicorum græcorum*, a compté jusqu'à 149 poëtes comiques, et 1,266 pièces. Voy. l'art. de M. Patin sur l'ouv. de M. Meineke, dans le Journal des Savans, ann. 1839, p. 593.

à leurs productions éphémères, on se demande avec surprise comment une littérature si riche a pu subsister avec des moyens de publication nécessairement fort restreints, comment le foible roseau du copiste a pu réaliser une publicité qui ne semble possible qu'à la merveilleuse puissance de la presse. Tout ce qui tient à la bibliographie ancienne, les matières premières ; la transcription , la confection, le commerce des livres ; la condition des auteurs, des copistes, des éditeurs, des libraires ; tous ces mille détails, auxquels on ne pensoit même pas d'abord , acquièrent alors un vif intérêt, excitent au plus haut point la curiosité. La connoissance de ces détails constitue d'ailleurs une partie fort importante de l'histoire littéraire de l'antiquité : de plus, elle est souvent indispensable pour la parfaite intelligence de certains auteurs, plus difficiles à comprendre par cela même que leur style est plus familier, et qu'ils font de fréquentes allusions à des circonstances de la vie privée tout à fait étrangères maintenant à nos mœurs et à nos usages.

Des notions détaillées sur la librairie ancienne doivent donc être aussi instructives qu'intéressantes , et cependant on les chercheroit vainement dans les auteurs modernes qui ont écrit l'histoire de la Grèce et de Rome ; on ne les trouve même qu'en petit nombre, incomplètes et disséminées dans les savans ouvrages par lesquels les Bénédictins ont créé et si fort avancé la science des anciennes écritures. La matière a été traitée, il est vrai, avec plus de suite et plus d'étendue en Allemagne et en Italie ; mais, si l'on met à part un ou deux ouvrages plus considérables, il n'existe guère , sur la paléographie ancienne, que des dissertations tronquées, des préfaces, des articles de journaux, des thèses soutenues par des jeunes gens pour arriver aux grades dans les facultés. Ces ouvrages sont peu répandus , peu connus et presque toujours insuffisans, d'abord en ce que les auteurs n'embrassent pas le sujet dans toute son étendue ; de plus, en ce que, même pour la question spéciale dont ils s'occupent, ils n'ont pas eu le secours de plusieurs monumens importans, dont la découverte est postérieure à la publication de leurs travaux. Le lecteur que n'effrayeroient pas six longs mémoires, en assez bon latin du reste, sur les livres des Hébreux, des Grecs et des Romains, pourroit prendre une idée de l'insuffisance des traités de ce genre, en parcourant l'ouvrage de Schwarz (1), le moins incomplet peut-être qui existe, et celui que je citerai de préférence, parce que, venu l'un des derniers, l'auteur a connu, a reproduit les résultats des recherches de ses devanciers.

Je me suis attaché particuliérement à la bibliographie latine; c'est seulement en passant que j'ai parlé de la Grèce. J'ai dû m'imposer cette réserve pour ne pas dépasser la mesure de mes forces; ceux qui désireroient, à ce sujet, des détails plus circonstanciés, trouveront dans la Paléographie grecque de Montfaucon de quoi satisfaire leur curiosité. Voici, maintenant, quelques explications nécessaires sur le travail que j'offre au public, et les moyens que j'ai eus de le rendre aussi utile que possible dans les étroites limites que j'ai dû lui assigner.

Le fond de l'ouvrage est le résultat des longues et savantes recherches de M. Guérard, membre de l'Académie des Inscriptions et Belles-Lettres et professeur à l'École royale des Chartes. Son cours, dont j'ai soigneusement recueilli et rédigé les leçons en 1836, m'a fourni le plan, les divisions et les données principales de mon livre; mais le temps que M. Guérard pouvoit consacrer à la Paléographie proprement dite ne lui ayant pas permis de donner à cette partie de son cours tout le développement dont elle étoit susceptible, j'ai dû parfois compléter, et je me suis permis, en quelques endroits, de modifier les données du savant professeur d'après les résultats de mes propres recherches. J'ai fait une étude attentive des chapitres dans lesquels Pline l'ancien décrit la fabrication du papyrus : serai-je parvenu à les bien saisir et à les bien faire comprendre ? c'est une question qui pourra

(1) Christian. Gottlieb. Schwarzii de Ornamentis librorum et varia rei librariæ veterum suppellectile dissertationum antiquariarum hexas, ed. Leuscheneri. Lipsiæ, 1756, in-4.

être résolue de plusieurs manières ; je me persuade néanmoins que j'ai tiré, de ce document unique, toutes les lumières que peuvent fournir des textes toujours obscurs et souvent peut-être altérés. Le mode d'édition des livres, chez les Romains, étoit une question presque neuve ; j'espère l'avoir éclaircie, autant que le permettoit la disette des documens. Si j'ai cru devoir lire en entier quelques ouvrages originaux, tels que les lettres de Cicéron, Catulle, Tibulle, Properce, les poésies élégiaques d'Ovide, Martial, Pline le jeune, il est d'autres auteurs dont je n'ai connu d'utiles passages que par les citations de Casaubon, de Saumaise, de Juste – Lipse, de Schwarz, etc. J'ai cru pouvoir, sans scrupule, m'approprier ces citations, excepté dans les cas, fort rares, où il ne m'a pas été possible d'en vérifier par moi-même l'exactitude.

Le mode de publication que j'ai été contraint d'adopter (1) n'est pas, on s'en apercevra sans doute, pour le texte d'un livre, une garantie de pureté et de correction.

On ne me refusera pas, j'espère, un peu d'indulgence pour les nombreuses inadvertances qui m'ont échappé dans la correction des épreuves; il est même inutile de les signaler : avec un peu d'attention, chacun saura bien les découvrir et pourra les corriger. Une seule, peut-être, exige un avertissement spécial. Aux pages 26, 27 et 28, la largeur du papier *macrocolle* est donnée pour celle du papier claudien, et *vice versâ*. Il faut donc lire, page 26, ligne dernière, et page 27, ligne première — *macrocolle*, et qui avoit un pied et demi de largeur (24 doigts). Page 28, ligne 18, il faut lire, — il la porta à un pied, ou 16 doigts.

Du reste, le titre seul de ce petit livre indique suffisamment ce que j'ai eu l'intention de faire : ce n'est point un traité complet ; c'est un *Essai*, fort imparfait sans doute, mais

---

(1) Cet opuscule a été inséré par fragmens dans le Bulletin bibliographique publié par J. Techener. Pour ne pas rompre l'uniformité de ce recueil, j'ai dû laisser imprimer mon travail suivant les règles de l'ancienne orthographe, malgré le désir que j'aurois eu de me conformer à un usage fondé en raison et sanctionné par la décision de l'Académie.

qu'il sera possible de compléter un jour, s'il atteint le but que je me suis proposé en le composant, celui d'être utile à mes futurs confrères de l'École des Chartes, et de procurer une lecture intéressante au petit nombre de personnes qui goûtent encore les chefs-d'œuvre de la littérature ancienne.

# ESSAI SUR LES LIVRES DANS L'ANTIQUITÉ,

## PARTICULIÈREMENT CHEZ LES ROMAINS.

———

EUX sortes de livres étoient en usage dans l'antiquité, les rouleaux ou volumes, et les livres carrés. Le premier soin du copiste chargé de faire un livre étoit de choisir les feuilles sur lesquelles il devoit écrire. La matière, la forme et le nom de ces feuilles varioient d'ordinaire, suivant qu'on les destinoit à être reliées en livre carré ou roulées en volume (1). Avant de les employer, on les polissoit; ensuite on les couvroit d'écriture, tantôt des deux côtés, tantôt d'un seul. Enfin on les colloit à la suite les unes des autres, pour les ployer en rouleau, ou bien on les superposoit et on les cousoit ensemble en forme de livre carré. Le travail du copiste se terminoit par quelques opérations accessoires, dont le but étoit soit d'orner le livre, soit d'en rendre l'usage plus commode, soit enfin de lui assurer la plus longue durée possible. Des mains du copiste, le livre passoit dans l'étalage du libraire; de là il alloit ensuite s'immobiliser dans les bibliothèques, ou se fractionner en cornets dans la boutique du fruitier et du marchand d'épices.

Mais les publications littéraires ne sont pas les seuls monumens de l'écriture ancienne qui soient de nature à piquer la curiosité des archéologues. L'antiquité a eu d'autres écrits, plus intéressans peut-

(1) Toutes les fois que, dans cet ouvrage, nous emploierons le mot de *volume*, il faudra l'entendre d'un rouleau, *volumen*.

I

être, parce qu'ils tiennent de plus près, les uns à l'histoire des peuples, les autres à leur vie privée. De ce genre sont les lettres, les
livres de compte, les registres publics, les tablettes, etc. Les détails
que les anciens auteurs nous ont transmis sur ces sortes d'écrits
nous permettront de les diviser aussi en deux classes ; car, par leur
forme, les uns se rattachent aux volumes, les autres aux livres
carrés.

Nous aurons donc à traiter successivement :

1° Des substances sur lesquelles on a écrit dans les temps
anciens ;

2° Des instrumens de l'écrivain et des matières colorantes ;

3° Des écritures anciennes ;

4° De la forme et des ornemens des volumes ;

5° Des *libelli*, des lettres et autres écrits, qui, par leur forme, se
rattachent aux volumes ;

6° De la forme et des ornemens des *codices*, ou livres carrés ;

7° Des tablettes ;

8° Des copistes et des libraires ;

9° De l'édition des livres ;

10° Des bibliothèques.

# CHAPITRE PREMIER.

*Des substances sur lesquelles on a écrit dans les temps anciens.*

Les anciens ont écrit sur une foule de matières diverses; chacun des trois règnes de la nature a fourni son tribut à leur industrie.

Nous possédons, écrits sur la pierre et sur la brique, des documens historiques de l'antiquité la plus reculée; mais il faudroit remonter à l'origine du monde si l'on vouloit admettre, sur la foi des historiens, certains faits d'une authenticité douteuse. Ainsi, d'après une vieille tradition conservée par Josephe (1), un fils d'Adam auroit gravé sur deux colonnes, l'une en pierre et l'autre en brique, les premières découvertes dues au génie de l'homme. Un fait qui trouvera moins d'incrédules, c'est l'usage où furent les Babyloniens, pendant 720 années, de consigner sur des briques leurs observations astronomiques (2). Peut-être quelques débris de ces registres antiques se retrouveroient-ils aujourd'hui parmi les briques écrites qui couvrent encore le sol de Babylone, ou parmi celles que divers voyageurs y ont recueillies pour enrichir les musées et les bibliothèques de l'Europe. C'étoit sur des tessons, ὄστρακα, que les Grecs écrivoient leurs suffrages, d'où le nom d'*ostracisme* donné à la peine du bannissement infligée par le peuple. Les plus beaux monumens de l'art étrusque sont aussi sur la terre cuite

(1) Antiq. Jud. I, II, 3, éd. Havercamp.
(2) Pline, Hist. nat., VII. 57, ed. Harduin.

couverte d'inscriptions. Qui ne connoît les nombreux monumens épigraphiques de ce genre publiés par Fabretti, Baldini, Muratori, Gherard, etc.? Enfin nous citerons comme spécimens très-curieux d'écriture sur brique les tessons découverts, il y a près de vingt années, aux environs de Sienne et d'éléphantine, sur les bords du grand désert : ils sont écrits en langue grecque, et portent des quittances d'impositions délivrées sous les règnes de Marc-Aurèle, d'Adrien, d'Antonin et de Vespasien.

La pierre et les métaux assuroient à l'écriture une bien plus longue durée. Aussi voit-on les peuples, dans l'enfance de leur civilisation, confier au bronze ou à la pierre leurs lois, leurs traités, tous les monumens d'une haute importance. Avant l'invention du papyrus, dit Lucain (1), les Egyptiens écrivoient leurs hiéroglyphes sur la pierre. Les nombreuses inscriptions qui, en Égypte, couvrent les statues, les obélisques, les murailles des temples, sont autant de pages de son histoire. Après leur sortie d'Égypte, les Hébreux gravèrent sur des tables de pierre la loi qui leur fut donnée sur le mont Sinaï. Une des plus anciennes sources de l'histoire grecque est, sans contredit, la chronique de Paros, tracée sur les marbres d'Arondel, conservés à Oxford (2). Parmi les marbres écrits qui ornent le musée du Louvre, est-il besoin de citer les marbres de Choiseul, dans la salle des Cariatides, registres des dépenses faites par le gouvernement d'Athènes pendant la 22e année de la guerre du Péloponnèse? et les marbres de Nointel, espèce de nécrologe, où sont inscrits les noms des soldats grecs morts pour leur patrie en Égypte, en Chypre, à Mégare, etc.? Ces précieux monumens sont antérieurs à notre ère de plus de quatre siècles.

Le jaspe, la cornaline, l'agate et plusieurs autres pierres précieuses, ont également servi à perpétuer le souvenir des faits historiques par le moyen de l'écriture. On peut voir plusieurs échantillons de ces pierres écrites au musée du Louvre, et dans le cabinet des antiques, à la Bibliothèque royale. Ce riche dépôt renferme aussi un des plus curieux spécimens d'écriture sur pierre que l'on connoisse. C'est un cône de basalte qui a été trouvé dans l'Eu-

---

(1) ..... saxis tantum volucresque feræque
Sculptaque servabant magicas animalia linguas.

                                        Pharsal. III, v. 223.
(2) Publiés, en 1649, par Selden; en 1676, par Prideaux.

phrate : il est couvert de caractères cunéiformes dans le genre de ceux qu'on a copiés sur les ruines de Persépolis et de Van.

L'usage d'écrire sur la pierre s'est perpétué pendant tout le temps de la civilisation grecque, et même longtemps après l'époque où les livres sont devenus d'un usage universel. A Pompeï, en avant de l'édifice appartenant à la corporation des foulons, est une façade divisée par des pilastres, entre chacun desquels on écrivoit les décrets et autres actes de l'autorité (1). Il paroît même qu'au temps de Polybe on traçoit de courts résumés historiques sur les murs intérieurs des maisons. Peut-être étoient-ce des inscriptions placées au-dessous de certaines peintures à fresque, et destinées à en faciliter l'intelligence aux spectateurs (2). Les Scandinaves confioient jadis à la pierre les principaux événemens de leur histoire ; ils écrivoient sur l'os, la corne ou le bois les faits d'une moindre importance (3). On trouve même quelques chartes sur pierre, et nous pourrions en citer plusieurs d'une époque assez récente qui existent encore en original. Nous nous contenterons d'indiquer la charte de liberté accordée, en 1198, aux habitans de Montélimart par Gérald-Aymar et Lambert, fils du seigneur du lieu : elle est encastrée dans un des murs de l'hôtel de ville de Montélimart.

Que les anciens aient gravé sur le bronze leurs statuts religieux, leurs lois, leurs traités, c'est un fait qui n'a pas besoin de preuves. Il suffit de rappeler, pour les Grecs, les deux tables d'Héraclée, publiées par Mazzochi (4) ; pour les Romains, les lois des Douze Tables (5), les traités avec Carthage, rapportés par Polybe, qui avoit vu les originaux (6) ; enfin les trois mille tablettes de bronze, qui périrent dans l'incendie du Capitole, sous Vitellius (7). Des actes moins solennels, des sénatus-consultes, par exemple, ont été consignés sur des tables de bronze ; tel est celui qui défendit,

---

(1) Letronne, d'après Mazois. *Recherches sur l'Égypte*, p. 427, notes.

(2) Polybe, V. 33.

(3) Voy. Schwarz. *De ornamentis librorum apud veteres*, ed. Leuschner. Leipsig, 1756, in-4. Dissert. I, § 2.

(4) *In regii Herculanensis musœi œreas tabulas Heracleenses commentarii.* Naples, 1754-55, in-fol., 2 vol.

(5) Tit.-Liv., III, 57.

(6) Polyb. Hist. III, 26.

(7) Suétone. *Vespas.* VIII. 12.

l'an 566 de Rome, la célébration des bacchanales (1), et dont une copie, trouvée par un laboureur calabrois, vers le milieu du dernier siècle, est aujourd'hui conservée dans le musée de Vienne (2). Quelques autres décrets, dictés, à la vérité, par la flatterie, furent écrits, vers l'an 710 de Rome, en lettres d'or sur des colonnes d'argent (3). C'est sur une table de bronze qu'Annibal fit graver cette longue inscription bilingue, qu'il consacra au cap des Colonnes, dans le temple de Junon Lacinienne, inscription qui contenoit, en lettres grecques et puniques, l'état de ses troupes et la suite de ses exploits (4). Schwarz a soupçonné que les Romains étoient allés jusqu'à faire des livres de bronze; il s'appuie d'un passage où Cicéron met *le livre* des Douze Tables au-dessus des bibliothèques de tous les philosophes (5). Il auroit pu citer deux passages encore plus formels d'Hyginus (6), qui prouvent que les concessions faites à des colonies, l'arpentage et les délimitations de ces terrains étoient consignés dans les livres de bronze, *in æris libris*, qu'on déposoit ensuite dans les archives de l'empereur. Et ce n'étoient pas seulement des actes publics que l'on inscrivoit sur des tablettes de bronze; on conserve encore à Lyon un exemplaire sur bronze du discours prononcé par Claude, en l'an 48, lorsqu'il fut question de compléter le sénat par l'adjonction des principaux habitans de la Gaule chevelue (7). Des monumens bien moins importans, des lettres de recommandation, des congés donnés aux soldats étoient aussi gravés sur des tablettes de bronze; il nous reste de ces sortes d'actes une foule d'originaux.

Les exemples de l'écriture sur plomb remontent à l'antiquité la plus reculée. « O, s'écrie Job, répondant au suhite Bildad, si « mes discours étoient consignés dans un livre!... s'ils étoient « tracés sur du plomb avec un poinçon de fer (8)! » Dion Cassius (9)

(1) Tite-Live, XXXIX, 18, 19.
(2) Voyez-en un fac-similé dans le Nouv. trait. de diplom., t. II, pl. XXIV, à la page 359.
(3) Dion Cassius, XLIV, 7.
(4) Polybe, III, 33. Tite-Live, XXVIII, 46.
(5) Bibliothecas omnium philosophorum unus videtur XII tabularum *libellus* superare. De orat., I, 44.
(6) *De limitibus constit.* dans Gœsius, ed. 1674, p. 191-193.
(7) Tacite, *Ann.* XI, 24, et Brottier, notes, t. II, p. 348 et suiv.
(8) Job, XIX, 24.
(9) *Hist. rom.*, LVII, 18.

dit qu'avant la mort de Germanicus on avoit découvert, dans la maison qu'il habitoit, des ossemens humains et des lames de plomb, sur lesquelles le nom du héros étoit écrit avec des imprécations. Nous apprenons du même auteur que le consul Hirtius, assiégé dans Modène, écrivit à Decius Brutus sur une lame de plomb très-mince qui fut roulée comme *un morceau de papier* (1), et qu'un nageur fut chargé de porter à sa destination. Néron, pour entretenir sa voix, couvroit sa poitrine d'une *lame* de plomb; c'est l'expression de Pline (2). Suétone, rapportant le même fait, nomme cette lame *du papier* de plomb, *plumbea charta* (3), désignation qui se trouve aussi dans Josephe, μολυβδίνους χάρτας (4). Cette dénomination remarquable atteste l'usage où étoient les anciens d'écrire sur des lames de plomb. Il paroît même qu'ils avoient le secret de les rouler en volumes. Ainsi les actes publics, au rapport de Pline (5), ont été, avant l'invention du papyrus (ou plutôt avant son importation en Italie), consignés dans des volumes de plomb. Pausanias (6) raconte qu'Épaminondas trouva, dans un vase déterré sur le mont Ithome, des lames de plomb fort minces ployées en forme de rouleau, et sur lesquelles étoit écrit tout ce qui concernoit le culte et les cérémonies des grandes déesses. Nous aurons occasion, plus tard, de parler des tablettes composées de plusieurs lames de plomb jointes ensemble, et des tablettes de cire d'un usage universel dans l'antiquité.

Ulpien (7), énumérant les différentes sortes de livres carrés en usage de son temps, nomme les livres de parchemin, de papyrus, d'*ivoire* ou de toute autre matière, et les *tablettes de cire*. Il y avoit donc, au commencement du IIIᵉ siècle, des livres en ivoire différens des tablettes. Vopiscus (8) les nomme *libri elephantini*, et dit que les sénatus-consultes qui concernoient les empereurs fu-

(1) ὥσπερ τι χαρτίον, *ibid.*, XLVI, 36. Cf. Frontin. *De Stratagem.*, III, 13.

(2) Hist. nat., XXXIV, 50.

(3) In Neron., c. 20.

(4) Contra Apion., I, 34.

(5) Hist. nat., XIII, 21.

(6) P. 137, l. 3, ed. Xyland et Sylburg. Francfort, 1583, in-fol.

(7) Digeste, XXXII, 1, 52. Si (libri) in codicibus sint, membraneis, vel chartaceis, vel etiam eboreis, vel alterius materiæ, vel in ceratis codicillis, etc.

(8) In Tacit., c. 8. Voy. aussi les comment. de Casaubon et de Saumaise sur ce passage.

rent longtemps écrits sur des livres de ce genre. Les tablettes ou, pour nous servir d'une expression moderne, les feuillets qui composoient les livres d'ivoire, ont dû être gravés comme les plaques de bronze ou les lames de plomb, lorsqu'on leur confioit des monumens auxquels il falloit assurer une longue durée ; mais des passages formels d'anciens auteurs ne permettent pas de douter qu'on n'ait aussi écrit sur l'ivoire avec de l'encre noire. Ainsi, dans une comédie de Plaute, une servante répond à sa maîtresse, qui lui demande de la céruse pour se blanchir les joues : « Autant vaudroit vouloir blanchir de l'ivoire avec de l'encre. » Et un flatteur répond : « Voilà un bon mot sur l'encre et sur l'ivoire (1). » Mais un passage plus formel encore, c'est l'épigramme de Martial, intitulée *Pugillares eborei*, où l'on voit que ceux dont la vue affoiblie distinguoit difficilement l'écriture sur la cire écrivoient à l'encre noire sur des tablettes d'ivoire (2).

Quelquefois, pour épargner aux enfans l'ennui des premières leçons, on tailloit, à leur usage, des morceaux d'ivoire en forme de lettres. Quintilien (3) approuve cette méthode, qui étoit déjà répandue de son temps, et que, trois siècles plus tard, saint Jérôme (4) recommandoit encore.

Quelques commentateurs ont pris les *libri elephantini*, dont parle Vopiscus, pour des livres faits avec des intestins d'éléphant. Nous apprenons, en effet, par Isidore de Séville (5) que cette matière avoit anciennement servi à recevoir l'écriture. La bibliothèque de Constantinople, incendiée sous l'empereur Basiliscus, renfermoit, dit-on (6), un exemplaire de l'Iliade et de l'Odyssée, écrit en lettres d'or sur un intestin de dragon long de 120 pieds. Pour en finir avec les faits d'une authenticité douteuse, nous mentionnerons ici

---

(1)     Una opera ebur attramento candefacere postules.
— Lepide dictum de attramento atque ebore.

Mostellar. I, III, v. 102.

(2)     Languida ne tristes obscurent lumina ceræ,
Nigra tibi niveum littera pingit ebur.

MARTIAL, XIV, 5.

(3) Instit. orat. I, 1, 26, ed. Lemaire.

(4) Ad Lætam epist. 57, alias 7.

(5) Orig. VI, 12.

(6) Zonar. *Annal.* XIV, 2, ed. Du Cange. Cedrenus *compend. histor.*, ed. Paris, 1647, p. 351, c.

le diplôme tracé en lettres d'or sur une peau de poisson, diplôme que Puricelli (1) indique parmi les monumens curieux conservés dans la bibliothèque ambroisienne de Milan.

Venons à des faits plus certains. Les Juifs se servoient encore, au siècle dernier, dans leurs cérémonies religieuses, d'exemplaires des livres saints écrits sur des rouleaux de peau tannée (2). On sait avec quelle scrupuleuse fidélité, dans tout ce qui touche à leur religion, les sectateurs de la loi de Moïse se sont toujours conformés aux traditions antiques. On peut donc regarder d'avance comme très-ancien chez les Hébreux l'usage d'écrire sur le cuir tanné. Nous trouvons, en effet, dans Josephe (3), que les soixante-douze interprètes envoyés par le grand pontife Éléazar à Ptolémée Philadelphe, pour faire la version grecque des livres saints, offrirent au roi, entre autres présens, une copie de ces livres en lettres d'or sur des peaux très-minces. Chez les Grecs, ces sortes de peaux étoient appelées diphthères (διφθέραι). Les Ioniens, dit Hérodote (4), nomment *diphthères* même les livres de papyrus, parce que, lorsque cette dernière substance leur manquoit, ils écrivoient sur des peaux de chèvre et de brebis. S'il faut en croire Diodore de Sicile (5), une loi prescrivoit aux Perses de consigner leurs annales sur des bandes de cuir qu'on appeloit diphthères royales. L'emploi de cette substance, pour recevoir l'écriture, n'a pas été étranger aux Romains. Ulpien (6) en fait mention dans un passage remarquable, où l'on voit que les testamens étoient parfois écrits, soit sur du parchemin, soit sur le cuir tanné de quelque animal. Enfin nous trouvons encore, chez les Celtes, les diphthères sacrées nommées, suivant Hesychius, βαρκάκαι (7).

Parmi les curieux exemples d'écriture sur cuir, qui ne connoît la fameuse veste où Pétrarque fixoit les pensées qui se présentoient à son esprit lorsqu'il étoit à la promenade, et qu'il manquoit de

(1) Cité par Mabillon. *De re diplom.* I, viii, 3.

(2) Montfaucon a vu quelques-uns de ces rouleaux qu'il mentionne dans sa *Paléogr. gr.*, p. 17, et dans son *Antiq. expliq.*, tom. iii, p. 350.

(3) *Antiq. jud.* xii, ii, 10.

(4) Liv. v, c. 58, ed. Schweigh.

(5) Liv. ii, c. 32, ed. Wesseling.

(6) Digeste xxxvii, xi, 1 : Sive igitur tabulæ sint ligneæ, sive cujuscunque alterius materiæ; sive chartæ, sive membranæ sint; vel si e corio alicujus animalis : tabulæ recte dicentur.

(7) Tom. i, p. 692, ed. Albert.

papier ou de parchemin? Ce vêtement, couvert d'écriture et de ratures, étoit encore, en 1527, conservé par Sadolet comme un précieux monument littéraire. Du reste, il ne faut pas attribuer au célèbre poëte italien l'honneur de cette invention. Les Parthes, du temps de Pline, écrivoient sur leurs vêtemens (1), et, dans le moyen âge, un abbé recommandoit à ses moines, lorsqu'ils trouveroient quelque ouvrage de saint Athanase, de le transcrire sur leurs habits, si le papier leur manquoit.

Le cuir tanné étoit écrit d'un seul côté, et ordinairement du côté où avoit été le poil; mais il y avoit encore une autre manière de l'employer. Autant qu'on peut en juger, en combinant ensemble deux passages assez obscurs d'Hesychius (2), les Cypriotes écrivoient avec un style sur des peaux d'animaux enduites de cire, ce qui avoit fait donner à leurs maîtres d'école le nom de Διφθεράλοιφος, mot composé de διφθέρα peau, et de ἀλειφεῖν, oindre.

Il faut bien prendre garde de confondre les diphthères, qui étoient, comme nous l'avons dit, de simples peaux tannées, avec le parchemin, en latin *membrana, pergamenum*, en grec δέρμα, et dans le moyen âge, μεμβράνα, et même περγαμένη. Le parchemin se fait avec la pellicule intérieure de la bête, celle qui adhère immédiatement à la chair. On distingue aujourd'hui le parchemin proprement dit, qui est fait avec de la peau de mouton, du vélin fabriqué avec de la peau de veau. L'un et l'autre étoient probablement connus des anciens, quoique nous ne trouvions pas qu'ils les aient distingués.

Il est assez difficile d'assigner une époque précise à l'invention du parchemin. Varron, cité par Pline (3), raconte qu'Eumène, roi de Pergame, voulant fonder une bibliothèque, la jalousie engagea Ptolémée à prohiber l'exportation du papyrus, et qu'à cette

(1) Malunt Parthi vestibus litteras intexere. PLINE, XIII, 22.
Il est vrai que le mot *intexere* signifie broder. Cependant nous avons un passage de Tibulle où il a la signification d'écrire:
　　　Nec tua, te præter, *chartis intexere* quisquam
　　　Facta queat.
　　　　　　　　　　　　　　　　　　　　　ELEG., IV, 1, 5.
(2) *Voy.* aux mots ἀλειπήριον et διφθεράλοιφος. *Voy.* aussi Hemsterlhusius, comment. sur Pollux, L. X, c. XIV, n° 45.
(3) Hist. nat., XIII, 21. Mox æmulatione circa bibliothecas regum Ptolemæi et Eumenis, supprimente chartas Ptolemæo, idem Varro membranas Pergami tradidit repertas.

occasion le parchemin fut inventé à Pergame. Nous apprenons de Strabon (1) que le fondateur de la bibliothèque de Pergame fut Eumène, deuxième du nom, dont le règne commença l'an 197 avant Jésus-Christ, et dura 39 ans; mais il faut bien remarquer que Varron n'attribue pas expressément l'invention du parchemin à Eumène; il dit seulement qu'à l'occasion du démêlé survenu entre ce prince et Ptolémée, le parchemin fut inventé à Pergame. Cette découverte a-t-elle eu lieu sous Eumène, ou bien sous Attale II, son successeur? c'est ce qui reste dans l'incertitude: Il n'y a donc aucune contradiction entre ce passage de Pline et l'opinion d'Elien (2) et de saint Jérôme (3), qui fixent au règne d'Attale II l'époque de l'invention du parchemin.

L'auteur inconnu d'un ancien traité sur le papyrus (4) va jusqu'à nommer l'inventeur. D'après lui, le grammairien Cratès, qui étoit à la cour du roi de Pergame, jaloux de ce qu'Aristarque avoit décidé Ptolémée à envoyer du papyrus aux Romains, parvint à tirer de la peau des animaux des membranes propres à recevoir l'écriture. Il persuada au roi Attale d'en expédier à Rome, où on leur donna le nom de *pergamenum*, en mémoire de celui qui les avoit envoyées. Ce passage s'accorde merveilleusement avec celui de saint Jérôme, que nous venons de citer plus haut, et dans lequel il ne manque, pour être parfaitement identique avec celui-ci, que le nom du grammairien Cratès (5). Or nous savons que ce Cratès fut envoyé en ambassade à Rome par un des Attales; et l'on peut présumer que ces précieux parchemins, qui furent expédiés aux Ro-

---

(1) Livr. xii, p. 624.

(2) Nous avons vainement cherché le passage d'Élien relatif à l'invention du parchemin, mais son autorité est invoquée par Schwarz, *De ornam. libr.*, D. iv, § 20, et Just. Lips., *Syntagm. de biblioth.*, c. 4.

(3) Ad Chromat. Jovin et Euseb., epist. 7, alias 43. Chartam defuisse non puto, Ægypto ministrante commercia. Et si alicubi Ptolæmeus maria clausisset, tamen rex Attalus membranas a Pergamo miserat, ut penuria chartæ pellibus pensaretur. Unde et pergamenarum nomen ad hunc usque diem, tradente sibi invicem posteritate, servatum est.

(4) Περὶ χαρτίων. Ce passage est cité par Du Cange. *Gloss. med. et inf. græcit.* au mot Μεμβράνα.

(5) L'invention du parchemin est encore attribuée à Cratès, par un auteur byzantin du xiie siècle. Jean Tzetzès dit, dans ses Chiliades, L. xii, v. 349 : Ὁ τοῦ Ἀττάλου..... γραμματικὸς ἐφεῦρεν..... τὰς χάρτας τὰς μεμβραίνας.

mains, faisoient partie des présens adressés par le roi de Pergame à un peuple ami, et dont l'alliance lui étoit si précieuse. Suétone (1) fixe de cette manière l'époque de l'ambassade de Cratès. « Cratès de Mallos, dit-il, contemporain d'Aristarque, fut envoyé « au sénat par le roi Attale, entre la seconde et la troisième guerre « punique, vers l'époque de la mort d'Ennius. » Aristarque vivoit, sous Ptolémée Philométor, dont il avoit élevé le fils, vers la 156e olympiade (2), an de Rome 598-601. La troisième guerre punique a commencé vers l'an de Rome 602; et la mort d'Ennius tombe vers l'an 584 de Rome (3). Toutes ces dates, à l'exception de la mort d'Ennius, qui arriva sous le règne d'Eumène, concordent avec celui d'Attale II, commençant vers l'an de Rome 594, et finissant vers l'an 615 (av. J.-C. 159-138). C'est donc à peu près au milieu du IIe siècle avant notre ère qu'il faudroit placer l'invention du parchemin. Nous ne devons pas dissimuler que des savans, dont le nom fait autorité, assignent à cette substance une origine bien plus ancienne (4); car ils traduisent par parchemin le mot grec διφθέρα dans les passages d'Hérodote et de Josephe que nous avons rapportés plus haut (5). Mais ils s'accordent tous pour reconnoître qu'on trouva à Pergame le secret de le perfectionner, et que de là vint le nom de *membrana pergamena* ou simplement *pergamenum,* dont nous avons fait le mot *parchemin.* Cette opinion ne diffère de la nôtre qu'en ce qu'elle attribue improprement le nom de parchemin à ces peaux tannées très-minces, dont on se servoit avant la découverte faite sous les rois de Pergame.

Les premiers essais ne furent pas très-heureux; on ne fabriqua d'abord qu'un parchemin jaunâtre, peu fait pour contenter ce besoin d'élégance que les Romains apportoient en toutes choses. Aussi trouvèrent-ils bientôt le secret de fabriquer du parchemin blanc. Ils ne tardèrent pas à s'apercevoir que cette nouvelle substance avoit le double inconvénient de fatiguer la vue et de se salir très-vite; mais probablement ces défauts étoient compensés par quelques qualités; car on continua à fabriquer du parchemin blanc;

---

(1) De illustr. grammat., c. 2.

(2) *Voy.* Suidas.

(3) Pitisc. in Sueton., ad l. c.

(4) Montfaucon, *Pal. grec.*, p. 14, 17. Guiland et Caylus qui le cite *Mém. de l'Ac. des Inscr.*, t. XXVI, p. 275, Schwarz, *De orn.*, lib. 1, 2.

(5) *Voy.* ci-dessus, p. 9.

seulement on lui donna, sur un des côtés, une teinte jaune artificielle; ce qui le fit appeler *membrana bicolor* (1). Voilà, à notre avis, la seule manière d'expliquer l'apparente contradiction qui existe dans le chapitre d'Isidore de Séville, consacré au parchemin( 2).

Pour que cette teinte jaune pût remédier au double inconvénient signalé par Isidore, il falloit qu'elle fût appliquée au recto du parchemin, c'est-à-dire au côté qui devoit recevoir l'écriture (3). C'est probablement de ces feuilles à deux couleurs que parle Quintilien, lorsqu'il recommande aux personnes qui ont de mauvais yeux l'usage du parchemin comme favorable à la vue (4).

Dans les tablettes où l'on écrivoit des deux côtés, la couleur jaune étoit sans doute appliquée au verso comme au recto de la feuille. Du moins, Juvénal, parlant de tablettes de parchemin (5), n'emploie pas le mot de *membrane à deux couleurs*, mais celui de *membrane jaune*.

> Croceæ membrana tabellæ
> Impletur.

Outre le parchemin blanc et le parchemin jaune, les anciens se servoient encore de parchemin pourpre. Ce dernier, au dire d'Isidore (6), étoit réservé pour les encres d'or et d'argent. On peut en voir des nombreux échantillons à la Bibliothèque royale. Ils sont aujourd'hui, pour la plupart, non plus d'un rouge vif, mais d'un violet foncé. Montfaucon (7) avoit remarqué la même altération dans tous les manuscrits en vélin pourpre qui avoient passé sous ses yeux. Aussi penchoit-il à croire que cette teinte violette étoit leur couleur primitive.

---

(1) Perse, sat. III, v. 10.

(2) Orig. VI, 11. Membrana *fiebant primum coloris lutei*, id est crocei; postea vero *Romæ candida membrana reperta sunt*. Quod apparuit inhabile esse, quod et facile sordescant, aciemque legentium ledant....., et plus bas : membrana *candida naturaliter existunt;* luteum membranum bicolor est *quod a confectore* una tingitur parte, id est crocatur.

(3) Casaubon a émis l'opinion contraire. Comment. sur Perse, sat. III, 1.

(4) Instit. orat. X, III, 31. Scribi optime ceris in quibus facillima est ratio delendi : nisi forte visus infirmior membranarum potius usum exiget, quæ juvant aciem.

(5) Juv., sat. VII, v. 23.

(6) Orig. VI, 11.

(7) Paleogr. gr., p. 5.

Muratori a publié un petit traité remontant au temps de Charlemagne sur l'art de colorer le parchemin, le marbre et les métaux. Cependant, à cette époque, la fabrication du parchemin commençoit à être négligée ; elle le fut bien davantage par la suite. En général, la tenuité et la blancheur sont, dans les manuscrits en parchemin, des caractères d'ancienneté. Parmi ceux qui remontent au delà du vi<sup>e</sup> siècle, on en trouve que l'on diroit, au premier coup d'œil, écrits sur du papier glacé.

La cherté du parchemin fit naître l'usage de gratter les vieux livres pour en faire servir les feuilles une seconde fois ; usage funeste, qui détruisit beaucoup d'écrits anciens, et leur substitua des compositions mystiques. Les parchemins sur lesquels on a effacé la première écriture pour en mettre une nouvelle se nomment *palimpsestes* : on en trouve un exemple dans la première moitié du vi<sup>e</sup> siècle (1). L'usage s'en répandit au ix<sup>e</sup>, et dura jusqu'à l'invention du papier de chiffe. On effaçoit l'écriture de plusieurs manières. Tantôt on trempoit le parchemin dans l'eau bouillante, tantôt on le passoit à l'eau de chaux vive ; d'autres fois on enlevoit la superficie écrite (2). Ordinairement on grattoit le parchemin avec la pierre ponce (3) ; mais, pour que cette opération ne nuisit en rien à la netteté de l'écriture, on passoit ensuite sur la feuille de la craie en guise de sandaraque (4). C'est pour cela que, dans les statuts de l'ordre de Cîteaux, la craie est comptée parmi les choses nécessaires à l'écrivain (5) ; et que Jean de Garlande, énumérant les instrumens dont se servent les clercs ou copistes, termine sa liste par la pierre ponce, le grattoir et la craie (6).

Les bénédictins du dernier siècle, à force d'adresse et de patience, parvenoient à déchiffrer, sur les palimpsestes, quelques lignes de la première écriture ; mais, depuis que la chimie est venue en aide aux archéologues, on a pu faire complétement revivre les pages effacées ; et c'est ainsi qu'ont été rendus à la jurisprudence les institutes de Gaius ; à la philosophie, le traité de Cicéron sur la

---

(1) Grég. de Tours, *Hist. Fr.*, v. 45. Aimoin, *de Gest. Franc.*, iii, 40.
(2) Nouv. trait. de diplom., t. i, p. 482.
(3) Voy. les passages de Grégoire de Tours et d'Aimoin, cités plus haut.
(4) Schwarz, *De ornam. libr.* vi, 17.
(5) Du Cange, *Gloss.*, au mot *cornu*.
(6) Voy. mon *Paris sous Philippe le Bel*, p. 602.

république; à l'histoire, des fragmens de Tite-Live et les sommaires des neuf derniers livres de Denys d'Halicarnasse.

C'est au règne végétal que nous devons les matières les mieux appropriées à l'écriture, et celles qui ont été le plus universellement répandues. Les feuilles d'arbre sont, d'après Pline (1), la première substance sur laquelle on ait tracé l'écriture. Quelquefois on écrivoit sur de simples feuilles; ainsi Ænée supplioit la sibylle de Cumes de prononcer elle-même ses oracles, au lieu de les écrire sur des feuilles d'arbre, que le vent pouvoit enlever (2) : ainsi les Syracusains, dans leurs délibérations, consignoient leurs votes sur des feuilles d'olivier, πέταλα, d'où leur mot *pétalisme*, qui, chez eux, correspondoit à l'ostracisme des Athéniens (3). Mais il paroît que, dans l'antiquité la plus reculée, on faisoit avec les feuilles de palmier une espèce de tissu qu'on pouvoit ployer en volume : *In palmarum foliis primo scriptitatum*, dit Pline; et Isidore (4) ajoute aux feuilles du palmier celles de la mauve : *Libri... scribebantur... textilibus malvarum foliis atque palmarum*. Il appuie son assertion d'un passage d'Helvius Cinna, envoyant à un de ses amis les vers d'Aratus, écrits dans un *livre* de feuilles de mauve :

> Hæc tibi Arateis multum invigilata lucernis
> Carmina.....
> Levis in aridulo malvæ descripta libello (5).

Les peuples de la Perse, de l'Inde et de l'Océanie écrivent encore sur des feuilles d'arbre. Dans les Maldives, on se sert de la feuille du makarekau, qui a un pied de large sur trois pieds de long. La Bibliothèque royale possède plusieurs manuscrits tracés sur des feuilles d'arbre. Quelques-unes sont simplement taillées et polies; d'autres sont vernissées et dorées de telle manière, qu'au simple coup d'œil on ne sauroit reconnoître leur nature.

(1) *Hist. nat.*, XIII, 21, conf. Isidor., *orig.* VI, 12.
(2)        Foliis tantum ne carmina manda,
Ne turbata volent rapidis ludibria ventis.
Ipsa canas oro.
                Æneid. VI, 74, conf., JUVENAL, sat. VIII, vers. 126.
(3) Diodor. sicul. XI, 87.
(4) XIII, 21.
(5) *Orig.* VI, 12.

Après les feuilles des arbres, on employa l'écorce (1), et d'abord l'écorce extérieure, que, sans doute, on se contentoit de dégrossir pour en enlever les aspérités. Les premiers habitans de l'Italie en faisoient, dit-on, des tablettes pour écrire leurs lettres (2). Elle servoit parfois à des usages plus solennels ; les prophéties des prêtres de Mars avoient été transcrites sur de l'écorce (3). Cassiodore (4), après s'être plaint de la rudesse de cette substance, sur laquelle *les anciens* pouvoient à peine tracer les caractères, ajoute : « Il étoit « peu convenable de confier de doctes écrits à des tablettes qui « n'étoient pas même polies. » L'écorce lisse et brillante du cerisier faisoit cependant une exception. On pouvoit graver des vers sur le tronc même de l'arbre, et enlever ensuite, pour la conserver, la partie écrite de l'écorce. C'est ce qui semble résulter des vers suivans de Calpurnius (5), poëte bucolique de la fin du 3e siècle :

Dic age, nam cerasi tua *cortice* verba notabo,
Et decisa feram rutilanti carmina *libro*.

Et plus loin (6) :

Nonnullas licet cantare choreas
Et cantus viridante licet mibi condere *libro*.

L'expérience, en éclairant les anciens peuples sur les inconvéniens de l'écorce proprement dite, les conduisit à essayer l'écorce intérieure, celle qui touche immédiatement à l'aubier. Cette substance, qu'on empruntoit au pin, au sapin, au hêtre ou au tilleul (7), pouvoit être employée de plusieurs manières. Quelquefois on gravoit simplement les lettres sur l'écorce fraîchement arrachée ; c'est ainsi que les coureurs, envoyés en avant pour observer ou reconnoître l'ennemi, correspondoient avec les généraux (8).

Le plus souvent on en fabriquoit une espèce de papier ; du moins est-il certain qu'il y a eu des volumes d'écorce.

(1) Pline, xiii, 21.
(2) S. Jérôme, ad Niceam epist. viii. Alias 42.
(3) Symmaque, epist. iv, 34.
(4) Var. lect. xi, 38. Erat indecorum, fateor, doctos sermones committere tabulis impolitis.
(5) Eclog. III, v. 43.
(6) Eclog. iv, v. 130.
(7) Pline, xvi, 14.
(8) Pline, *ibid*. Scribit in recenti (cortice) ad duces explorator, incidens litteras a succo.

Saint Jérôme (1), Cassiodore (2), Isidore de Séville (3) prétendent que, de la coutume d'écrire sur l'écorce nommée en latin *liber*, est venu l'usage de ce mot *liber*, pour désigner les livres, et du mot *librarius*, signifiant copiste, ou faiseur de livres. On peut regarder comme assez généralement adoptée dans l'antiquité une étymologie émise par ces trois auteurs; aussi, tout inepte qu'elle est au jugement de Saumaise (4), elle n'en prouve pas moins ce que nous avons à établir, c'est qu'on a fait des livres en écorce. Les lois romaines nous fournissent, d'ailleurs, deux passages qui mettent le fait hors de doute. « Le mot de *livres*, dit Ulpien, s'étend à tous les
« volumes de papyrus, de parchemin ou de toute autre matière :
« il embrasse aussi les volumes d'écorce, comme en font quelques
« personnes, ou de toute autre substance du même genre (5). »

Paulus dit à peu près la même chose : « Un legs de livres com-
« prend les volumes en papier, en parchemin et en écorce (6). »
Il faut remarquer les mots *philyra* et *tilia*; le second signifie proprement tilleul; l'autre est un mot grec qui a la même acception.
Il semble qu'on n'auroit pas donné à ces deux mots la signification
générique d'écorce employée à recevoir l'écriture, si l'écorce du
tilleul n'eût été consacrée à cet usage de préférence à toute autre (7).
Du reste, ces deux mots, quoique se traduisant l'un par l'autre,
n'avoient pas tout à fait la même signification; les bandes les plus
déliées de l'écorce intérieure se nommoient *philyræ*; les *tiliæ*
étoient moins fines (8).

(1) Ad Niceam epist. 8. Alias 42.
(2) Variar. lect. xi, 38.
(3) Orig. vi, 13.
(4) *Ineptiunt* grammatici qui libros, hoc est βιβλία, ex eo dictos putant, quod olim in libris, id est corticibus, scriberetur.... *De modo usur.*, p. 406.
(5) *Librorum* appellatione continentur omnia volumina, sive in charta, sive in membrana sint, sive in quavis alia materia : *sed et si in phylira aut in tilia, ut nonnulli conficiunt*, aut in quo alio *corio*, idem erit dicendum Digest., xxii, 1, 52. — On a cru voir dans ce passage l'usage des rouleaux de cuir; mais le mot *alio*, qui précède *corio*, prouve que cette dernière expression doit s'entendre d'une substance végétale semblable à l'écorce. Pline appelle aussi *corium* une bande de papyrus. Voy. *Hist. nat.*, xiii, 24.
(6) Libris legatis, chartæ volumina, membranæ et philuræ continentur. *Recept. sentent.* III, vi, 87.
(7) Suidas définit, en effet, le tilleul *une espèce d'arbre dont l'écorce ressemble au papyrus;* d'où on peut conclure qu'on l'employoit au même usage.
(8) Pline, xvi, 25.

On a, sans doute, remarqué, dans le passage d'Ulpien, les mots *ut nonnulli conficiunt;* ils prouvent qu'au ɪɪɪᵉ siècle les livres d'écorce commençoient à devenir rares; Martianus Capella, écrivain du siècle suivant, ou tout au moins de la seconde moitié du vᵉ, distingue encore les livres d'écorce des livres de papyrus ou de parchemin, et dit aussi que les premiers sont rares (1). Cependant l'écorce de hêtre fut encore employée, pour le commerce épistolaire, au moins jusqu'à la fin du vɪᵉ siècle. Fortunat écrit à son ami Flavius : « Si « vous manquez de papyrus, écrivez-moi sur de l'écorce de hêtre ; « vos lettres ne m'en seront pas moins agréables (2). »

> Scribere quo possis discingat fascia *fagum;*
> *Cortice* dicta legi fit mihi dulce tua.

Enfin, Bernhard Pez (3) donne l'indication d'un livre écrit en 832 sur de l'écorce d'ormeau. C'est une histoire manuscrite de Charlemagne et de la fondation du monastère de Kempten, par un certain Gotfridus Kerren, qui s'intitule *le plus petit des scribes dans la chancellerie de Charlemagne.* A la fin du manuscrit, on trouve l'annotation suivante : *Exemplar fuit scriptum Campidonœ, pro libraria, super cortice ulmio* (4) ; mais ces deux dernières lignes sont d'un scribe du xvɪᵉ siècle, qui a peut-être confondu du papyrus avec de l'écorce. Bien des paléographes habiles, sans en excepter Mabillon, sont tombés dans la même erreur ; aussi, quoique ce fondateur de la diplomatique, quoique Montfaucon, D. Toussain, Schwarz et bien d'autres soutiennent avoir vu du papier d'écorce, on peut douter qu'il en existe aujourd'hui quelque échantillon dont l'authenticité soit parfaitement constatée.

Nous n'avons pas encore épuisé la liste de toutes les substances employées autrefois pour recevoir l'écriture. Déjà, pourtant, on

(1) Alii ex papyro, quæ cedro perlita fuerat; alii carbasinis voluminibus complicati libri; ex ovillis multi quoque tergoribus, rari vero in philyræ cortice notati. Libr., ɪ, p. m. 44, cité par Schwarz. *De ornam. libr.*, ɪv, 8.

(2) Fortunat., lib. vɪɪ, carm. xvɪɪɪ, dans la *Maxima bibliotheca veterum patrum*, tóm. x, p. 569.

(3) Thes. anecd., t. I, p. xiij, dans Schwarz. *De orn. libr.*, ɪv, 8.

(4) On trouve encore, à des époques très-modernes, l'écorce employée à défaut de papier. La bibliothèque de Saint-Germain-des-Prés possédoit plusieurs lettres écrites sur de l'écorce par les missionnaires du Canada ; une, entre autres, du P. Poncet, jésuite, datée de l'an 1647. Voy. Montfaucon, dans les *Mém. de l'Acad. des inscr.*, t. v, p. 604.

peut dire qu'il n'y a eu aucune matière propre à cet usage qui n'ait été connue et mise en œuvre dans l'antiquité. On ne s'étonnera pas, sans doute, que, dans cette longue énumération, nous n'ayons pas introduit un certain ordre chronologique ; que nous n'ayons pas noté le moment où telle substance a commencé à être en usage, celui où elle a cessé d'être employée pour faire place à une autre. Une pareille précision est impossible. Toute recherche à ce sujet n'aboutiroit qu'à des conjectures plus ou moins plausibles, et qu'une découverte nouvelle pourroit à chaque instant démentir. Qui auroit cru, il y a cent années, qu'un savant de notre siècle iroit arracher aux tombeaux de la vieille Égypte des fragmens de papyrus beaucoup plus anciens que les plus anciens marbres de nos musées ? Et, lorsque Champollion a révélé à l'Europe ces frêles débris d'une antiquité si prodigieuse, il n'y a peut-être pas eu un seul archéologue assez présomptueux pour oser concevoir l'idée qu'on pût faire un pas de plus dans la nuit du passé. Et pourtant ce pas a été fait. L'Angleterre possède une planche de sycomore, auguste fragment d'un cercueil royal, trouvé en 1837 dans la troisième des pyramides de Memphis. Si l'inscription gravée sur ce morceau de bois a été bien lue, comme tout porte à le croire, voilà un monument qui remonte, oserons-nous le répéter ? à cinq mille neuf cents ans !!! C'est à donner le vertige (1). Rétrogradons de quelques siècles : avant l'invention du papier de Chine, qui date à peu près de deux mille ans (2), les Chinois écrivoient sur des planches de bois, sur des tablettes de bambou, ou sur des plaques de métal, dont quelques-unes sont encore conservées comme des restes curieux de temps très-anciens (3). Nous retrouvons, en Grèce et en Italie, l'usage de graver sur des planches de bois les monumens de quelque importance. Vers le milieu du Ier siècle de notre ère, il existoit encore à Athènes, dans le Prytanée, quelques débris des tables de bois, ἄξονες, sur lesquelles, quatre cents ans auparavant, Solon avoit écrit ses lois. Ces tables, jointes en forme de prismes quadrangulaires, et traversées par un axe, furent d'abord dressées perpendiculairement

---

(1) Voy. Éclaircissement sur le cercueil du roi Mycerinus, trad. de l'angl. par M. Lenormant, préf. p. 6, et le facsimilé qui est en tête de la brochure.
(2) Freret, Mém. de l'Acad. des inscr. et belles-lettres, éd. in-12, t. XXIII, p. 437 et suiv.
(3) V. le Mém. de Freret et du Halde. Description de la Chine, t. II, p. 239.

dans la citadelle, où, tournant au moindre effort sur elles-mêmes, elles présentoient successivement le code entier des lois aux yeux des spectateurs (1). Celles de Dracon avoient, sans doute aussi, été publiées sur bois, ce qui faisoit dire, longtemps après, à un poëte comique cité par Plutarque (2) : « J'en atteste les lois de Solon et « de Dracon, avec lesquelles maintenant le peuple fait cuire ses « légumes. »

A Rome, avant l'usage des colonnes et des tables de bronze, les lois étoient gravées sur des planches de chêne qu'on exposoit dans le Forum. C'est ainsi que les lois de Numa furent publiées par Ancus Marcius d'abord, et plus tard par le grand pontife Papirius (3). Les annales des pontifes, où s'inscrivoient, jour par jour, les principaux événemens de l'année (4), étoient écrites, probablement à l'encre noire, sur une planche de bois blanchie avec de la céruse et qu'on appeloit album (5). Cette planche étoit exposée devant la maison du pontife, et des peines sévères étoient portées contre celui qui auroit osé l'enlever ou la changer, en raturer ou en altérer le texte. Les annales des pontifes cessèrent vers l'an 633 de Rome (6); mais l'usage de l'album se maintint longtemps encore, puisque nous trouvons dans le code théodosien (7) des lois publiées sur une table enduite de céruse. Le bois étoit encore en usage pour les actes privés; un passage du Digeste, que nous avons déjà cité (8), prouve que les testamens étoient parfois écrits sur des tablettes de bois. Enfin, au ive siècle, on faisoit aussi des lettres en buis pour apprendre à lire aux enfans (9).

(1) Voy. Saumaise, *De mod. usur.*, p. 103. Barthélemy, Anachars., tom. Ier, p. 275, édit. in-18, 1815, et Pollux qu'il cite.

(2) Plutarch., *Vie de Solon*, tom. I, p. 366, ed. Reiske. Voy. A. Gelle. *noct. att.* II, 12.

(3) Denys d'Halicarn., liv. III, p. 178.

(4) Voy., pour la composition de ces annales, M. Leclerc, *Des journaux chez les Romains*, p. 15 et suiv.

(5) Cicer. *de Orat.* II, 12; Tite-Live, I, 32.

(6) Voy. M. Leclerc, ouvr. cit., p. 101.

(7) vii, 20, xi, 27.

(8) Voy. page 9, note 6.

(9) S. Jérôme *ad Lœtam*. Dans la *villa Laurentina* de Pline le jeune, le buis qui ornoit les jardins étoit planté et taillé de manière à former des lettres qui produisoient tantôt le nom du propriétaire, tantôt celui de l'artiste qui avoit dessiné les bordures. Epist. V; vi, 35, ed. Schæffer, 1805.

L'usage des tablettes de bois s'est perpétué jusqu'après la chute de l'empire d'Occident. Fortunat, dans sa lettre à Flavius (1), se plaignant de la rareté de ses lettres, lui dit : « Si vous êtes fatigué « du latin, écrivez-moi du moins en hébreu ; écrivez-moi en grec... « Peignez sur des tablettes de frêne les caractères barbares de l'al- « phabet runique, ou qu'une petite verge unie vous tienne lieu de « papyrus. »

> Barbara fraxineis pingatur runa tabellis,
> Quódque papyrus agit virgula plana valet.

L'écriture runique dont parle ici Fortunat, ayant pour caractère distinctif l'absence presque totale de lignes courbes, étoit formée, dans le principe, par un certain nombre de petites baguettes (*virgulæ planæ*), que l'on combinoit ensemble ; d'autres fois elle étoit tracée à l'encre (*pingebatur*) sur des tablettes de bois de frêne. Les paysans de la Norwége et de la Suède se servent encore de calendriers gravés sur de petits bâtons et de tablettes de bois indiquant les principales fêtes de l'année.

Enfin il paroît qu'on a parfois écrit sur des copeaux, ou rubans de bois que le rabot enlève en glissant sur une planche. Nous en avons deux exemples à deux époques bien éloignées. Le premier remonte au IVe siècle avant l'ère chrétienne. « Celui-là, dit Théo- « phraste (2), est d'une avarice sordide, qui, lorsqu'il a remporté « le prix de la tragédie, consacre à Bacchus un ruban de bois, « ταινίαν ξυλίνην, sur lequel est inscrit le nom du Dieu. »

L'autre exemple est plus moderne, mais aussi plus remarquable. Pancirol dit avoir eu en sa possession quelques pages très-anciennes composées de minces rubans de bois collés ensemble, et portant des caractères lombardiques ; d'où il conclut que les Lombards (3) fabriquoient une espèce de papier à leur usage, en réunissant des copeaux avec de la colle.

Nous avons déjà cité le passage où Pline (4) énumère les subs-

---

(1) Citée page 647, note 2.
(2) Caract., p. 490, éd. d'Heinsius. Leyde, 1613, in-fol.
(3) Langobardi *tenues tilias e tabula abrasas glutineque compactas* pro charta habuerunt : quarum paginæ quædam vetustissimæ, eorum caracteribus scriptæ, *apud me extant. Thes. var.*, lect. 1, 28, cité par Schwarz. *De orn. libr.* IV, 8.
(4) Hist. nat., XIII, 21.

tances sur lesquelles on a écrit avant l'invention du papyrus. Après les feuilles d'arbres et l'écorce, il nomme les volumes de plomb pour les actes publics, et ceux de toile, *lintea*, pour les affaires privées. Est-ce à dire que du temps de Pline on ne se fût jamais servi du linge pour les actes publics? La religion, du moins, paroît avoir consacré, chez tous les peuples, l'usage de l'écriture sur toile ; on peut citer, pour l'Égypte, les linges écrits trouvés dans les boîtes de momies, et les rituels conservés au musée égyptien dans le palais du Louvre. A Athènes, les noms de ceux qui s'étoient signalés dans un combat étoient inscrits sur le voile de Minerve (1). L'an de Rome 459, les Samnites préludèrent à la guerre contre les Romains par un sacrifice solennel ; un vieux rituel écrit sur de la toile régla l'ordre et les détails de la cérémonie (2). C'est dans des livres semblables qu'étoient consignés les oracles sibyllins (3). Les livres historiques simplement nommés par Tite-Live *libri lintei* devoient avoir aussi quelque caractère religieux, puisqu'ils étoient déposés dans le temple de Monéta, où le vieil annaliste Licinius Macer les avoit consultés (4). Enfin, sous les premiers empereurs chrétiens, nous trouvons l'usage de publier les lois sur des morceaux de toile de lin, *mappæ linteæ* (5).

La toile servit aussi à des usages moins solennels. Aurélien avoit fait écrire jour par jour toutes ses actions dans des livres de lin qui furent conservés, après sa mort, dans la bibliothèque ulpienne, à Rome (6). Les plans cadastraux tracés sur des toiles étoient déposés dans les archives de l'empereur (7). Enfin des compositions littéraires furent aussi écrites sur des livres de toile ; ils sont nommés *carbasina volumina* dans le passage de Martianus Capella, que nous avons cité plus haut (8). Sidoine Apollinaire, au v⁰ siècle, écrivoit ses poésies légères sur des morceaux de linge (9).

S'il faut s'en rapporter à un passage des lettres de Symmaque,

(1) Suidas, au mot πέπλος.
(2) Tite-Live, x, 38.
(3) Symmach. Epist. iv, 38, et Claudian. de bello Getico, vers 233. Ils étoient aussi écrits sur du papyrus. Voy. Tibulle, ii, v, 17.
(4) Tite-Live, iv, 7, 20, 23.
(5) Cod. Theodos. xi, tit. 27.
(6) Vopisc. in Aurelian., c. i.
(7) Hyginus, ap. Gœsium, p. 193.
(8) Voy. page 18, note 1. Le *carbasus* désiguoit une espèce de linon, un tissu plus fin que la toile ordinaire.
(9) Epist. ix, 16, vers 33 et 34.

l'usage des volumes de soie étoit répandu dans la Perse (1); mais nous ne le trouvons pas ailleurs, du moins bien constaté. En France, jusqu'au siècle dernier, on avoit coutume, dans les universités, de faire imprimer sur du satin les exemplaires de thèses que l'on destinoit à des personnages d'importance. De là cette boutade du poëte satirique qui, ayant à peindre une femme avare, et faisant profit de tout, l'affuble d'un

> Jupon bigarré de latin,
> Qu'ensemble composoient trois thèses de satin.

Il est impossible d'assigner une date à l'invention du papyrus. Varron ne la fait remonter qu'à l'époque de la fondation d'Alexandrie; mais Pline (2), qui rapporte cette opinion, la réfute par le témoignage de Varron lui-même, de Cassius Hemina et de plusieurs autres écrivains, relatif à la découverte, faite l'an de Rome 571, des livres de Numa écrits sur papyrus (3). Pline ajoute d'abord que la sibylle de Cumes avoit présenté à Tarquin le Superbe trois livres sur papyrus, dont deux avoient été brûlés par elle; le troisième n'ayant péri que dans l'incendie du Capitole, arrivé du temps de Sylla (4). Il raconte enfin que le consul Mucianus avoit lu dans un temple de Lycie une lettre écrite sur papyrus par Sarpédon du temps de la guerre de Troie. Il existe maintenant, dans les divers musées de l'Europe, un nombre considérable de papyrus grecs, démotiques et hiéroglyphiques. Plusieurs papyrus grecs ont été publiés; ils remontent à 125, 127, 145 ans avant notre ère (5). Le musée de Berlin possède des manuscrits démotiques de la même antiquité (6). Parmi les papyrus démotiques du musée du Louvre, il existe un contrat daté de la 12ᵉ année de Ptolémée Philadelphe, 273 avant J.-C. (7). Mais ces vénérables débris des siècles passés paroî-

(1) Tu etiam sericis voluminibus achæmenio more infundi litteras meas præcipis. Ad Protad. l. iv, epist., 34.

(2) Hist. nat., xiii, 21, 27.

(3) Voy. aussi pour ce fait Tite-Live, xl, 29.

(4) Voy. Solin. *Polyhist.*, c. 2, A. Gell. l, 19; Denys d'Halicarn., libr. iv, p. 259.

(5) Peyron, *Pap. græci regii Taurinensis musei Ægyptii.* Turin., 1826; in-4, p. 46. Letronne. *Fragmens inédits d'anciens poëtes grecs, tirés d'un papyrus appartenant au musée royal,* etc., Paris, Didot, 1838, in-8, p. 17, 32.

(6) Peyron., ouvr. cité, p. 87.

(7) Champollion, *Rapport sur la collection égyptienne acquise à Livourne,* pag. 6.

tront presque modernes à côté de ceux que Champollion le jeune a fait connoître au monde savant, dans ses lettres sur la collection du musée de Turin.

La deuxième lettre, adressée au duc de Blacas (1), fait mention de contrats portant leur date, qui remontent à quinze, seize et dix-sept cents ans avant l'ère vulgaire. « J'eusse été moi-même, dit-il, « effrayé d'une telle antiquité, si ce frêle morceau de papyrus ne « sortoit des hypogées d'Égypte, où aucune autre cause de destruc-« tion, si ce n'est l'homme seul, ne peut faire disparoître les objets « qu'on y renferma jadis avec tant de soin, et si, surtout, je n'a-« vois trouvé, dans les papyrus tirés de ces mêmes catacombes, « une nombreuse série de pièces pareilles, formant une chaîne « presque continue de dynastie en dynastie, et qui lient, pour « ainsi dire, cette époque, si prodigieusement reculée dans l'ordre « actuel de nos idées, avec des temps plus rapprochés ; je veux « dire avec l'époque, comparativement plus moderne, où les suc-« cesseurs d'Alexandre usurpèrent à leur tour le trône des Pha-« raons. »

La plante nommée papyrus par les Égyptiens, et βίβλος par les Grecs, est une espèce de roseau de la famille des cypéracées. « Sa tige est nue, triangulaire au sommet, au moins de la gros-« seur du bras, haute de huit à dix pieds, rétrécie à sa partie su-« périeure, et terminée par une ombelle composée très-ample, « d'un aspect élégant, entourée d'un involucre à huit larges folioles « en lames d'épée (2). » Du temps de Pline, le papyrus croissoit dans les marais de l'Égypte ou dans les endroits où le Nil débordé s'élevoit de deux coudées au-dessus du sol ; il venoit aussi en Syrie et dans l'Euphrate, aux environs de Babylone, où l'on avait aussi le secret d'en faire du papier (3). Aujourd'hui le papyrus croît naturellement en Sicile ; Bruce l'a trouvé en Syrie, dans le Jourdain ; en deux différents endroits de la haute et de la basse Égypte, dans le lac de Tzana et dans le Goudero, en Abyssinie (4). Mais les témoignages des voyageurs sont trop peu d'accord entre eux, pour qu'on puisse affirmer positivement que cette plante existe encore

---

(1) Pages 42, 58, 59, 60.
(2) Dictionn. des sciences natur.
(3) Pline, XIII, 22.
(4) *Voy. en Abyss.*, in-4, tr. fr., tom. V, p. 10 et suiv.

maintenant dans le pays dont elle faisoit jadis la principale richesse.

Tous les détails relatifs à la fabrication du papyrus nous ont été conservés par Pline (1); mais les trois chapitres qu'il a consacrés à cette matière sont parfois si obscurs, que, malgré de nombreux commentaires et même diverses expériences tentées sur du papyrus de Sicile, l'interprétation de quelques passages reste toujours incomplète. On sent que nous ne pouvons discuter tous les points difficiles dans lesquels nous croirons devoir nous éloigner des explications proposées jusqu'ici : pour cela seul il faudroit un volume. Nous nous contenterons de renvoyer nos lecteurs aux travaux de Guilandinus, de Saumaise, de Cyrillo, de Caylus, de Montfaucon (2); et nous allons exposer la fabrication du papier d'Égypte, telle que nous l'entendons d'après le seul guide que l'antiquité nous ait laissé pour cette matière.

La tige seule du papyrus, longue d'environ quatre pieds, étoit bonne à faire du papier : on la séparoit longitudinalement en deux parties égales. Ensuite, avec une aiguille (3), on enlevoit des bandes de papyrus aussi minces et aussi larges que possible. Ces bandes se nommoient, en latin, *philyræ*. Les meilleures étoient les deux qu'on enlevoit d'abord dans chaque partie de la tige, c'est-à-dire celles qui formoient le centre de la plante ; les autres diminuoient de qualité, à mesure qu'elles se rapprochoient de l'écorce. Avec les premières, on fabriquoit le papier de première qualité ; avec les

(1) XIII, 23-26.

(2) Guiland. *Papyrus, hoc est commentarius in tria C. Plinii majoris de papyro capita, ex recensione Henrici Salmuth.* Amberg., 1613, in-8°.—Saumaise, Comment. sur Vopisc. *in Firmum*, c. 3. —Cyrilli D. M. *Monograph. papyri.* Parme, 1796, in-fol.—Montfauc., *Dissertation sur la plante appelée papyrus, sur le papier de coton et sur celui dont on se sert aujourd'hui ;* dans les Mém. de l'Acad. des inscrip. et belles-lettres, t. VI, p. 592. —Caylus, *Dissert. sur le papyrus,* ibid., tom. XXIII, p. 198.—M. Dureau de la Malle a depuis long-temps en portefeuille une savante dissertation sur le papyrus, qu'il a lue à l'académie des inscriptions, et qu'il nous a obligeamment communiquée. Enfin nous connoissons les résultats des expériences qu'a faites M. Stoddhart sur le papyrus de Sicile, et nous regrettons vivement qu'il n'ait point encore fait connoître les procédés qu'il a mis en usage.

(3) M. Stoddhart n'a pu enlever les lames du papyrus de Sicile qu'avec un instrument très-tranchant. Peut-être, dans le texte de Pline, faut-il lire *acie* au lieu de *acu*.

secondes, le papier de seconde qualité ; avec les troisièmes, celui de troisième qualité, ainsi de suite. La première qualité de papier se nomma d'abord *hiératique* ou sacrée, parce qu'elle étoit réservée pour la composition des livres saints : la flatterie lui fit donner ensuite le nom de papier *auguste* ou *royal* (1) ; par le même motif, le papier de seconde qualité fut appelé *livien*, du nom de Livie, femme de l'empereur. La dénomination de hiératique ne s'appliqua plus, dès lors, qu'au papier de troisième qualité. Une autre espèce de papier étoit connue sous le nom d'*amphithéâtrique*, parce qu'il étoit fabriqué à Alexandrie, dans le quartier de l'amphithéâtre ; mais ce papier étoit susceptible de grandes améliorations. Fannius, grammairien de Rome, parvint, en le remaniant, à étendre un peu sa largeur et à polir sa surface. Le papier, ainsi refait, prit le nom de papier *fannien* et rivalisa avec le papier auguste ; celui qui n'avoit pas subi ce remaniement garda le nom d'*amphithéâtrique*, et resta au quatrième rang. Le papyrus qui croissoit aux environs de Saïs, en grande quantité, mais en qualité inférieure, servoit à faire le papier de cinquième qualité, qu'on appeloit papier *saïtique*. En sixième lieu venait le papier *ténéotique*, ainsi nommé d'un quartier d'Alexandrie où on le fabriquoit (2) ; de qualité inférieure, il se vendoit au poids. Au dernier rang se plaçoit le papier *emporétique* ou papier marchand ; il n'étoit nullement propre à recevoir l'écriture, et ne servoit qu'à faire des serpillières ou des enveloppes pour les autres espèces de papier.

Isidore (3), qui ne dit rien du papier amphithéâtrique, place le ténéotique au quatrième rang ; au cinquième, le saïtique ; au sixième, un certain papier *cornélien*, qui auroit été fabriqué par Cornélius Gallus, préfet d'Égypte sous Octave ; mais, comme ce dernier n'est point nommé dans Pline, écrivain pourtant bien plus rapproché qu'Isidore du temps où vivoit Cornélius Gallus, il est permis de croire qu'il y a confusion dans le passage de l'évêque de Séville, et qu'il a voulu parler peut-être du papier *claudien*, dont nous aurons à nous occuper tout à l'heure.

Nous terminerons cette énumération en indiquant le papier de grand format, qu'on nommoit *macrocolle*, et qui avoit un pied

(1) Isidor., *Orig.*, vi, 10.
(2) Isidor., *Orig.*, vi, 10.
(3) *Orig.*, vi, 10.

de largeur (16 doigts). Pline signale un inconvénient grave dans ce papier, c'est que, si on arrachoit une seule bande, on endommageoit un plus grand nombre de pages. Nous tâcherons d'expliquer plus tard cette remarque presque énigmatique : contentons-nous d'observer, pour le moment, que ce désavantage ne fit pas renoncer les anciens aux macrocolles. Il paroît même que, dans le moyen âge, on augmenta encore la dimension de ces feuilles, car il existe des chartes sur papyrus dont la largeur est de deux pieds françois (1).

Voici comment on procédoit à la fabrication de ces diverses espèces de papier : Sur une table inclinée, et mouillée avec de l'eau du Nil, on étendoit, les unes à côté des autres, des bandes de papyrus, aussi longues que la plante avoit pu les fournir, après qu'on en avoit retranché les deux extrémités, c'est-à-dire l'ombelle et la racine; on les humectoit encore avec de l'eau du Nil. Cette eau, pénétrant les lames du papyrus, délayoit les sucs qu'elle pouvoit contenir; par là elle perdoit sa limpidité, devenoit trouble et acquéroit une viscosité suffisante pour tenir lieu de colle et assujettir entre elles les bandes de papyrus, dans le sens de leur longueur (2). Sur ces bandes longitudinales on en posoit transversalement d'autres, qui, coupant les premières à angle droit, formoient, avec elles, une espèce de claie. Les feuilles, *plagulæ*, ainsi faites, étoient soumises à l'action d'une presse, puis séchées au soleil; ensuite on les réunissoit en un rouleau, *scapus* (3), qui, du temps de Pline, contenoit vingt feuilles. Au IVe siècle, la *main* de papyrus, comme nous dirions aujourd'hui, n'étoit plus que de dix feuilles (4). C'est d'une main de papyrus que Cassiodore dit, dans une de ses lettres (5) : *Hæc tergo niveo aperit eloquentibus campum, copiosa semper assistit et quo fiat habilis in se revoluta colligitur dum magnis tractatibus explicetur.*

Il y avoit une grande différence de largeur entre les diverses

(1) Voy. Mabill. *De re diplom.*, I, IX, 8.
(2) De Jussieu, dans le Mém. de Caylus déjà cité.
(3) Ce mot vient du grec σκῆπος, dorique σκᾶπος, signifiant bâton, *rameau.*
(4) Parmi les dons faits par Constantin à l'église de Rome et au pape Sylvestre, on remarque les objets suivans : Chartas *decadas* 150; Chartas *decadas* 300; *idem* 400; papyrum *racanas* libras, mundas MILLE; papyrum mundum *racanas* 500, etc. *Anastase le bibliothécaire*, vol. II, p. 15 et 16, éd. Fabrotti. Paris, 1649.
(5) Variar. XI, 38.

espèces de papier d'Égypte. Les meilleurs, c'est-à-dire les papiers auguste et livien, avoient treize doigts; le papier hiératique en avoit onze; le fannien, dix; l'amphithéâtrique, neuf; le papier saïtique étoit beaucoup plus étroit : il n'égaloit même pas la largeur du maillet; enfin, le papier emporétique ou marchand n'avoit que six doigts de largeur. Dans toute espèce de papier, ce qu'on estimoit c'étoit la finesse, le corps, la blancheur, le poli.

L'empereur Claude fit fabriquer une espèce de papier auquel il donna son nom, et qui enleva le premier rang au papier auguste; celui-ci, en effet, étoit si mince, qu'il pouvoit à peine supporter le bec du roseau, buvoit l'encre et laissoit paroître au verso, comme autant de ratures, les lettres écrites au recto. Claude fit donc fabriquer son nouveau papier avec deux élémens différens : la chaîne étoit composée de bandes de seconde qualité, qui servoient à faire le papier livien, et la trame de bandes de la première espèce, avec lesquelles on faisoit le papier auguste. Nous avons vu que les papiers auguste et livien avoient treize doigts de large; Claude augmenta encore cette largeur; il la porta à un pied et demi, ou 24 doigts: ces avantages firent préférer son papier à tous les autres. Le papier auguste continua à être employé de préférence pour les lettres, et le papier livien, qui étoit composé entièrement de bandes de la seconde qualité, garda son nom et son rang.

Dans le quatorzième livre de Martial, où les titres des épigrammes sont de Martial lui-même (1), et où il a voulu noter alternativement les présens de luxe et les dons plus modestes (2) qu'on s'envoyoit réciproquement à l'époque des saturnales, les *chartæ majores* sont mises en opposition avec les *chartæ epistolares* (3). On ne peut guère douter, d'après ce qui précède, que ce papier à lettres ne soit le papier auguste, et que, par le nom de *chartæ majores,* le poëte n'ait voulu désigner le papier claudien ou la macrocolle, qui seuls étoient plus grands que le papier royal. Ailleurs (4), le même écrivain parle de la macrocolle ou du papier claudien, *charta major,* et des *chartæ minores,* par lesquelles il entend, sans doute, toutes les autres espèces de papier de moindre dimension.

(1) Voy. épigr. 11.
(2) Voy. épigr. I, vers 5.
(3) Epigr. x et xi.
(4) I, xlv, 2.

Avant de parler des remaniemens que le papyrus subissoit à
Rome, il est naturel de rechercher à quelle époque il y a été importé pour la première fois. La découverte faite, en 571, des livres de
Numa, découverte racontée par Tite-Live et par Pline, étoit attestée,
au rapport de ce dernier, par Cassius Hemina, L. Calpurnius Piso,
Sempronius Tuditanus, Varron, Valerius Antias. Ces livres renfermoient des statuts religieux *libros juris pontificii*. Or on sait
que Numa avoit écrit, en effet, des livres de ce genre; ils avoient été
consultés par Tullus Hostilius, et des extraits en avoient été publiés par son successeur (1). La découverte d'un exemplaire de
ces livres, faite à une époque où les Romains, dans toute hypothèse,
connoissoient bien le papyrus et en faisoient usage, est attestée par
un annaliste presque contemporain, Cassius Hemina; par Pison,
qui a écrit moins de soixante ans après l'événement; par Antias,
qui florissoit du temps de Sylla. On ne peut guère opposer, à un fait
aussi positif, que le fameux interdit jeté si longtemps sur l'Égypte,
qui auroit empêché l'exportation du papyrus jusqu'au milieu du
vie siècle avant notre ère. Mais comment admettre que cet interdit
ait été aussi sévère qu'on le suppose, lorsque dans cette étroite
vallée du Nil, si anciennement civilisée, on découvre journellement
des objets d'art de la plus haute antiquité dont la matière première ne se trouve pas dans le pays; lorsque, dans les
temps les plus reculés de l'histoire hébraïque, on voit les fils de
Jacob en communication avec le royaume des Pharaons? Peut-on
supposer que les ports de l'Égypte aient été fermés aux Tyriens et
aux Phéniciens, ces grands entrepositaires des premiers temps? Et si,
comme on ne peut guère en douter, ces peuples apportent à l'É-
gypte les productions des autres pays, peut-on croire qu'à leur tour
ils n'aient pas disséminé dans l'univers, alors connu, les richesses
de l'Égypte? Eux, les inventeurs de l'écriture, regardés tels du
moins dans l'antiquité; eux qui importèrent cet art sublime dans
la Grèce, qui déjà y avoient transporté, sans doute, les câbles de
papyrus, dont nous trouvons, dans Homère, la mention formelle (2),
n'auroient ni connu ni répandu le papier de papyrus! Mais, dit-on,
avant le règne d'Amasis, la Grèce n'avoit eu que des poètes;
depuis, la prose prit un rapide développement. Il n'y a que cin-

(1) Tite-Live, I, xxxi, xxxii.
(2) Odyss. xxi, 390.

quante ans de Denys de Milet à Hérodote, quarante d'Hérodote à
Thucydide, preuve que jusqu'à Denys les procédés de transcription
avoient été fort imparfaits. Sans examiner ici jusqu'à quel point
la poésie peut se passer du secours de l'écriture, connoît-on tous les
essais de prose qui ont précédé Thucydide, Hérodote et surtout
Denys de Milet? Il s'est écoulé quatre cents ans entre Villehardhuin et Bossuet, et Villehardhuin n'a pas été notre premier
chroniqueur.

En résumé, on ne peut assigner une époque à l'introduction du
papyrus en Italie ou en Grèce; mais tout porte à croire que l'une
et l'autre l'ont connu au début même de leur civilisation.

Pline signale, dans le papier d'Égypte, plusieurs défauts, dus les
uns à la négligence, les autres à la cupidité des fabricans égyptiens.
Pour cacher ces défauts le plus possible, ils ne manquoient jamais,
lorsqu'ils ployoient le papier en rouleau, de mettre en dessus les
plus belles feuilles, en dedans celles qui offroient quelques
imperfections. Ces défauts étoient de plusieurs sortes : il y avoit
des papiers grossiers et raboteux sur lesquels il étoit difficile d'é-
crire (1). Pour remédier à cet inconvénient, on donnoit dans un
excès contraire; on polissoit les feuilles avec un morceau d'ivoire
ou une coquille; cette opération donnoit plus d'éclat au papier,
mais l'encre pénétroit bien moins une feuille parfaitement lissée, et
l'écriture étoit moins durable. Quelquefois on avoit mal mesuré la
quantité d'eau nécessaire pour coller les bandes; ce vice du papier
se reconnoissoit à l'odeur, et encore plus sûrement par un battage
des feuilles; car alors l'eau mise en trop grande abondance sortoit
sous les coups du maillet. Souvent les feuilles de papyrus étoient
couvertes de taches. Enfin, si, par hasard, sur une feuille de papyrus terminée, il se trouvoit quelque solution de continuité, soit dans
la chaîne, soit dans la trame, le fabricant remplissoit le vide par une
petite bande de papier si adroitement collée, que l'œil le plus per-
çant n'y pouvoit rien découvrir; mais, lorsque le roseau de l'écrivain arrivoit à cette espèce de soudure, la lettre disparoissoit sous
une tache d'encre qui s'imprégnoit dans le papier.

Le papier d'Égypte se vendoit parfois à Rome avec ses défauts.
Ainsi Pline le jeune se plaint des feuilles grossières ou spongieuses
sur lesquelles on ne peut pas écrire *chartæ scabræ bibulæve*. Mais

(1) Pline j., VIII, xv, 2.

ordinairement on le colloit de nouveau avant de l'employer, et ce procédé étoit déjà en usage du temps des Gracques. La colle commune se composoit de fleur de farine délayée avec de l'eau bouillante dans laquelle on jetoit quelques gouttes de vinaigre. La mie de pain fermenté, détrempée dans l'eau bouillante, formoit une colle de meilleure qualité, moins épaisse, et qui donnoit au papier une finesse égale à celle d'une étoffe de lin ; l'une et l'autre devoient être employées dans les vingt-quatre heures. Après avoir couvert avec cette colle la feuille de papyrus, on la pressoit dans la main pour l'égoutter, ensuite on la déplioit et on l'étendoit à coups de maillets ; chaque feuille subissoit deux fois cette opération.

Rome n'avoit donc pas des fabriques de papier proprement dites, mais seulement des ateliers où celui qui arrivait d'Égypte recevoit une nouvelle préparation. Ce fait explique un phénomène remarquable que présentent les travaux exécutés à Naples, pour le déroulement des manuscrits d'Herculanum. On vient à bout, quoique avec beaucoup de peine, de dérouler les papyrus grecs ; mais les volumes latins sont tellement saturés d'une espèce de colle résineuse, que les feuilles épaissies se déploient très-difficilement : on ne peut même en obtenir que des fragmens qui, s'échappant sans aucun ordre, présentent à l'œil des mots, des syllabes ou même des lettres isolées, et que des lacunes considérables ne permettent pas de rattacher à un texte un peu suivi (1). Aussi, en 1825, sur 2,366 pages qu'on avoit obtenues en déroulant des manuscrits, il n'y en avoit que quarante de latines : toutes les autres étoient en langue grecque. M. le chanoine A. de Jorio, à qui nous devons ce fait, ajoute (2) : « Les experts croient, avec raison, que « les difficultés particulières que présente cette espèce de papyrus « naissent non-seulement de sa *souplesse* (le *lini lenitas* de Pline), « mais encore de *la différence de son apprêt*. » Il nous semble évident que les manuscrits grecs ont dû arriver d'Alexandrie tout confectionnés, tandis que les volumes latins ont été écrits à Rome, sur des papyrus retravaillés d'après les procédés que nous avons décrits.

La première feuille du *scapus* ou rouleau de papier portoit une inscription qui contenoit le nom du fabricant, la date et le lieu de

(1) Herculan. volum., t. II, pref., p. vii.
(2) Officina dei papyri, p. 32.

la fabrication, et le nom du *comes largitionum*, sous la juridiction duquel étoient les papeteries (1). Cette feuille se nommoit protocole (2), ce qui signifioit *première feuille collée*. On peut voir un singulier exemple de protocole dans le facsimilé publié par M. Champollion-Figeac, de la bulle donnée l'an 876 par le pape Jean VIII en faveur de l'abbaye de Tournus (3). L'inscription elle-même, qui étoit en tête de la main de papyrus, fut appelée protocole, et c'est cette inscription, et non la première feuille entière, que Justinien (4) défendit aux tabellions d'arracher dans le papier destiné aux actes publics; car jamais on ne se seroit avisé de détruire, comme inutile, une feuille de trois ou quatre pieds de long, parce qu'elle auroit porté une inscription de deux lignes.

Les fragmens les plus modernes que nous possédions de papier d'Égypte ont au moins sept siècles d'antiquité; ils sont, en général, d'une couleur sombre, et si fragiles, que pour les conserver on est obligé de les coller sur du carton ou sur du fort papier. Le papyrus neuf, au contraire, avoit de la consistance; il suffit, pour le prouver, de rappeler les rudes épreuves que lui faisoient subir, afin de l'améliorer, les marchands de Rome. De plus, sa couleur étoit parfaitement blanche (5), et plusieurs auteurs anciens ont comparé cette blancheur à celle de la neige (6). Combien de temps falloit-il pour détruire, dans le papier d'Égypte, ce *gluten* d'où venoient sa souplesse et sa couleur? c'est ce qu'on ne pourroit dire. Un passage de Symmaque nous apprend seulement que cette substance se détérioroit promptement, et, chose singulière, qu'on lui préféroit l'écorce pour transcrire les ouvrages dignes d'être conservés (7)?

(1) Voy. la Novelle de Justinien, que nous allons citer tout à l'heure.

(2) πρωτόκολλον, protocollum.

(3) Chartes latines sur papyrus, premier fascicule. Paris, Didot, 1836, in-fol.

(4) Novelle, 44, c. 2.

(5) Ausonne, épître 4, vers 73, et suiv.

..... quum tibi
Cadmi nigellas filias
*Melonis albam filiam*
Notasque furvæ sepiæ
Cnidiosque nodos prodidit.

Les anciens appeloient le Nil *Melo*. Voy. Festus.

(6) Hæc enim *tergo niveo* aperit cloquentibus campum. Et plus bas: Junctura sine rimis, continuitas de minutiis, *viscera nivea* virentium herbarum, etc. Cassiodor. *variar.* xi, 38.

(7) Itane me ludos facis, ut quæ apud te incuriosius loquor, in styli cau-

Il paroît qu'anciennement tout le papier qui se consommoit en Europe y étoit importé de l'Égypte. Le tyran Firmus, qui s'étoit révolté sur le bord du Nil, se vantoit d'avoir assez de papyrus et de colle pour nourrir une armée ; assertion que Casaubon entend du prix des objets, et Saumaise des objets mêmes (1). Les principales fabriques étoient à Alexandrie, « cette riche, opulente et pro- « ductive cité, dans laquelle personne ne vivoit inactif ; les uns y « fabriquoient du verre, les autres du papier (2). » Nous avons avancé que le papyrus étoit connu, en Grèce du temps d'Homère, à Rome sous Numa, mais sans pouvoir appuyer cette opinion d'aucun passage positif. Le plus ancien passage que nous connoissions propre à constater un grand commerce de papier d'Égypte se trouve dans Théophraste, disciple d'Aristote (3). Après avoir décrit les divers usages de la plante de papyrus, il ajoute : et les feuilles à écrire, *si renommées parmi les nations étrangères*, καὶ ἐμφανέστατα δὴ τοῦς ἔξω τὰ βιβλία. Mais il arrivoit quelquefois que la récolte de papyrus manquoit en Égypte ; l'importation alors étoit peu consi- dérable, et la disette de papier se faisoit sentir en Europe. Il y en eut une si considérable sous Tibère, qu'elle causa des troubles dans Rome. Pour les apaiser, le sénat fut obligé de nommer des commissaires, qui distribuèrent à chaque citoyen du papier selon ses besoins (4). A la fin du IVe siècle, le papyrus étoit rare en Afrique. Saint Augustin, écrivant à Romanius sur du parche- min à défaut de papier, lui annonce qu'il lui enverra prochaine- ment son livre *sur la religion catholique*, pourvu que le papier ne lui manque pas (5). Au VIe siècle, les marchands égyptiens appor- toient du papyrus à Marseille ; mais il paroît que le commerce in- térieur n'avoit pas assez de vie pour répandre cette denrée dans le

---

dices aut tiliæ pugillares censeas transferenda ne facilis senectus papyri scripta corrumpat. Symmaque, epist. IV, 34.

(1) Vopisc. in Firm., c. 3, et les commentaires de Casaubon et de Sau- maise sur ce passage. Observons, en passant, que la colle de farine, inventée à Rome pour le papyrus, étoit aussi employée en Égypte au moins au IIIe siècle.

(2) Vopisc., *Saturn.*, c. 8.

(3) Liv. IV, ch. 9.

(4) Pline XIII, 27.

(5) Non hæc epistola *sic inopiam chartæ indicat*, ut membranas saltem abundare testetur..... Scripsi quiddam de catholica religione quod tibi volo ante adventum meum mittere, *si charta interim non desit.* Epist. XV, alias 113.

nord de la Gaule. Grégoire de Tours, répondant à un livre diffa-
matoire, de Félix, évêque de Nantes, s'écrie : « O si Marseille t'a-
« voit eu pour évêque ! ses vaisseaux t'auroient apporté non de
« l'huile ou d'autres épices, mais seulement du papier, pour que
« tu pusses plus à l'aise écrire contre la réputation des gens de
« bien ; mais le manque de papier met des bornes à ton bavar-
« dage (1). » On peut encore citer la lettre où Fortunat (2), se plaignant de la rareté des lettres de Flavus, lui indique divers moyens
de suppléer au manque de papier.

Les Arabes, maîtres de l'Égypte au viie siècle, continuèrent à fabriquer du papier avec le papyrus ; la bulle de Jean VIII, en faveur du monastère de Tournus, qui est datée de l'an 876, porte,
sur sa première feuille, un protocole de trois lignes en grosse
écriture arabe cursive. Il est néanmoins probable que l'invasion
musulmane ralentit considérablement le commerce extérieur de
l'Égypte, et que le papyrus devint plus rare en Europe et dans
l'empire grec de Constantinople, où cette rareté devoit principalement se faire sentir. D'un autre côté, l'usage des palimpsestes, qui
se répandit beaucoup au ixe siècle, annonce une disette de parchemin, dont nous ne saurions, du reste, démêler la cause. Ces circonstances favorisèrent en Orient, et parmi les Grecs, la vogue du
papier de coton, qui avoit été inventé à la Mecque vers la fin du
viiie siècle (3). Ce papier, nommé en grec χάρτης βομβάκινος, dans
le latin du moyen âge, charta bombycina, cuttunca ou damascena, se
répandit promptement dans tout l'Orient, et finit par y faire tomber
le papier d'Égypte. Au xiie siècle, l'évêque Eustathe, dans son commentaire sur Homère (4), dit formellement que l'art de faire du
papyrus n'est plus pratiqué. Vers le même temps, notre papier de
chiffon servoit déjà à faire des livres. Pierre le Vénérable, nommé
abbé de Cluny en 1122, dit, dans son Traité contre les Juifs:
« Les livres que nous lisons tous les jours sont faits de peaux de
« mouton, de bouc ou de veau, de papyrus ou de papier de chif-

(1) Sed *paupertas chartæ* finem imponit verbositati. *Hist. franc.*, v. 5,
éd. Guadet et Taranne.

(2)  An tibi charta parum peregrina merce rotatur?
 Non amor extorquet quod neque tempus habet.
 Scribere quo possis discingat fascia fagum, etc.
Voy. ci-dessus, pages.

(3) Andrès (*dell' origine, progresso e stato attuale d'ogni litteratura*).
Parme, 1782, 5 vol. gr. in-4, tom. I, p. 203.

(4) Odyss. xxi, vers 390.

« fon (1). » En 1189, Raymond Guillaume, évêque de Lodève, donna à Raymond de Popian plein pouvoir de construire, au milieu de l'Hérault, un ou plusieurs moulins à papier, sous l'obligation d'un cens annuel de trois mines d'excellent froment et de trois mines d'orge (2). Le papier de chiffon devoit donc être assez commun dès la fin du XIIe siècle; son invention, qui remonte au moins au commencement du même siècle, acheva de ruiner, en Occident, le commerce de papyrus, et, de plus, mit fin à l'usage, trop longtemps répandu, de faire de nouveau servir les anciens parchemins après avoir enlevé la première écriture.

Le papyrus même, dans l'Occident, servoit à bien d'autres usages qu'à recevoir l'écriture. A Rome, on en faisoit les bûchers sur lesquels on brûloit les corps morts (3). Saint Grégoire le Grand (4) raconte que dans l'église de Saint-Étienne, près d'Ancône, l'huile ayant manqué pour les lampes, le moine qui étoit chargé de leur entretien les remplit d'eau, et, *suivant l'usage*, mit le papyrus, qui brûla comme s'il avoit été dans l'huile. Mais c'étoit la plante ou une partie de la plante travaillée exprès, plutôt que le papier de papyrus, qu'on employoit à ces divers usages. Dans les passages que nous venons de citer, nous trouvons bien le mot *papyrus*, mais jamais le mot *charta*, qui désignoit le papier d'Égypte. De plus, nous savons que les marchands apportoient en Europe non-seulement du papier, mais encore des plantes égyptiennes, et probablement des plantes de papyrus. Grégoire de Tours (5) parle d'un saint anachorète d'une sobriété remarquable, qui se nourrissoit, pendant le carême, avec les racines des herbes égyptiennes *dont les ermites se servoient*, et que lui fournissoient les marchands.

Nous n'insisterons donc pas sur ces faits, qui ne rentrent point, du reste, dans le plan que nous nous sommes tracé.

(1) Talem (librum) quales quotidie in usu legendi habemus, utique ex pellibus arietum, hircorum, vel vitulorum, sive ex biblis vel juncis orientalium paludum, aut ex *rasuris veterum pannorum*. Biblioth. Cluniæ, col. 1070, A.

(2) Ce renseignement, très-incomplet dans le Gallia christiana, tom. VI, 540, est tiré d'un recueil manuscrit d'anciennes chartes fait par les bénédictins de S.-Guilhen-le-Désert, et qui est aujourd'hui en la possession de M. R. Thomassy.

(3) Martial, VIII, 44; X, 97.

(4) Dialogues, liv. I, c. 5. Voy. aussi Grégoire de Tours, *Vie des Pères*, ch. 8, § 8, éd. Guadet et Taranne. — Saint-Paulin, vers sur *la Nativité de saint Félix*, etc.

(5) Hist. franc., VI, 6.

# CHAPITRE SECOND.

### Des instrumens de l'écrivain.

Les instrumens propres à tracer l'écriture ont dû varier avec les matières sur lesquelles on a écrit. Considérée par rapport à ces matières diverses, l'écriture se présente sous trois modes différens : elle étoit ou en relief, ou gravée, ou peinte. Il y a peu d'exemples de la première espèce ; et, dans le fait, elle n'a guère dû être employée que sur la brique, substance qu'on pouvoit modeler à volonté avant de la faire cuire.

L'écriture gravée suppose l'usage du ciseau, du burin, du style ; du ciseau pour la pierre, du burin pour le bronze, du style pour le plomb et les tablettes de bois enduites de cire. Le ciseau et le burin sont trop connus pour qu'il soit nécessaire d'en parler longuement.

Le style se nommoit en grec στύλον, γραφεῖον, en latin *stylus*, *graphium*, *scriptorium*. Sa destination n'est pas douteuse : « Le style, » dit saint Jérôme, écrit sur la cire, le roseau sur le papier ou sur « le parchemin (1). » Quant à l'emploi du style pour écrire sur le plomb, nous en avons pour garant Montfaucon (2), qui a eu en sa possession des tablettes de plomb dont l'écriture avoit été tracée au moyen d'un instrument de ce genre. Le style, pointu d'un côté pour écrire, plat de l'autre pour effacer, est élégamment décrit dans cette énigme de Lactance rapportée par Schwarz (3) :

(1) Stylus scribit in cera ; calamus vel in charta, vel in membranis. S. Jérôme, epist. 12, alias 140.

(2) Paléogr., gr., p. 20.

(3) *De ornam. libr.*, vi, 9.

De summo planus, sed non ego planus ab imo,
Versor utrinque manu, diverso et munere fungor;
Altera pars revocat quidquid pars altera fecit.

Saint Jérôme, pour faire entendre que ses livres contre Jovin en lui avoient coûté beaucoup de travail, dit qu'il a préféré à la partie du style qui écrit celle qui efface (1). Effacer se rendoit en latin par *stylum vertere*, tourner le style. De là le précepte d'Horace (2):

Sæpe stylum vertas, iterum quæ digna legi sint
Scripturus.

que Boileau a rendu par:

Ajoutez quelquefois et souvent effacez.

Les Hébreux se servoient de styles en fer dès l'antiquité la plus reculée (3). Les styles de fer furent aussi les premiers en usage chez les Grecs et chez les Étrusques (4); mais, comme ces instrumens pouvoient devenir dangereux, l'usage en fut, dit-on, proscrit à Rome par une loi (5), que Pline fait remonter à l'époque de l'expulsion des Tarquins. Ce fut peut-être pour se conformer à cette loi qu'on se servit de styles en os, instrumens dont on trouve deux ou trois exemples dans les anciens auteurs (6). Cependant il ne paroît pas que la prohibition des styles de fer ait jamais été rigoureusement observée. César, frappé dans le sénat, se défendit avec son style contre les assassins (7), et perça d'outre en outre le bras de Cassius. Plus tard, un chevalier romain qui avoit fait périr son fils sous les verges fut massacré par le peuple à coups de styles (8); et un sénateur mourut assassiné de la même manière par les ordres de Caligula (9). Cette arme dangereuse se trouvoit même entre les

(1) Stultus... qui meliorem styli partem eam legerim quæ deleret, quam quæ scriberet. Epist. 32, al. 51.

(2) Satyr. I, x, 72. Conf. Cic. *in Verrem*, II, 41.

(3) Quis mihi det ut exarentur in libro *stylo ferreo* (sermones mei). Job., xix, 24.

(4) Græci et Tusci primum ferro in ceris scripserunt. Isidor., vi, 9.

(5) Isidor., *ibid*. Pline, Hist. nat., xxxiv, 39. On doit faire observer que ce passage de Pline peut être lu de diverses manières dans les manuscrits. Cette circonstance et l'inobservation bien constatée de la prétendue loi en rendent l'existence fort problématique.

(6) Isid., l. c. Forcellini, au mot *os*.

(7) Suéton., *in J. Cæsar*., c. 82.

(8) Sénèque, *de Clementia*, 1, 14.

(9) Suéton, *Caligul*., c. 28.

mains des enfans (1), et ils s'en servoient quelquefois pour tout autre chose que pour écrire. Du temps de la persécution de Dèce, saint Cassien, maître d'école à Imola, condamné comme chrétien, fut livré à la fureur de ses élèves, qui le déchirèrent à coups de styles de fer (2).

Il y a peu de musées qui ne renferment un ou plusieurs de ces instrumens de l'écriture ancienne; et d'ailleurs leur forme est si simple, que chacun peut aisément s'en faire une idée. On peut, du reste, consulter le nouveau Traité de diplomatique, et l'Antiquité expliquée par Montfaucon, ouvrages où l'on trouvera représentés une douzaine de styles de formes différentes (3). Il faut remarquer, pourtant, que le savant bénédictin, tout en reprenant ceux qui ont pris des boucles anciennes pour des styles à écrire, a probablement donné lui-même dans une erreur analogue, en plaçant parmi les styles un crayon de plomb dont nous parlerons tout à l'heure.

Pour mieux nous faire une idée des instrumens nécessaires aux copistes et de leur usage, nous allons décrire succinctement les opérations qu'exigeoit la transcription d'un manuscrit.

Il falloit avant tout, dans un rouleau de papyrus ou de parchemin, tailler des feuilles adaptées à la forme et aux dimensions du livre, qu'on avoit d'avance déterminées. Pour cela, on se servoit des ciseaux, en latin *forceps*, en grec ψάλισ ou ψαλίδιον.

Avant d'écrire, on polissoit le papier ou le parchemin destinés à à recevoir l'écriture. Le papier poli avec une dent d'animal se nommoit *charta dentata* (4); on se servit aussi, pour le même objet, d'une coquille (5) ou d'une pierre ponce, *pumex*, κίσσηρις. *Rasum pumice* (librum), dit Martial, et ailleurs : asperoque *morsu pumicis* aridi *politus* (6). On s'en servoit aussi pour polir le parchemin; mais, auparavant, il devoit être dégrossi avec un grattoir, *rasorium*, et cette opération préparatoire exigeoit, sans doute, du temps et de

---

(1) Hæc tibi erunt armata suo graphiaria ferro ;
Si puero dones, non leve munus erit.

Martial, xiv, 21.

(2) Prudence, hymne 8. Grég. de Tours, *de Gloria Martyr.*, 1, 8.

(3) Antiq. exp., t. III, pl. 193-194, à la page 356. — N. T. de diplom., t. I, pl. 4, p. 535.

(4) Cicéron, *ad Quintum fr.*, II, 15.

(5) Pline, xiii, 25. Martial, xiv, 209.

(6) Martial, I, cxviii, 16; VIII, lxxii, cf. Horace, *épîtr.* I, xx, 2. Properce, III, 1, 8.

la peine, puisqu'il y avoit des ouvriers dont la profession consistoit à gratter le parchemin. C'est ce qui se prouve par le passage suivant de Pierre de Blois (1) : Prius traditur *rasori* (pellis ovilis) ut *cum rasorio*, omnem superfluitatem, pinguedinem, scrupulos et maculas tollat ; deinde *supervenit pumex* ut quod rasorio auferre non potuit pumice deleatur ; scilicet pili et talia minuta. Un des statuts de la règle des chartreux, cité par Du Cange (2), indique deux grattoirs de ce genre, *rasoria duo*, parmi les instrumens de l'écrivain.

Le même passage fait mention du poinçon, *punctorium*, σμιλίον; on s'en servoit pour percer d'outre en outre, en haut et en bas des pages, le papier et le parchemin, afin de régler la largeur des marges. Avec un poinçon moins fort, *subula*, on marquoit la distance des lignes ; quelquefois on employoit, pour cela, le compas, *circinus*, διαβήτης.

Lorsque la largeur des interlignes étoit ainsi réglée, on traçoit les lignes avec la règle, *regula, norma*, κάνον, et un crayon ou une pointe sèche. On déterminoit aussi à la règle la largeur des marges et l'espace qui se trouvoit entre deux colonnes. Quoique l'on trouve, dans Catulle, la mention d'un parchemin réglé avec du plomb (3), on a observé que, dans les plus anciens manuscrits, les raies sont tracées à la pointe sèche (4). L'usage du crayon de plomb ne s'est répandu qu'assez tard ; ce crayon, παράγραφον, *præductale*, étoit une verge ployée circulairement sur elle-même comme un petit soleil d'artifice, d'où les expressions de *plomb circulaire* et *plomb en forme de roue*, qu'on trouve dans quelques épigrammes de l'anthologie grecque (5). Les copistes qui n'avoient pas de compas pour espacer leurs lignes, après avoir tracé la première, remplaçoient la règle par une petite planche de la largeur de l'interligne ; ils traçoient la seconde ligne avec la règle, qu'ils remplaçoient de nouveau par la planche, en continuant ainsi jusqu'à ce que la page fût entière-

(1) Dans le sermon sur la Nativité, cité par Schwarz, II, 19.

(2) Glossaire, aux mots *punctare, punctorium*.

(3) Membrana directa plumbo. Carm. xxii.

(4) Sur quelques-uns des manuscrits carbonisés d'Herculanum on reconnoît encore les lignes qui avoient été tracées pour guider la main du copiste. And. de Jorio, *offic. dei papyr.*, p. 38, n. 6.

(5) Κυκλοτερὴς μόλιβδος — κυκλομόλιβδος — τροχὂεις μολιβδος. *Anthol. grec. palat.*, ed. Jacobs, t. I, p. 205, sq. C'est, à notre avis, un crayon de ce genre que Montfaucon a fait représenter dans l'*Antiquité expliquée*, pl. 194, t. III, le prenant pour un style à écrire.

ment réglée. Cette planche est nommée, dans les statuts des chartreux *postis ad regulandum.*

Les deux principaux instrumens qui ont servi à tracer les lettres
sur le papier et le parchemin sont le roseau et la plume. Le roseau
s'est nommé en latin *calamus, arundo, fistula, canna,* en grec
κάλαμον, χοῖνος. Les roseaux à écrire croissoient sur les bords
du Nil, à Memphis, à Gnide, et en Asie sur le bord du lac
Anaïtique (1); ils étoient, avec le papier d'Égypte, au nombre des
présens qu'on s'envoyoit à l'époque des saturnales, et nous voyons,
par une épigramme de Martial intitulée *Fasces calamorum* (2),
qu'on les donnoit et, probablement, qu'on les vendoit en faisceaux
analogues à nos paquets de plumes.

On tailloit les roseaux comme nos plumes en les fendant par le
milieu; ce qui leur a fait donner, par Paul Silentiaire, l'épithète de
μεσοσχιδεῖς (3). Le canif dont se servoient, pour cela, les anciens, *scalprum,* ou *scalprum librarium,* γλυφὶς καλάμων, φλύφανῶν, avoit le
manche court, la lame longue (4), recourbée en arrière et fort aiguë.
Cet instrument est figuré dans deux peintures très-anciennes représentant saint Luc et Denys d'Halicarnasse occupés à écrire,
peintures qui ont été reproduites par Montfaucon dans sa Paléographie grecque. Le même auteur, dans son Antiquité expliquée
(tome III, pl. 194), représente, au milieu des instrumens de l'écrivain, un petit outil en forme de lancette, dont la lame et le
manche ne font qu'une seule pièce. La lame est tranchante des deux
côtés. Les auteurs du nouveau Traité de diplomatique (tome I,
p. 535) y reconnoissent un canif antique. On peut voir, du reste,
au musée grec du Louvre, quelques instrumens de ce genre.

Lorsque la pointe du roseau n'étoit qu'un peu émoussée, on l'affiloit avec la pierre ponce ou avec une pierre à aiguiser, *cos,* ἀκόνη (5).

*Tailler* le roseau se disoit, en latin, *calamum acuere* ou *temperare.*
Ce dernier mot a pu être parfois employé au figuré; mais sa signification propre n'en paroît pas moins certaine; c'est de ce terme que

(1) Apulée, *Métamorph.* I, 1. — Martial, xiv, 38. — Catull., carm. 37. —
Auson, epist. iv, 77; vii, 51. — Pline, xvi, 64.
(2) xiv, 38.
(3) *Anthol. gr. palat.,* éd. Jacobs, tom. I, p. 206, n° 64. Le même auteur,
dans l'épigramme suivante, mentionne les *deux dents* du roseau.
(4) *Ibid.,* n°ˢ 63 et 64.
(5) *Anthol. grecque,* t. I, n°ˢ 63, 64, 65, 67, 68.

viennent les mots italiens *temperino* et *temperatojo*, qui signifient un canif.

Les Orientaux se servent encore du roseau pour écrire ; mais, depuis longtemps, il est hors d'usage dans l'Occident, où la nature du papier et de l'écriture exigeoit un instrument moins prompt à s'émousser.

Le plus ancien auteur qu'on cite comme ayant le premier clairement désigné la plume à écrire est un écrivain anonyme du v⁰ siècle, publié par Adrien de Valois, à la suite d'Ammien Marcellin. Il raconte (1) que Théodoric, roi des Ostrogoths, n'ayant jamais pu apprendre à écrire son nom, avoit fait percer à jour, dans une mince lame d'or, les initiales THÉOD.; que, lorsqu'il vouloit signer, il posoit, sur le papier, cette lame, promenoit *la plume* dans les contours des lettres, et les traçoit ainsi à travers la plaque métallique, au bas de l'acte où il devoit apposer son nom (2).

La plume est encore nommée et décrite par Isidore de Séville. Les instrumens de l'écrivain sont, dit-il, le roseau et la plume, dont la pointe est fendue en deux; mais le premier est tiré d'une plante, la seconde de l'aile des oiseaux (3). Isidore n'est mort qu'en 636; mais Montfaucon remarque avec raison que cet auteur ne parle ordinairement que d'usages anciens; conséquemment, la plume, qui étoit déjà répandue de son temps, devoit avoir une origine antérieure au vii⁰ siècle. Au viii⁰, les plumes à écrire sont encore mentionnées dans une lettre du vénérable Béde (4). Un manuscrit des Évangiles, du siècle suivant, vu par Mabillon (5), dans l'abbaye d'Hautvilliers, au diocèse de Reims, représente les quatre évangélistes écrivant avec des plumes.

On regarde comme une invention moderne les plumes métalliques, qui sont pourtant d'une origine assez ancienne. Rader, dans

(1) *Excerpta auctoris ignoti*, paragr. 79, à la suite de l'Ammien Marcellin de Wagner, tom. I, p. 624. Posita lamina super chartam, per eam *penna* duceret (litteras) et subscriptio ejus tantum videretur.

(2) L'empereur Justin l'Ancien signoit de la même manière les quatre premières lettres de son nom; mais il se servoit d'une plaque en bois et d'un roseau, et il falloit encore que sa main fût conduite. Procop., *Hist. arc.*, c. vi.

(3) Instrumenta scribæ calamus et *penna*, ex his enim verba paginis infiguntur; sed calamus arboris est penna avis, *cujus acumen dividitur in duo*, in toto corpore unitate servata. Isidor., *Orig.*, vi, 14.

(4) Cité par Schwarz, *de orn. libr.*, vi, 8.

(5) *De re diplom.*, supplem., xi, 8, p. 51.

ses commentaires sur Martial (1), dit que, de son temps, on a trouvé, chez les Daces, un roseau d'argent qu'il supposa avoir servi à Ovide pendant son exil. Laissant de côté la partie purement hypothétique de cette assertion, il n'en reste pas moins constaté qu'on a découvert, au xvie siècle, une plume métallique reconnue pour être un ustensile ancien. Au moyen âge, s'il faut en croire Montfaucon (2), les patriarches de Constantinople se servoient, pour leurs souscriptions, d'un roseau d'argent.

Le pinceau, *penicillum*, χονδυλίον, ne servoit ordinairement qu'à tracer les lettres d'or ou de cinabre (3) ; cependant les Égyptiens l'ont parfois employé pour écrire sur du bois à l'encre noire. Il existe, au musée de Turin, deux textes hiératiques écrits de cette manière sur la face intérieure de deux couvercles de cercueil (4). Encore aujourd'hui, les Chinois n'ont d'autre instrument pour écrire que le pinceau.

L'encrier se nommoit *atramentarium*, μελανδοκείον; il y en avoit de diverses formes et de diverses matières. Au moyen âge, on a donné à l'encrier le nom de *cornu*, d'où vient notre expression *cornet*, qui a la même signification. C'est qu'en effet on a parfois mis dans une corne l'encre ou les autres liqueurs destinées à tracer l'écriture. Schwarz a reproduit, d'après un très-ancien manuscrit contenant l'éloge de la sainte croix, par Raban Maur, abbé de Fulde et archevêque de Mayence au ixe siècle, le portrait de cet abbé se préparant à écrire. Il tient un canif de la main gauche, et de la droite il va tremper sa plume dans une corne attachée à une colonne qui est auprès de lui. Les encres de couleur se mettoient dans de petites fioles; on peut en voir des modèles dans les vignettes publiées par Montfaucon, où sont représentés saint Luc et Denys d'Halicarnasse. La fiole qui renfermoit l'encre rouge, pour la signature des empereurs de Constantinople, se nommoit *caniculum*, et l'officier qui en avoit la garde *præpositus caniculi* (5).

Les anciens distinguoient, comme nous, l'encrier de l'écritoire ; ce dernier meuble étoit une boîte destinée à renfermer les styles,

(1) Epigr., liv. xiv, 38, cité par Schwarz, vi, 8.
(2) *Pal. gr.*, p. 21.
(3) *Nouv. Trait. de diplom.*, t. I, p. 538.
(4) Champollion ; deuxième lettre au duc de Blacas, p. 25, note ; et première lettre au même, p. 27.
(5) Saumaise, *Plinian. Exercit.*, p. 91. Schwarz, *de ornam. libror.*, vi, 11.

*graphiaria theca, gráphiarium* (1), γραφιάτικη θηκὴ; ou les roseaux, *theca calamaria*(2), χαλαμὶs (3), et dans le moyen âge, καλαμαϱόθηκη, καλαμαϱιὸν (4). Il faut cependant remarquer que la *theca graphiaria* a pu être simplement un étui dans lequel on renfermoit le style pour le porter sur soi. Nous avons rapporté plusieurs circonstances où cet instrument étoit devenu à l'improviste une arme meurtrière; ce qui ne permet pas de douter que les Romains n'aient été dans l'usage de l'avoir ordinairement avec eux. Dans cette hypothèse, l'équivalent de notre écritoire, dans l'antiquité, auroit été seulement la boîte aux roseaux.

La forme quadrangulaire de cette boîte permettoit de l'employer, en guise de règle, pour tracer les lignes sur le papier et le parchemin, ce qui lui a fait donner parfois le nom de κάνον (5). D'autres fois, l'écritoire étoit composée de plusieurs compartimens, dans l'un desquels on plaçoit l'encrier lui-même. C'est une écritoire de ce genre que Paul Silentiaire appelle (6) la boîte à l'encre à plusieurs cases, conservant à la fois tous les instrumens de l'art d'écrire. Montfaucon a publié le dessin et donné la description d'une riche écritoire en bois, ornée de lames d'argent, que possédoit autrefois l'abbaye de Saint-Denis. La tablette principale étoit percée de plusieurs trous propres à recevoir des roseaux ou des plumes, et un riche encrier étoit suspendu à cette tablette par un double lien fixé à des anneaux d'argent (7).

Les anciens avoient certainement des pupitres, *plutei;* mais leur destination n'a pas été parfaitement constatée. On a dit que le pupitre servoit à supporter, non le papier ou le parchemin sur lequel écrivoit le copiste, mais l'original dont il faisait la transcription. Cette assertion a besoin d'être un peu modifiée. Il est constant que les anciens écrivoient sur leurs genoux et sur leur main droite. Hippocrate, dans sa deuxième lettre à Damagète, lui raconte qu'étant allé visiter Démocrite, il a trouvé le philosophe

---

(1) Suéton, *in Claud.*, c. 35. Martial, xiv, 21.

(2) Martial, xiv, 19.

(3) Pollux, x, 14. Hesychius.

(4) Voy. le Gloss. grec de Du Cange.

(5) *Anthol. gr. palat.*, ed. Jacobs, t. I, p. 205, n° 63.

(6) *Ibid.*, p. 206, n° 65.

    Καὶ κίστην πολύωπα μελανδόκον, εἰν ἐνὶ παντὰ
    εὐγραφέος τέχνης ὄργανα ῥυομένην.

(7) Voy. Paléogr. grecque, p. 28. Antiq. expliq., tom. iii, p. 355.

Abdéritain assis sous un arbre, tenant sur ses genoux un livre, sur lequel il se penchoit de temps en temps pour écrire (1). Homère, au début de sa Batrachomyomachie, invoque le secours des muses pour le poëme qu'il va écrire dans les tablettes posées sur ses genoux. De cette manière d'écrire, vient le dicton proverbial répété deux fois par Homère lui-même (2), ταῦτα θεῶν ἐν γούνασι κεῖται, *cela est placé sur les genoux des dieux;* allusion au livre des destins que Jupiter étoit censé écrire sur ses genoux, dans une peau de chèvre.

L'autre manière d'écrire, en tenant le papier sur la main gauche, manière qui est encore répandue parmi les Orientaux, existoit aussi chez les anciens; et ce fut peut-être l'origine du mot *pugillar,* qui désignait une certaine espèce de tablettes. Byblis, se disposant à écrire à son frère, tient le style de la main droite, et de l'autre les tablettes sur lesquelles elle va tracer sa lettre (3).

Nous savons, de plus, que les anciens avoient des lits pour lire et pour écrire comme ils en avoient pour manger. Ovide, exilé, regrette le petit lit que renfermoit un cabinet d'étude au fond de son jardin de Rome, et dans lequel il avoit coutume d'écrire ses vers :

> Non hæc in nostris, ut quondam, scribimus hortis
> Nec consuete meum, lectule, corpus habes (4).

Le philosophe Athénodore avoit acheté, à Athènes, une maison qui, la nuit, étoit, disait-on, hantée par des fantômes. Résolu de s'assurer de la vérité, il *se fit dresser un lit* dans le vestibule, demanda des tablettes, un style, de la lumière, renvoya ses gens dans l'intérieur, et tâcha de bien appliquer à écrire son esprit, ses yeux et sa main (5), pour que son imagination ne pût lui retracer des spectres qui n'auroient pas existé. Le passage des métamorphoses, que nous avons cité plus haut, nous fait connoître comment les anciens s'y prenoient pour écrire couchés. Byblis, écrivant dans son

---

(1) Ὁ δὲ εἶχεν ἐν εὐκοσμίῃ πολλῇ ἐπὶ τοῖν γουνάτοῖν βιβλίον......
ὁ δὲ ὁτὲ μὲν ξυντόνως ἔγραφεν ἐγκείμενος ὁτὲ κ. τ. λ., t. I, p. 19 et 20, éd. Chartier. Paris, 1639, in-fol.

(2) Iliad., xvii, vers 514, xx, vers 435.

(3) Métamorph., liv. IX, v, 515 et suiv.

(4) *Tristes,* I, xi, 38.

(5) Jubet *sterni* sibi in prima domus parte, poscit pugillares, stylum, lumen, etc. *Pline jun.,* VII, xxvii, 7.

lit, se lève à demi sur le côté, le corps soutenu par le coude gauche, et tient avec sa main gauche les tablettes dont elle va se servir :

In latus erigitur, cubitoque innixa sinistro...
... meditata manu componit verba trementi;
Dextra tenet ferrum vacuam tenet altera ceram.

Mais ces manières d'écrire sont bien peu commodes, et l'on peut présumer, sans invraisemblance, que les anciens ne s'y astreignoient pas bien rigoureusement, surtout pour les ouvrages un peu longs. On pourroit même voir une espèce de preuve de l'usage du pupitre pour écrire, dans un passage où Perse (1) s'indigne contre la littérature facile de son époque. Ces ouvrages, dit-il, ne font aucun mal au pupitre et ne sentent pas les ongles rongés; c'est-à-dire que leurs auteurs ne ressemblent pas aux bons écrivains, qui, dans le pénible enfantement de leurs idées, trahissent les efforts de leur esprit en frappant sur leur pupitre ou en se rongeant les ongles.

Pour des temps moins anciens, pour les viii⁰ et ix⁰ siècles, par exemple, on a mieux que des conjectures; ce sont des portraits d'évangélistes ou d'anciens auteurs écrivant; reproduits d'après les manuscrits de l'époque. Lambécius en a publié plusieurs dans ses *Commentaires sur la Bibliothèque impériale de Vienne*. A la page 219 du deuxième volume, on voit saint Luc écrivant sur ses genoux : une armoire est devant lui, renfermant un livre carré, deux rouleaux et une fiole. Cette armoire étoit peut-être le *pluteus* indiqué par Perse, car d'anciens commentateurs traduisent *pluteus* par *armarium* (2); mais elle est trop basse pour servir de pupitre à écrire. Une armoire semblable est représentée devant saint Marc et devant saint Matthieu, à la page 111 du tome troisième; seulement, un pupitre véritable, porté sur un pied, s'élève à côté de l'armoire et semble en faire partie. Sur le pupitre, sont les originaux que copient les évangélistes. Dans la même planche, saint Jean est représenté devant une armoire qui porte le pupitre à l'un de ses angles; il écrit sur le pupitre. Saint Marc et saint Matthieu se voient encore à la page 123 du même volume, écrivant sur un pupitre dont le pied, contourné, est planté cette fois dans le milieu de l'armoire. On trouvera des portraits d'évan-

(1) Satire I, vers 106.
Nec pluteum cædit, nec demorsos sapit ungues.
(2) Schaol. de Juvénal, sat. II, 7, et Gloss. d'Isidore dans Schwarz, VI, 12.

gélistes écrivant sur des pupitres à pied, dans la première et quatrième livraison des manuscrits françois, publiés par M. le comte de Bastard ; l'un d'eux est tiré de la Bible de Charlemagne. Dans toutes les peintures que nous venons de citer, les évangélistes se servent du roseau. Le compas, le poinçon, le canif, les ciseaux sont sur l'armoire, à leur portée.

Il ne nous reste plus qu'à parler de l'éponge et de son usage. Elle servoit d'abord à essuyer le roseau. Elle est nommée, dans une épigramme de l'anthologie grecque, καλάμων ͺαστορ ὑπὸ Κνιδίων (1), qui sert à essuyer les roseaux de Gnide. Paul Silentiaire (2) la désigne ainsi : σπόγγον, ἀκεστορίην πλαζομένης γραφίδος; c'est-à-dire, le remède des erreurs du roseau ou de l'écriture, ce qui indique qu'on effaçoit avec une éponge les mots mal écrits pour les corriger.

On avoit cette ressource non-seulement lorsque l'écriture étoit fraîche, mais encore lorsqu'elle étoit ancienne ; non-seulement sur le parchemin, mais encore sur le papyrus. Caligula, ayant ouvert, à Lyon, un concours d'éloquence grecque et latine, forçoit ceux des concurrens dont les ouvrages lui avoient trop déplu à les effacer avec leur langue ou avec une éponge, s'ils ne préféroient recevoir la férule ou être plongés dans la rivière (3). Martial adressant son quatrième livre à Faustinus, qu'il prie de le corriger, dit qu'il devroit joindre à son livre une éponge, car il n'y a d'autre moyen de le corriger que de l'effacer d'un bout à l'autre.

.... comitetur punica librum
Spongia ; muneribus convenit illa meis.
Non possunt nostros multæ, Faustine, lituræ
Emendare jocos : una litura potest (4).

Ces papyrus, dont on avoit effacé la première écriture, et sur lesquels on pouvoit écrire de nouveau, étoient ce que les anciens appeloient *palimpsestes*. « Vous m'écrivez sur un palimpseste, dit « Cicéron à Trébatius, et je loue votre économie. Mais je ne puis « deviner ce que contenoit ce morceau de *papyrus*, que vous ayez « mieux aimé l'effacer que de recopier votre lettre. A moins qu'il

(1) Pour ἀπο ͺαίστορα. *Annal. Brunckii*, éd. Jacobs, tom. II, p. 53.
(2) *Anth. gr. palat.*, tom. I, p. 206.
(3) Suéton., *Caligul.*, c. 20.
(4) Epigram. IV, 10. Voy. aussi III, 100, VI, 1.

« ne renfermât vos formules de droit, car je ne pense pas que
« *vous effaciez mes lettres* afin de les remplacer par les vôtres (1). »
Nam quod in palimpsesto, laudo equidem parsimoniam. Notez
que Cicéron étoit en Italie et Trébatius en Gaule. Par conséquent, la lettre de Cicéron, que Trébatius auroit pu effacer,
n'auroit pas été fraîchement écrite. C'étoit sur du papyrus palimpseste que les auteurs écrivoient leurs brouillons : Catulle, se mo-
quant d'un mauvais poëte plein d'orgueil et d'ostentation, lui
reproche d'écrire ses milliers de vers sur du papyrus royal, et non
sur du palimpseste *suivant l'usage.*

> Idemque longe plurimus facit versus.
> Puto esse ego illi millia aut decem aut plura,
> Perscripta ; nec *sic ut fit, in palimpsesto*
> Relata. Chartæ regiæ, etc. (2).

La *charta deletitia* (3), sur laquelle on pouvoit écrire un testament
valide, n'étoit autre chose qu'un papyrus palimpseste. Le mot *deletitia* a évidemment la même racine que l'épithète *deletilis*, appliquée par Varron (4) à l'éponge. Un passage de Plutarque (5)
nous apprend qu'on ne pouvoit jamais en effacer complétement
l'ancienne écriture ; il compare à un livre palimpseste Denys le
tyran, qui laissoit encore paroître ses vices, quoique Platon, son
précepteur, eût fait tous ses efforts pour les déraciner entièrement.
La facilité de faire des palimpsestes sur papier et sur parchemin provenoit surtout de la nature de l'encre dont se servoient
les anciens. L'encre noire, commune, se nommoit, chez les Grecs,
μέλαν, μελανίον, μέλαν γραφικὸν ; chez les latins, *atramentum,*
*atramentum librarium*, ou *scriptorium ;* quelquefois *encaustum*, du
grec ἔγκαυστον, d'où l'italien *inchiostro*. C'étoit un simple composé de noir de fumée, de gomme et d'eau. On obtenoit le noir de
fumée de plusieurs manières. Voici celle qui est décrite par Vitruve. On bâtissoit une chambre voûtée comme une étuve ; les
murs et la voûte étoient revêtus de marbre poli. Au devant de la

---

(1) Sed miror quid in illa *chartula* fuerit quod delere malueris quam hæc
scribere, nisi forte tuas formulas. Non enim puto te meas epistolæ delere ut
reponas tuas. *Ad famil.* . VII, 18.
(2) Page 50, éd. Vossius.
(3) Digeste, xxxvii, xi, 4.
(4) Apud Nonium, II, 212.
(5) Dans l'ouvrage qui a pour titre ὁτὶ μάλιστα τοῖς ἡνεμοσι χρὴ, etc.

chambre, on construisoit un four qui communiquoit avec elle par un double conduit. On brûloit dans ce four de la résine ou de la poix, en ayant soin de bien fermer la bouche du four, afin que la flamme ne pût s'échapper au dehors, et se répandît ainsi, par le double conduit, dans la chambre voûtée ; elle s'attachoit aux parois et y formoit une suie très-fine, qu'on ramassoit ensuite (1). La résine pouvoit se remplacer par de la poix, de la lie de vin desséchée et cuite, du marc de raisins ou de l'ivoire brûlé (2). Quelquefois on faisoit brûler des sarmens et des morceaux de bois résineux, qu'on piloit ensuite dans un mortier. La poudre obtenue par ce procédé remplaçoit le noir de fumée (3). L'encre se faisoit, à ce qu'il paroît, sans feu et à la seule chaleur du soleil. Celle à laquelle on mêloit un peu de vinaigre s'effaçoit, dit Pline, très-difficilement. Ailleurs il assure que, pour préserver les livres des souris, il suffisoit de faire infuser de l'absinthe dans l'encre (4).

L'encre des anciens a été en usage jusqu'au xiie siècle, époque où a été inventée celle dont on se sert aujourd'hui, qui est un composé de sulfate de fer, de noix de galle, de gomme et d'eau. L'ancienne encre étoit noire lorsqu'on l'employoit, mais elle jaunissoit avec le temps, et, si elle étoit exposée à l'humidité, elle finissoit par s'effacer entièrement. La chimie fournit plusieurs moyens de faire revivre les anciennes écritures que le temps a rendues illisibles ; mais quelques-uns ont le grave inconvénient de faire, sur le parchemin, des taches indélébiles. Nous indiquerons, comme un procédé infaillible et dont les résultats se manifestent instantanément, celui qu'emploie le savant abbé Peyron, de l'Académie de Turin, et auquel on doit déjà de précieuses découvertes. M. Peyron se sert de deux liqueurs, le prussiate de potasse et l'acide muriatique étendu d'eau. Il trempe un premier pinceau dans le prussiate de potasse, et le passe légèrement sur l'écriture effacée ; avant que cette première couche soit sèche, il promène sur l'écriture un second pinceau imbibé d'acide muriatique ; les lettres pâlies ou effacées reparoissent à l'instant.

(1) Vitruve, vii, 10.
(2) Pline, xxxv, 25.
(3) Vitruve, loc. cit.
(4) Pline, xxvii, 28.

Les anciens connoissoient aussi l'encre de sèche ou la sépia, dont nos dessinateurs font usage, et qui, dans l'Orient, sert encore à l'écriture. Perse (1), gourmandant la paresse des jeunes Romains de son époque, dit qu'ils ne se mettent à l'étude que tard dans la journée, encore trouvent-ils mille prétextes pour retarder l'instant du travail. L'encre est trop épaisse, *la sépia s'évapore dans l'eau*,

> Tunc queritur crassus calamo quod pendeat humor,
> Nigra quod infusa vanescat *sepia* lympha.

Sur ce passage, un vieux commentateur de Perse fait observer que l'encre de sèche étoit celle dont on se servoit en Afrique (2). Elle est encore mentionnée, par Ausone, dans une lettre à Théon (3).

Pline l'ancien nous apprend que de son temps on apportoit, à Rome, une encre indienne, dont l'invention lui étoit encore inconnue (4). Cette encre de l'Inde, qui est aussi mentionnée par Vitruve, pourroit bien avoir donné naissance à l'encre de Chine. Du Halde (5) raconte, d'après un ancien auteur chinois, que, l'an 620 de notre ère, un prince *indien*, en envoyant à l'empereur de la Chine son tribut annuel, lui avoit offert des tablettes d'encre, faites avec du noir de fumée et de la colle de corne de cerf, et si brillantes, qu'elles paroissoient enduites d'un vernis. Cette encre piqua l'émulation des Chinois, qui se mirent à en étudier la composition, parvinrent à l'imiter, à l'améliorer progressivement, et l'amenèrent enfin au degré de perfection qu'on lui connoît. Du Halde dit encore que l'encre de Chine actuelle est faite avec du noir de fumée ; mais il avoue aussi que les bons ouvriers, loin de divulguer leur secret, en font même un mystère à ceux de leur nation. M. Chevreul (6) conjecture que le principal élément de cette encre précieuse est la liqueur noire de la sèche.

Outre l'encre noire, les anciens se sont encore servis d'encre de couleur et de liqueurs d'or et d'argent. On trouve, dans les manus-

(1) Satires, III, v. 12, 13.
(2) Voy. le Comment. de Casaubon, p. 236.
(3) Epist. iv, vers 78. *Notasque furvæ sepiæ.*
(4) Apportatur et indicum ex India, inexploratæ adhuc inventionis mihi. *Hist. nat.*, xxxv, 25.
(5) *Descript. de la Chine*, tom. ii, p. 246.
(6) *Dictionn. des sciences natur.*, au mot *Encre.*

crits, des encres rouges, bleues, vertes et jaunes; les deux dernières sont les plus rares. Les encres de couleur n'étoient guère
employées que pour les initiales et pour les titres, et, comme la
rouge étoit celle dont on se servoit le plus fréquemment, on donna
aux titres le nom de rubriques. Il y avoit plusieurs espèces d'encres rouges. La plus estimée chez les Latins étoit le *minium*, qui,
longtemps, avoit été regardé comme une couleur sacrée. On en
peignoit le corps des triomphateurs, et la figure de Jupiter aux
jours de fêtes (1). Aujourd'hui le nom de minium s'applique à
l'oxyde rouge de plomb. Mais M. Brongniart (2) pense que celui
des anciens n'étoit pas différent du sulfure de mercure, qu'on appelle encore cinabre, et vermillon quand il est en poudre. On le
nommoit aussi *coccum* (3).

La rubrique, *rubrica,* espèce de sanguine ou d'ocre brûlée, étoit
d'un rouge moins éclatant et plus sévère que le minium. On l'employoit pour écrire les titres des lois; de là, chez les anciens eux-
mêmes, une synonymie bien constatée entre les mots *rubrica* et *titulus, lex* ou *formula* (4). De là l'épithète de *rubrœ,* rouges, donnée par
Juvénal aux lois anciennes : *perlege rubras majorum leges* (5). Is.
Vossius donne au mot *paragraphe* une origine à peu près semblable. Suivant lui, παραγράφειν, en grec, signifioit orner un livre
de vermillon, de rubrique ou d'écarlate ; et de là vient que les ju-
risconsultes ont appelé *paragraphes* les divisions des lois indiquées
par des titres rouges (6).

L'encre sacrée, *sacrum incaustum,* dont se servoient les empereurs
pour leurs signatures, étoit aussi une encre rouge. On l'obtenoit
en faisant cuire un murex avec sa coquille brisée (7). La confection
et l'usage de cette encre sacrée étoient interdits aux particuliers sous

(1) Inter pigmenta magnæ auctoritatis et quondam, apud Romanos, non
solum maximæ sed etiam sacræ. Pline, xxxiii, 36.
(2) *Dictionn. des sciences nat.,* au mot *Minium.*
(3) Et cocco rubeat superbus index. Martial, III, ii, 11.
(4) Interdicta recuperandæ possessionis causa proponuntur in rubrica :
*Unde vi.* Digest. xliii, 1, 2, § 3.
      Cur mihi non liceat jussit quodcunque voluntas,
      Excepto si quid Masuri rubrica vetabit.
                       PERSE, V. 89.
(5) Juvénal, xiv, 192,
(6) Voy. *Observat. ad. C. Valer. Catullum,* p. 55.
(7) *Cod. Just.,* I, xxiii, 6.

peine de la confiscation de leurs biens, et du dernier supplice. Les tuteurs des empereurs signoient avec une encre verte.

Cette encre et l'encre jaune entroient aussi dans la composition des titres des manuscrits, mais rarement; la seconde ne paroît pas avoir été employée après le xii<sup>e</sup> siècle. L'encre bleue se montre plus fréquemment, mais alternant toujours avec la rouge; on n'a pas d'exemple qu'elle ait été employée seule (1).

Lorsqu'on vouloit marquer, dans un livre, un passage qui avoit besoin d'être médité ou consulté de nouveau, on y faisoit une marque à l'encre rouge (2). On se servoit aussi, pour le même usage, de petits morceaux de cire qu'on colloit à l'endroit du livre qui devoit être relu (3). Les critiques employoient le même procédé pour marquer aux auteurs les parties de leurs ouvrages qui exi-geoient une révision. Cet usage est constaté par une phrase de Ci-céron, qui prouve que ces notes en cire étoient aussi de couleur rouge. « Je me réjouis, dit-il à Atticus, que mon ouvrage ait eu « votre approbation...; car je redoutois vos critiques : *cerulas* enim « tuas *miniatulas* extimescebam (4). »

Parmi les anciens manuscrits qui nous restent, il en est beau--coup dont les titres, les initiales, les vignettes, les encadremens sont ornés d'argent et d'or; quelques-uns sont entièrement écrits en lettres d'or ou en lettres d'argent. L'usage de ces encres précieuses est fort ancien; l'exemplaire des livres saints, envoyé par le grand-prêtre Éléazar au roi Ptolémée, étoit écrit avec de l'encre d'or sur des peaux très-minces (5). Ce luxe ne fut pas inconnu aux Latins, mais il se répandit surtout chez les Grecs pendant le moyen âge. Les écrivains en or, χρυσογραφοὶ, formoient une classe particulière et honorable, sans doute, puisque l'empereur Artémius, avant de mon-ter sur le trône, avoit exercé cette profession (6).

L'encre d'argent a été moins employée, parce qu'elle a l'inconvé-nient de se noircir avec le temps, et de rendre ainsi le manuscrit aussi

---

(1) Voy. Montfaucon, *Paléogr. gr.*, p. 4.

(2) Montfaucon, *Antiq. expl.*, tom. iii, p. 348.

(3) Ces morceaux de cire se nommoient en grec παραπλάσματα. Voy. Hesychius à ce mot; cf. Casaubon, *Comment. sur Perse*, p. 418; Saumaise, *Plinian. exercit.*, p. 755, a E.

(4) Ad Attic. xvi, ii.

(5) Joseph., *Antiq. jud.*, xii, ii, 10.

(6) Montfaucon, *Antiq. expliq.*, tom. iii, p. 349.

peu agréable à voir que difficile à lire. On cite cependant plusieurs beaux monumens de ce luxe calligraphique de nos pères ; par exemple, la traduction gothique des Évangiles, déposée à la bibliothèque d'Upsal , connue sous le nom d'Évangiles d'Ulphilas , le psautier de saint Germain, évêque de Paris , conservé à la Bibliothèque royale. Quant aux manuscrits en lettres d'or, ils sont moins rares ; Montfaucon a indiqué, dans sa Paléographie, quelques évangéliaires grecs, entièrement écrits en or, qui sont déposés à la Bibliothèque du Roi ; et les curieux peuvent, d'ailleurs, y voir plusieurs manuscrits de ce genre exposés dans les montres de la galerie Mazarine.

L'expérience avoit appris aux chrysographes que l'encre d'or, pour être durable, ne devoit pas être appliquée immédiatement sur le parchemin ; en conséquence, tantôt ils donnoient à toute la feuille sur laquelle ils écrivoient une teinte rougeâtre , tantôt ils traçoient, sur le parchemin blanc, leurs lettres en rouge, et les repassoient ensuite à l'encre d'or. Ce procédé étoit connu dès le ive siècle. « Se donne qui voudra, s'écrie saint Jérôme (1), d'anciens « livres tracés sur des parchemins pourpres, en or, en argent, ou « composés de lettres qu'on appelle onciales, énormes volumes « qu'on pourroit nommer avec plus de raison des fardeaux écrits. « Mais qu'on nous permette, aux miens et à moi, de nous conten-« ter de feuilles modestes, et de rechercher, dans les livres, la cor-« rection plutôt que la magnificence. » Un passage d'Isidore de Sé-ville est encore plus formel : « Les parchemins pourpres, dit-il, sont « ainsi teints pour recevoir des lettres d'or et d'argent (2). »

Saint Jérôme n'approuvoit pas, comme on l'a pu voir, l'emploi des ornemens de luxe dans la copie des livres saints. Son sentiment trouva des prosélytes. Un des statuts de la règle de Cîteaux défendoit aux religieux d'employer , dans la confection des manuscrits , l'or, l'argent et même les vignettes. Nous lisons, au contraire, dans la vie de saint Boniface, apôtre de l'Allemagne, que, parmi les livres qu'il fit venir d'Angleterre , se trouvoient les Épîtres de saint Paul écrites en lettres d'or. Le même saint prioit une abbesse copiste de transcrire pour lui les Épîtres de saint Pierre avec de l'encre,

(1) Dans la préface des livres de Job. Habeant qui volunt veteres libros, vel in membranis purpureis auro argentove descriptos, vel uncialibus, etc.
(2) Purpurea (membrana) inficiuntur colore purpureo in quibus aurum et argentum liquescens patescat in litteris. *Orig.* vi, 11.

d'or, et *cela par respect pour les saintes Écritures* (1). Il faut croire
que la simplicité des écrivains de Cîteaux , dans la confection des
livres saints , n'eut pas beaucoup d'imitateurs, car nos plus beaux
manuscrits sont des bibles , des évangéliaires , des psautiers, des
livres d'heures.

Du Cange, dans son Glossaire (2), a donné les procédés employés au
moyen âge, pour faire les encres d'or et d'argent. Il existe aussi, à
la Bibliothèque royale , un petit traité en grec vulgaire assez moderne sur l'art d'écrire en or, περὶ χρυσογραμμίας ; mais aujour-
d'hui qu'on a retrouvé le secret de ces encres précieuses, il seroit
inutile d'indiquer d'anciens procédés , moins parfaits, peut-être,
que ceux qu'on emploie de nos jours.

On trouve dans toutes les langues certaines phrases proverbiales
qui survivent, comme pour en perpétuer le souvenir, à d'anciens
usages d'où elles tirent leur origine. Lorsque Perse dit : « La phi-
« losophie t'a-t-elle appris à discerner le vrai? as-tu noté avec de
« la craie les choses qu'il falloit faire , avec du charbon celles qu'il
« falloit éviter (3)? » nous ne pouvons voir dans cette question
qu'une tournure métaphorique, une allusion à un usage qui n'existoit certainement plus du temps du poëte, ou du moins qui n'a-
voit plus alors toute l'extension que ce passage lui suppose. On doit
aussi prendre dans un sens figuré ce que dit Horace (4) des deux
fils d'Arrius, qui ne mangeoient que des rossignols : *Faut-il les
noter avec de la craie ou avec du charbon?*

Quorsum abeant? sani ut creta, an carbone notandi?

Ajoutons qu'une épigramme de Martial , qu'on nous dispensera
de traduire, annonce clairement que la craie et le charbon étoient
employés indifféremment comme chez nous , mais seulement par
les beaux esprits de carrefour, qui écrivoient leurs saillies sur les
murailles.

(1) Deprecor ut mihi cum auro conscribas epistolas domini mei Petri apos-
toli *ad honorem et reverentiam sanctarum Scripturarum.* Mabillon , *De re diplom.,* I, X, 6.

(2) Au mot *Aurigraphi.*

(3)      Quæque sequenda forent, quæque evitanda vicissim
        Illa prius creta, mox hæc carbone notasti ?

                                        Satir. V, vers 107.

(4) Satire II, III, 246.

Qui carbone rudi putrique creta
Scribit carmina quæ legunt cacantes (1).

Ces locutions avoient leur source dans l'usage de marquer sur les calendriers les jours fastes par une ligne blanche, les jours malheureux avec un trait noir. On pourroit donc, à la rigueur, prendre au propre ce que dit Horace, en célébrant le retour de Plotius (2) :

Cressa ne careat pulchra dies nota.

La craie et le charbon servoient peut-être de crayon pour les calendriers tracés sur des tablettes; et il est probable que ces substances n'étoient pas toujours employées dans leur état naturel, et qu'on les préparoit pour en faciliter l'usage, comme aujourd'hui on taille en forme de crayon des morceaux d'ardoise pour écrire sur des tablettes de même matière.

Mais dans des temps plus anciens, par exemple lorsqu'il n'y avoit, dit-on, d'autres calendriers que le clou sacré enfoncé dans le mur d'un temple, on comptoit les jours au moyen de petites pierres, blanches pour les jours heureux, noires pour les jours malheureux. Les anciens auteurs latins sont remplis de passages faisant allusion à cet usage, qui existoit aussi dans la Thrace selon Pline (3), dans l'île de Crète suivant un vieux commentateur d'Horace (4).

Les petits cailloux, *calculi*, étoient encore en usage, à Rome, au $1^{er}$ siècle de notre ère, pour débrouiller les comptes un peu difficiles. Un seul passage de Pline le jeune suffira pour le prouver. Il raconte, dans une de ses lettres, une cause qu'il a plaidée, et dans laquelle il a fallu établir plusieurs comptes devant les magistrats. « Peu s'en est fallu, dit-il, que nous n'ayons demandé une « planche et des cailloux, et que l'audience des centumvirs n'ait « été convertie en un compte de famille (5). » C'est de cet usage qu'est venu le mot *calculus*, signifiant compte, et, par suite, notre mot calcul.

(1) Martial, xii, 61,
(2) Odes, I, 36.
(3) Hist. nat., vii, 41.
(4) Ode 36, liv. I, éd. Gessner. — Cf. Catulle *ad Lesbiam*, cviii, 6. — Perse, *satire* II, vers 1. — Martial, VIII, 45. — Pline le jeune, VI, xi, 3.
(5) Intervenit enim acribus illis et erectis frequens necessitas computandi, ac pene *calculos tabulamque poscendi*, ut repente in privati judicii formam centumvirale vertatur. VI, xxxiii, 9.

# CHAPITRE TROISIÈME.

### De l'écriture ancienne.

'ÉCRITURE est susceptible de plusieurs divisions différentes, suivant qu'on la considère sous tel ou tel aspect. Par rapport à la direction des lettres ou des mots, elle se divise en écriture horizontale et en écriture perpendiculaire. La dernière, encore en usage en Tartarie et en Chine, ne fut point inconnue aux anciens. Parmi les merveilles que Diodore raconte des habitans de l'île de Ceylan (*Taprobanitæ*), il nous apprend qu'ils écrivoient du haut en bas, et non horizontalement comme les Grecs(1). Ceux-ci ont-ils eux-mêmes fait usage de l'écriture perpendiculaire? nous n'en trouvons pas d'exemple bien positif dans les anciens auteurs. Cependant, s'il faut en croire Festus, ils avoient un mot particulier pour désigner cette espèce d'écriture : c'étoit le mot *tæpocon*, mot qui est, du reste, évidemment défiguré, et que les érudits n'ont pu encore rétablir d'une manière satisfaisante (2).

L'écriture horizontale est susceptible de trois directions différentes. Chez la plupart des peuples d'Orient, elle va de droite à gauche, de sorte que le titre de leurs livres est ordinairement à la place où les nôtres portent le mot FIN. En Occident, les caractères sont dirigés de gauche à droite. L'invention de cette manière d'écrire a été attribuée à un certain Pronapides d'Athènes, que Dio-

---

(1) Φράφουσι δέ τοὺς στίχους οὐκ εἰς τὸ πλάγιον ἐκτείνοντες, ὥσπερ ἡμεῖς, ἀλλ' ἄνωθεν κάτω καταγράφωντες εἰς ὀρθόν. *Biblioth. hist.* II, 57.

(2) Voy. Samuel Petit, *Comment. in leges atticas*, II, 1, p. 179, éd. Vesseling, 1742, in-fol.

dore de Sicile dit avoir été le précepteur d'Homère (1). Avant lui, les Grecs avoient une troisième espèce d'écriture, qui a aussi été en usage chez les Étrusques ; elle consistoit à diriger une ligne de gauche à droite , une autre de droite à gauche , une troisième de gauche à droite , et ainsi de suite. Il paroît qu'à Athènes les lois ont été quelquefois écrites de cette manière (2). Cette écriture se nommoit *boustrophédon* , des deux mots βοῦς, bœuf, et στρέφειν, retourner, parce que l'écrivain , après avoir tracé une ligne, écrivoit encore en retournant en sens inverse, et se dirigeoit ainsi continuellement à la manière d'un bœuf qui laboure. Comme modèle d'écriture en ce genre, on peut consulter, dans les mémoires de l'Académie des Inscriptions (3), le facsimilé de l'inscription d'Amyclée, renfermant une liste de prêtresses d'Apollon , et les preuves sur lesquelles l'abbé Barthélemy établit la haute antiquité de ce monument.

On rencontre aussi, dans les manuscrits anciens, des écritures en croix , en rond , en cœur, etc.; mais ce sont moins des usages que des caprices de copistes. Théodose , au rapport de Nicéphore (4), avoit un évangéliaire élégamment écrit, orné de lettres d'or et dont toutes les pages étoient en forme de croix. Il y a dans la bibliothèque des pères (5) , parmi les œuvres de Fortunat, certaines pièces où l'on a imprimé en encre rouge des lettres qui , dans les manuscrits, sont à dessein distinguées des autres. L'ensemble de ces lettres forme tantôt un carré , tantôt un sautoir , tantôt une croix. Les poëtes de cette époque affectionnoient ces puérilités ; ils s'exerçoient aux acrostiches, qu'ils varioient de toutes les manières, et se plaisoient à composer de petites pièces de vers énigmatiques dont toute la difficulté consistoit parfois à deviner s'il falloit lire de haut en bas, ou de bas en haut, ou en diagonale, etc. Les auteurs du nouveau Traité de diplomatique ont rapporté plusieurs exemples de ces jeux d'esprit. Nous citerons entre autres un quatrain d'Hildebert, évêque du Mans, au ixe siècle, sur la Nativité de Notre-Seigneur :

(1) Diodor., III, 66, et le Comment. de Wesseling.
(2) Samuel Petit, l. c.
(3) Tome xxxix, p. 132, et suiv., éd. in-12.
(4) XIV, 3, cité par Schwarz, IV, 14.
(5) Tome x.

| Natus | casta | nitens | exultans | perfidus | emptus |
|-------|-------|--------|----------|----------|--------|
| Rex | virgo | sidus | angelus | hostis | homo |
| Quærit | nescit | dat | declarat | perdit | adorat |
| Nos; | labem ; | lumen ; | gaudia ; | jura ; | Deum. |

Pour trouver un sens dans ce quatrain, il faut le lire perpendiculairement. *Natus rex quærit nos,* etc.

Par rapport à la forme des caractères, l'écriture se divise en majuscule, minuscule et cursive. Aujourd'hui nous appelons majuscule le caractère des titres, minuscule le caractère de texte ou romain, cursive ou courante l'écriture ordinaire à la main, ou la lettre italique dans l'imprimerie. Il y a eu de tout temps à peu près la même différence entre ces trois sortes de lettres. Toujours la majuscule s'est distinguée par la grandeur et la forme carrée des caractères. La minuscule a toujours été une contraction, une espèce d'abréviation de la majuscule, avec des changemens assez notables dans la forme des lettres. Ces changemens sont encore bien plus marqués dans la cursive, dont le caractère distinctif a constamment été la liaison des lettres entre elles, liaison qui n'existe pas dans les deux premières classes d'écriture.

Les écritures lapidaires et métalliques ne se composent ordinairement que de lettres majuscules. Ces lettres sont de trois sortes ; les unes appartiennent à la majuscule élégante, qui égale presque en régularité nos grands caractères d'imprimerie ; on la rencontre surtout dans les inscriptions depuis Auguste jusqu'aux Antonins. Les autres constituent la majuscule qu'on est convenu d'appeler rustique ; dans cette espèce d'écriture la forme des lettres reste la même, seulement l'exécution en est très-imparfaite ; mais la troisième espèce d'écriture majuscule est une vraie dégénération ; nous voulons parler de l'écriture onciale.

Le mot oncial est la traduction d'*uncialis,* qui lui-même vient d'*uncia.* L'once, chez les Romains, étoit la 12e partie de l'as, et, par extension, d'un tout quelconque. Ici, où il s'agit d'une mesure de longueur, l'once est la douzième partie du pied romain, c'est-à-dire environ dix lignes, et des lettres onciales seroient des lettres de dix lignes de haut. Les Romains peuvent avoir eu, à une certaine époque, des lettres de cette dimension. Telles devoient être les *grandes litteræ* gravées sur le piédestal de la Diane de Ségeste, en Sicile, et les *maximæ litteræ* tracées sur la base de la statue de Verrès (1). Bien plus, nous trouvons dans Plaute qu'on faisoit quelquefois des lettres d'une coudée, ou d'un pied et demi de haut. Telle étoit la mesure de certaines étiquettes collées sur des amphores de vin, dont il est fait mention dans le Pænulus (2). Il y a ici une exagération évidente; mais lorsque, dans le Rudens, Grippus s'écrie : « J'afficherai partout en lettres d'une coudée que « celui qui aura perdu une valise avec beaucoup d'or et d'argent « s'adresse à Grippus (3) ». On aura beau faire une large part à l'exagération, on n'en sera pas moins obligé de reconnoître qu'à Rome, comme de nos jours, l'affiche avoit pris une dimension démesurée. Les lettres onciales pouvoient encore, au $IV^e$ siècle, tirer leur dénomination de leur grandeur : c'étoient des manuscrits en onciale que saint Jérôme appeloit des fardeaux écrits (4). Enfin une lettre de saint Loup, abbé de Ferrières (5), au $IX^e$ siècle, nous apprend qu'à cette époque encore les lettres onciales avoient une mesure fixe et déterminée.

Aujourd'hui les diplomatistes appellent onciales des lettres qui peuvent être plus grandes ou plus petites que les capitales, mais qui diffèrent essentiellement de celles-ci par leur forme. Le caractère le plus marqué de l'écriture onciale, c'est qu'elle arrondit les traits anguleux ou carrés de l'écriture capitale. Ainsi, pour en donner un exemple sensible, le Σ capital de l'alphabet grec devient un C dans le caractère oncial (6).

On a quelquefois soutenu que les Romains n'avoient d'autre écriture que la capitale en usage dans les inscriptions et une espèce de sténographie connue sous le nom de notes tyroniennes, dont nous aurons à nous occuper tout à l'heure. Il est certain que les plus anciens manuscrits qui nous restent sont en écriture majuscule, c'est-à-dire en capitale ou en onciale ; et, à ce propos, nous signalerons une différence bien sensible qui se trouve entre les

(1) Ciceron, *in Verrem de Signis*, c. 34, et *de Juridic. Sicil.*, c. 63.
(2) IV, 11, 14, 15.
(3) Cubitum, hercle, longis litteris signabo jam usquequaque,
   Si quis perdiderit vidulum cum auro atque argento multo, etc.
                                        Rudens, V, 11, 7.
(4) Voir ci-dessus, p. 53.
(5) Cité par Mabillon, *De re dipl.*, I, xi, 4.
(6) V. Mabill. *De re dipl.*, pl. VII, n. 1, et De Vailly, *Élem. de paléogr.*, pl. I ...

écritures grecques et les écritures latines. Pour peu qu'on ait vu des inscriptions dans les deux langues, on a dû remarquer que les caractères grecs sont petits, serrés, élégans, réguliers; que les caractères latins, au contraire, sont longs, larges, et qu'on ne s'est astreint à une règle fixe ni pour leur forme, ni pour leur distance respective. La même dissemblance se manifeste dans les anciens manuscrits. Parmi ceux, par exemple, qu'ont publiés les académiciens d'Herculanum, les colonnes grecques sont très étroites et présentent une écriture fine et serrée; les colonnes latines sont une fois plus larges et l'écriture en est lâche et très-espacée.

On peut conclure, peut-être, de ces observations que l'art d'écrire avoit fait plus de progrès en Grèce qu'en Italie; cependant il suffit d'avoir les notions les plus élémentaires de l'histoire intérieure de Rome pour reconnoître qu'on devoit y écrire beaucoup. Dès lors le bon sens indique qu'il y falloit une écriture plus commode et plus expéditive que la capitale des inscriptions et l'onciale des manuscrits. Dans plusieurs livres anciens, où l'on n'avoit vu d'abord qu'une capitale altérée, les bénédictins ont reconnu ce caractère particulier qu'ils ont nommé semi-oncial, et qui n'est qu'une écriture mixte, composée d'onciale et de minuscule (1). On est au moins obligé d'accorder aux Romains des lettres de très-petite dimension; telles sont celles dont il est fait mention dans Plaute : euge *litteras minutas* (2); et les *litteræ minutulæ*, que l'empereur Tacite, au rapport de Vopiscus (3), lisoit facilement malgré son grand âge. Plusieurs autres passages des anciens auteurs font évidemment allusion à ces lettres minuscules. Ainsi Caligula, pour que tout le monde ne pût copier une loi qu'il portoit, la fit écrire en très-petits caractères, et placer dans un lieu très-étroit (4). Pline le jeune, en parlant des manuscrits laissés par son oncle le naturaliste, dit qu'ils étoient écrits des deux côtés du papier, et en très-petites lettres (5). Enfin Sénèque, parlant d'un écrivain qui fait semblant de ne pas vouloir réciter son manuscrit, quoiqu'il en meure d'envie,

---

(1) Tel est le fameux manuscrit des Pandectes de Florence, dont le nouveau Traité de diplomatique renferme un spécimen, planche 46 du 3ᵉ volume.

(2) Bacchid., iv, ix, 68.

(3) In Tacit., c. xi.

(4) *Minutissimis litteris*, et angustissimo loco. Sueton., in Calig., c. 41.

(5) Opisthographos quidem et minutissime scriptos. Plin. jun. III, v. 17.

lui met dans les mains une histoire immense, écrite en très-petits caractères, et ployée en un rouleau très-serré (1). Quelques érudits ont voulu voir dans ces *minutæ litteræ* les signes abréviatifs qui composoient la sténographie romaine ; mais Cicéron nous fournit un exemple auquel cette explication est tout à fait inapplicable. Parmi les objets d'art qui avoient excité la convoitise de Verrès se trouvoit une statue d'Apollon, dont la cuisse portoit, en lettres d'argent très-petites (remarquez le pluriel), le nom de l'artiste Myron (2). Auroit-on employé la tachygraphie et *plusieurs* signes tachygraphiques pour écrire un seul nom et un nom propre ? Enfin les éditions microscopiques, qu'on faisoit déjà du temps de Cicéron, auroient-elles paru au célèbre orateur et à Pline une chose si merveilleuse, si elles eussent été écrites en notes tyroniennes ? Il falloit cependant que les écrivains grecs eussent des formes de caractères bien exiguës pour mettre l'Iliade entière sur un morceau de parchemin renfermé dans une coquille de noix (3). Dans tous ces passages, on doit en convenir, il s'agit non d'une écriture minuscule proprement dite, mais de caractères très-petits. On a donc pu soutenir, à la rigueur, qu'il n'y étoit question que d'une majuscule de petite dimension ; mais, lorsqu'on a un peu étudié les écritures anciennes, on sent combien il étoit difficile de rétrécir habituellement la dimension des grandes lettres sans en altérer aussi la forme. Pour nous, il nous semble impossible qu'il n'y ait pas eu, entre la majuscule et la minuscule romaines, une différence sensible, non-seulement dans la dimension, mais encore dans les contours des caractères.

Quant à la cursive, ou écriture courante, l'existence en est prouvée, chez les anciens, d'une manière incontestable. Les monumens de la cursive grecque sont nombreux et très-anciens. Plusieurs papyrus grecs qui remontent à plus d'un siècle avant notre ère ; les quittances d'imposition, écrites sur brique, dont nous avons parlé dans notre premier chapitre, sont en écriture cursive. Ces quittances,

(1) Recitator historiam ingentem attulit, *minutissime scriptam*, arctissime plicatam, etc. Sénèque, ép. 95.

(2) Signum Apollinis pulcherrimum, cujus in femine, *litterulis minutis argenteis*, nomen Myronis erat inscriptum. *In Verrem de signis*, c. 43.

(3) In nuce inclusam Iliada, Homeri carmen, in membrana scriptum, tradit Cicero. Pline, VII, 21. Remarquons, en passant, combien les anciens avoient dû perfectionner la fabrication du parchemin pour qu'un tel prodige pût être regardé comme réalisable.

délivrées dans des pays soumis à la domination romaine, et par des représentans de l'autorité impériale, doivent suppléer, en quelque sorte, au défaut d'anciens modèles de cursive latine ; car, il faut bien en convenir, on n'a pas d'exemples de cette dernière écriture , sur papier ou sur parchemin , antérieurs au v<sup>e</sup> siècle. Mais il en existe des fragmens plus anciens sur des marbres, sur des briques, sur des morceaux de verre, etc. (1). Pour les v<sup>e</sup> et vi<sup>e</sup> siècles, les exemples abondent. « On trouve, disent les bénédictins (2) , là « cursive romaine dans le Josephe de la traduction de Rufin , « écrit sur du papier d'Égypte et conservé à Milan. L'écriture en « est liée, difficile à lire, et remonte jusqu'au temps de Théodose. « On la trouve constamment dans plusieurs manuscrits très-anciens « du chapitre de Vérone , dans la note du S. Hilaire , du Vatican , « écrite l'an 510, et dans le fameux catalogue écrit du temps de saint « Grégoire le Grand, et publié par Muratori. » Avons-nous besoin de citer les fameuses chartes de Ravennes , publiées d'abord par Mabillon (3) , et tout récemment encore par M. Champollion-Figeac (4). Cette écriture paroîtra peut - être bien grande , si l'on considère qu'un des principaux avantages de la cursive est l'économie de temps ; car on ne peut écrire très-vite en traçant d'aussi grands caractères. Mais il faut observer que ces actes peuvent être des expéditions, et que nous ne manquons pas, d'ailleurs, de modèles de petite cursive (5). La cursive ne s'étoit pas , à coup sûr , formée tout d'un coup , et son usage, bien constaté dans des temps antérieurs au v<sup>e</sup> siècle , lui assigne une origine bien plus ancienne (6).

Arrivons maintenant aux *notes,* à cette sténographie des anciens, que quelques érudits ont confondue avec la minuscule et la cursive, et , pour détruire entièrement cette opinion erronée, remarquons,

(1) Voy. *Nouv. trait. de diplom.*, tom. II, p. 357, not. 2.

(2) *Ibid.*, tom. III, p. 408 et suiv.

(3) Supplément au *De re diplom.*

(4) Chartes sur papyrus, 2<sup>e</sup> fascicule. Paris, Didot, 1837, in-fol.

(5) Voir, dans le *Nouv. trait. de diplom.*, la 57<sup>e</sup> planche du 3<sup>e</sup> tome, et dans les *Classici auctores* de M<sup>gnor</sup> Maï, les scholies du fragment de Juvénal, éd. in-8.

(6) Le frontispice de la page 1, 2<sup>e</sup> partie des *Ruines de Pompei*, par Mazois, reproduit en noir des fragmens d'inscriptions peintes, dont quelques-uns ont, par la forme des caractères, une analogie marquée avec l'écriture des chartes de Ravennes.

avant tout, que la sténographie étoit surtout employée par des gens qui en faisoient métier, et à qui l'on donnoit un nom particulier. « Ceux *qui ont appris* à écrire en notes, dit saint Augustin, sont « proprement appelés *notaires* (1). » Il est vrai que les jeunes gens lettrés de l'ancienne Rome paroissent avoir fait usage de la tachygraphie (2); mais certainement cette espèce d'écriture n'a jamais pu être aussi répandue qu'on le suppose, en n'accordant aux Romains que les lettres majuscules et les notes tyroniennes.

Ces notes étoient de deux sortes; quelquefois on exprimoit un mot par une ou plusieurs des lettres qui entroient dans la composition de ce mot, comme P. pour Publius, V pour *vixit*, COSS. pour *consulibus*, etc. Ces sortes d'abréviations sont surtout fréquentes dans les inscriptions. Les Romains les appeloient *litteræ singulares*, ou *singulæ*, d'où ils firent le mot *siglæ*, qui est resté dans la langue françoise. Il y a ordinairement un dictionnaire de sigles à la suite des recueils d'inscriptions. M. de Wailly en a publié un dans ses Élémens de paléographie (3), qui, sans être complet, doit suffire à la solution des principales difficultés que peut offrir la lecture des sigles.

L'autre espèce de signes, qu'on appeloit *notæ*, constituoit l'écriture des *notaires* ou tachygraphes. On ne peut dire précisément en quoi consistoit ce système d'écriture abrégée; nous avons, à la vérité, des manuscrits anciens en notes tyroniennes; mais, malgré les nombreux travaux dont ils ont été l'objet, on n'a pas encore trouvé une explication qui suffit à tous, en sorte qu'il faudroit presque une clef différente pour chaque manuscrit. Tout ce que l'on peut affirmer, c'est qu'un caractère représentoit un mot (4), et que le sens des caractères devoit se modifier suivant les combinaisons qu'on leur faisoit subir, puisque cinq mille caractères suffisoient, au VIIe siècle, pour rendre tous les mots de la langue latine, et que, même dans l'origine, on s'étoit contenté d'un nombre bien moindre (5).

---

(1) Ex eo genere sunt etiam notæ, *quas qui didicerunt,* proprie jam notarii appellantur. *De Doctr. Christ.*, II, 26.

(2) Voy. Quintilien, *Præmium ad Marcellum.*

(3) Tom. I, p. 412 et suiv.

(4) Manilius dit, en parlant d'un sténographe :
Cui *littera verbum est*
Quique notis linguam superat.     Lib. IV, vers 197.

(5) Isid., *Orig.*, I, 21.

La sténographie paroît avoir été inventée en Grèce. Diogène Laërce nous apprend que Xénophon en fit le premier usage en sténographiant les discours de Socrate et en les mettant au jour (1). L'emploi de l'écriture abrégée ne fut pas connu à Rome avant Cicéron : ce fut lui qui parvint à recueillir et à conserver un des discours de Caton, en plaçant dans l'auditoire plusieurs scribes très-habiles dans l'art d'écrire en notes : avant cette époque, ajoute Plutarque, à qui nous devons ce fait (2), les Romains n'avoient pas encore de notaires. Eusèbe (3) et Isidore (4) font honneur à Tyron, affranchi de Cicéron, de l'application du système sténographique à l'écriture latine, et c'est de là que les caractères abrégés de cette espèce d'écriture ont pris le nom de notes tyroniennes. Les notes furent successivement augmentées et perfectionnées par Persanius Philargyre, par Aquila, affranchi de Mécène, enfin par Sénèque le père, qui en porta le nombre à cinq mille.

La sténographie ancienne étoit aussi prompte que la nôtre ; elle suivoit et devançoit même la parole. Nous citerons, entre autres preuves, cette épigramme de Martial (5), dont il est impossible de rendre en françois la gracieuse concision :

> Currant verba licet, manus est velocior illis ;
> Nondum lingua, suum dextra peregit opus.

Nous regrettons de ne pouvoir donner en entier une jolie épître d'Ausonne (6), adressée à un notaire ou sténographe. Après l'avoir complimenté sur la vitesse de son écriture, qui devançoit même la parole, il ajoute élégamment : « O je t'en prie, dis-moi qui m'a trahi, « qui a pu te révéler d'avance ce que j'allois dire :

> Tu sensa nostri pectoris
> Vix dicta, jam ceris tenes,
> Tu me loquentem prævenis.
> Quis, quæso, quis me prodidit ?
> Quis ista jam dixit tibi
> Quæ cogitabam dicere (7) ?

(1) Καὶ πρῶτος ὑποσημειωσάμενος τὰ λεγόμενα, εἰς ἀνθρώπους ἤγαγεν, l. II, p. 45, c. éd. Londres, 1664, in-fol.
(2) *In Caton.*, c. 23, t. IV, p. 400, éd. Reiske.
(3) *In Chron.*, liv. II, p. 156, éd. Scaliger.
(4) *Orig.*, I, 21.
(5) XIV, 208.
(6) Carm. 146, ed. ad. us. Delph.
(7) On peut voir aussi Sénèque, épître 95.

L'usage de l'écriture abrégée étoit le même à Rome que de nos jours. Lorsqu'il s'agissoit de recueillir un discours prononcé en public, plusieurs notaires se mêloient aux auditeurs et se partageoient l'ouvrage, c'est-à-dire qu'ils convenoient de recueillir, chacun dans un ordre qu'ils déterminoient à l'avance, un certain nombre de mots ou de phrases (1). C'est ainsi que Cicéron avoit transcrit le discours de Caton, et c'est ainsi que son propre plaidoyer pour Milon fut recueilli tel qu'il le prononça, au rapport d'Asconius Pedianus. Des notaires écrivoient aussi les minutes des sentences judiciaires. « Ceux, dit Ulpien, *qui écrivent en notes les actes des juges* sont « censés absens pour le service de l'État (2). » Et comme le lieu dans lequel les juges se retiroient pour délibérer se nommoit, chez les Latins, *secretarium,* on donna aux greffiers le nom de *a secretis,* ou *secretorum notarii* (3).

La sténographie ancienne étoit encore d'un grand usage dans la vie privée. Les auteurs, pour ne pas perdre le fil de leurs idées, ou laisser refroidir leur imagination en écrivant eux-mêmes leurs ouvrages, avoient parmi leurs esclaves des tachygraphes, auxquels ils dictoient leur première rédaction. Pline le naturaliste, soit qu'il fût en voyage, soit qu'il se fît porter en chaise dans les rues de Rome, avoit toujours à ses côtés un notaire avec un livre et des tablettes (4). Pline le jeune méditoit dans sa chambre les fenêtres fermées; lorsqu'il vouloit fixer ses idées, il appeloit son notaire, dictoit, le renvoyoit, le rappeloit encore, et finissoit par revoir d'un bout à l'autre ce qu'il avoit dicté (5). Ces premiers jets, une fois revus et corrigés, passoient entre les mains des calligraphes, qui les mettoient au net. Ainsi chaque écrivain avoit à son service un notaire pour sténographier ses dictées, un copiste habile qui les transcrivoit en écriture ordinaire. Apollonius de Tyane, en partant pour l'Inde, prit avec lui deux serviteurs, *un pour écrire vite, et l'au-*

(1) Notarum usus erat, ut quicquid pro concione aut in judiciis diceretur, librarii scriberent complures simul adstantes, *divisis inter se partibus, quot quisque verba et quo ordine exciperet.* Isidor., *Orig.,* I, 21.

(2) Eos qui notis scribunt acta judicum, reipublicæ causa videri abesse. Dans J. Lipse, *ep. sel.* 62.

(3) Saumaise, *De Secretariis,* apud Sallengrium, *Thes. antiq. rom.,* t. II, col. 661.

(4) Plin. jun., III, v. 15.

(5) *Id.* IX, xxxvi, 2, xl, 2.

*tre pour bien écrire* ; ὁ μὲν ἐς τάχος γράφων, ὁ δὲ ἐς καλλὸς (1). Un homme puissant, ayant déterminé Origène à commenter les saintes Écritures , lui donna sept tachygraphes et un plus grand nombre de copistes ; ταχυγράφους αὐτῷ παραστήσας ἑπία , καλλιγράφους δὲ πλείους (2) ; les premiers, pour recueillir ses dictées ; les seconds, pour les réunir en livres.

Dans les temps les plus reculés , le système de ponctuation étoit fort simple : on alloit , comme nous disons , à la ligne , non-seulement pour chaque période , mais encore pour chaque phrase et pour chaque membre de phrase ; c'est ce qu'on appeloit *diviser par membres , sections et périodes* , distinguere per commata , cola et periodos. L'Ancien et le Nouveau Testament sont encore divisés à peu près de cette manière ; les divisions que nous appelons versets se nommaient *versus* en latin, en grec στιχοὶ.

Aristophane de Byzance , qui vivoit à la cour de Ptolémée Épiphane 200 ans avant J.-C., fut le premier inventeur d'un système de ponctuation ressemblant un peu au nôtre. Ce système n'admettoit qu'un signe unique, le point, dont la valeur varioit suivant qu'il étoit placé en haut, au milieu, ou au bas de la lettre. Les points se nommoient *distinctiones* ou *posituræ*, en grec θέσεις (3). Le point placé, comme le nôtre, au bas de la lettre, s'appeloit *subdistinctio*, ὑποστιγμὴ ; il indiquoit un sens incomplet et répondoit à l'ancien *comma* ou à notre virgule. Le point au milieu de la lettre se plaçoit après une section de phrase formant un sens par elle-même, mais qui demandoit un complément ; c'étoit l'équivalent de l'ancien *colum* et de notre point et virgule ou de nos deux points ; on le nommoit *media distinctio* ou *positura*, μέση στιγμὴ. Enfin la *plena* ou *ultima distinctio*, τελεία στημὴ, étoit le point placé en haut de la lettre ; il indiquoit la fin d'une phrase ou d'une période et répondoit à notre point final (4). Ce système de ponctuation fut en usage à Rome. Cicéron en attribue l'invention à la difficulté de respirer et de reprendre haleine dans une lecture continue (5). Cassio-

(1) Voir sa vie par Philostrate, p. 25.
(2) Voy. Suidas, au mot Origenes.
(3) Cassiodor., *Instit. divin. lect.*, ch. 15 ; de Orthogr. præf. — Isidor., *Orig.*, I, 19.
(4) Voir Cassiodore et Isidore, et le grammairien Diomède, cité par Juste Lipse. *Epist. selectæ*, 62.
(5) Clausulas atque interpuncta verborum , animæ interclusio , atque angustiæ spiritus attulerunt. *De orator.*, III, 46.

dore dit la même chose à peu près dans les mêmes termes (1), Sénèque est encore plus formel : « Lorsque nous écrivons, dit-il, « nous avons coutume de ponctuer. » *Nos etiam, cum scribimus interpungere solemus.*

Dans les premiers temps du christianisme, la nécessité de rendre facile une bonne prononciation de l'Écriture sainte à des chrétiens ignorans qui n'en comprenoient même pas toujours la traduction latine fit revenir à l'ancienne division par membres, sections et périodes, comme plus commode (2). Ce système devoit être depuis longtemps hors d'usage, car S. Jérôme, qui l'employa pour sa version des prophètes, le qualifie de *méthode nouvelle.* « Personne, « dit-il, en voyant les prophètes écrits par versets, n'ira s'imaginer « qu'ils sont en vers dans le texte hébreu, pas plus que les psau- « mes et les œuvres de Salomon. *Mais, puisqu'on a coutume de di-* « *viser par membres et par sections les œuvres de Démosthènes et* « *de Cicéron,* qui pourtant ont écrit de la prose et non de la « poésie, nous avons cru pouvoir aussi, pour l'utilité des lecteurs, « employer cette nouvelle méthode d'écrire dans notre nouvelle « traduction (3). »

On voit, par ce passage, que les rhéteurs et les grammairiens, afin de faciliter à leurs élèves la lecture des auteurs classiques, avoient introduit dans leurs ouvrages la même division qu'em- ployoient les Pères pour mettre les Écritures à la portée des fidèles ignorans. Le célèbre commentateur de Cicéron, qui vivoit du temps de Claude, Asconius, nous fournit la preuve non-seulement que les œuvres de l'illustre orateur étoient divisées en versets, mais en- core que ces versets étoient numérotés; car il cite le verset 85o, le

(1) A majoribus nostris ideo constat inventas (posituras) ut spiritus, longa dictione fatigatus, vires suas per spatia discreta resumeret. L. c.

(2) Meminisse debemus, memoratum Hieronymum omnem translationem suam, in autoritate divina, *propter simplicitatem fratrum,* colis et commatibus ordinasse, *ut qui distinctionem sæcularium litterarum comprehendere minime potuerunt, hoc remedio suffulti, inculpabiliter* pronuntiarent sacratissimas lectiones. Cassiodor., de Instit. divin. litter., c. 12.

(3) Nemo cum prophetas versibus viderit esse descriptos, metro eos exis- timet apud Hebræos ligari, et aliquid simile habere de psalmis et operibus Salomonis. *Sed quod in Demosthene et Tullio solet fieri, ut per cola scribantur et commata,* qui utique prosa et non versibus conscripserunt, nos quoque utilitati legentium providentes, interpretationem novam, *novo scribendi ge- nere* distinximus. *Ad Paulam et Eustochium præfat. in Esaïam,* initio.

verset 1011, le verset 80, etc. (1). Le nombre total des versets d'un ouvrage, non-seulement dans les livres saints, mais encore dans les auteurs profanes, étoit marqué soit au commencement, soit à la fin. On trouve, à la fin des antiquités judaïques de Joseph, une somme, ajoutée probablement par quelque copiste, des versets que renferme tout l'ouvrage, somme qui est de soixante mille. Schwarz (2) cite même un très-ancien évangéliaire de la bibliothèque de Vienne, dans lequel on a marqué non-seulement le nombre des versets, στίχους, mais encore le nombre des mots, ῥήματα, que renferme chaque évangile. Ces usages venoient des Hébreux.

C'est aussi à Aristophane de Byzance qu'on attribue les signes de l'accentuation dans la langue grecque, c'est-à-dire les trois accens aigu, grave et circonflexe et les deux esprits. La forme des accens n'a point varié. Les esprits, que nous figurons aujourd'hui comme des virgules, étoient, dans le principe, formés d'une manière un peu différente; ils représentoient chacun une moitié de la lettre H. Quant aux accens de la langue latine, ils sont d'invention moderne et n'ont d'autre but que de faciliter aux élèves la lecture des auteurs; on ne les trouve plus dans les éditions latines un peu soignées. Il va sans dire qu'on n'en voit aucun dans les manuscrits latins. Les accens dans la langue grecque ne furent inventés aussi que pour en faciliter la lecture et la prononciation aux écoliers, et ne durent être pendant longtemps employés que dans les manuscrits à leur usage. Montfaucon (3) n'en a jamais rencontré dans les manuscrits antérieurs au VIIe siècle.

Il faut dire aussi que les manuscrits les plus anciens en capitale et en onciale, surtout les grecs, sont bien rarement ponctués, et que dans ceux où, de temps en temps, on rencontre quelques points, il est impossible de reconnoître un système de ponctuation bien arrêté; le plus souvent même les mots sont écrits à la suite les uns des autres, sans séparation, de sorte qu'au premier coup d'œil il est impossible de discerner où finit un mot et où commence le mot suivant. Il faudroit peut-être conclure de cette observation que la ponctuation comme l'accentuation n'ont jamais été d'un usage général dans l'antiquité, et qu'elles ont été employées

(1) Juste Lipse, *epist. select.*, 62.
(2) *De ornam. libr.* II, 10.
(3) *Paléogr. grecq.*, p. 33.

surtout dans les livres des grammairiens et des rhéteurs, ou dans les ouvrages élémentaires destinés à l'éducation de la jeunesse.

Nous terminerons ce chapitre par quelques renseignemens sur la cryptographie ou écriture secrète des anciens. Voici les moyens qu'employoient les Lacédémoniens pour correspondre secrètement avec leurs généraux. On choisissait deux bâtons bien ronds, parfaitement égaux en longueur et en diamètre ; le général en emportoit un, l'autre restoit à Sparte. Lorsqu'on vouloit écrire, on ployoit obliquement autour du bâton et dans toute sa longueur une étroite courroie, de telle sorte que les deux bords de la courroie, en se réunissant dans toute la longueur de la verge, décrivissent autour d'elle une ligne en spirale. C'est sur cette ligne qu'on traçoit les caractères dont la moitié supérieure restoit sur un des bords de la courroie, et la moitié inférieure sur l'autre bord. La courroie déployée, l'écriture n'étoit plus lisible et ne pouvoit le redevenir que lorsqu'on enrouloit la bande de cuir autour de l'un des deux bâtons (1). Ce genre de lettre, dit Aulugelle, se nommoit scytale, σκυταλη. D'après Plutarque (2), on donnoit le nom de scytales aux deux baguettes pareilles. A Rome, Brutus, Jules César et Auguste firent usage de la cryptographie. César avoit écrit ainsi plusieurs lettres à Cicéron, probablement sur les affaires publiques, d'autres sur ses affaires privées à C. Oppius et à Balbus Cornélius (3). Son système, d'après Suétone, consistoit à donner à chaque lettre de l'alphabet la valeur de la lettre qui venoit la quatrième avant elle. Ainsi a étoit représenté par d, b par e, ainsi de suite (4). Mais il fallait bien qu'il ne s'en fût pas tenu à une méthode aussi simple, puisque le grammairien Probus avoit fait un traité sur la signification secrète des signes alphabétiques dans les lettres de César. Le système d'Auguste étoit moins compliqué ; il donnoit à chaque lettre la valeur de celle qui la précédoit immédiatement dans l'alphabet : ainsi il écrivoit b pour a, c pour b, a pour v et aa pour x (5). Les manuscrits grecs, à partir du Xe siècle, sont souvent ter-

(1) Voy. Aulugelle, xvii, 9.
(2) Voy. Plutarque, Lysandre, c. 19, t. III, p. 41, éd. Reiske.
(3) Aulugelle, ibid.; Suétone, J. César, c. 56.; Dion. Cass., xl, 9.
(4) Dans ce système, le nom de Cæsar auroit été écrit Fthxtv.
(5) Suétone, Auguste, c. 88; Dion., li, 35; Isidor., Orig. I, 24. Le nom d'Augustus s'écrivoit donc Bahatvat.

minés par des souscriptions en écriture secrète. Montfaucon (1) en a donné plusieurs et a fait graver en même temps six alphabets qui donnent la clef de ces diverses écritures ; quelques-unes consistent simplement à changer la valeur relative des lettres de l'alphabet comme dans les systèmes de César et d'Auguste. Dans d'autres, on a introduit quelques caractères étrangers ; un de ces alphabets est entièrement composé de signes bizarres dus au seul caprice du copiste; c'étoit, à proprement parler, un système complet d'écriture.

(1) *Pal. grecq.*, p. 285 et suiv.

# CHAPITRE QUATRIÈME.

## Des volumes.

I L y a eu peu de sujets aussi controversés que celui de la forme des livres dans l'antiquité. Suivant quelques savans, les anciens n'auroient pas connu les livres carrés et n'auroient eu que des rouleaux ou volumes. Selon d'autres, parmi lesquels nous citerons Martorelli (1), l'antiquité n'auroit eu que des livres carrés, au moins pour la littérature, et les rouleaux auroient été seulement employés pour les registres et les actes d'administration. Ces deux opinions sont l'une et l'autre loin de la vérité. Outre les passages des anciens auteurs, qui mentionnent et les *codices* et les *volumina*, nous avons un nombre considérable de peintures et de médailles antiques dans lesquelles sont représentées les deux formes de livres; et comme, bien certainement, tous les rouleaux retracés dans ces peintures et sur ces médailles ne peuvent avoir rapport à des actes administratifs, l'argument que ces monumens fournissent peut servir à réfuter à la fois deux opinions exclusives que nous ne saurions partager. Martorelli connoissoit, aussi bien qu'on pouvoit les connoître de son temps, les manuscrits d'Herculanum, parmi lesquels il n'y a pas un livre carré; mais il éludoit l'objection qu'on pouvoit en tirer contre son système en soutenant que c'étoient des recueils de chartes et d'actes administratifs. Depuis, on a déroulé et déchiffré un certain nombre de ces manuscrits, on n'a trouvé encore que des ouvrages philosophiques ou littéraires.

(1) De regia theca calamaria, 2 vol. in-4.

Un autre savant italien, Mazzochi, a publié deux dissertations (1)
pour prouver que les *codices* remontoient à une plus haute antiquité
que les volumes. Ce système nous a semblé appuyé sur des preuves
plus spécieuses que solides. Si l'une des deux formes de livres est
plus ancienne que l'autre, c'est à coup sûr celle du volume. Ba-
ruch dit dans Jérémie, dont les prophéties remontent à six cents ans
avant notre ère : J'écrivois avec de l'encre dans un volume, *ego scri-
bebam in volumine atramento* (2). Le volume est encore nommé
dans le Deutéronome, dans Josué, les Rois, les Paralipomènes,
Esdras, les Psaumes, Isaïe, Ézéchiel, Zacharie, etc. L'ancienneté incontestable des livres saints donne un nouveau prix à leur témoignage. Nous n'avons pas besoin d'accumuler ici tous ceux que nous
fourniroit l'antiquité profane; ils trouveront naturellement leur
place dans la suite de ce chapitre.

Saumaise traite d'ineptie l'opinion de saint Jérôme, de Cassiodore
et d'Isidore de Séville, qui font venir le mot *liber* de l'usage où
étoient les anciens d'écrire sur le *liber* ou écorce des arbres. Suivant le docte commentateur, *liber* vient du grec ϲίϲλον, que les
Éoliens écrivaient ϲίϲλορ, et, par une transmutation de lettres qui
leur étoit familière, ϲλίϲορ (3). Ce mot *liber* étoit, au ive siècle, un
terme générique s'appliquant aussi bien aux livres carrés qu'aux
volumes. Saint Jérôme, dans un passage que nous avons rapporté
plus haut, appelle des livres de luxe *libros* et *codices* dans la
même phrase : *Habeant qui volunt veteres* libros..... *onera magis
exarata quam* codices. Environ deux siècles auparavant, Ulpien se
posoit la question de savoir si les *codices* étoient compris dans un
legs de livres, *libris legatis*; et, quoique la question soit résolue affirmativement par lui (4) et par le jurisconsulte Paul (5), le doute qui
existoit à cet égard prouve que l'usage n'avoit pas encore sanctionné l'acception générale que le mot *liber* reçut dans la suite.
Aussi croyons-nous qu'on peut, toutes les fois que ce mot se ren-

(1) Dans la collection intitulée : *Raccolta d'opuscoli scientifici e filologici*,
par Calogera, tom. 37.

(2) Jérémie, xxxvi, 2. Voy. Deut. xxviii, 58.—Jos. viii, 31.— Reg. xxii, 8.
Paralip., II, xxxiv, 16.—Esd., vi, 2.—Ps. xl, 8.—Isaïe, viii, 1.—Ezéch., III,
1, 2, 3. — Zach. v, 1, 2.

(3) *De modo usurar.*, p. 406.

(4) *Digeste*, xxxii, 52, 4.

(5) *Sentent.*, iii, 6, 87.

contre dans un auteur antérieur au $\text{III}^e$ siècle, le traduire hardiment par volume ou rouleau. En effet, lorsque Ulpien, qui écrivoit dans les premières années du $\text{III}^e$ siècle, recherche l'extension que peut avoir un legs de livres, il y comprend tout d'abord les volumes sans en apporter d'autre raison que la valeur grammaticale du mot *liber*. *Librorum appellatione*, dit-il, *continentur omnia volumina ;* mais il hésite à étendre le legs jusqu'aux livres carrés. *Quod si (libri) in codicibus sint, an debeantur videamus ?* Et, lorsqu'il se décide, il en donne pour raison que par le mot *livre* on entend nonseulement un volume, mais encore un écrit d'une certaine étendue déterminée, *scripturæ modus qui certa fine concluditur*. Ainsi, au $\text{II}^e$ siècle, *liber* avoit une double acception ; il signifioit un volume et une des divisions d'un ouvrage, comme un *livre* des Commentaires de César, un *livre* du traité de Varron sur l'agriculture. La signification que nous donnons au mot *liber* est clairement exprimée dans cette phrase de Sénèque le père, où l'écrit désigné par ce mot porte évidemment les caractères distinctifs du rouleau : *Ego, ut* librum *velitis usque* ad umbilicum revolvere, *adjiciam*, etc. (1). Cicéron, Catulle, Tibulle, Horace, Martial, Pline le jeune, lorsqu'ils parlent de leurs ouvrages, toujours ou presque toujours écrits sur des rouleaux, emploient constamment les mots *liber, libellus ;* aux livres carrés ils appliquent les dénominations de *codices, tabulæ, tabellæ*, etc. Cicéron, produisant en justice les registres où Verrès avoit partout changé son nom en celui de Verrutius, les fait transcrire dans un volume, en ayant soin de conserver la figure exacte de toutes les surcharges, *litteræ lituræque omnes assimulatæ, expressæ* de tabulis in libros *transferuntur*. Peut-on mieux prouver que par ce passage la différence qui existoit entre les tablettes et les livres ? Or nous verrons plus tard qu'à Rome le mot *tabulæ* étoit très-souvent synonyme de *codex*. On peut donc regarder comme certain que, dans le principe, le mot *liber* s'appliquoit aux volumes, à l'exclusion des livres carrés.

Le nom de volume, *volumen*, εἴλημα, vient de la forme du livre, qu'on rouloit sur lui-même, action qui se rendoit en latin par *volvere*, en grec par εἰλεῖν; mais les Romains avoient encore, pour exprimer l'enroulement d'un volume, un autre mot qui a induit en erreur quelques savans en leur faisant admettre chez les anciens une troi-

(1) Suasoria, VII in fin.

sième forme de livres différente des *codices* et des volumes. C'est le verbe *plicare* et ses composés. Schwarz s'est autorisé de ce mot, appliqué quelquefois aux volumes, pour créer des livres pliés comme une lettre, un éventail ou un paravent; livres auxquels il donne le nom de *libri plicatiles*, qu'il a aussi créé; car, à notre connoissance, il ne se trouve dans aucun écrivain de l'antiquité. Nous examinerons plus tard ce qu'il y a de vrai dans ce système, contentons-nous, pour le moment, d'exposer le sens le plus ordinaire des mots *plicare* et *complicare*; ils signifient non *plier, faire des plis*, mais *ployer en rouleau*. Lorsque Aulugelle décrit la scytale lacédémonienne enroulée autour d'un bâton, il se sert du mot *plicare* (1). Martial, envoyant à Rufus deux livres d'épigrammes, lui dit : Si vous trouvez trop long d'en lire deux, enroulez-en un; l'ouvrage ainsi divisé vous paroîtra plus court.

> Si nimis est legisse duos tibi charta plicetur
> Altera, divisum sic breve fiet opus (2).

On trouve encore le mot *plicare*, toujours avec une signification analogue, dans Virgile (3); dans Sénèque le tragique (4), dans Némésien (5), etc., la signification du mot *complicare* n'est pas moins certaine. Martianus Capella, dans un passage que nous avons cité, faisant une énumération de livres de matières différentes, nomme les livres de lin ployés en rouleau *carbasinis voluminibus complicati* libri.

*Explicare*, au contraire, signifiait dérouler. Martial désigne ainsi un volume qui est censé avoir été entièrement lu et par conséquent déroulé d'un bout à l'autre.

> *Explicitum* nobis usque ad sua cornua librum
> Et quasi perlectum (6).

Cicéron se sert du même mot pour dire que, dans son proconsulat de Cilicie, il a lu en entier la Cyropédie de Xénophon: παιδείαν Κύρου *totam in hoc imperio explicavi* (7). Une phrase de Cassiodore, que nous avons déjà rapportée, ne laisse aucun

(1) XVII, 9.

(2) IV, 82. Le livre IV, où se trouve cette épigramme, et tous les livres de Martial, étoient en rouleaux, comme il seroit facile de le prouver au besoin.

(3) Æneid., V, 279.

(4) Med., V, 680.

(5) Eglog. III, 19.

(6) XI, 107. Nous verrons tout à l'heure ce que signifie le mot *cornua*.

(7) Ad famil., IX, 25.

doute sur le vrai sens du mot *explicare*. C'est celle où, parlant du papyrus blanc, il dit qu'on le ploie en rouleau jusqu'à ce qu'on le déroule pour y écrire des livres : *In se revoluta colligitur, dum magnis tractatibus explicetur* (1). De là vient que le participe *explicitus* servit d'abord à marquer la fin d'un livre. Les copistes, au lieu du mot *fin*, écrivoient *explicitus est liber* ou *explicitus liber*. Dans la suite cette formule fut abrégée, et l'on ne mit plus que *explicit liber*, en faisant ainsi un verbe tout nouveau, ou même tout simplement *explicit*. Nous avons coutume, dit S. Jérôme, d'écrire à la fin de chaque opuscule, pour le distinguer du suivant, les mots *explicit* ou *feliciter* (2), ou quelque autre chose de ce genre. C'est le mot *explicit* qu'on rencontre le plus souvent dans les manuscrits latins et même françois du moyen âge.

Une autre dénomination des volumes devoit son origine à la substance sur laquelle ils étoient le plus ordinairement écrits : c'étoit ou du papyrus, ou du parchemin, ou de l'écorce, ou toute autre matière flexible comme la toile et les peaux tannées (3); mais le plus souvent on employoit le papyrus nommé en latin *charta*, ce qui avoit fait donner aux volumes le nom de *chartæ*, χάρται. L'usage avoit consacré cette appellation, *in usu*, dit Ulpien, *plerique libros* chartas *appellant* (4). Catulle félicite en ces termes Cornélius Népos d'une histoire d'Italie qu'il avoit écrite en trois volumes :

> Ausus es' unus Italorum
> Omne ævum *tribus* explicare *chartis*
> Doctis, Jupiter! et laboriosis (5).

L'esprit et le travail, dit Martial, ne sont pas pour un livre des gages certains d'immortalité :

> Nescio quid plus est, quod donet sæcula *chartis*
> Victurus genium debat habere *liber* (6).

(1) Variar., XI, 38.

(2) Solemus, completis opusculis, ad distinctionem rei alterius sequentis, medium interponere' *explicit* aut *feliciter* aut aliud ejusmodi. Epist. ad *Marcellam*, olim 138.

(3) Librorum appellatione continentur omnia volumina, sive in charta', sive in membrana sint, sive in quavis alia materia... in tilia ut nonnulli conficiunt, etc. Digeste, xxxii, 52, 4.

(4) *Ibid.*

(5) Carm. 1, et Vossius, h. 1.

(6) Epigr. VI, 60.

Ailleurs il parle d'un certain Urbicus, qui, sans avoir ses épigrammes, les sait par cœur, les chante, les récite à tout venant et
peut tenir lieu du livre de Martial à celui qui voudroit le connoître
sans l'acheter :

> Sic tenet absentes nostros cantatque libellos
> Ut pereat chartis littera nulla meis (1).

Pline le jeune, si désireux de voir passer son nom à la postérité,
dit dans une de ses lettres : « Les uns écoutent (dans les récitations
« publiques), les autres lisent ; écrivons donc des ouvrages dignes
« d'être écoutés, dignes d'être publiés : *Nos modo dignum aliquid*
« *auribus, dignum* chartis *elaboremus* (2). »

Enfin une dernière dénomination des volumes empruntée à leur
forme est celle de *cylindres*, κύλινδροι. Elle se trouve dans Diogène
Laërce (3), qui dit qu'Epicure avoit écrit jusqu'à trois cents
cylindres, κύλινδροι μὲν γὰρ ϖρὸς τούς τριακοσίους εἰσί.

Si l'on fait attention à la forme des volumes, on jugera que c'é-
toient pour eux une condition d'élégance et une garantie de durée de
n'être écrits que d'un seul côté. Ceux qui étoient écrits des deux
côtés se nommoient opisthographes οπισθόγραφοι, c'est-à-dire écrits
à l'extérieur. Saint Jean, dans l'Apocalypse, dit avoir vu à la droite
de celui qui est étendu sur le trône, un rouleau écrit en dedans et
en dehors, βιβλίον γεγραμμένον ἔσωθεν καὶ ὄϖισθεν (4). Pline le jeune
cite comme une preuve des nombreux travaux de son oncle les
cent soixante traités ou *commentaires* qu'il a laissés écrits très-fin
et des deux côtés, *opistographos* (5). Chez les mauvais écrivains la
coutume d'employer le papier des deux côtés étoit considérée comme
la preuve d'une facilité de mauvais aloi, d'une stérile abondance,
et devenoit matière à la critique. Martial, jouant sur les mots, reproche à Picens, qui écrit sur le dos du papier, de se mettre à dos
le dieu de la poésie.

> Scribit in *aversa* Picens epigrammata *charta*,
> Et dolet *averso* quod facit illa deo (6).

(1) VII, 51. Voy. aussi VII, 44 ; VIII, 24 ; X, 2.

(2) Épître, IV, xvi, 3. Voy. aussi Horace, *Epître*, II, 1, 161, iv, viii, 21.
Ovid., *Tristes*, III, 1, 4.

(3) Éd. in-fol. de Londres, 1664, p. 273 B.

(4) Apocal. VI, 1, 2, cf., Ezechiel *in visione*; II, 9, 10.

(5) III, v. 17.

(6) Epigr. VIII, 62. *Aversa charta* signifioit le verso du papier, *adversa* le
recto.

Tout le monde connoît le vers de Juvenal qui est devenu proverbe pour désigner un ouvrage d'une longueur fastidieuse :

> Scriptus et in tergo necdum finitus Orestes (1).

Ces passages prouvent évidemment que, dans l'usage ordinaire, les volumes étoient écrits d'un seul côté (2). Aussi les livres de rebut étoient-ils vendus aux instituteurs, qui se servoient du verso blanc pour faire apprendre à écrire aux enfans. Si tu n'obtiens pas l'approbation d'Apollinaire, dit Martial à son livre, tu peux aller dans les boîtes des marchands d'épices, ou prêter ton verso aux écoliers qui apprennent à écrire.

> Si damnaverit, ad salariorum
> Curras scrinia protinus licebit,
> Inversa pueris arande charta (3).

Horace prédit une destinée pareille à son livre trop pressé de paroître :

> Hoc quoque te manet, ut pueros elementa docentem
> Occupet extremis in vicis alba senectus (4).

Parmi les peintures d'Herculanum, plusieurs représentent des volumes tantôt isolément, tantôt entre les mains de personnes qui les lisent. Tous ceux qui sont ouverts se déroulent, à l'exception d'un seul, horizontalement et de gauche à droite dans le sens de leur longueur. L'écriture qu'on y a figurée est divisée en petites colonnes perpendiculaires. Le papier se déroulant dans la même direction que l'écriture, c'est-à-dire de gauche à droite, une ligne écrite d'un bout à l'autre du rouleau auroit été d'une longueur démesurée. Il auroit fallu rouler et dérouler le manuscrit autant de fois qu'il y auroit eu de lignes. De plus, dans le milieu de l'ouvrage, l'œil ne pouvant embrasser à la fois les deux bouts de lignes si longues, il y auroit eu pour le lecteur une confusion perpétuelle. La division en colonnes remédioit à ces inconvéniens. Ces colonnes étoient nommées, par les anciens, *pages*, σέλιδες, pa-

---

(1) Juvénal, satyr. I, 6. Cf. Lucien, dialog. βίων πρᾶσις, § 9.

(2) Il n'y a qu'un seul opistographe parmi les 1700 volumes trouvés à Herculanum. Jorio, *Officina de' papyri*, p. 75, note *a*.

(3) Épigr., IV, 86.

(4) Épître I, 2.

*ginæ.* Martial reproche à Sévère de chercher la fin de son ouvrage, après en avoir lu à peine deux colonnes :

> Lectis vix tibi *paginis* duabus
> Spectas ἐσχατόκολλον Severe (1).

Ailleurs il gourmande son livre, qui s'étend toujours, au risque d'ennuyer le lecteur fatigué peut-être dès la première page :

> Sic tanquam tibi res peracta non sit
> Quæ prima quoque *pagina* peracta est (2).

Ovide, qui avoit, dit-il, écrit son Art d'aimer pour les courtisanes, en avoit interdit la lecture aux jeunes femmes vertueuses dès la première page ou colonne.

> At procul ab scripta solis meretricibus Arte
> Submovet ingenuas *pagina* prima nurus (3).

Par extension, le mot de *pagina* étoit employé au moins en poésie avec la signification de livre. Martial, s'imposant, dans son cinquième livre, une réserve qu'il est loin d'observer dans les autres, le dédie aux mères, aux jeunes filles, aux enfans :

> Matronæ, puerique virginesque
> Vobis *pagina* nostra dedicatur (4).

Ailleurs il se plaint que ses livres, si goûtés du public, ne lui rapportent que des invitations à dîner :

> At nunc conviva est commissatorque libellus
> Et tantum gratis *pagina* nostra placet (5).

Le même auteur dit à un certain Mamurra, lecteur passionné de légendes fabuleuses :

> Non hic centauros, non Gorgonas Harpyiasque
> Invenies : hominem pagina nostra sapit (6).

Pour lire les volumes que nous venons de décrire, on les dérouloit petit à petit de la main droite, et, à mesure qu'on avançoit dans

---

(1) Épigr. II, 6. Le mot ἐσχατόκολλον sera expliqué plus bas.
(2) IV, 90.
(3) Tristes, II, 303.
(4) Epigr., v. 2.
(5) *Ibid.*, epigr. 16. Voy. aussi v. 6 et 16 ; x, 40.
(6) X, 4. Voyez aussi Properce, III, 1.
> Sed, quod pace legas, opus hoc de monte sororum
> Retulit intacta *pagina* nostra via.

la lecture, on enrouloit de nouveau avec la gauche, dans le même sens ou en sens inverse, la partie déjà lue. On peut voir à ce sujet les planches 55 et 56 du cinquième volume des peintures d'Herculanum, où sont représentés deux hommes lisant des rouleaux qui se déploient horizontalement. La planche 60 du même volume représente une femme lisant un rouleau de petite dimension, une lettre peut-être, mais déployé perpendiculairement. On désignoit les volumes de ce genre en disant qu'ils étoient écrits *transversa charta*, sur du papier tourné à rebours. L'adjectif *transversus* indique, en effet, un sens opposé au sens direct de la chose à laquelle il s'applique. Cicéron, après avoir répondu à tout ce que renfermoit une lettre d'Atticus, passe à une ligne de cette lettre qui étoit écrite à la marge, c'est-à-dire perpendiculairement aux autres lignes : *Venio*, dit-il, *ad transversum illum extremæ epistolæ tuæ versiculum* (1). Lorsqu'on écrit, la plume dessine un angle droit avec la ligne qu'elle trace ; mais, si l'on veut barrer un mot par un trait horizontal, on tourne alors la main et la plume de manière à ce que cette dernière se trouve dans la direction même de la ligne. C'est ce qu'Horace exprime ainsi :

> Versibus incomtis illinet atrum
> *Transverso calamo* signum (2).

Les manuscrits qui se déployoient de gauche à droite étant, comme nous l'avons fait observer, les plus usités, on regardoit la ligne horizontale comme le sens direct de la longueur du papier. Quand cette longueur étoit déroulée perpendiculairement, c'étoit le sens opposé au sens direct, la *transversa charta*. Dans ces sortes de rouleaux, ce n'étoit plus la longueur du volume que suivoit la direction de l'écriture, mais bien sa largeur ; *scribere transversa charta* peut donc se traduire par *écrire dans le sens de la largeur du papier*. Or, comme le papier le plus large n'avoit que vingt-quatre doigts et que le plus employé en avoit beaucoup moins, il n'y avoit pas d'inconvénient à écrire d'une marge à l'autre et sans colonnes. C'est ce qui avoit lieu en effet. « Il nous reste, dit « Suétone, de J. César au sénat, des lettres que, le premier, il a ré- « digées par pages et dans la forme d'un mémoire, tandis qu'a- « vant lui les consuls et les généraux n'écrivoient jamais que dans

(1) *Ad Attic.*, V, 1.
(2) Art poét., vers 446.

« le sens de la largeur du papier (1). » Les écrits divisés par colonnes étant ici mis en opposition avec ceux qui étoient tracés dans le sens de la largeur du papier, *transversa charta*, il est évident que, dans ces derniers, la division par colonnes n'étoit pas usitée.

Lorsqu'ils étoient de peu d'étendue, on les déployoit en entier pour les lire ; s'ils formoient un volume un peu considérable, on les dérouloit devant soi des deux mains en tenant sous le menton la partie encore enroulée. Martial, s'adressant à un mauvais poëte qui lui voloit ses vers, l'exhorte, dans son intérêt, à exercer son plagiat sur des ouvrages moins connus, sur des livres ignorés du public, encore enfermés dans le pupitre de l'auteur :

> Quas novit unus, scrinioque signatas
> Custodit ipse virginis pater cartæ,
> *Quæ trita duro non inhorruit mento* (2).

Ailleurs, comparant le plaisir qu'on éprouve en recevant un livre nouveau à celui que produit une rose fraîchement épanouie et qu'on cueille soi-même, il s'exprime ainsi :

> Ut rosa delectat, metitur quæ pollice primo,
> Sic nova *nec mento sordida* charta placet (3).

Les anciens avoient des volumes de différentes dimensions. Montfaucon, dans son antiquité expliquée (4), a reproduit par la gravure plusieurs statues antiques qui représentent des personnages tenant à la main des rouleaux. Pas un seul de ces rouleaux n'excède un pouce et demi de diamètre. Il en existoit de plus minces encore ; tel est celui dont parle Martial, dans un passage que nous aurons occasion de citer plus bas, et qu'il compare, pour la grosseur, à une petite baguette. Nous savons aussi, par un passage du Digeste (5), qu'on battoit les volumes avant de les orner et de coller ensemble les feuilles dont ils se composoient. Cette opération ne pouvoit avoir d'autre objet que de diminuer autant que possible la grosseur du rouleau. D'un autre côté plusieurs

---

(1) Epistolæ J. Cæsaris extant ad senatum, quas primus videtur *ad paginas* et formam memorialis libelli convertisse, cum antea consules et duces non nisi *transversa charta* scriptas mitterent. Suétone, dans la vie de J. César, c. 56.

(2) Épigr. I, 67.

(3) X, 93.

(4) Tom. I, pl.

(5) Dig., XXXII, LII, 5.

passages d'auteurs anciens prouvent qu'on faisoit de leur temps de fort gros volumes. Pline le jeune raconte (1) que Verginius Rufus, à l'âge de quatre-vingt-trois ans, se préparant à composer le panégyrique de l'empereur, lisait debout un très-gros livre, *librum grandiorem*, qui, par son propre poids, s'échappa de ses mains. Le vieillard se penche pour ramasser et reployer le volume *consequitur colligitque*, mais il tombe lui-même sur le pavé poli et glissant, se casse la cuisse et meurt de sa blessure. L'auteur que nous venons de citer estimoit les bons livres en proportion de leur grosseur : « Dans les bons livres, comme dans toutes les bonnes choses, « dit-il, les plus gros sont les meilleurs (2). » Et plus bas il cite comme un gros volume le discours de Cicéron pour Cornélius. Malheureusement il n'en reste aujourd'hui que de très-courts fragmens. Parmi les manuscrits d'Herculanum, il y en a un qui renferme jusqu'à cent dix colonnes d'écriture : ce qui, en supposant les colonnes de deux pouces et les marges de six lignes, donneroit 23 pieds de longueur au rouleau. Un autre est long de 75 palmes napolitaines, qui équivalent à 19 mètres 65 centimètres (3). Enfin on trouve dans le Digeste l'indication de volumes qui renfermoient les quarante-huit chants de l'Iliade et de l'Odyssée, et il ne paroît pas que ce fussent des éditions microscopiques, semblables à celles dont nous avons déjà parlé d'après Pline l'ancien (4).

Il faut néanmoins reconnoître que ces rouleaux contenoient, en général, bien moins de matière que nos livres ordinaires. Martial estime que trois cents de ses épigrammes formeroient un volume insupportable (5). Cependant, trois cents épigrammes de Martial feroient une brochure, et les quatorze ou quinze livres dont son

(1) II, 1, 5.

(2) Pline jun., I, xx, 4 : Et, hercule! ut aliæ bonæ res, ita bonus liber melior est quisque quo major. Voyez aussi Sénèque, épît. 95 : *Ingentem* historiam arctissime plicatam, etc. Et Aulugelle, xiv, 16. Librum *grandi volumine* doctrinis omnigenis præscatentem.

(3) Voy. Andr. de Jorio, *Offic. de' Papyri*, p. 5.

(4) Si cui centum libri sint legati, centum volumina ei dabimus, non centum quæ quis ingenio suo metitus est.—Ut puta cum haberet Homerum totum in uno volumine non quadraginta octo libros computamus, sed unum Homeri volumen pro libro accipiendum est. Digest., XXXII, lii, 1.

(5) II, 1.

Ter centena quidem poteras epigrammata ferre :
*Sed quis te ferret* perlegeretque liber?

ouvrage se compose, imprimés sans commentaires, ne donneroient pas un énorme in-octavo.

Il est, du reste, facile de se faire une idée de la longueur des anciens volumes. Chaque volume renfermoit non pas un ouvrage entier, mais un seul livre d'un ouvrage. Il y a plusieurs livres dans les *codices*, dit Isidore de Séville, il n'y en a qu'un dans un volume : Codex multorum librorum est *liber unius voluminis* (1). Ainsi les métamorphoses d'Ovide, divisées en quinze livres, formoient quinze volumes :

Sunt quoque mutatæ ter quinque volumina formæ (2).

Ses Fastes, ouvrage dont il ne reste aujourd'hui que la moitié, se composoient de douze volumes correspondant aux douze mois de l'année.

*Sex* ego fastorum scripsi *totidemque* libellos
Cumque suo finem mense volumen habet (3).

Cornélius Népos se sert du mot *volumen* lorsqu'il allègue, en preuve de l'amitié qui unissoit Cicéron et Atticus, les seize livres de leur correspondance (4). Pline l'ancien nous fourniroit un assez grand nombre de passages où le mot *volumen* doit être traduit par *livre* dans le sens de division d'ouvrage. Nous n'en citerons que deux. Dans la deuxième section du dix-septième livre, il renvoie, pour la direction des vents, au *deuxième volume* de son histoire naturelle : *Aquilonis situm ventorumque reliquorum diximus secundo volumine ;* et dans la cinquante-cinquième section du livre suivant il rappelle des observations météorologiques relatives aux travaux de l'agriculture, qu'il a déjà traitées dans son *deuxième volume : Neque facilior est observatio ac jam dicta a nobis secundo volumine.* Le premier de ces deux passages renvoie aux sections 46 et 47, le second à la section 11 du deuxième livre de l'histoire naturelle. Le même auteur avoit composé un ouvrage en trois livres intitulé *Studiosus*, que son neveu publia dans la suite en six volumes, à cause de sa longueur : STUDIOSI tres (libros) in sex *volumina propter amplitudinem* divisi (5).

Maintenant, qu'on se souvienne que la feuille de papyrus éga-

(1.) Origin., VI, 13.
(2.) Ovide, *Tristes*, I, 1, 117 ; III, xiv, 19.
(3.) *Tristes*, II, v, 49.
(4.) Vie d'Atticus, XVI, 1.
(5.) Plin. jun., III, v. 4.

loit en longueur la tige de la planche, c'est-à-dire environ quatre
pieds, que la main de papyrus se composoit de dix ou vingt
feuilles collées les unes aux autres dans le sens de leur longueur et
avoit, par conséquent, 40 ou 80 pieds de long; il sera facile de juger,
que presque jamais un volume ne devoit remplir une main de papier.

Si de l'étendue ou de la grosseur des volumes nous passons à
leur hauteur, nous n'y trouverons pas moins de variété. Il paroît
même qu'il y avoit à cet égard certaines règles basées sur la nature
même des ouvrages. Les poésies et les lettres se publioient en
petits volumes; les ouvrages historiques en grand format (1).
Quelques compositions philosophiques de Cicéron, telles que ses
académiques et son traité de la gloire, furent publiées par Atticus
*in macrocollo*, c'est-à-dire sur grand papier (2). Mais est-il possible
d'évaluer exactement la dimension des divers formats? Au premier
abord on est tenté de répondre affirmativement. Il semble, en
effet, que les anciens, lorsqu'ils vouloient faire un livre, devoient
tout simplement dérouler devant eux une main de papier, écrire
dessus par petites colonnes perpendiculaires, et, l'ouvrage terminé,
retrancher d'un coup de ciseaux le papier blanc, qui étoit de reste.
S'il en eût été ainsi, la hauteur du volume auroit été parfaitement
égale à la largeur du papier, ou, ce qui revient au même, à la hauteur du rouleau de papier blanc; et, comme on connoît la largeur
des diverses espèces de papiers, on connoîtroit aussi exactement les
différens formats des volumes. Ces formats, dans notre hypothèse,
n'auroient pu être ni au-dessus de vingt-quatre doigts (3), largeur
du macrocolle, ni au-dessous de sept ou huit doigts, largeur du papier
saitique, le plus étroit de tous (4). Or nous trouvons parmi les insignes des officiers de l'empire romain publiés par Pancirol (5),
des rouleaux qui, comparés aux autres objets dont ils sont entou-
rés, paraissent avoir bien plus de vingt-quatre doigts de hauteur.

(1) Quædam genera librorum, apud gentiles certis modulis conficiebantur;
breviori forma carmina atque epistolæ : at vero historiæ majori modulo scribebantur. Isid. vi, 12.

(2) Ad Atticum XIII, 25; XVI, 3.

(3) Le doigt valoit la seizième partie du pied romain, c'est-à-dire dix-huit
millimètres.

(4) On se souvient que le papier marchand, qui étoit encore plus étroit, ne
servoit pas à l'écriture.

(5) *Notitia dignitat. utriusque imper.*, éd. in-fol., 1608, fol. 46 v°, 88 v°,
91 v°, et 97 v°.

D'un autre côté les peintures d'Herculanum (1) représentent un rouleau déployé dans les mains d'une femme ; en jugeant la hauteur du rouleau par comparaison avec la largeur de la main du personnage, il est impossible de lui donner plus de quatre à cinq doigts de hauteur.

Enfin l'on n'a pas oublié sans doute ce que nous avons dit dans notre premier chapitre sur la fraude des marchands égyptiens qui ne vendoient point un rouleau de papier dont toutes les feuilles fussent également bonnes. Celles qui étoient en dessus étoient toujours de meilleure qualité que celles qui formoient le centre du rouleau. Que pouvoit donc faire le libraire qui, projetant un livre de luxe, devoit, avant tout, tenir à le composer tout entier avec du papier de bonne qualité et parfaitement homogène ? Il est évident qu'au lieu d'employer tel qu'il le recevoit du marchand le rouleau de papyrus, il tailloit dans ce rouleau, d'après certaines règles, les bandes qu'il destinoit à la composition de son livre. Nous trouvons, en effet, dans le Digeste, la preuve que les livres étoient souvent écrits sur des feuilles volantes qui, après un battage préalable, étoient collées à la suite les unes des autres et ployées en rouleau. Ulpien se demande si dans un legs de livres sont compris ceux qui ne sont pas encore écrits, et il résout la question négativement. Il en est autrement, dit-il, pour ceux qui sont écrits, mais qui n'ont encore été ni battus, ni ornés, comme aussi des livres *non collés* ou non corrigés (2). Que peut être le collage dont il est question, sinon l'assemblage des bandes de papier, *plagulæ* ou *schedæ*, déjà écrites, qui devoient former le volume ? S'il pouvoit y avoir le moindre doute, il seroit levé à l'instant par un rapprochement bien simple. Ulpien assimile les livres non collés aux parchemins non cousus ; or par ces *parchemins* tous les commentateurs entendent des feuilles couvertes d'écriture qu'on superposoit ensuite et qu'on cousoit ensemble pour en faire un livre carré. Il faut donc, par analogie, voir dans les livres non collés des bandes de papyrus écrites qu'on va coller bout à bout pour en former un volume.

Le collage d'un volume étoit une opération importante et dif-

(1) Tom. 5, pl. 56.

(2) Sed perscripti libri nondum malleati vel ornati continebuntur (libris legatis) proinde et nondum conglutinati, vel emendati continebuntur; sed et membranæ nondum consutæ continebuntur. Dig. XXXII, LII, 5.

87

ficile. Il falloit qu'il y eût entre les feuilles une parfaite adhérence et que le point de jonction qu'on appeloit συμϐολὴ, *commissura*, fût cependant aussi peu marqué que possible; l'œil ne pouvoit l'apercevoir, s'il faut s'en rapporter à Josephe (1), dans les rouleaux de peau envoyés au roi Ptolémée par le grand pontife Eléazar. Mais on a sans doute exagéré l'adresse avec laquelle s'exécutoit cette opération délicate. On peut voir, en effet, dans une des montres du musée égyptien, au Louvre, un volume en papyrus très-blanc à demi déroulé, dans lequel les points de jonction des feuilles sont parfaitement visibles. Ils se trouvent à huit ou dix pouces de distance, et chaque feuille avance sur l'autre d'environ quatre lignes.

Le collage des manuscrits étoit quelquefois pratiqué par des apprentis copistes. *Velim*, dit Cicéron à Atticus, *mittas de tuis librariolis duo aliquos quibus tyrannio utatur glutinatoribus* (2). Mais il y avoit des esclaves et des affranchis qui en faisoient leur profession spéciale; ils portoient le titre de *glutinatores*, titre qui se retrouve encore dans quelques inscriptions anciennes. On a découvert à Naples une inscription tumulaire portant le nom de M. Annius Stichius, colleur de l'empereur Tibère (3). Une autre inscription, trouvée à Rome dans une chambre sépulcrale, nous apprend qu'il y avoit aussi des gens dont le métier étoit de faire de la colle, *glutinarii* (4). Ces inscriptions étoient de simples épitaphes et n'avoient sans doute rien d'honorifique; mais nous trouvons dans Photius (5) que les Athéniens avoient érigé une statue à un certain Phillatius pour leur avoir appris l'art de coller les livres.

Il nous semble maintenant bien démontré que, pour faire un livre, les anciens n'employoient pas simplement un rouleau de papier blanc, tel qu'il sortoit de la fabrique, mais qu'ils tailloient dans ce rouleau un certain nombre de bandes d'égale dimension, et, qu'après les avoir couvertes d'écriture, ils en formoient un volume en les collant bout à bout. Par cette opération, le sens du papier étoit renversé; ce qui étoit la largeur dans le rouleau de papier

(1) Antiq. jud., XII, 2.
(2) Ad Attic., IV, 4.
(3) Orelli, *Inscr. select.*, no 2915.
(4) Ibid., no 4198.
(5) D'après Olympiodore, cod. LXXX, p. 190.

blanc devenoit la longueur dans le volume, et réciproquement : un exemple fera clairement concevoir notre pensée. Supposons qu'il fallût tailler dans une main de papier fannien un volume de cinq doigts de hauteur et de cinquante doigts de longueur ; on déployoit horizontalement le rouleau de papier blanc, et l'on avoit ainsi devant soi une immense bande de quarante ou quatre-vingts pieds de long sur dix doigts de large (1). A quatre doigts d'une des extrémités de la main de papier on appliquoit les ciseaux et on enlevoit de bas en haut une bande quadrangulaire *a*, qui avoit cinq doigts sur le côté horizontal et dix sur le côté perpendiculaire. Lorsqu'on avoit taillé cinq feuilles pareilles *a*, *b*, *c*, *d*, *e*, on les retournoit (*fig*. 2) et on les colloit ensemble horizontalement par celui de leurs bouts qui ne mesuroit que cinq doigts. On obtenoit ainsi un rouleau de cinq doigts de large et de cinquante doigts de longueur, composé de cinq feuilles ou bandes longues chacune de dix doigts. Mais cette longueur de dix doigts étant la largeur du papier fannien (*fig*. 1), il est évident que le sens du papier a été retourné et que sa largeur primitive est devenue la longueur dans le volume.

Et qu'on ne regarde pas cette explication comme une supposition purement gratuite ; si elle n'est pas admise, il est impossible de comprendre le reproche que Pline fait au papier trop grand. Voici ce passage, que personne encore n'a clairement expliqué. « Le papier macrocolle avoit un pied et demi de large, mais le bon « sens suffit pour montrer l'inconvénient de cette largeur (jus- « qu'ici il s'agit du papier blanc). Qu'un accident déchire une « seule bande, on endommagera un plus grand nombre de colonnes « que sur tout autre papier (2). » (Ceci s'applique au papier écrit et mis en volume). Les feuilles qui entroient dans la composition d'un volume étoient plus ou moins longues, suivant que le rouleau de papier blanc d'où on les avoit tirées étoit plus ou moins large. Ainsi cinq bandes de papier fannien, larges de dix doigts (fig. 1 et 2),

(1) Voy. les différentes largeurs de papyrus, p. 655, et la planche ci-jointe, fig. 1.

(2) Pedalis erat mensura : et cubitalis macrocollis ; sed ratio deprehendit vitium, unius schædæ revulsione plures infestante paginas. Le mot *mensura* ne peut s'entendre ici que de largeur ; c'est seulement par là que les divers papiers différoient entre eux ; la longueur étoit la même pour tous, c'étoit la longueur de la tige de papyrus.

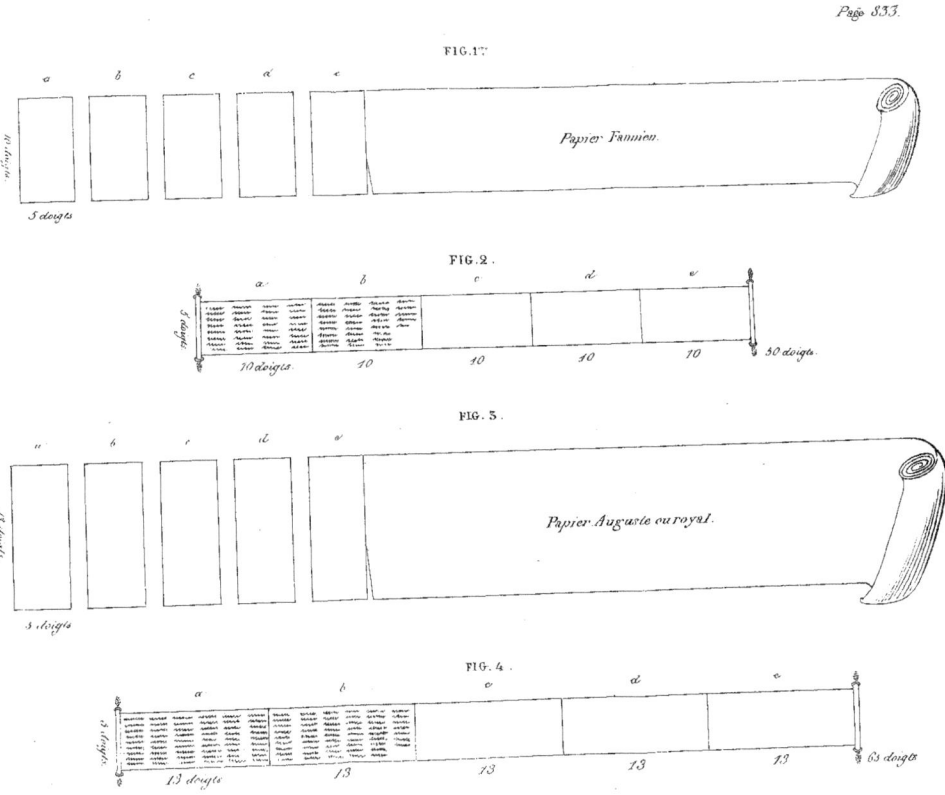

FIG. 1ᵉ

*a*  *b*  *c*  *d*  *e*

5 doigts

*Papier Fannion.*

FIG. 2.

*a*  *b*  *c*  *d*  *e*

10 doigts.  10  10  10  10  50 doigts.

FIG. 3.

*a*  *b*  *c*  *d*  *e*

5 doigts

*Papier Auguste ou royal.*

FIG. 4.

*a*  *b*  *c*  *d*  *e*

13 doigts.  13  13  13  13  65 doigts.

ont fourni un rouleau de cinquante doigts de longueur, et dont chaque feuille, longue de dix doigts, renferme quatre colonnes ; total des colonnes des volumes, vingt. Mais prenons du papier *plus large*, le papier Auguste, par exemple, qui est de treize doigts. Chaque bande du volume (fig. 3 et 4) aura treize doigts de longueur et six colonnes, et le volume entier sera long de soixante-cinq doigts et renfermera trente colonnes. Ainsi, en arrachant une bande dans une des feuilles du volume n° 2, on endommageroit quatre colonnes ; en l'arrachant dans une des feuilles du volume n° 4, qui est fait avec du papier plus large, on en gâteroit six. Nous supposons qu'on arrache la bande dans le sens de la longueur de la feuille, mais cette longueur étoit la largeur lorsque la feuille faisoit encore partie du rouleau de papier blanc.

La hauteur du volume, qui est de quatre doigts dans les deux modèles que nous avons fait représenter, pouvoit évidemment varier depuis un pouce jusqu'à trois ou quatre pieds, on n'avoit qu'à tailler les bandes en conséquence. Mais le format ordinaire des manuscrits anciens étoit généralement de moyenne grandeur. Parmi les nombreux manuscrits d'Herculanum, les grecs ont de six à neuf pouces de hauteur, les latins sont un peu plus grands, ils varient entre neuf pouces et un pied (1).

Dans les volumes comme dans les rouleaux de papier blanc, la première feuille se nommoit ϖρωτόκολλον. Sur cette feuille, et au milieu de la première colonne, dont le reste demeuroit en blanc, étoit écrit le titre du livre, ἐϖιγραφὴ, *titulus*, *index*, qui indiquoit le nom de l'auteur, le sujet de l'ouvrage et le numéro du livre ou division de l'ouvrage que renfermoit le volume. Sidoine Apollinaire appelle un ouvrage anonyme charta *sine indice* (2). Qu'as-tu besoin d'un titre ? dit Martial à son livre; qu'on lise deux ou trois vers et l'on reconnaîtra facilement l'auteur :

> Quid *titulum* poscis ? versus duo tresve legantur
> Clamabunt omnes te, liber, esse meum (3).

Le même écrivain envoie son deuxième livre d'épigrammes à Régulus, et s'excuse de ne pouvoir lui adresser le premier. Au reste,

(1) Jorio, *Off. de' Papiri*, p. 36, not. *a*.
(2) *Epist.*, I, vers 11.
(3) *Épigr.* XII, 111, 17.

dit-il, si du livre II tu veux faire le livre I, la chose est facile; efface un I dans le titre.

> Tu tamen hunc fieri si mavis, Regule, primum,
> Unum de *titulo* tollere iota potes (1).

Enfin Pline le jeune, envoyant un livre à Scaurus, sans lui en indiquer la matière, lui dit que le titre la lui apprendra, *materiam ex titulo cognosces* (2). Voici la teneur et la disposition du titre d'un des manuscrits d'Herculanum publié dans le 2ᵉ volume des papyrus, et dont l'original est au Musée britannique :

ΕΠΙΚΟΥΡΟΥ

ΠΕΡΙ ΦΥΘΕΩΘ

B.

c'est-à-dire TRAITÉ D'EPICURE SUR LA NATURE, *livre II.* Quelquefois les livres d'un même ouvrage portoient chacun un nom particulier. Chacun des livres de l'histoire d'Hérodote est désigné par le nom d'une muse, des deux derniers livres de Martial : l'un est intitulé *Xenia*, l'autre *Apophoreta*.

Dans le *manuscrit d'Épicure* que nous venons de citer, et dans tous les manuscrits grecs d'Herculanum, le titre est répété, à la fin de l'ouvrage, sur la dernière feuille du rouleau qu'on nommoit ἐσκατόκολλον, *la dernière collée*. Nous avons vu que, du temps de saint Jérôme, on marquait la fin du livre par les mots *explicit* ou *feliciter*. Les Hébreux se servoient, dans le même but, des mots *amen, sala* ou *salem* (3). Philoxène, ce philosophe de Syracuse qui paya si cher l'indépendance de sa critique, Philoxène, ayant à corriger une tragédie de Denys le Tyran, l'effaça, dit Plutarque (4), ἀπὸ τῆς ἀρχῆς μεχρὶ κορωνίδος depuis le commencement jusqu'à la fin. Le mot grec *coronis* signifiait proprement le comble d'un édifice; de là l'expression (5) proverbiale κορωνίδα ἐπιτιθέναι, poser le comble, pour dire finir quelque chose, principalement un livre. Le mot passa dans la langue latine, ou du moins fut employé par des auteurs latins. Martial fait dire à son livre : si

(1) Épig. II, 93.
(2) Épître V, XIII, 1.
(3) S. Jérôme, epist. ad. *Marcellam.*
(4) De Fortun. Alexandri, or. II, tom. VII, p. 320, ad Reiske.
(5) Voy. Suidas.

je vous parois trop long, si ma fin se fait trop attendre, ne lisez
que quelques pages, et je deviendrai un libelle.

> Si nimius videor, et sera coronide longus
> Esse liber ; legito pauca, libellus ero (1).

Ce mot n'étoit peut-être, dans le principe, qu'une expression
métaphorique ; plus tard on lui donna une acception propre, en
plaçant à la fin des livres un signe dans la forme d'un 7 ou d'un V
renversé, signe qui figuroit grossièrement le comble κορωνίδα d'un
bâtiment (2). Peut-être le nom de *coronis* s'appliquoit-il aussi à ces
notes tyroniennes qu'on a trouvées à la fin de quelques manuscrits grecs d'Herculanum, et dont M. le chanoine Andr. de Jorio
a publié un facsimilé (3).

Ausone a placé le distique suivant en tête de sa notice sur les
professeurs bordelais (4) :

> Quos legis a prima deductos *menide* libros
> Doctores Patriæ scito fuisse meæ.

Ce mot *menis* désigne bien évidemment le commencement du
livre ; mais quelles sont sa signification propre et son origine ? On a
hasardé, à ce sujet, bien des conjectures. Turnèbe entend par
*menis* un signe ou un ornement mis en tête du volume, analogue
à l'autre signe placé à la fin, et qu'on nommoit *coronis*. Il ajoute
que ce signe étoit peut-être en forme de lune, parce qu'en effet le
mot grec μήνη a cette signification. Nous croyons qu'il faut entendre simplement par ce mot la première feuille du livre, feuille
à laquelle étoit souvent collée, comme nous le dirons plus bas,
une petite baguette portant à chaque bout des ornements en forme
de *croissant*, qu'on nommoit ordinairement *cornua*. Il y avoit une
autre baguette de même genre à la fin du rouleau, c'est pour cela
qu'Ausone a dit *a prima menide*, pour indiquer celle du commencement du volume. Ce qui sembleroit prouver, du reste, que le
*menis* n'étoit pas simplement un signe du copiste, c'est qu'Isidore
de Séville n'en fait aucune mention dans son vingtième chapitre
du premier livre des Origines, où il énumère tous les signes qui

(1) Epigr. X, 1.
(2) Voy. Isid. de Séville. *Orig.* I, 20.
(3) *Officina de' Papiri.* Tavol., II, *f.*
(4) Carm., 215.

étoient en usage dans les volumes, tandis que le *coronis* y est expliqué et représenté.

Parmi les autres signes que fait connaître Isidore, nous citerons l'astérisque, au moyen duquel on indiquoit une lacune; le trait horizontal par lequel on soulignoit les mots ou les pensées qui étoient inutilement répétés. Lorsque la correction étoit douteuse, le trait étoit surmonté d'un point. Dans les manuscrits moins anciens, le trait horizontal est remplacé par des points placés au-dessous des lettres à effacer. Un commencement de paragraphe, ou ce que nous nommons un alinéa, étoit marqué par une espèce de gamma majuscule Γ; le même signe renversé ⅃ se plaçoit à la fin du paragraphe. Une flèche, nommée *ceraunium*, étoit dessinée à côté d'un passage qu'on vouloit détruire en entier sans prendre la peine de souligner chaque ligne. Les fautes à corriger se notoient à la marge, au moyen d'un signe qui ressembloit à un G saxon. Isidore fait connaître plusieurs autres signes moins importants, pour lesquels nous renvoyons les curieux à son livre. On peut aussi consulter la Vie de Platon, par Diogène Laërce (1). La plupart de ces signes y sont aussi indiqués comme ayant été employés dans les ouvrages de Platon, mais leur signification n'est pas tout à fait la même.

Les colonnes d'écriture n'atteignoient ni en haut ni en bas l'extrémité du papier, en sorte qu'elles étoient comprises entre deux marges horizontales qui régnoient dans toute la longueur du manuscrit. On trouve cependant parmi les peintures d'Herculanum un rouleau dans lequel la marge inférieure manque. Cette espèce d'infraction aux règles de la calligraphie ne devoit pas se rencontrer dans les copies faites par les libraires, car ceux-ci ne manquoient pas sans doute de mesurer la longueur du rouleau sur celle de l'ouvrage à transcrire. Mais on conçoit qu'un auteur, qui écrivoit lui-même l'original de son ouvrage, ait cherché à économiser le papier en remplissant la marge et même le dos du volume; c'est un original de ce genre que Juvénal désigne lorsque, dans sa première satyre, il maudit la longueur d'une tragédie qui remplit la page et le verso :

...... summi plena jam margine libri
Scriptus et in tergo necdum finitus Orestes (2).

(1) Liv. III, p. 85, A.
(2) Satyr. I, 5, 6.

Le premier vers pourroit aussi se rapporter à la dernière colonne du livre qui restoit ordinairement vide, et dans le milieu de laquelle on répétoit le titre de l'ouvrage. Ce titre se trouvoit aussi, comme nous l'avons dit, en tête du livre, au milieu de la première colonne, qui, indépendamment de la marge latérale, avoit encore un espace blanc en haut et en bas (1). C'est dans cet espace blanc, *extra ordinem paginarum*, que Martial avoit sans doute écrit sur un de ses livres une épigramme adressée à Stertinius; c'est la première du neuvième livre (2). Indépendamment des quatre marges que nous avons indiquées, il y avoit encore une étroite marge perpendiculaire entre les colonnes. Toutes ces marges se nommoient indistinctement *margines, oræ, limites.*

Les anciens divisoient leurs ouvrages en livres, qui formoient chacun un volume; mais ces livres n'admettoient aucune subdivision. On y suppléoit par des sommaires très-courts, qu'on écrivoit sur la marge. Tel est le procédé qu'avoit employé Optatien, en écrivant le panégyrique de Constantin, *picto limite dicta notans*, et saint Jérôme, dans la traduction d'une lettre de S. Épiphane (3). Quelquefois on plaçoit en tête de l'ouvrage une table des divers paragraphes qu'il renfermoit : cette table se nommoit *elenchus*, ἔλεγχος, ou *index*. Chez les latins, Valerius Soranus, savant médecin, contemporain et ami de Cicéron, dans un ouvrage intitulé *Epoptidon*, donna le premier exemple de ces tables préliminaires (4). Il fut imité par Pline l'ancien. Celui-ci, autant pour la commodité de ses lecteurs que pour économiser le temps de Vespasien, auquel il dédioit son ouvrage, composa son premier livre d'une table détaillée, dans laquelle il fit entrer, pour chaque livre, de courts sommaires, un tableau abrégé des faits rapportés, et les noms des auteurs latins et étrangers qui avoient traité la même matière. Ainsi, pour consulter l'ouvrage sur une seule question, il étoit inutile de le lire entier; il suffisoit de parcourir la table afin de trouver facilement le livre et la partie du livre dont on avoit besoin (5). D'autres plaçoient cette table à la fin de l'ouvrage, comme

(1) Voy. les *papyrus d'Herculanum* publiés.
(2) Voy. la préface de ce livre.
(3) Ad Pammachium, et Schwarz *de ornam. libr.* II, 13.
(4) Pline l'ancien, *Epître dédic.* à Vespasien.
(5) Voy. l'épître à Vespasien en tête de l'histoire naturelle de Pline. Voy. aussi la préface de Solin.

on fait ordinairement de nos jours. Telle étoit la table de l'ouvrage de Columelle sur l'agriculture, table dont il parle à la fin du onzième livre.

Ces tables se trouvent encore dans les manuscrits les plus anciens ; mais, après le ixᵉ ou le xᵉ siècle, les copistes s'avisèrent de les fractionner et d'en rapporter les fragments en tête des chapitres et des paragraphes. L'intention étoit bonne sans doute, mais ce remaniement a souvent été fait sans discernement.

Que les anciens aient mis des préfaces et des épîtres dédicatoires en tête de leurs ouvrages, c'est ce qui n'a nullement besoin de preuves. Ces préfaces, *proemia*, *præfationes*, commençoient avec la deuxième colonne du volume. Nous signalerons, à ce sujet, un fait peu connu, mais curieux, en ce qu'il révèle dans un auteur célèbre une habitude littéraire, à ce qu'il semble fort peu logique. Cicéron avoit un volume de préfaces composées à l'avance, et qu'il adaptoit ensuite aux ouvrages qu'il vouloit publier. Nous apprenons cette particularité d'une de ses lettres à Atticus (1), dans laquelle on voit aussi que, par distraction, il avoit mis en tête de son traité de la Gloire une préface qui avoit déjà servi pour le troisième livre des Académiques. Ce livre et le suivant sont aujourd'hui perdus, mais on peut aisément se figurer le caractère de ces introductions, composées, pour ainsi dire, au hasard, de manière à pouvoir s'adapter ensuite à toutes sortes de sujets. C'étoient des lieux communs de morale ou de philosophie qu'on pouvoit, après coup, adapter tant bien que mal à toutes sortes d'ouvrages. Au reste, cette bizarre coutume n'étoit point particulière à Cicéron ; nous n'hésitons pas à voir des préfaces composées d'avance dans les premiers chapitres des deux principaux ouvrages de Salluste, l'histoire de la conjuration de Catilina et celle de la guerre de Jugurtha. Cet usage, si toutefois l'on peut déduire l'existence d'un usage des deux exemples que nous venons de citer, prit sa source dans une application mal entendue de la méthode des rhéteurs, qui exerçoient sur des lieux communs l'éloquence de leurs élèves. Mais, en devenant inutiles pour l'intelligence du livre, les préfaces risquoient fort de ne plus être lues. Ce fut, en effet, ce qui arriva: du temps de Pline le jeune, elles étoient tombées dans un complet discrédit, et les livres qui pou-

_____

(1) Ad Attic., xvi, 6.

voient s'en passer étoient ceux que le public accueilloit avec le plus de faveur (1).

Il y avoit, au moins pour les poésies légères et pour les pièces détachées, une autre coutume moins connue; c'étoit de terminer chaque livre par quelques vers au lecteur ou à l'ouvrage lui-même. Martial n'y manque presque jamais. On pourroit peut-être en conclure que c'étoit une habitude particulière à cet écrivain. Cependant un de ces épilogues semble attester un usage plus général. Il dit à la fin de son livre onzième : « Lecteur, « quoique vous puissiez être fatigué d'un livre si long, *vous atten-* « *dez encore de moi* quelques distiques. »

> Quamvis tam longo possis satur esse libello,
> Lector, *adhuc a me disticha pauca petis* (2).

On peut voir des traces de cet usage dans Ovide, à la fin de l'Art d'aimer et des Amours, ainsi que dans les Odes d'Horace.

Lorsque le livre étoit écrit et collé, on fixoit à l'extrémité de la dernière feuille un petit bâton, autour duquel s'enrouloit le volume, à peu près comme nos cartes géographiques. Ce bâton se nommoit, en grec ὀμφαλὸς, en latin *umbilicus*, parce qu'il étoit placé au centre du volume enroulé, comme le nombril au milieu du corps humain. Martial (3) compare à un umbilic un très-mince rouleau.

> Quid prodest mihi tam macer libellus
> Nullo crassior ut sit umbilico
> Si totus tibi triduo legatur?

Ce passage doit détruire toutes les difficultés qu'on a élevées sur la nature de l'*umbilicus* dans les anciens volumes.

Lorsque le rouleau étoit déployé, l'umbilic se trouvoit à l'extrémité ; de là l'expression proverbiale *ad umbilicum perducere*, qui répondoit au grec κορωνίδα ἐπιτιϑέναι, et signifioit terminer quelque chose. Horace (4) s'excuse ainsi de ne pas terminer des poésies qu'il avoit autrefois commencées :

(1) Librum jam nunc oportet ita consuescere, ut sine præfatione intelligatur. Epist. V, XIII, 3.

(2) Epigr., XI, 108.

(3) Epigr. II, VI, 10.

(4) Epod. 14. Voy. en cet endroit l'ancien scoliaste dans l'édit. de Gessner.

Deus, deus nam me vetat
Inceptos olim , promissum carmen , iambos
Ad umbilicum perducere.

Un vieux commentateur explique, dans ce passage, la locution *ad umbilicum perducere* ou *adducere* par *finir, terminer*, parce que, dit-il, on a coutume de mettre à la fin des livres des umbilics en bois ou en os. Ceux qu'on a retrouvés dans les manuscrits d'Herculanum sont faits tantôt avec du bois blanc, tantôt avec une espèce de sureau ou de canne. Quelquefois on s'est servi d'un simple morceau de papyrus qu'on a serré et tordu de manière à lui donner la forme et la consistance d'un petit bâton (1). Du reste, on n'en a jamais trouvé plus d'un dans le même manuscrit. Il est néanmoins certain que , pour rendre la lecture des livres plus commode, on les garnissoit de deux umbilics, un au commencement et l'autre à la fin. Stace se plaint à Plotius d'un échange de livres où il avoit reçu un volume en très-mauvais état pour un rouleau tout neuf orné de deux umbilics.

Noster purpureus, novusque charta
Et *binis* decoratus *umbilicis* (2).

En traitant des ornemens des volumes nous rapporterons plusieurs passages d'auteurs anciens où les umbilics sont constamment nommés au pluriel. Ils étoient quelquefois terminés par deux pommettes saillantes , ἀκρομφάλια, *cornua* (3), destinées à protéger les tranches du volume. De là le mot *ad cornua*, qui avoit la même signification que *ad umbilicum*, c'est-à-dire *jusqu'à la fin*. Martial appelle un livre entièrement déroulé *librum explicitum usque ad sua cornua* (4).

Les tranches se nommoient en latin *frontes*, à cause de la disposition des rouleaux dans les bibliothèques, disposition que nous ferons connoître ailleurs. Il ne sauroit y avoir de doute sur la signification du mot *frontes* (5). La partie du volume qu'il désignoit

(1) Voy. A. de Jorio *Offic. de' papiri*, p. 18 et suiv., et p. 69.
(2) Sylv. IV, ix, 7.
(3) Voy. Martial, X, 107. Ovid. *Tristes*, I, 1, 8.
(4) Epigr. XI, 107.
(5) Il ne faudroit pourtant pas , toutes les fois qu'il s'agit d'un livre, traduire le mot *frons* par *tranche*. Ce mot étoit parfois employé métaphoriquement pour désigner le commencement du livre. Par exemple, Ovide, se dou-

étoit double, *geminæ frontes* (1), ce qui ne peut s'entendre que des deux bases parallèles du rouleau cylindrique. On rognoit ces tranches lorsque les bandes n'avoient pas été parfaitement égalisées avant le collage, et cette opération s'exprimoit par *librum circumcidere*. Elle n'étoit pas sans difficultés, et Aristote n'a pas dédaigné d'en tracer ou du moins d'en expliquer les procédés (2). On se servoit pour cela, ou de ciseaux, ou d'un instrument tranchant en forme de petite faux qu'on appeloit *sicila*. Ce mot, dans le glossaire de Philoxène publié par Labbe, est donné comme l'équivalent de σμίλα χαρτοτόμος, *couteau à couper le papier*. Isidore de Séville dit que l'usage de rogner les livres naquit en Sicile (3), contrée qu'aucun document historique n'autorise à regarder comme ayant été plus anciennement que toute autre adonnée à la littérature. Peut-être aura-t-il confondu, dans un des auteurs qu'il a consultés, les mots *sicila* et *Sicilia*.

Lorsque les tranches avoient été rognées, elles n'étoient pas parfaitement unies. Il restoit encore des cheveux, *comæ*, ou, ainsi que nous le dirions aujourd'hui, des *barbes* au papier, qu'il falloit enlever avec la pierre ponce. Ovide, exilé, les vouloit laisser, en signe de deuil, au livre qu'il envoyoit à Rome.

> Nec fragili geminæ poliantur pumice frontes
> Hirsutus passis ut videare *comas* (4).

La même opération est indiquée dans ce vers de Tibulle :

> Pumex et canas tondeat ante *comas* (5).

Et dans ce distique de Martial :

> Dum novus est, neque adhuc rasa mihi fronte libellus
> Pagina dum tangi non bene sicca timet (6).

Quelquefois les tranches des volumes, comme celles de nos

tant bien qu'il existoit dans les mains de ses amis quelques exemplaires des Métamorphoses, dont il avoit brûlé l'original, pria quelqu'un de faire écrire en tête du premier livre, *in primi fronte libelli*, un avertissement portant que l'auteur de l'ouvrage n'avoit pu y mettre la dernière main. Voy. *Tristes*, I, vii, 33.

(1) *Tristes*, I, i, ii.
(2) Voy. Aristote. *Problèmes* XVI, 6, et Vossius *in Catull.*, p. 55.
(3) *Orig.*, vi, 12.
(4) *Tristes*, I, i, 12.
(5) III, i, 10.
(6) *Epigr.*, IV, 10.

Pour empecher le
des courroies qu'on r

Novi umbilic

Dans le deuxième t
de la page 93 représe
posés en croix. Au r
bouton qui servoit à
volume. Un livre ai
étoit moins exposé à

Constrictos r
Admittam ti

Une précaution en
étoit la membrane c
livres. Un livre con
Martial à un plagiai

Sed pumicat
Nec umbilici
Mercare tale

Les enveloppes des li
fois par Lucien (4);
céron a latinisé et
δερματίναι στολαί.
livres dans une feuil
dans plusieurs manu
on a trouvé d'abord
texte. On s'est autor
en tête du II<sup>e</sup> et d

(1) Tristes, I, 1, 8, 62
(2) Catulle, p. 50.
(3) Martial, Épigr. I,
(4) Advers. Indoctum

turer que les dédicaces étoient parfois écrites sur l'enveloppe des volumes. Dans la première de ces épîtres, le poëte se fait adresser la parole par Decianus, qui lui prouve qu'un livre d'épigrammes n'a pas besoin de préface. « Parbleu, répond Martial, vous avez « raison. Et si vous saviez quelle longue épître je vous avois pré- « parée! mais il en sera ce que vous voulez, et ceux qui liront ce « livre vous devront de ne pas être fatigués avant d'arriver à la « première page. » Puisque la première page contenoit le com- mencement de l'ouvrage, il est clair, a-t-on dit, que l'épître pré- liminaire devoit se trouver avant la première page, et elle ne pou- voit être que sur l'enveloppe. Le huitième livre de Martial, rempli des éloges de Domitien, est dédié par le poëte à cet empereur. Il dit, dans la dédicace, qu'il a cru, par respect pour le nom sacré de César, qui est en tête de son livre, devoir prendre un ton plus grave et plus décent, et qu'il en a averti les lecteurs par une courte épigramme placée sur le seuil même du volume *in ipso libelli hujus limine*. Donc, a-t-on dit encore, l'épître étoit avant le seuil ou avant la première page du livre, par conséquent sur la couverture. Il est évident qu'un auteur, envoyant lui-même à quelqu'un son livre, a très-bien pu écrire son envoi sur l'enveloppe, si cette enveloppe étoit de nature à recevoir l'écriture. Mais que les copistes aient suivi cet usage dans les livres qu'ils confectionnoient pour les vendre, on ne peut en trouver ici aucune preuve. C'est comme si nos neveux, sachant qu'au xixe siècle les ouvrages commençoient en France avec la première page et que néanmoins ils avoient une préface, en concluoient que la préface étoit imprimée sur la cou- verture.

Lorsqu'on avoit terminé tous les volumes qui composoient un seul ouvrage, on les réunissoit en un faisceau retenu par un lien qui en faisoit plusieurs fois le tour. Horace, envoyant ses œuvres à Auguste par l'entremise de Vinnius Asella, recommande, entre autres choses, à ce dernier, de ne pas porter gauchement le fais- ceau de volumes sous l'aisselle comme un rustre porteroit un agneau,

> .......... Ne forte sub ala
> Fasciculum portes librorum, ut rusticus agnum (1).

Le faisceau étoit placé perpendiculairement dans un étui cylin-

_____

(1) Épîtres, I, xiii, 12.

drique, *scrinium curvum* (1), qui ressembloit exactement, qu'on nous passe la comparaison en faveur de sa justesse, aux boîtes en bois blanc dans lesquelles s'expédient les pâtés de Strasbourg. Ces étuis se nommoient χαρτοφυλάκια, σκρινία, *scrinia*, *cistæ*, *capsæ*. On en faisoit en bois précieux pour conserver les livres de luxe; c'est une boîte pareille que désigne Horace en parlant des vers dignes d'être conservés dans le bois de cyprès, *carmina... levi servanda cupresso* (2). Au corps de la boîte étoit ordinairement fixée une serrure, dans laquelle venoit s'enclaver une verge de fer attachée au couvercle, à peu près comme dans nos malles de voyage (3). Horace fait allusion aux étuis fermés à clef lorsqu'il dit à son livre, pressé de paroître :

> Odisti *claves* et grata sigilla pudico (libro) (4).

Sur les côtés du *scrinium* étoient attachés deux anneaux, d'où partoient les deux extrémités d'une courroie destinée à faciliter le transport de la boîte (5). Les enfans de qualité, lorsqu'ils alloient à l'école, étoient suivis d'un esclave nommé *capsarius*, qui portoit l'étui renfermant les livres et les autres instrumens d'étude nécessaires à l'écolier. Cet usage est exprimé dans ces deux vers de Juvénal, où, par parenthèse, on voit que les leçons des maîtres d'école à Rome n'étoient pas taxées à un prix trop élevé :

> Quisquis adhuc uno partam colit asse Minervam,
> Quem sequitur custos angustæ vernula capsæ (6).

Les auteurs avoient aussi des cassettes où ils conservoient les ouvrages terminés, mais qu'ils n'avoient pas encore publiés. Pourquoi, dit Martial à Sosibianus, pourquoi ne veux-tu rien publier lorsque tes écrins sont remplis d'ouvrages terminés ?

(1) Ovide, *Tristes*, I, 1, 106.
(2) Art. poétique, v, 331.
(3) Voy. les peintures d'Herculanum, tom. II, pl. 2, et Montfaucon, *Antiq. expliquée*, tom. III, pl. vi et vii.
(4) Epître, I, 20.
(5) Peintures d'Hercul., t. II, p. 7.
(6) Satir. X, 117. L'édit de Dioclétien, qui fixe un *maximum* pour tout l'empire romain, édit publié en 1826 par M. le colonel Leake, d'après une pierre découverte à Stratonicée, nous fournit des renseignemens un peu plus précis sur les divers salaires. En supposant, avec MM. Borghesi et Dureau de la Malle, que le sigle monétaire, employé dans cet édit, signifie le

Plena laboratis habeas quum scrinia libris
Emittis quare, Sosibiane, nihil (1) ?

Et Pline le jeune s'adressant à Nason : « Ailleurs je pourrois vous montrer des greniers pleins, ici je vous ferai voir un écrin bien garni : *Possum tibi, ut aliis in locis horreum plenum, sic ibi scrinium ostendere* (2). » Des boîtes du même genre contenoient les livres qui étoient encore sur le métier. Horace, levé avant le soleil, demandoit du papier, des roseaux et ses écrins :

. . . . . . . . . . . . . . . . . . . . . . . . . . . . prius orto
Sole vigil, calamum et chartas et scrinia posco (3).

Quelquefois on écrivoit sur la boîte le titre de l'ouvrage qu'elle contenoit; on en peut voir un exemple dans la septième planche du troisième tome de l'*Antiquité expliquée.* Toujours ou presque toujours les volumes avoient un titre extérieur dans leur partie supérieure, c'est-à-dire sur celle des tranches qui apparoissoit aux yeux lorsqu'on enlevoit le couvercle de la boîte. Ovide exilé envoie un livre à Rome, il lui recommande d'entrer dans sa demeure où il trouvera ses frères, qui tous, à l'exception des trois livres de l'*Art d'aimer*, cause ou prétexte de son exil, montrent leurs titres étalés au-dessus de leur tranche découverte :

Cætera turba palam titulos ostendet apertos
Et sua detecta nomina fronte geret (4).

Ces titres étoient écrits sur de petits morceaux de papyrus ou de parchemin qu'on appeloit πιττάκια, en latin *pittacia*. On donnoit aussi ce nom aux étiquettes collées au sommet des amphores de vin, étiquettes qui annonçoient la qualité et l'âge de la liqueur (5).

---

denier de cuivre, équivalant à 2 1/2 centimes, nous trouvons que chaque écolier payoit par mois : pour un maître de lecture, 1 fr. 25 c.; pour un maître de calcul, 1 fr. 90 c.; au professeur de sténographie, 1 fr. 90 c.; au maître d'écriture, 1 fr. 25 c.; au grammairien grec ou latin, au géomètre et au professeur d'éloquence, 5 fr. *An edict. of Diocletian*, p. 22. Cet édit se trouve aussi à la suite des *Recherches sur le Droit de propriété chez les Romains*, par M. Charles Giraud, d'Aix. Voy. cet ouvr., *Pièces just.*, p. 50.

(1) Epigr. IV, xxxii, 1.
(2) IV, vi, 2.
(3) Epitres, II, 1, 112.
(4) Tristes, I, 1, 109.
(5) Voy. Pétronne. *Satyric.*, p. 14, l. 16, éd. Lotichius, in-4.

Pour les volumes, on inséroit ces petits morceaux de parchemin ou de papyrus dans les tranches, et on les y fixoit par un bout avec de la colle, de manière à ce qu'ils pussent, en se repliant, couvrir la tranche presque en entier et offrir le titre du livre aux yeux du lecteur. On peut voir des titres de ce genre parmi les peintures d'Herculanum (1) et dans une planche où Schwarz a fait dessiner une ancienne bibliothèque, d'après un bas-relief en marbre trouvé à Nimègue vers la fin du siècle dernier. M. le chanoine Andr. de Jorio a pareillement fait représenter un manuscrit du musée de Portici, auquel est encore fixé un fragment rectangulaire de papyrus écrit, pendant en dehors de la tranche du volume. Quand le rouleau est déployé, le morceau de papyrus sur lequel est écrit le titre en occupe le milieu (2). Pour les volumes dont les umbilics étoient à pommettes saillantes, il y avoit une autre manière de disposer le titre extérieur ; on l'écrivoit sur une petite bande de parchemin qui avoit exactement la longueur du rouleau, et cette bande étoit collée le long du bord et au verso de la première feuille. Cicéron demande à Atticus des colleurs qui puissent aider Tyrannion : « Recommandez-leur, dit-il, d'apporter de ces petites « bandes de parchemin avec lesquelles on fait ces sortes de titres « que vous autres Grecs appelez, je crois, συλλάβους (3). » Ne semble-t-il pas qu'il s'agisse, dans cette phrase, d'un titre de telle nature que la langue latine n'avoit aucun mot pour le désigner expressément ? Or le mot grec employé par Cicéron désignoit une petite bande de peau qu'on colloit ou qu'on cousoit au bord des vêtemens (4). Cette espèce de titre en forme de bande est encore clairement désigné par Tibulle, lorsqu'il veut que son nom en lettres ornées *couvre le bord* de son livre.

> Summaque *prætexat* tenuis fastigia chartæ
> Indicet ut nomen littera picta tuum (5).

Le mot *prætexat* ne laisse aucun doute sur la disposition du titre ;

(1) Tom. II, pl. 2, et les frontispices des pages 7 et 91.

(2) *Officina de' papiri*, p. 57 et suiv., planch. I, B. 2; et *Peintur. d'Herculan.*, t. V, p. 373.

(3) Iisque imperes ut sumant membranulam ex qua indices fiunt, quos vos Græci, ut opinor, συλλάβους appellatis. Ad. Attic. vi, 4.

(4) Voy. le commentaire de Saumaise sur la vie de Pertinax, par J. Capitolin, c. 8.

(5) Eleg., III, 1, 11 et 12.

on sait qu'on appeloit robe prétexte, *toga prætexta*, celle que portoient les enfans mâles au-dessous de dix-sept ans et les filles jusqu'à leur mariage, parce qu'elle étoit bordée, *prætexta*, d'une bande de pourpre. Parmi les manuscrits d'Herculanum, deux ont leur titre ainsi écrit sur l'extrémité extérieure du rouleau (1).

Le manuscrit du musée de Portici, dont nous avons parlé plus haut, offre une particularité que M. André de Jorio ne manque pas de signaler. Outre le morceau de papyrus pendant en dehors de la tranche et sur lequel est écrit le titre, il y a, sur un autre point du rouleau, un petit ruban fort court, disposé de manière qu'évidemment il n'a jamais pu servir à lier le volume. Dans le dessin publié par M. de Jorio, le ruban paraît rompu et la destination n'en est pas fort claire. On peut tirer plus de lumière d'une des peintures d'Herculanum (2), représentant un jeune homme couronné de lierre qui tient un rouleau dans sa main droite. A la partie supérieure du rouleau est fixé un lien formant, immédiatement au-dessus de la tranche, une boucle de deux pouces de longueur, dans laquelle il étoit facile d'introduire les deux premiers doigts de la main ; comme le jeune homme appuie l'index de la main gauche sur la tranche du livre, à la naissance même de la boucle, on ne peut dire si cette dernière est attachée à l'umbilic ou collée au papier. Dans tous les cas, il est naturel de penser qu'elle servoit à tirer le livre de l'étui qui le renfermoit ordinairement ; nous ne voyons pas du moins qu'elle ait pu avoir une autre destination.

Il nous reste maintenant à parler des ornements qui distinguoient les volumes de luxe des livres ordinaires. Les premiers étoient quelquefois écrits avec des encres d'or et d'argent, et les marges en étoient chargées de peintures. Tel étoit l'exemplaire du panégyrique de Constantin qu'Optatien adressoit à cet empereur :

> Quæ quondam fueras pulcro decorata libello
> Carmen in Augusti ferto, Thalia, manus
> Ostro tota nitens ; argento auroque coruscis
> Scripta notis, picto limite dicta notans.

On les frottoit avec une espèce d'huile nommée *cedrium*, parce qu'on la tiroit du bois de cèdre, et qui avoit la propriété de préser-

(1) Jorio, *Officina de' papiri*, p. 59.
(1) Tom. III, pl. 45.

ver les corps des insectes et de la moisissure (1). Martial ne permet à son livre ce précieux liniment que lorsque le patronage de Faustinus lui donne quelque espoir de durée (2). Le livre des Tristes, afin de ne point faire contraste avec le deuil et la douleur du poëte, n'étoit ni frotté d'huile de cèdre, ni poli à la pierre ponce :

> Quod neque sum *cedro flavus* nec pumice lævis
> Erubui domino cultior esse meo (3).

Ce dernier passage prouve que l'huile de cèdre donnoit aux livres une teinte jaune. Nous avons déjà parlé des livres de Numa, découverts dans la terre après cinq cents années. Pline s'explique leur conservation, en supposant qu'ils avoient été enduits avec de l'huile de cèdre ; *libros citratos fuisse propterea arbitrarier tineas non tetigisse* (4). Les mots *carmina cedro digna*, dans Perse, sont une allusion à la durée des livres frottés d'huile de cèdre et peuvent se traduire ainsi ; *des vers dignes de l'immortalité* :

> .......... An erit qui velle recuset
> Os populi meruisse, et *cedro digna* locutus
> Linquere (5).

Horace a dit avec moins de concision :

> Speramus carmina fingi
> Posse *linenda cedro* et levi servanda cupresso (6).

Reprenons l'épigramme dans laquelle Martial félicite son livre de s'être choisi le patronage de Faustinus. Il le rassure contre les critiques et lui accorde tous les ornements réservés aux livres qui devoient avoir une longue durée :

> Cedro nunc licet ambules perunctus
> Et, frontis gemino decens honore,
> Pictis luxurieris umbilicis ;
> Et te purpura delicata velet,

---

(1) Ex cedro oleum, quod cedrium dicitur, nascitur, quo reliquæ res unctæ, ut etiam libri, a tineis et a carie non læduntur. Vitruve, II, ix.

(2)     Faustini fugis in sinum! sapisti.
    Cedro nunc licet ambules perunctus, etc.
        *Epigramm.*, III, 2. Voy. aussi V, 6; VIII, 61, etc.

(3) Tristes, III, 1, 13. Voy. aussi I, 1, 7.

(4) *Hist. nat.*, XIII, 27.

(5) Perse, I, 40.

(6) Art poétique, vers 331.

> Et cocco rubeat superbus index :
> Illo vindice nec Probum timeto.

Le second vers, *et frontis gemino decens honore*, indique bien clairement la double tranche du volume, et rappelle l'usage que nous avons déjà signalé, d'après Ovide, de leur donner une couleur particulière.

Nous connoissons maintenant et la nature et la matière des umbilics, que nous avons comparés aux bâtons de nos cartes géographiques. Une nouvelle cause de ressemblance est la couleur noire qu'on donnoit souvent à ces umbilics. Tels étoient ceux des livres d'épigrammes que Martial offroit à Domitien, par l'intermédiaire de Parthenius :

> Nunquam grandia nec molesta poscit
> Quæ, cedro decorata purpuraque,
> *Nigris* pagina crevit *umbilicis* (1).

Le vers *pictis luxurieris umbilicis* semble prouver qu'on ornoit quelquefois ces petites verges de couleurs brillantes. Dans une autre épigramme du même auteur, nous voyons que ses livres se vendoient, dans tout l'empire, *ornés* d'umbilics :

> Livet Carinus..............
> Non jam quod orbe cantor et legor toto,
> Nec umbilicis quod *decorus* et cedro
> Spargor omnes, Roma quas tenet, gentes (2).

Une foule d'autres passages prouvent que les umbilics étoient des ornements. Nous avons déjà cité celui de Stace :

> Noster purpureus novusque charta
> Et binis *decoratus* umbilicis.

Et l'épigramme que Martial adresse à un plagiaire :

> Sed pumicata fronte si quis est nondum
> Nec umbilicis *cultus* atque membrana.

Ce qui contribuoit surtout à faire des umbilics un ornement pour le volume, c'étoient les extrémités saillantes, *cornua*, qui en formoient les deux bouts, et qui étoient ou couvertes de peintures ou

---

(1) Martial, V, 6.
(2) VIII, 61.

incrustées d'ivoire. Tibulle faisoit peindre les *cornua* d'un volume qu'il adressoit à Nérée :

> Atque inter geminas *pingantur cornua* frontes (1).

Ovide, au contraire, ne vouloit pas que les umbilics de ses livres des Tristes fussent ornés de croissants d'ivoire :

> *Candida* nec nigra *cornua* fronte geras.

Les umbilics eux-mêmes pouvoient être en ivoire ou en quelque bois précieux. Lucien parle deux fois de magnifiques volumes, βιβλίον πάγκαλον, καλλίστοις βιβλίοις, enveloppés dans des membranes couleur de pourpre, et enroulés sur des umbilics d'or, χρυσοῖ ὀμφαλοῖ (2).

Les expressions de Martial, *umbilicis cultus atque membrana*, prouvoient déjà que les parchemins avec lesquels on enveloppoit les volumes étoient quelquefois assez précieux pour leur servir d'ornement. Lucien nomme ces enveloppes διφθέραι πορφυραὶ, des membranes de pourpre. Tibulle donne pour enveloppe au livre qu'il adresse à Nérée un parchemin teint en jaune.

> *Lutea* sed niveum involvat *membrana* libellum (3).

Mais les vers *et te purpura delicata velet, cedro... decorata purpuraque* prouvent qu'on employoit aussi à cet usage des lambeaux d'étoffe de pourpre. Martial, envoyant à une dame romaine un livre de poésies encore inédites, l'avoit néanmoins couvert d'une *robe* de pourpre :

> Perfer Atestinæ nondum vulgata Sabinæ
> Carmina, purpurea sed modo culta toga (4).

Le même auteur adresse à Artanus, près de partir pour Narbonne, un exemplaire de ses ouvrages, qu'il n'a pas eu le temps de faire orner comme il l'auràit voulu :

> Nondum *murice* cultus, asperoque
> Morsu pumicis aridi politus,
> Artanum properas sequi, libelle (5).

Une enveloppe de pourpre ornoit aussi les fastes, espèce de calen-

(1) Eleg., III, 1, 9.
(2) Advers. indoct., c. 4 ; de Mercede conductis, c. 41.
(3) Eleg., III, 1, 9.
(4) Epigr., X, 93.
(5) *Ibid.*, VIII, 72.

drier que rédigeoit annuellement le grand pontife, et dans lequel étoient marqués les jours fastes ou néfastes, les jours supprimés ou intercalés, les fêtes, les marchés et les principaux événements (1). Ovide, qui s'étudie à dépouiller ses livres des Tristes de tous les ornements qui pourroient contraster avec sa douleur, met l'enveloppe de pourpre au nombre de ces ornemens intempestifs (2).

> Nec te purpureo velent vaccinia fuco;
> Non est conveniens luctibus ille dolor.

Il ajoute immédiatement :

> Nec *titulus minio*, nec cedro charta notetur,

prescription diamétralement opposée à celle de Martial, qui rend si bien l'effet d'un titre éclatant :

> Et *cocco rubeat* superbus index.

Nous avons parlé ailleurs des encres de couleur, et particulièrement des encres rouges employées dans les titres des volumes. Il resteroit à décider si ces couleurs éclatantes servoient à orner le titre intérieur ou les titres extérieurs. Il est certainement question d'un titre extérieur dans ces vers de Tibulle, que nous avons déjà cités :

> Summaque prætexat tenuis fastigia chartæ
> Indicet ut nomen littera picta meum.

Les autres passages où l'on fait mention des encres rouges pour les titres sont moins formels; ils semblent, à la vérité, s'appliquer plus naturellement aux titres apparents qu'à celui qui est écrit dans le rouleau, en tête de l'ouvrage. Néanmoins, il est fort probable que dans les volumes où l'on prodiguoit les peintures et les encres d'or et d'argent, comme dans le panégyrique de Constantin par Optatien, le titre intérieur, qui, par sa nature et par la place qu'il occupoit dans le rouleau, attiroit aussitôt l'attention, avoit aussi sa part de ces ornements de luxe. On ne peut douter, du reste, que dans les livres de moindre prix, écrits simplement à l'encre noire, on n'ait distingué le titre par une encre d'une autre couleur; c'est dans cet usage, comme nous l'avons déjà fait observer, que le mot *rubrica*, signifiant *titre de lois*, a pris son origine.

---

(1) Martial, XI, 4; XII, 26. Voy., pour la composition des Fastes, M. Leclerc, des Journaux chez les Romains, p. 143.

(2) *Tristes*, I, 1, 5.

# CHAPITRE CINQUIÈME.

*Des* Libelli *et des Lettres.*

CHWARZ a fait des lettres et de tous les écrits distingués, dans l'antiquité latine, sous le nom de *libelli*, une classe de livres à part, qu'il a nommés livres à plis, *libri plicatiles*. Il a été conduit à ce résultat par une fausse interprétation des mots latins : *plicare, complicare, explicare*. Après avoir rendu à ces mots leur véritable acception, nous sommes déjà autorisé à faire rentrer les lettres et les *libelli* dans la classe des rouleaux. Justifions ce changement en recherchant quelles ont été, dans l'antiquité, la nature et la forme des écrits nommés *libelli*, et des lettres missives.

A proprement parler, le mot *libellus* n'est qu'un diminutif de *liber ;* par conséquent, lorsque nous avons prouvé que, chez les auteurs latins les plus anciens, le mot *liber* devoit s'entendre d'un volume, nous avons en même temps établi la synonymie de *libellus* et de *volumen :* seulement, le volume désigné par le mot *libellus* seroit de plus petite dimension.

Souvent même *libellus* est simplement synonyme de *liber*, et n'emporte aucune signification de dimension plus petite. C'est par ce mot que Catulle, Tibulle, Ovide, Martial, Pline le jeune désignent toujours leurs ouvrages ; rarement ils se servent du substantif *liber*. « Vous semblez craindre, écrivoit l'empereur Auguste « à Horace, que vos livres ( *libelli* ) ne soient plus grands que vous. « Mais si la taille vous manque, vous avez, en revanche, un ventre « assez prononcé. Ecrivez donc sur un boisseau ; la circonférence « de votre volume (*voluminis*) sera ainsi aussi vaste que celle de

« votre abdomen (1). » La synonymie de *libellus* et de *volumen* est ici incontestable.

*Libellus* signifioit aussi un écrit de peu d'étendue, une courte pièce de vers, un billet d'invitation. Stace désigne ainsi chacune des pièces qui composent son recueil de poésies, intitulé *Silvæ* (2). Pline le jeune se félicite d'avoir récité en public un ouvrage, devant un nombreux auditoire, quoiqu'il n'eût fait prévenir personne par des billets, comme c'étoit l'usage, *non per codicillos, non per libellos admoniti* (3). Ces deux sortes de *libelli* étoient-ils ployés en rouleau? nous n'avons, pour l'affirmer, aucun témoignage positif; mais on peut le conjecturer sans invraisemblance, car les premiers étoient aux volumes ce que la brochure est chez nous à un livre ordinaire, et les seconds rentroient dans la classe des lettres, que nous prouverons tout à l'heure avoir eu la forme de volumes.

Il est naturel de penser que ces annonces, dans lesquelles on consignoit le jour, la durée et les détails des jeux du cirque, le nom de chaque gladiateur avec celui de son concurrent, *ces libelli gladiatorum*, qu'on vendoit en public (4), étoient transcrits sur des bandes de papier ou de parchemin, qu'on colportoit ouvertes, et que l'acheteur ployoit ensuite en rouleau.

Les actes judiciaires étoient également désignés sous le nom de *libelli*. Martial se moque d'un avocat ignorant, qui, pour se donner de l'importance, se fait accompagner d'une foule de scribes, et dont la main gauche est écrasée sous le poids des *libelli*,

> Hic qui *libellis* prægravem gerit lævam
> Notariorum quem premit chorus levis, etc. (5).

---

(1) Vereri autem mihi videris ne majores *libelli* tui sint quam ipse es. Sed si tibi statura deest, ventris abunde est. Itaque licebit in sextario illos scribas, quo circuitus tui *voluminis* sit ὀγκωδέστατος sicut est ventriculi tui. Suétone, Vie d'Horace, ch. 11.

(2) Dubitavi an hos *libellos*, qui mihi subito calore et quadam festinandi voluptate fluxerunt, cum singuli de sinu meo prodiissent, congregatos ipse dimitterem. Stat. proem. ad Stellam.

(3) Epîtres, III, xviii, 4.

(4) Cicér., *Philipp.*, II, 38. Ces *libelli* n'étoient, sans doute, que la copie des grandes affiches en lettres rouges qu'on écrivoit sur les murailles, affiches dont on voit encore des modèles dans les ruines de Pompéi. Romanelli, Viaggio a Pompeï, a Pesto e di Ritorno ad Ercolano. Napoli, 1811, in-8, p. 47-59.

(5) Epigr., X, 51.

Or les dossiers des avocats de Rome ne ressembloient nullement, pour la forme, à ceux de nos avocats, quoiqu'ils dussent contenir des pièces de même nature; ils étoient en forme de *faisceaux*. « Dites-moi, dit Juvénal, ce que rapporte aux avocats la discussion des affaires d'autrui, et ces *libelles en faisceaux* qu'ils traînent sans cesse avec eux :

> Et *magno* comites *in fasce* libelli (1).

Puisque la réunion des actes que portoient avec eux les avocats formoit un faisceau, il falloit bien que ces actes ployés eussent la forme cylindrique. Ainsi, partout où nous trouverons un acte judiciaire ou administratif, qui soit incontestablement de nature à faire partie du dossier d'un avocat, nous serons autorisé à regarder cet acte comme un volume propre à entrer dans la composition d'un faisceau de livres, et, s'il est nommé *libellus*, à regarder ce mot comme synonyme de *volumen*.

Plaute compare un rendez-vous à une citation en justice; et, en appelant *libellus* le billet qui renferme le rendez-vous, il donne clairement à entendre que ce nom s'appliquoit également aux assignations :

> Ubi tu es qui me libello venerio citavisti? ecce me ;
> Sisto ego tibi me (2).

Le mot *libellus*, seul et sans épithète, signifioit, en jurisprudence, un acte d'accusation. *De libellis* est le titre de la loi qui règle la teneur et les formalités des actes de ce genre (3).

Les notes que, dans l'intérêt de leurs affaires, les clients remettoient aux patrons ou aux avocats, les mémoires où ceux-ci développoient leurs moyens de défense portoient aussi le nom de *libelli*. Quintilien recommande aux avocats de ne pas se croire suffisamment instruits d'une affaire par les mémoires (*libelli*) d'un plaideur ignorant, ou d'un de ces avocats qui, se reconnaissant inhabiles à porter la parole, se chargent néanmoins des travaux les plus délicats que comporte leur profession (4). Ailleurs,

(1) Satir., VII, vers 107.
(2) Curculio, I, III, 6.
(3) Digeste, XLVIII, II, 3. Conf. Juvenal, satir. VI, 243.
(4) Pessimæ vero consuetudinis *libellis* esse contentum quos componit aut litigator... aut aliquis ex eo genere advocatorum qui se non posse agere confitentur, etc. *Inst. orator.*, XII, 8.

le même auteur enseigne que le propre d'un véritable avocat, c'est de maîtriser l'esprit des juges, et il ajoute : « Cet art, vous ne le trouverez ni dans les mémoires, ni dans les instructions du plaideur, *hoc non docet litigator; hoc libellis non continetur* (1). »

Un plaidoyer écrit est aussi appelé libelle par Cicéron, dans ses lettres à Atticus : *Silius ad me non venerat : causam composui, eum libellum ad te misi* (2).

C'est à ces mémoires, qui renfermoient les élémens de la plaidoirie, que Turnèbe (3) applique la dénomination de *memoriales libelli*, dénomination déjà citée par nous d'après Suétone. D'autres, avec plus de raison, entendent par ces mots un recueil où l'on consignoit les choses qu'on vouloit se rappeler, ce que nous nommerions un *souvenir* ou un *agenda*. Cicéron demande à Antoine s'il veut ranger parmi les actes de César les notes écrites par ce dernier sur son agenda, et en écarter les lois qu'il a soumises à l'assemblée du peuple : *nisi forte si quid memoriæ causa retulit in libellum, id numerabitur in actis*, etc. (4). On se souvient que ces sortes de livrets étoient divisés en colonnes. Au contraire, ceux qui renfermoient le compte rendu de la journée à la maîtresse de la maison, les *journaux* ou, comme disoient les Grecs, les *éphémérides* se déployoient parfois du haut en bas, et étoient écrits d'une marge à l'autre :

Longi legit *transversa* diurni (5).

Les placets ou pétitions se nommoient *libelli, supplices libelli, libelli supplicationum*. Cicéron, devant souper avec César, se chargea d'un placet, par lequel Atticus demandoit au dictateur que le territoire de Buthrote, en Épire, ne fût pas vendu : *eum libellum Cæsari dedi, probavit caussam : rescripsit Attico æqua eum postulare* (6). Suétone raconte qu'Auguste, lorsqu'il sortoit, recevoit avec beaucoup d'affabilité les salutations et les demandes du peuple. Il encourageoit même les citoyens à lui adresser leurs pétitions; et, comme, un jour, un homme timide, tenant à la main un placet, hésitoit à le lui présenter, il lui en fit le reproche en plaisantant,

(1) Inst. orat., VI, 2.
(2) Ad Attic., XV, 24.
(3) Dans son commentaire sur le passage cité de Quintilien.
(4) Philippiq., I, 8.
(5) Juvénal, VI, 483.
(6) *Ad Attic.*, XVI, 16.

et lui dit qu'il avoit l'air d'offrir un sou à un éléphant, *quod sibi libellum porrigeret, quasi elephanto stipem* (1).

Les requêtes à l'empereur, les appels faits à son autorité suprême par une autorité inférieure se nommoient aussi *libelli;* la réponse impériale, par respect peut-être, étoit appelée *liber.* Nigrinus, tribun du peuple, se plaignit, dans un *libelle* grave et éloquent, qu'on achetoit le talent et la conscience des avocats, qu'on spéculoit sur l'événement des procès, qu'on négligeoit la gloire du barreau pour s'enrichir des dépouilles des citoyens, et, dans l'impuissance des lois et des sénatus-consultes à réprimer ces abus, il invoqua l'autorité du prince. Au bout de peu de jours, le *livre* de l'empereur arriva sévère, mais modéré; il fut inséré dans les journaux (2).

Enfin les jugements prononcés par les magistrats étoient aussi en forme de volumes. Ammien Marcellin rapporte le commencement de la sentence qui condamnoit Taurus, préfet du prétoire, à l'exil, parce que, à l'approche de l'empereur Julien, il s'étoit retiré auprès de Constance; et le volume public, dit-il, commençoit ainsi ; *cum id voluminis publici contineret exordium* (3,.

Une dernière preuve que le mot *libellus* désignoit ordinairement un écrit ployé en rouleau, c'est l'emploi de ce mot pour désigner une lettre. Canacé, au moment de se donner la mort, écrit à son amant, et lui explique ainsi les taches ou ratures qu'il pourra trouver dans sa lettre :

> Si qua tamen cæcis errabunt scripta lituris,
> Oblitus a dominæ cæde *libellus* erit (4).

Cicéron se plaint à Atticus d'avoir reçu de lui une lettre dans laquelle il ne lui donne aucun détail sur ses affaires privées : *accepi a te signatum libellum , ex quo nihil scire potui de nostris domesticis rebus* (5).

Or nous verrons tout à l'heure que les lettres missives étoient ployées en rouleau ; nous faisons seulement observer d'avance que

---

(1) Suétone, Vie d'August., c. 53. Cf. Macrob. *Saturn.*, II, 4.
(2) Nigrinus tribunus plebis recitavit *libellum* disertum et gravem , quo questus est, etc... Pauci dies, et *liber* principis severus et tamen moderatus. Leges ipsum ; est in publicis actis. Plin. jun., V, xiv, 6 et 7.
(3) Ammien Marcell., XXII, 3.
(4) Héroïdes, épître xi, vers 1 et 2.
(5) Ad Atticum, XI, 1.

Schwarz, tout en rangeant les lettres, en général, au nombre de ses livres à plis, est obligé d'admettre une exception pour quelques-unes qui, de son propre aveu, rentrent dans la classe des volumes(1).

Les lettres s'écrivoient sur la même matière que les livres, c'est-à-dire sur le papier d'Égypte. Le papier auguste ou royal fut celui qu'on employa principalement à cet usage : *Augstæ in epistolis autoritas relicta* (2). On le nommoit, comme chez nous, papier à lettres, *charta epistolaris* (3). Il paroît qu'on tailloit, pour les lettres, des *feuilles* de papier auguste, auxquelles on donnoit une très-petite dimension. On trouve une preuve de ce fait dans Sénèque, qui termine ainsi sa quarante-cinquième épître : « Pour « ne pas dépasser les limites d'une lettre *qui ne doit pas remplir la* « *main gauche de celui qui la lit*, je renvoie à un autre jour ce qui « me restoit à dire (4). »

L'usage du papier d'Égypte, pour les correspondances, est, du reste, attesté par une foule de passages des anciens auteurs. Quant aux affaires publiques, écrit Cicéron Atticus, j'en dirai peu de chose, car je commence à craindre que le papier même ne nous trahisse : *jam enim* charta *ipsa ne nos prodat pertimesco* (5). Canacé, dans une épître que nous avons déjà citée, tient l'épée d'une main, le roseau de l'autre, et le papier déployé est dans le pli de sa robe, prêt à recevoir l'écriture.

Dextra tenet calamum strictum tenet altera ferrum
Et jacet in græmio *charta* soluta meo (6).

Nous retrouvons l'usage du papier pour les correspondances dans des temps moins anciens. Aux IVe et Ve siècles, saint Jérôme écrivant à Chromace, Jovinien et Eusèbe commence sa lettre par ces mots : Le *papier* ne doit point séparer ceux qu'une amitié réciproque a réunis (7). Dans la même lettre le saint Père s'étonne de la brièveté des lettres des trois amis : Le *papier* ne peut vous

(1) *De ornam. libror.* V, 6, p. 186.

(2) Pline, XIII, 24.

(3) Martial, liv. XIV, 8.

(4) Sed ne epistolæ modum excedam, quæ non debet sinistram manum legentis implere, etc.

(5) Ad Atticum, II, 20.

(6) Héroïdes, épître XI, 3 et 4.

(7) S. Jérôme, epist. 7; alias 43. Non debet charta dividere quos amor mutuus copulavit.

manquer, dit-il, puisque l'Egypte continue son commerce ordinaire ; d'ailleurs, à son défaut, les rois de Pergame n'envoient-ils pas leurs parchemins (1) ?

Le parchemin commençoit donc, à cette époque, à être employé pour les lettres. On en trouve une nouvelle preuve dans la lettre suivante (2), où saint Jérôme dit qu'avant l'invention du papier et *du parchemin, ante chartæ* et *membranarum usum*, les premiers habitans de l'Italie correspondoient entre eux par des tablettes de bois ou d'écorce. Saint Augustin, vers la fin du iv<sup>e</sup> siècle, écrivoit aussi à Romanius sur du parchemin (3) ; mais, chose remarquable, il croyoit devoir s'en excuser sur ce qu'il n'avoit ni papyrus ni tablettes : « Si ma lettre, dit-il, prouve la disette de papier, elle « montre aussi que nous avons du parchemin en abondance. Mes « tablettes d'ivoire m'ont servi pour écrire à votre oncle ; il faut « donc bien que vous me passiez le parchemin, car je ne pouvois « différer ce que j'avois à lui dire , et je sens qu'il auroit été in- « convenant de ne pas vous écrire à vous-même. Mais si vous avez « là-bas quelques tablettes qui m'appartiennent, je vous prie de « me les renvoyer ; elles me seront très-utiles en pareil cas (4). » Enfin, au vi<sup>e</sup> siècle, les évêques des Gaules correspondoient encore entre eux sur du papier d'Égypte, témoin la lettre injurieuse écrite à Grégoire de Tours par Félix, évêque de Nantes (5), et celle où Fortunat, attribuant la rareté des lettres de Flavus au manque de papier, lui suggère tous les moyens possibles de remédier à cet obstacle et finit en le priant de répondre au besoin sur le papier même qui porte sa lettre après l'avoir gratté. C'est du moins ainsi que nous entendons ce vers assez obscur

Pagina vel *redeat* perscripta *dolatile charta* (6).

---

(1) Chartam defecisse non puto, Ægypto ministrante commercia, et si alicubi rex Ptolæmeus maria clausisset , tamen rex Attalus membranas à Pergamo miserat.

(2) Ad Nicæam, ep. 8; al. 42.

(3) S. August., epist. 15 ; alias 113.

(4) Non hæc epistola sic inopiam chartæ indicat ut membranas saltem abundare testetur. Tabellas eburneas, quas habeo , avunculo tuo cum litteris misi. Tu enim huic epistolæ facilius ignosces, quia differri non potuit quod ei scripsi, et tibi non scribere etiam ineptissimum existimavi. Sed tabellas, si quæ ibi nostræ sunt, propter hujus modi necessitates mittas peto.

(5) Voy. plus haut, p. 34.

(6) Biblioth. Patr., t. X, p. 569.

Les lettres, qu'elles fussent écrites sur du papier ou sur du parchemin, étoient roulées en volume. Cette nuit, écrit Cicéron à Atticus, au moment où j'enroulois ma lettre, *quum complicarem hanc epistolam*, votre courrier m'a apporté la vôtre (1). Ailleurs il dit à Appius Pulcher : « Les députés appiens m'ont remis de votre part « *un volume* plein d'injustes plaintes de ce que je me serois opposé « à l'érection de leur monument ; par la même *lettre*, vous deman- « diez qu'ils fussent de suite autorisés à bâtir pour avoir fini avant l'hiver (2). La synonymie de *volumen* et d'*epistola* ne peut être plus clairement établie. Une dernière preuve tout aussi convaincante de la forme des lettres nous est encore fournie par Cicéron. Il s'é- toit décidé à ne pas accompagner Pompée dans sa fuite, et, quoiqu'il n'eût pris ce parti qu'après de sérieuses réflexions, sa détermination lui causoit de vives inquiétudes ; pour se rassurer il relisoit les lettres d'Atticus qu'il conservoit avec soin et en citoit tous les passages qui pouvoient justifier sa conduite : *Quum ad hunc locum venissem* evolvi volumen epistolarum tuarum *quod ego sub signo habeo* (3). Soit que Cicéron eût collé ensemble les lettres de son ami, soit qu'il les eût simplement réunies en les mettant les unes dans les autres, il est constant qu'elles étoient en forme de rouleau.

Les lettres missives avoient encore une similitude avec les volumes ; c'est qu'elles étoient divisées en pages ou colonnes. Je répondrai d'abord à la dernière page de votre lettre, écrit Cicéron à Atticus, *postremæ tuæ paginæ* (4). Une lettre collective de Cicéron, de son fils et de son frère à Tyron, commence ainsi : « Vos lettres m'ont diversement affecté ; la seconde page a un peu calmé le chagrin que m'avoit causé la première (5). » Pline le jeune, après une longue lettre à Minutien : « Maintenant, dit-il, j'ai droit d'attendre des nouvelles détaillées de votre ville et des environs. Au reste, écrivez-moi ce que vous voudrez, pourvu que ce soit une

(1) Ad Atticum, XII, 1.

(2) Legati Appiani volumen a te plenum querelæ iniquissimæ tradiderunt... Eadem autem epistola petebas. Ad familiares, III, 7.

(3) Ad Atticum, IX, 10.

(4) Ad Atticum, VI, 2. Voy. aussi XV, 9.

(5) Varie sum affectus tuis litteris : valde priore pagina perturbatus, paullum altera recreatus. Ad familiar., XVI, 4.

longue lettre ; j'en compterai non-seulement les colonnes, mais encore les lignes et les syllabes (1). »

Enfin Cicéron termine ainsi une lettre écrite à Brutus et qui forme environ douze lignes d'impression : « Je n'imite pas votre laconisme, car voilà que je commence la seconde page, *altera jam pagella* procedit (2). » Dans une autre lettre tout aussi courte, Cicéron raconte à Atticus une anecdote déjà vieille ; mais, dit-il, j'ai voulu remplir la page, *sed complere paginam volui* (3).

Les pages des lettres n'étoient donc pas bien longues. La première pouvoit être raccourcie par la suscription, que peut-être on écrivoit en vedette, comme chez nous le mot *monsieur*. Cette suscription portoit d'abord le nom de la personne qui écrivoit au nominatif, ensuite au datif le nom de la personne à qui étoit adressée la lettre. Quelquefois cet ordre étoit interverti ; ainsi Martial, écrivant à Domitien, place son propre nom après celui de l'empereur (4). La même interversion avoit lieu dans les lettres en vers lorsqu'on assujettissoit la suscription à la mesure. La preuve en est dans ce distique d'Ausonne , qui démontre en même temps la règle à laquelle il fait exception :

Paulino Ausonius. Metrum sic suasit, ut esses
Tu prior et nomen prægrederere meum (5).

Le nom de la personne à qui l'on écrivoit étoit ordinairement suivi du pronom *suo*, qui équivaloit à notre locution *mon cher*. De là l'épigramme de Martial intitulée *chartæ epistolares :*

Seu leviter noto, seu charo missa sodali
Omnes ista solet charta vocare *suos* (6).

Quelquefois au pronom *suo* on ajoutoit encore une ou deux épithètes ; ainsi une lettre du fils de Cicéron à Tiron est intitulée : *Cicero filius Tironi suo dulcissimo ;* une autre porte : *Tironi humanissimo et optatissimo* (7).

---

(1) Ego non paginas tantum , sed etiam versus et syllabas numerabo. Epist. IV, xi, 16.
(2) Ad famil., XI, 25.
(3) Ad Attic., XIII, 24.
(4) Épître. dédic. du liv. 8.
(5) Ausonne , Carm. 410.
(6) *Epigr.*, XIV, 8.
(7) Ad famil., XIV, 5, 21.

Un des noms étoit souvent exprimé par de simples initiales, comme M. T. C. (Marcus Tullius Cicéro) Terentiæ suæ ; D. Brutus M. T. C. (Marco Tullio Ciceroni). A ces noms se joignoient parfois les qualités des personnes, par exemple Marcus Tullius Cicero imp. (imperator) M. Coelio, ædili curuli.

Après les noms et le pronom *suo*, lorsqu'il étoit employé, venoient les sigles S. ou S. D., ou S. P. D., qui signifioient *salutem*, ou *salutem dicit*, ou *salutem plurimam dicit*, en grec χαίρειν, εὖ πράττειν, εὖ διάγειν. La formule *si vales bene est ego valeo*, qu'on trouve assez souvent employée par Cicéron dans les Lettres familières, étoit surannée du temps de Pline le jeune (1) ; mais elle étoit encore en usage du vivant de Sénèque (2).

La suscription étoit dans les lettres des anciens ce que la signature est dans les nôtres. Néanmoins on voit rarement, chez nous, de simples lettres d'amitié portant plusieurs signatures ; nous trouvons, au contraire, dans l'antiquité, des suscriptions en nom collectif, en tête de certaines lettres qui sont ordinairement écrites par une seule personne. Cicéron, écrivant à Tiron, en son nom et au singulier, joignoit à son nom, dans les suscriptions de ses lettres, tantôt les noms de sa femme et de sa fille, tantôt ceux de son frère et de son neveu (3). Peut-être cette insertion de noms étrangers, dans la suscription des lettres, équivalait-elle à ces formules banales par lesquelles nous transmettons à nos correspondans les marques d'intérêt et les témoignages d'attachement d'une tierce personne.

Cicéron ne datoit pas toujours ses lettres ; Atticus, au contraire, avoit l'habitude de le faire, et y manquoit rarement (4). La date se plaçoit à la fin de la lettre ; elle indiquoit ordinairement le lieu où elle avoit été écrite et le jour du mois.

Lorsque la lettre avoit été ployée en volume, on la cachetoit ; cette opération s'exprimoit par *epistolam signare* ou *obsignare*. Pour cela, on entouroit la lettre avec un étroit ruban ou une ficelle, dont les deux bouts, réunis, étoient collés au papier au moyen d'un peu de cire ou d'une espèce d'argile qu'on appeloit *creta*. Au-dessus on étendoit une couche plus large de l'une ou de l'autre de ces deux subs-

(1) Épîtres, I, 11.
(2) Épître 15.
(3) Voy. le 16e livre des Lettres familières.
(4) Ad Attic., III, 23.

tances, et sur cette couche on imprimoit le cachet. Tantôt le rouleau que formoit la lettre n'avoit qu'un seul lien dans le milieu de sa longueur, tantôt on le serroit à chacune des extrémités ; dans ce cas, la lettre portoit deux cachets , un à chaque bout. Dans la collection égyptienne du musée du Louvre, il existe cinq ou six petits rouleaux que nous croyons être des lettres. Le plus volumineux a la longueur et la grosseur de l'index d'un homme ordinaire ; il est encore lié et cacheté à chaque extrémité. Tous les autres ne présentent qu'un seul lien. On trouve, d'ailleurs, dans les anciens auteurs, plusieurs passages relatifs à la manière de cacheter les lettres.

Dans les Bacchides de Plaute , Chrysale , après avoir dicté un billet à Mnesilochus : « Allons vite, dit-il, de la cire , du fil, attache et cachette promptement. »

Cedo tu ceram ac linum actutum age, obliga, obsigna cito (1).

Ce passage s'applique à des tablettes de cire , mais le procédé pour les cacheter et les décacheter étoit le même que pour les lettres sur papier.

L'usage de la cire à cacheter, que les Athéniens appeloient ῥυπὸς (2), est encore attesté par Cicéron dans son plaidoyer pour Flaccus. Le même discours nous apprend qu'au lieu de cire on employoit communément une espèce d'argile nommée *craie asiatique*. Cette substance étoit connue de tout le monde et servoit non-seulement pour les actes publics , mais encore pour les lettres particulières et les billets, tels que les avertissemens qu'envoyoient, chaque jour, aux citoyens les collecteurs d'impôts (3).

La préparation de ces deux substances n'avoit pas été poussée à une bien grande perfection, car elles s'attachoient au cachet, si on n'avoit eu soin de le mouiller avec de la salive avant de l'appliquer. Nous trouvons, dans Ovide, une allusion à cette précaution nécessaire. Lorsque Biblis ferme la lettre criminelle qu'elle adresse à son frère Caunus, la douleur a desséché sa langue, elle mouille avec ses larmes la pierre précieuse qui porte son cachet :

(1) Bacchid., IV, IV, 96.
(2) Hesychius et Pallus, X, 14.
(3) Laudatio obsignata erat creta illa asiatica quæ fere est omnibus nota nobis : qua utuntur omnes non modo in publicis, sed etiam in privatis litteris, quas quotidie videmus mitti a publicanis sæpe unicuique nostrum. Pro Flacco c. 16 ; cf Servius, ad Æneid., VI, 321.

Protinus impressa signat sua crimina gemma
Quam tinxit lacrymis : linguam *defecerat humor* (1).

Les cachets des anciens étoient , comme on sait , gravés sur l'anneau qu'ils portoient habituellement à leur main gauche ; quelquefois sur l'or de l'anneau , souvent sur une pierre qui s'y trouvoit enchâssée. L'usage des anneaux d'or fut d'abord exclusivement réservé aux sénateurs et aux chevaliers (2) ; ceux des plébéiens étoient en fer (3). Néanmoins, une action d'éclat à la guerre, un service important rendu à l'État , valoient , parfois , à un homme du peuple, le droit de porter l'anneau d'or (4) ; mais cette distinction perdit peu à peu de son prix par la facilité avec laquelle elle fut accordée ; jusqu'à Justinien qui permit , par une loi, l'anneau d'or à tous les citoyens romains (5).

Le prix des anneaux étoit encore rehaussé par le travail de la gravure, *mox et effigies varias cælando* (6). Le propriétaire de l'anneau y faisoit quelquefois graver son portrait. Le cachet d'Auguste, après avoir porté d'abord la figure d'un sphinx, puis le portrait d'Alexandre, reçut enfin celui de l'empereur lui-même (7). On faisoit graver sur son anneau les traits d'un parent ou d'un ami (8) ; l'emblème d'un événement mémorable (9). Qui ne connoît le fameux anneau de Sylla? César avoit sur son cachet l'image de Vénus, et Pompée trois trophées, symboles de ses victoires dans les trois parties du monde (10).

Outre les anneaux, les anciens avoient encore, comme nous, des cachets ronds , carrés , oblongs , de formes diverses , sur lesquels étoient le plus souvent tracés leurs noms. Ils consistoient ordinairement dans une plaque de fer ou de bronze de moyenne épaisseur, dans laquelle étoit gravée l'inscription ; au dos de la plaque , une

(1) Métamorph. IX, ix, 565. Voy. aussi les Amours, II, xv, 15.
(2) Dion Cassius, XLVIII, 45. Pline, XXXIII, 1-7.
(3) Stace, *Sylv.*, III, ii, 144.
(4) Cicéron , *Verrin.* III, 80. Suétone, Vie de Jules César, ch. 39.
(5) Auth. collat., VI, tit. vi. Novell., 78, c., 1.
(6) Pline, XXXIII, 6.
(7) Suétone, Vie d'Auguste, c. 50. Dion, LI, 3.
(8) Cicéron, Catilin., III, 5. Ovide, Tristes, I, vii, 5. Macrob. Saturn. VII, c. 13.
(9) Martial, X, 70. Dion Cassius, XLIII, 43.
(10) Dion, XLII. 18, cf. Cic. pro Sextio, 61, in Pison., 13, pro Balbo 4 et 6. Plin. l'anc. VII, 27.

petite anse, de la même matière, servoit à saisir le cachet pour
former l'empreinte : on peut voir, au musée grec du Louvre, des
originaux de ces sortes de cachets. Montfaucon, dans son Antiquité expliquée, et les auteurs du nouveau Traité de diplomatique,
en ont fait représenter un certain nombre de divers modèles.

Lorsqu'on vouloit ouvrir une lettre, on coupoit le fil qui l'entouroit : « Nous montrâmes le cachet à Cethegus, dit Cicéron ; il
le reconnut ; nous coupâmes le fil, nous lûmes les lettres (1). » Mais,
dans cette occasion, Cicéron avoit peut-être des raisons pour conserver le cachet. Il paroît qu'ordinairement le sceau n'existoit plus
lorsque la lettre étoit ouverte, et que, par conséquent, on rompoit
le sceau pour délier le fil. Dans le Trinumus de Plaute, deux personnages, après avoir fait une fausse lettre, se décident à ne pas la
sceller, dans la crainte que le faux cachet ne fasse découvrir la
fraude. Celui qui la portera, disent-ils, expliquera l'absence du
sceau en disant qu'elle a été décachetée et ouverte à la douane (2).
Plutarque, dans son Traité sur les Inconvéniens de la Curiosité,
veut qu'on s'habitue, lorsqu'on reçoit une lettre, à ne pas l'ouvrir
à l'instant et avec précipitation, comme certaines personnes qui
rompent le fil avec leurs dents, si leurs mains ne peuvent le défaire assez tôt. ἂν αἱ χεῖρες βραδύνωσι, τοῖς ὀδοῦσι τοὺς δεσμοὺς
διαβιβρώσκοντες (3). Ovide fait à sa femme de tendres reproches sur
l'inquiétude que lui cause son exil : « Tu pâlis, dit-il, lorsqu'une
lettre t'arrive du Pont, et tu la *délies* d'une main tremblante :

> Ecquid ! ut e Ponto nova venit epistola, palles !
> Et tibi sollicita *solvitur* illa manu (4). »

Le secret des lettres pouvoit être quelquefois violé ; un cachet
qui portoit quelques marques d'altération se nommoit *turbata
cera* (5). L'imposteur Alexandre, dont Lucien a écrit la vie, dut
la vogue dont il jouit dans la Paphlagonie et le Pont à l'habileté
avec laquelle il savoit contrefaire un cachet ou l'ouvrir sans le
rompre. Il avoit créé un Esculape qui devoit rendre des oracles :

(1) Primum ostendimus Cethego signum ; cognovit : nos linum incidimus,
legimus, Catil. III, 5.

(2) Si obsignatas epistolas non feret, dici hoc potest, apud portitores eas
resignatas sibi inspectasque esse. Trinumus, III, III, 65, 66.

(3) De Curiositate, t. VIII, p. 73, ed. Reiske.

(4) Tristes, V, II, 1.

(5) Voy. Quintilien, *Inst. orat.*, XII, 8.

la foule crédule accouroit au temple du nouveau dieu : chacun écrivoit ce qu'il vouloit savoir sur un livret, ϐιϐλίον, qu'il remettoit ployé, ficelé et cacheté avec de la cire ou de l'argile à un prêtre, et celui-ci le transmettoit à Alexandre, qui s'étoit posté d'avance au fond du sanctuaire. Chaque livret revenoit bientôt soigneusement enroulé et cacheté comme auparavant, de sorte qu'il ne sembloit pas avoir été ouvert; et néanmoins les bons Paphlagoniens y trouvoient toujours écrite en vers la réponse de l'oracle. Alexandre avoit plusieurs manières d'ouvrir une lettre sans laisser aucune trace de la violation du cachet. Quelquefois, au moyen d'une aiguille rougie au feu, il enlevoit la couche de cire qui portoit l'empreinte de l'anneau, et mettoit à nu les deux bouts du fil. Après avoir lu le billet et écrit la réponse, il lioit de nouveau la lettre, y colloit les deux bouts du fil en liquéfiant, avec son aiguille, la cire qui se trouvoit sur le papier; et, faisant la même opération au revers de l'empreinte, il réunissoit de nouveau parfaitement les deux parties de la cire et reconstituoit le cachet en son entier (1). D'autres fois il brisoit le sceau, mais il avoit soin, auparavant, de prendre l'empreinte du cachet avec une espèce de pâte de sa composition, qui, étant chauffée, devenoit molle et ductile, mais prenoit, en se refroidissant, la dureté de la corne ou même du fer. Il improvisoit ainsi un cachet qui lui fournissoit une empreinte toute pareille à celle qu'il avoit détruite (2).

Les Romains nommoient *fascicule* ce que nous appelons un paquet de lettres. *Velim cures fasciculum ad Vestorium deferendum*, écrit Cicéron à Atticus (3). Le même avoit adressé une lettre à César; mais le fascicule où elle se trouvoit fut remis tellement mouillé, que le dictateur ne se douta même pas qu'il contînt une lettre de l'orateur romain : *Scripsit Cæsar ad Balbum, fasciculum illum epistolarum, in quo fuerat et mea et Balbi totum sibi aqua madidum redditum esse*, etc. (4). Les lettres réunies en fascicule étoient, comme les

(1) Les sceaux contrefaits par la Divion et ses complices, dans l'intérêt de Robert III, comte d'Artois, furent détachés des actes auxquels ils appartenoient, et reportés sur les actes fabriqués, au moyen du procédé qu'indique ici Lucien.

(2) Lucien, *Alexander pseudomantis*, c., 19-21.

(3) XIII, 8.

(4) Ad Quintum fr., XI, 10. Voy. aussi ad Attic., II, 13. — v, 11, 17, XI, 22, XII, 53.

volumes, retenues par un lien qui les embrassoit toutes. Chacune d'elles portoit une adresse à l'extérieur. « J'ai reçu un fascicule, » dit Cicéron, je l'ai délié pour voir s'il « contenoit une lettre pour « moi ; je n'en ai point trouvé. J'ai fait porter à Vatinius et à Li-« gurius celles qui leur étoient adressées (1). » Nous trouvons dans Plutarque un exemple d'adresse exactement semblable à la suscription intérieure, c'est-à-dire qui renfermoit l'indication de la personne à qui elle étoit adressée et le nom de celui qui l'avoit écrite. Des députés, dit-il, arrivèrent de la part de Denys, apportant à Dion des lettres écrites par les femmes de sa famille ; une de ces lettres portoit à l'extérieur cette suscription : « Hipparinus à son père (2). » Étoit-ce là la forme en usage chez les Grecs ? c'est ce qu'on ne peut affirmer d'après un seul exemple. Chez les Latins, il paroît que l'adresse ne renfermoit, comme chez nous, que le nom de la personne à qui on écrivoit. Ovide, se plaignant d'un ami qui le néglige depuis qu'il est exilé, lui dit : Toutes les fois que je déliois le fil d'une lettre, j'espérois y trouver ton nom :

Cur quoties alicui chartæ sua vincula demsi
Illam speravi nomen habere tuum (3).

Il n'auroit pas eu besoin d'ouvrir la lettre pour connoître celui qui la lui envoyoit, si le nom de la personne qui l'avoit écrite se fût trouvé sur l'adresse.

Il y avoit sur les grandes routes des relais, *mansiones*, où les courriers publics, *publici cursores, veredarii*, changeoient de chevaux. Ces chevaux, entretenus aux frais de l'empereur, n'étoient employés qu'au service des dépêches gouvernementales ; les simples citoyens ne pouvoient s'en servir qu'en vertu d'une permission délivrée par l'empereur ou ses délégués, et qu'on nommoit *diploma* (4). Le transport, par des courriers attitrés, des dépêches intéressant le gouvernement ou l'administration fut imaginé par Cyrus (5). Auguste introduisit ce système de communication dans l'empire romain (6);

(1) Delatus est ad me fasciculus : solvi si quid ad me esset litterarum, nihil erat. Epistola Vatinio et Ligurio altera : jussi eos referri. Ad Atticum, XI, 9.
(2) Μία δ' ἦν ἔξωθεν ἐπιγεγραμμένη· τῷ πατρὶ παρ' Ἱππαρίνου. Plutarque, Vie de Dion, ch. 31, tom. 5, p. 306, ed. Reiske.
(3) Tristes, IV, VII, 7.
(4) Voy. Pline jun., X, 14, 121.
(5) Xénophon, Cyropéd., ch. 8.
(6) Suétone, Vie d'Auguste, c. 49.

mais personne, dans l'antiquité, n'eut l'heureuse idée de faire servir ces courriers aux relations privées. Les postes aux lettres ne datent, en Europe, que du xv<sup>e</sup> siècle. Les anciens avoient des esclaves qu'ils employoient au transport de leurs lettres; ils les nommoient *tabellarii* (1), *cursores* (2), *portitores* (3) : il falloit même qu'il y en eût plusieurs dans la même maison, car les correspondances étoient parfois très-actives. Ainsi Pline le jeune, forcé de rester à Rome tandis que la santé de sa femme la retenoit dans la Campanie, la supplioit de lui écrire chaque jour, et même deux fois par jour. *Rogo ut timori meo quotidie singulis vel etiam binis epistolis consulas* (4).

(1) Cicéron, ad Attic., XII, 1. Ad Quintum, II, 13 et passim. — (2) Pline jun., VII, xii, 4. — (3) S. Jérôme ad Nicæam, ep. viii, al. 42.
(4) VI, iv, 5.

# CHAPITRE SIXIÈME.

*De la forme et des ornemens des livres carrés.*

Les anciens Latins appeloient *caudex* un assemblage de planches symétriquement disposées les unes sur les autres. Lorsque, après avoir écrit sur des tablettes isolées, on imagina de les réunir en les superposant, le livre carré qu'on forma ainsi prit le nom de *codex* (1). Saumaise, à qui les questions de paléographie ancienne doivent de nombreux éclaircissemens, donne les mots grecs πίναξ, τεῦχος (2), σῶμα, σωμάτιον, et les mots latins *massa* et *corpus*, comme autant de désignations du livre carré (3). Les désignations de σῶμα, σωμάτιον et *corpus*, qui ont la même signification, auroient été, suivant lui, données aux livres carrés, parce qu'ils étoient composés de plusieurs tablettes ou de plusieurs feuilles réunies en un seul *corps*. Cette explication ne paroît point satisfaisante à Schwarz. Celui-ci pense (4) que le nom de *corpus* vient de ce que les livres carrés, à la différence des volumes, renfermoient plusieurs livres d'un même ouvrage, et pouvoient contenir un ouvrage tout entier (5); et il rapporte deux passages, l'un de Pline le jeune et l'autre de Suétone, dans lesquels le mot *corpus* ne signifie pas un livre, matériellement parlant, mais un corps d'ouvrage formé, après coup, de la réunion de plusieurs pièces publiées d'abord séparément. Pline engage Octavius, dans la crainte que quelque plagiaire ne s'attribue ceux de ses vers qui ont transpiré dans le public, à les réunir et à

---

(1) Plurium tabularum contextus *caudex* apud antiquos dicebatur; unde publicæ tabulæ *codices* dicuntur. Sénèque, *De brevitate vitæ*, 13.

(2) D'où le mot *pentateuque*.

(3) De modo usurarum, p. 404, 599.

(4) *De ornam. libror.*, IV, 3, p. 131.

(5) *Codex multorum librorum, liber unius voluminis.* Isidor.

les publier tous en un *corps d'ouvrage* : *hos nisi retraxeris* in corpus, *quandoque, ut errones, cujus dicantur invenient* (1). Le grammairien Aurelius Opilius, au rapport de Suétone, avait écrit sur diverses matières, entre autres, neuf *volumes* en un seul corps, c'est-à-dire sur le même sujet, *variæ eruditionis volumina ex quibus novem* unius corporis (2). Dans l'unique passage rapporté par Saumaise, *corpus* ne signifie même pas un corps d'ouvrage, mais simplement une dimension. Sénèque parle d'un livre de Lucilius, fort long, à la vérité, mais dont la lecture l'avoit charmé : *Brevis mihi visus est, cum esset* nec mei nec tui corporis, *sed qui primo adspectu aut T. Livii aut Epicuri posset videri* (3), c'est-à-dire que le livre lui avoit paru court à cause du plaisir qu'il avoit trouvé à le lire ; mais que, pour la grosseur, il ressembloit moins aux autres ouvrages de Lucilius, ou à ceux de Sénèque, qu'aux gros volumes de Tite-Live ou d'Épicure.

Cette discussion peut paroître oiseuse au premier abord ; elle est pourtant indispensable pour fixer approximativement l'époque où a commencé l'usage des livres carrés dans les publications littéraires. Comme c'étoit le parchemin qu'on employoit de préférence à la confection de ces sortes de livres, Vossius a cru pouvoir les faire remonter jusqu'au temps des rois de Pergame, inventeurs du parchemin (4). Mais ce n'est là qu'une conjecture ingénieuse qui ne s'appuie sur aucune preuve solide. Si l'on pouvoit toujours traduire le mot *corpus* par livre carré, il faudroit, au moins, convenir que les ouvrages historiques ou littéraires étoient publiés en *codices* du temps de Cicéron. Cet auteur, dans une lettre à Quintus, son frère, après avoir émis son opinion sur les ouvrages de Philistus, ajoute : *Sed utros ejus habueris libros* (duo enim sunt corpora) *an utrosque nescio* (5). Cette phrase peut évidemment se rendre ainsi : « Mais il a écrit deux *ouvrages*, et je ne sais lequel des deux est entre vos mains, ou si vous les possédez tous les deux. » Philistus avoit écrit plusieurs volumes, *libros*, qui formoient ensemble deux corps d'ouvrages différens. C'est ainsi que Tacite a composé deux *corpora*, les annales et l'histoire consistant chacun en plusieurs livres ou volumes. Ailleurs, l'orateur romain, avec une admirable naïveté d'a-

(1) Pline le jeune, II, 10.
(2) Suétone, *De illustrat. grammat.*, c. 6.
(3) Epistol., 46.
(4) Is. Vossius, *Observationes in Catullum*, p. 51.
(5) Ad Quintum fr., II, 13.

mour-propre, indique l'histoire de son consulat à l'historien Lucceius, comme un sujet digne d'exercer son beau talent ; et, traçant
lui-même le plan de l'ouvrage, il dit : *A principio enim conjura-
tionis usque ad reditum nostrum videtur mihi* modicum quoddam
corpus *confici posse* (1). Pour bien se rendre compte de cette phrase,
il faudroit lire la lettre entière. Lucceius faisoit une histoire romaine dans laquelle auroit naturellement trouvé place l'histoire du consulat de Cicéron ; mais il n'étoit pas encore arrivé à cette époque, et Cicéron avoit une soif de gloire qui lui
faisoit désirer ardemment de savourer à l'avance les honneurs que
lui réservoit la postérité. Il s'efforce donc de prouver à Lucceius ,
et par des raisons et par des exemples, qu'il peut et qu'il doit même
traiter à part la conjuration de Catilina , plutôt que de la mêler
avec les événemens contemporains. Un de ses argumens, c'est que
les faits qui se sont succédé , depuis le commencement de la
conjuration jusqu'à son retour de l'exil, s'enchaînent de manière à
former un tout complet, *corpus* , un drame, *fabula*, dans lequel la
multiplicité des scènes et des actes ne nuit en rien à l'unité. *Corpus*
signifie donc simplement ici un ouvrage à part. Cette expression
est encore reproduite dans une des lettres à Atticus. Cicéron lui
donne les titres de douze discours que , sur sa demande , il va lui
envoyer, et il ajoute : *hoc totum* σῶμα *curabo ut habeas ; iisdem* libris *perspicies et quæ gesserim et quæ dixerim.* On voit qu'il s'agit
ici de plusieurs volumes , *libri* , formant une collection, σῶμα. Les
mots de *corpus juris*, dans Tite-Live (2) , de *corpus Homeri*, dans
le Digeste (3) , ne signifient pas autre chose que des collections ,
comme on peut s'en convaincre en examinant les passages où ils se
trouvent (4). Nous ne prétendons pas affirmer , cependant , que le
mot *corpus* n'ait jamais signifié un livre , puisque son équivalent
grec, σῶμα, avoit cette signification ; seulement nous croyons être
fondé à dire que cette acception n'est ni aussi générale ni aussi an-

(1) Ad familiar., V, xii.
(2) III, 34.
(3) XXXII, 50, 1.
(4) Voyez Saumaise , *Plinianæ exercitationes* , p. 3, et les passages qu'il
cite. Cicéron, dans son plaidoyer pour Milon, a employé, dans le même sens,
le mot neutre *librarium*, qui ne se trouve pas ailleurs : *Exhibe , exhibe ,
quæso , Sexte Clodi, exhibe librarium illud legum vestrarum* (pro Milone ,
c. 12).

cienne qu'on l'a cru communément. Il est, du reste, bon de noter que Vossius, tout en faisant remonter aux Attales l'invention des livres carrés, estime que, du temps de Cicéron et de Catulle, il n'y en avoit pas encore dans les bibliothèques de Rome (1).

A cette époque, il y avoit cependant des *codices*; ils sont plusieurs fois mentionnés dans les plaidoyers de Cicéron; mais c'étoient simplement des livres de comptes, des registres de recette et de dépense, *tabulæ recepti et expensi*. Cicéron, voulant forcer l'adversaire de Roscius à produire ses livres, s'écrie : *Non conficit* tabulas? *immo diligentissime, non refert parva nomina* in codicem? *immo omnes summas* (2). On voit par ce passage que les mots *tabulæ* et *codices* étoient synonymes, et dans tout ce plaidoyer l'orateur emploie indifféremment l'un et l'autre. Cela vient de ce qu'on nommoit *tabulæ* les feuillets des livres carrés, de quelque matière qu'ils fussent, de même que toute substance propre à recevoir l'écriture et à se ployer en rouleau étoit nommée *charta* (3).

Ces livres de comptes se composoient de planches de bois enduites de cire, d'où étoit venu l'usage de dire la première cire, le bas de la cire, pour la première page, le bas de la page, etc. Cicéron accuse Verrès d'avoir commis un faux dans la dernière page de ses registres de comptes : *In* extrema cera codicis, dit-il, *nomen infimum in flagitiosa litura fecit* (4). Ces registres étoient pourtant, non comme on pourroit le croire, de simples tablettes, mais des livres de grand format. La plupart des commentateurs s'accordent à reconnoître un registre de ce genre dans le *codex* que Juvénal appelle *grandis :*

Qui venit ad dubium grandi cum codice nomen (5).

Ils étoient faits comme les tablettes de cire dont nous parlerons dans le chapitre suivant.

L'ensemble du passage de Sénèque, rapporté à la page 125, semble indiquer que ce qu'il appelle *tabulæ publicæ*, c'est-à-

(1) Observat. in Catull., p. 51.
(2) Pro Roscio comœdo, c. 1.
(3) Ἰστέον ὅτι τὸ μὲν ἐν σχήματι τετράδος (quaternionis) ἐξ οίας δὴ ποτε ὕλης συντιθέμενον καὶ δεχόμενον τὴν διαθήκην Ταβούλλα λέγεται· τὰ δὲ ἐξ εἰλήματος χάρτου αὐτὸ τοῦτο Χάρτη λέγεται. Veteres glossæ verborum juris, ed. Labbe.
(4) Verrin., I, 36. Voy. aussi II, 76.
(5) Satire VII, vers 110.

dire les registres de l'état civil, les registres administratifs, etc., étoit aussi composé de tablettes enduites de cire. Cicéron nous fournit encore une preuve à l'appui de ce fait. Il accuse Verrès d'avoir falsifié les livres de sa préture, *tabulas publicas corrumpere auderes* (1). Verrès, contre toutes les règles du droit, avoit accueilli une accusation capitale contre Sténius en l'absence de ce dernier. Informé ensuite que Sténius agissoit à Rome et que le sénat lui étoit favorable, il passa sur ses registres le gros bout de son style, *stylum vertit in tabulis suis* (2), effaça ce qu'il avoit d'abord écrit, et y consigna que l'accusation contre Sténius avoit été portée en présence de l'accusé. *Tollit ex tabulis id quod erat, et facit coram delatum esse.*

Les livres de comptes, et peut-être aussi les registres administratifs, étoient rédigés tous les mois sur des brouillons qu'on tenoit jour par jour et qui se nommoient *adversaria.* « Pourquoi, dit Cicéron, écrivons-nous négligemment les notes journalières, et avec soin les livres de comptes ? c'est que les premières ne sont bonnes que pour un mois, les autres font foi pour toujours. On détruit les notes, on conserve religieusement les livres. *Quid est quod scribamus diligenter* adversaria ? *quid est quod diligenter conficiamus* tabulas ? *hæc sunt menstrua, illæ sunt æternæ : hæc delentur statim, illæ servantur sancte.* » Et plus bas : « La dette dont il s'agit remonteroit à trois ans, pourquoi donc n'est-elle pas encore portée sur le registre de Fannius ? *Cum omnes qui tabulas conficiant, menstruas pœne rationes in tabulas transferant, tu hoc nomen triennium amplius in adversariis jacere pateris* (3) ? » Saumaise (4) estime que les notes journalières étoient écrites sur des morceaux de papier, σχέδια, et adopte, par conséquent, l'opinion qui fait venir le mot *adversaria* de l'usage où l'on étoit d'écrire seulement au recto, *in adversa charta.*

Enfin, dans les livres de comptes, la recette et la dépense étoient écrites en regard sur deux pages ou sur deux colonnes différentes; c'est ce qu'on appeloit *utramque paginam facere.* Pline fait allusion à cet usage en parlant de la Fortune, à laquelle nous attribuons tout, le bien comme le mal, les gains comme les pertes. Dans le calcul des événemens humains, dit-il, c'est elle seule qui remplit

---

(1) In Verrem, II, 42 sqq.
(2) Ibid., c. 41.
(3) Pro Roscio comœdo, 2 et 3.
(4) De modo usùrarum, p. 461.

les deux parties. *Huic omnia feruntur accepta : et in tota ratione mortalium sola* utramque paginam facit (1).

La dénomination de *publicæ tabulæ* s'appliquoit à différentes espèces de registres. Nous avons vu que Cicéron qualifioit ainsi les actes de la questure de Verrès. Les registres du trésor public sont aussi nommés *publicæ tabulæ* par Tacite (2). Ces livres étoient-ils confiés à la garde des magistrats ou déposés dans les archives de l'État? Dans cette dernière hypothèse, il faudroit admettre que les divers fonctionnaires, outre leurs livres solennels et authentiques, consignoient dans des journaux particuliers les événemens arrivés pendant leur administration, et que ces journaux étoient soigneusement conservés dans les familles. Suivant Denys d'Halicarnasse (3), les notes des censeurs se transmettoient de père en fils, comme un héritage sacré. Dans les maisons des magistrats, une pièce particulière nommée *tablinum* renfermoit les livres où étoient consignés les événemens arrivés pendant leur magistrature: *tablina codicibus implebantur et monumentis rerum in magistratu gestarum* (4). Des souvenirs moins solennels trouvoient aussi leur place dans ces archives privées; on y consignoit les alliances, les procès, les transactions, les morts et les naissances, en un mot tous les élémens de l'histoire de la famille. Ces sortes d'annales particulières s'appeloient *commentarii* (5).

Les archives publiques des villes se nommoient plus particulièrement *tabularia*. Les actes publics qu'elles renfermoient, soit qu'ils formassent chacun une pièce distincte, soit qu'ils fussent réunis en livres, portoient le nom d'*encautaria*, du mot *encautum*, par lequel on désignoit, selon Jacques Godefroy, une espèce d'écriture tracée au moyen d'un poinçon rougi au feu (6). Si ce terme, qu'on ne rencontre, du reste, que dans les lois, a été fidèlement interprété, le mot

---

(1) Hist. nat., II, 5. La balance égale entre les totaux de deux pages se nommoit *par ratio*.

(2) Neve multam ab iis dictam *quæstores ærarii* in *publicas tabulas*, ante quatuor menses referrent. *Annal.*, XIII, 28.

(3) Livre I, p. 60, lig. 44-59.

(4) Pline, XXXV, 2. Cf. Festus. V. *Tablinum.*

(5) Voy. Varron, *De lingua latina*, p. 61; éd. Scaliger, in-12; éd. 1581. Aulugelle, *Noctes atticæ*, XIII, 19.

(6) Cod. Theod., VII, xx, 1, et XIII, x, 8. *Encautum*, dit Godefroy, fuit scripturæ genus quoddam seu litterarum expressio *per adustionem et cestrum*, ἐγκεκαυμένον (calefactum).

*encautaria* devoit désigner des actes écrits sur des tablettes de bois ou d'ivoire au moyen d'un des procédés indiqués par Pline, à l'endroit où il parle de la peinture à l'encaustique (1). On pourroit néanmoins supposer, sans trop d'invraisemblance, que les *encautaria* étoient des registres publics pareils à ceux que nous avons décrits plus haut, et que, pour donner à l'écriture une plus longue durée en creusant plus profondément la cire, on échauffoit de temps en temps le bout du style à écrire.

Nous avons déjà parlé, d'après Hyginus, des livres de bronze, et des livres d'ivoire d'après Ulpien (2). Nous trouvons encore dans le Digeste l'indication de livres carrés en papyrus : *quod* si (libri) *in codicibus sint membraneis*, seu chartaceis *vel etiam eboreis, vel alterius materiæ vel ceratis tabellis*. Il n'est donc pas exact de dire, avec quelques savants, que les *codices* étoient toujours en parchemin et que le papyrus étoit exclusivement employé à faire des rouleaux (3). Un autre argument contre cette opinion exclusive, c'est l'existence même, dans diverses bibliothèques, de livres carrés en papyrus. Bruce avoit rapporté de ses voyages un petit in-folio tout en papyrus trouvé dans les ruines de Thèbes. « La reliure, dit-il, est « faite avec la racine du papyrus, puis couverte de fortes pièces de « papier et recouverte encore avec du cuir de la même manière que « nous pourrions le faire à présent. Les lettres sont grosses, pro- « fondes, noires, et elles paroissent avoir été écrites avec un roseau, « comme écrivent encore les Égyptiens et les Abyssiniens (4). » On peut citer encore le Josèphe de la bibliothèque ambroisienne de Milan, l'Évangile de saint Marc de Venise, les lettres de saint Avit, à la bibliothèque royale de Paris. Quelquefois, pour donner aux livres plus de solidité, on entremêloit les feuilles de papyrus de feuilles de parchemin. Les exemplaires des sermons de saint Augustin, que possèdent la bibliothèque royale, à Paris, et les bibliothèques de Genève, de Vienne, de Milan et de Padoue, sont des livres de ce genre. On peut néanmoins affirmer que l'emploi du papyrus

---

(1) Encausto pingendi duo fuisse antiquitus genera constat, cera, *et in ebore cestro*, id est viriculo. *Hist. nat.*, XXXV, 41.

(2) Digeste, XXXII, 52-3.

(3) Is. Vossius, *Observat. in Catullum*, p. 51, 52.

(4) Voyage en Nubie et en Abyssin., tr. fr., tom. V, p. 17 et 18. Malheureusement Bruce ne dit rien qui puisse faire soupçonner ni la date de ce volume, ni la langue dans laquelle il étoit écrit.

pour les livres carrés et celui du parchemin pour les volumes étoient des exceptions ; en règle générale, les rouleaux se faisoient avec du papier, et les livres carrés avec du parchemin. Aussi, de même que l'usage avoit fait attribuer au mot *charta* la signification de volume, de même il consacra le mot de *membrana* avec le sens de livre carré. Ulpien, recherchant si les *codices* sont compris dans un legs de livres, se prononce pour l'affirmative, et entre autres raisons qu'il en donne, nous remarquons celle-ci : Et *Caius Cassius scribit deberi* membranas *libris legatis*. Dans ce passage, il faut, avec Saumaise (1), traduire *membranas* par livres carrés et non par feuilles de parchemin ; car le même jurisconsulte, traitant des simples feuilles, les appelle *membranæ puræ*, et prononce formellement qu'elles ne sont pas comprises dans un legs de livres (2). Dans cette épigramme de Martial :

> Quam brevis immensum cepit membrana Maronem !
> Ipsius vultus prima tabella gerit (3).

le mot *tabella*, du second vers, ne permet pas de douter qu'il ne s'agisse d'un livre carré, et par conséquent, dans le premier vers, le mot *membrana* a la signification de *codex*. Cette épigramme est intitulée *Virgilius in membranis*, et l'on sait que les titres du quatorzième livre des Épigrammes, et ceux du livre précédent, sont de Martial lui-même. Un peu plus loin, sous l'épigraphe *Ovidius in membranis*, le poëte place le distique suivant :

> Hæc tibi multiplici quæ structa est massa tabella
> Carmina Nasonis quinque decemque gerit (4).

Ici le livre carré est formellement désigné non-seulement par les mots *multiplici tabella*, mais encore par le nom de *massa*, synonyme de *codex*. Enfin le même livre renferme encore trois épigrammes que nous croyons relatives à des livres carrés (5) ; les voici avec leurs titres :

#### 184. HOMERUS IN MEMBRANIS.

> Ilias et Priami regnis inimicus Ulysses
> Multiplici pariter condita pelle latent.

(1) *De modo usurar.*, p. 408.
(2) Quod tamen Cassius de *membranis puris* scripsit verum est : nam nec *chartæ puræ* debentur libris legatis, nec chartis legatis libri debentur. Digeste, XXXII, 50.
(3) Epigr., XIV, 186.
(4) Ibid., épigr., 192.
5) Epigr., 184, 188, 190.

188. CICERO IN MEMBRANIS.

Si comes ista tibi fuerit membrana, putato
Carpere te longas cum Cicerone vias.

190. LIVIUS IN MEMBRANIS.

Pellibus exiguis arctatur Livius ingens,
Quem mea non totum bibliotheca capit.

Remarquons, dans les titres, les mots *in membranis*, qui se retrouvent dans les deux premières épigrammes relatives aux ouvrages d'Ovide et de Virgile, écrits bien certainement dans des livres carrés. On peut en conclure que les exemplaires d'Homère, de Cicéron et de Tite-Live, que le poëte avoit en vue, étoient dans la même forme. Cette conclusion se justifie encore par d'autres rapprochemens : ainsi *multiplici tabella* dans l'épigramme 192, et *multiplici pelle* dans l'épigramme 184, expriment certainement une même idée. Dans l'épigramme 190, le poëte oppose la commodité du livre carré à l'embarras du nombre immense de rouleaux qui étoient nécessaires pour contenir la volumineuse histoire de Tite-Live, et cette idée se reproduit dans l'épigramme 188, où, malgré le nombre des ouvrages de Cicéron, le procédé des livres carrés permet au voyageur de les porter tous avec lui sans en être incommodé. Cette épigramme nous en rappelle une autre où Martial, parlant de ses propres ouvrages, conseille aussi au voyageur de laisser dans leurs étuis ceux qui sont en volumes et de se munir d'un exemplaire portatif en parchemin.

Hos eme quos arctat brevibus membrana tabellis
Scrinia da magnis; me manus una capit (1).

Dans tous les distiques de Martial que nous venons de citer, le *codex* en parchemin est ou formellement nommé ou si clairement désigné qu'il est impossible de s'y méprendre. Nous trouvons encore dans ces passages la confirmation de la définition d'Isidore, *codex multorum librorum est, liber unius voluminis.* Ainsi les métamorphoses d'Ovide, qui formoient quinze volumes, étoient renfermées dans un seul livre carré. Un seul livre carré contenoit aussi les 48 volumes de l'Iliade et de l'Odyssée; un autre, les 140 volumes de l'histoire de Tite-Live, que la bibliothèque du poëte ne pouvoit contenir.

(1) Epigramm., I, 111, 3.

Mais il nous semble que dans ces épigrammes de Martial on peut voir autre chose que la désignation des livres carrés et de leurs avantages sur les volumes. Le poëte insiste avec intention sur ces avantages ; il se plaît à mettre en contraste l'exiguïté du livre carré et la longueur de l'ouvrage qu'il renferme, la commodité d'un *codex* unique et l'embarras inséparable de la multiplicité et de la grosseur des volumes. L'emploi des livres carrés pour les publications littéraires semble lui inspirer autant d'admiration que les ébattemens du lion et du lièvre, spectacle nouveau et presque miraculeux, sur lequel il revient si souvent dans son premier livre. Ne pourroit-on conclure avec quelque raison de cette espèce d'engouement du poëte que les livres carrés en parchemin étoient de son temps une nouveauté dans la littérature latine ? Nous livrons cette conjecture à l'examen des érudits, nous contentant de faire remarquer qu'avant le célèbre épigrammatiste aucun auteur latin, à notre connoissance, n'a clairement parlé de livres carrés en parchemin pour les ouvrages littéraires.

Il y avoit plusieurs manières de faire un livre carré. Quelquefois on écrivoit sur les feuilles de parchemin avant de les superposer et de les relier en volumes. Ulpien, après avoir dit que les feuilles de papyrus écrites, mais non encore collées en rouleaux, sont comprises dans un legs de livres, ajoute : « Et, par conséquent, « aussi les parchemins non cousus, et *membranæ nondum consutæ* « continebuntur (1). » Les feuillets de parchemin étoient simplement nommés *tabulæ* ou *tabellæ*; dans ce sens le mot de *folia* se trouve pour la première fois employé par Isidore de Séville (2). Les livres carrés étoient composés, comme nos livres, de cahiers de deux, trois, quatre ou cinq feuilles, que, dans le moyen âge, on appeloit *duerniones, terniones, quaterniones, quinterniones*. La plus fréquente de ces désignations est celle de *quaternio* (3), d'où on pourroit conclure que les cahiers de quatre feuilles étoient les plus usités. Les Grecs nommoient ces cahiers τετραδεῖς et τετράδια (4): on les couvroit parfois d'écriture avant de les relier ensemble. Il est question, dans le traité de S. Epiphane contre les hérésies, du brouillon d'un ouvrage qu'un vénérable diacre nommé Hypatius

(1) Digeste, XXXII, 50.
(2) Folia librorum.... cujus partes paginæ dicuntur. *Origin.*, VI, 14.
(3) Voy. le Glossaire de Du Cange.
(4) *Idem*, Glossaire grec, au mot Τετράς.

mit au net sur des cahiers de quatre feuilles ; ἀπὸ τῶν σχεδαρίων ἐν τετράσὶ ποιησάμενος (1).

Souvent on écrivoit dans des livres qu'on avoit cousus et reliés lorsqu'ils étoient encore en blanc. On peut se convaincre de cet usage en examinant les évangélistes et les autres écrivains représentés d'après des manuscrits très-anciens, dans Lambécius, Montfaucon, Schwarz, et dans les publications de M. le comte Bastard. C'est surtout pour la confection des manuscrits carrés que les écrivains avoient besoin de tous les instrumens dont nous avons indiqué l'usage dans notre deuxième chapitre. Nous empruntons à la chronique de S.-Trond un passage où sont énumérés avec ordre tous les détails de la confection d'un livre. Il s'agit d'un doyen du monastère qui, afin d'apprendre à chanter suivant l'usage de la maison, composa lui-même en entier un livre de chant (2). *Graduale unum propria manu formavit, purgavit, punxit, sulcavit, scripsit, illuminavit, musiceque notavit syllabatim* (3).

*Formare librum* se trouve dans Pline le jeune : *librum formatum a me misi* (4) ; mais ces mots signifient sans doute un livre écrit, composé par lui. C'est ainsi qu'il dit ailleurs *quæ formaveram dictô* (5) ; et Cicéron *formare orationem* (6). Mais le moine qui écrivoit un graduel n'avoit absolument rien à composer ; son ouvrage consistoit dans une simple copie. Conséquemment le mot *formare*, dans le passage de la chronique de Saint-Trond, signifie simplement confectionner un livre, en former, rogner, assembler et coudre les cahiers ; opération qui, ainsi que nous l'avons fait observer, précédoit souvent l'écriture.

*Purgavit*. Ce verbe indique le polissage du parchemin, d'abord avec le grattoir, *rasorium*, ensuite avec la pierre ponce (7). Il arrivoit parfois que ce double polissage ne faisoit pas disparoître toutes les spérités ou toutes les taches du parchemin. Dans ce cas, les co-

---

(1) Ce passage est rapporté par Saumaise, *De secretariis*, dans le *Thesaurus* e Sallengre, tom. II, col. 665.

(2) Le *Graduel* est un livre renfermant, avec la notation musicale, les messes de l'année.

(3) Chronic. Trudon., dans le *Spicilége* de d'Achery, éd. in-fol., t. II, p. 687.

(4) VII, xii, 1.

(5) IX, xxxvi, 2.

(6) De Oratore, II, 9.

(7) Voy. ci-dessus, p. 40, le passage de Pierre de Blois.

pistes interrompoient la ligne et laissoient un blanc. Aussi, bien des fois on croit apercevoir dans les anciens manuscrits des lacunes qui n'existent pas en réalité.

*Punxit, sulcavit.* Nous avons déjà signalé l'usage où l'on étoit, au moyen âge, de fixer avec le poinçon la largeur des marges et des interlignes. Il existe plusieurs manuscrits dont les marges sont percées d'outre en outre dans toute la longueur du feuillet; chaque point correspond avec une des lignes au crayon qui y ont été tracées pour maintenir l'écriture dans une direction parfaitement horizontale.

*Scripsit, illuminavit.* Le parchemin une fois réglé, *membrana sulcata*, on le couvroit d'écriture. L'enluminure, c'est-à-dire les lettres ornées, les peintures des marges, les vignettes, ne venoient qu'en dernier lieu. Les lettres ornées étoient employées pour les titres des ouvrages, pour ceux de chaque division principale et pour les initiales des chapitres. Les lettres ornées des manuscrits ne se présentent guère avant le vi<sup>e</sup> siècle, quoique, suivant l'opinion des bénédictins, elles fussent en usage bien antérieurement à cette époque. Depuis le vi<sup>e</sup> siècle jusqu'à l'invention de l'imprimerie, les ornemens de tout genre ont été prodigués dans les manuscrits de luxe. Les lettres ont pris les formes les plus bizarres; elles ont représenté des hommes, des animaux, des plantes, etc. Il n'est pas rare de trouver des titres dont la première lettre occupe une page entière. Ces titres sont souvent écrits entièrement en lettres d'or sur un fond rouge ou violet. Les encres d'or et d'argent concourent, avec les couleurs de tout genre, à l'ornement des initiales.

Dans les manuscrits composés avec moins de recherche, les titres sont simplement en lettres rouges, rouges et bleues, rouges et noires. Les initiales sont également historiées, mais seulement avec des encres de couleur (1). Le soin d'écrire les titres ornés et de peindre les initiales n'étoit pas ordinairement laissé au copiste qu écrivoit le manuscrit. Celui-ci laissoit les blancs nécessaires, et u enlumineur les remplissoit ensuite. Mais il arrivoit souvent que l longueur des blancs n'avoit pas été bien mesurée, et que l'enlumineur, forcé d'écrire les titres dans un espace trop resserré, étant

(1) Voyez, pour plus de détails sur les ornemens des manuscrits, M. de Wailly, *Élémens de paléographie*, t. I, p. 373 et suivantes.

obligé de l'abréger et de mettre les lettres les unes dans les autres. Le mot *incipit*, par exemple, est souvent écrit INCPT avec un ı dans le P et un autre dans le C. Quelquefois, lorsque le livre étoit terminé, on négligeoit de faire peindre les initiales. Il existe encore une foule de manuscrits où manquent les premières lettres de tous les chapitres. Dans ceux que le relieur n'a pas rognés (1) de trop près, on aperçoit souvent à la marge, vis-à-vis de la première ligne de chaque chapitre, la lettre initiale que le copiste avoit légèrement tracée à l'encre noire, pour avertir l'enlumineur.

Quant aux titres des livres dépourvus d'ornemens et aux simples titres des chapitres, ils sont pour la plupart, on pourroit même dire sans exception, l'ouvrage du copiste qui a écrit l'ouvrage entier. Aussi l'ancienne règle des chartreux (2) ordonnoit-elle que chaque moine écrivain auroit deux cornets, *cornua duo*; ils étoient, sans aucun doute, destinés à contenir l'un l'encre noire pour le texte du manuscrit, l'autre l'encre rouge pour les titres.

Les portraits et les vignettes, comme ornement des livres, remontent à une haute antiquité. Ainsi, du temps de Martial on vendoit les œuvres de Virgile avec son portrait sur le premier feuillet:

> Ipsius vultus prima tabella gerit (3).

Sénèque se plaint du luxe des bibliothèques dans lesquelles on entassoit les ouvrages des plus beaux génies, soigneusement écrits, avec leurs portraits, moins pour tirer parti de leur lecture que pour orner les murailles (4). Déjà plus anciennement les peintures avoient été employées à l'ornement des volumes. Varron avoit inséré dans ses ouvrages non-seulement les noms, mais encore les portraits de sept cents hommes célèbres (5). Atticus, l'ami de Cicéron, avoit publié un volume renfermant les portraits des Romains les plus célèbres. Au bas de chaque portrait, quatre ou cinq vers indiquoient les belles actions du personnage et les magistratures

(1) Cette opération, que les Romains expriment par le mot *circumcidere*, étoit désignée au moyen âge par celui de *demarginare*.

(2) *Stat. Cartus*, II, xvi, 7.

(3) Voyez plus haut, page 132.

(4) Nunc ista exquisita et cum imaginibus suis descripta sacrorum opera ingeniorum, in speciem et cultum parietum comparantur. De Tranquillitate animi, c. 9.

(5) Insertis voluminum suorum fecunditati, non nominibus tantum septingentorum illustrium, sed et aliquo modo imaginibus. Pline, XXXV, 2.

qu'il avoit remplies (1). Les anciens Romains avoient coutume de se faire peindre, de leur vivant, par d'habiles artistes (2) ; ils re-cherchoient aussi curieusement les portraits des grands hommes et s'adressoient, pour les faire copier, aux peintres les plus exercés (3). On peut donc croire que les portraits qu'ils plaçoient en tête des ouvrages des auteurs étoient sinon parfaitement exacts (4), au moins d'une ressemblance approchée. Il ne faudroit pas chercher ce mé-rite, même dans les plus riches manuscrits du moyen âge. Il en existe du viiie et du ixe siècle, dans lesquels les lettres ornées sont d'une rare élégance et forment un contraste frappant avec les vi-gnettes, où les hommes et les animaux sont représentés sans aucun art. Ce n'est guère qu'au xve siècle que la science du dessin et du coloris commence à se montrer dans les ornemens des livres. Les deux siècles suivans ont produit en ce genre de véritables chefs-d'œuvre.

La reliure des livres carrés n'est pas elle-même une invention ré-cente, on la trouve désignée sous le nom de φέλλος dans Hesy-chius (5). Au moyen âge on la nommoit *alæ*, à cause de sa ressem-blance avec les ailes des oiseaux (6). Au ive siècle, les reliures de luxe étoient déjà employées pour les livres d'église. Saint Jérôme se plaint amèrement, dans une de ses lettres, de ces inutiles prodi-galités. « On teint les parchemins en pourpre, dit-il, on les couvre de lettres d'or, on revêt les livres de pierres précieuses, et les pauvres meurent de froid à la porte du temple : *Gemmis codices ves-tiuntur et nudus ante fores emoritur Christus* (7). La Notice des di-gnités de l'empire romain, qu'on croit écrite du temps d'Hono-rius (8), représente et décrit, parmi les insignes des officiers impériaux, plusieurs livres carrés. Ces livres, qui renfermoient les instructions de l'empereur pour l'administration des provinces, se composoient d'extraits du *Laterculum majus*, ou *sacrum Laterculum.*

---

(1) Ita ut sub singulorum imaginibus facta magistratusque eorum non amplius quaternis quinisve versibus descripserit. Cornel. Nepos. Vie d'At-ticus, c. 18, Conf. Pline, l. c.

(2) Pline le jeune, VII, xxxiii, 2.

(3) *Idem,* I, xvi, 8 ; IV, xxviii.

(4) Pline j., V, x, 1.

(5) Suidas écrit φελλὰς.

(6) Du Cange, Glossaire.

(7) Ad Eustochium, *de Custod. virgin.,* ep. 18, alias 22.

(8) Vers l'an 450.

Ce *Laterculum* étoit un grand livre carré, qui tiroit son nom de sa forme même et qui renfermoit, outre les instructions du prince pour les divers fonctionnaires de l'empire, tous les noms de ces fonctionnaires avec leurs insignes, ou, comme on disoit encore il y a un siècle, avec leurs armoiries. Il étoit confié à un dignitaire qui en avoit la garde et qui se nommoit *Primicerius notariorum*. Sous sa direction et son autorité, des scribes appelés *tribuni notarii, notarii laterculenses*, étoient employés à faire les extraits du *laterculum* que nous voyons figurer parmi les insignes des officiers de l'empire dans la forme de livres carrés (1). Ils étoient reliés et couverts en cuir vert, rouge, bleu ou jaune (2), souvent ornés de petites verges d'or horizontales ou disposées en losange, enfin décorés, sur un des plats, du portrait de l'empereur (3). On en voit un, d'une grosseur assez considérable, dont la reliure est consolidée par cinq gros clous fixés en quinconce sur les plats. Les reliures les plus fréquentes au moyen âge consistoient en deux ais en bois recouverts de cuir. Le cuir étoit remplacé, dans les livres de luxe, par de la soie ou du velours, et si le livre étoit de grand format, on consolidoit la reliure au moyen de quatre ou huit coins en cuivre ou en argent. Les relieurs étoient désignés sous le nom de *ligatores librorum*, en françois *lieurs de livres*; ou simplement *lieurs*. On en trouve dix-sept de nommés dans le rôle de la taille de Paris en 1292 (4). Au xvie siècle, on avoit déjà perfectionné au plus haut degré les reliures en cuir à filets et ornemens d'or et de couleur; la Bibliothèque du roi possède en ce genre des reliures de l'époque qui servent encore aujourd'hui de modèle. Vers le même temps, la sculpture et la ciselure avoient fait de rapides progrès. Les artistes s'exercèrent sur les reliures, et revêtirent les missels et les autres livres d'église de tablettes en bois, en ivoire, en argent, ciselées avec art et parfois incrustées de pierres précieuses.

(1) Voy. Pancirol, *Notit. dignit.*, fol. 17 recto, 60 recto.
(2) *Idem*, fol. 62 recto et passim.
(3) *Idem*, fol. 68-71; 138-141, etc.
(4) Il est remarquable que, parmi tous les livres carrés représentés dans la notice de l'empire, il n'y en ait aucun dont les tablettes soient garnies de coins métalliques. Les deux volumes des Pandectes de Florence sont reliés, à la vérité, avec des tablettes de bois couvertes de velours rouge et garnies d'ornemens d'argent dans le milieu et aux angles; mais on ne dit pas que ce soit la reliure primitive. Mabillon, *Iter italicum*, p. 184, sq.

qu'il avoit remplies (1). Les anciens Romains avoient coutume de se faire peindre, de leur vivant, par d'habiles artistes (2) ; ils recherchoient aussi curieusement les portraits des grands hommes et s'adressoient, pour les faire copier, aux peintres les plus exercés (3). On peut donc croire que les portraits qu'ils plaçoient en tête des ouvrages des auteurs étoient sinon parfaitement exacts (4), au moins d'une ressemblance approchée. Il ne faudroit pas chercher ce mérite, même dans les plus riches manuscrits du moyen âge. Il en existe du viiie et du ixe siècle, dans lesquels les lettres ornées sont d'une rare élégance et forment un contraste frappant avec les vignettes, où les hommes et les animaux sont représentés sans aucun art. Ce n'est guère qu'au xve siècle que la science du dessin et du coloris commence à se montrer dans les ornemens des livres. Les deux siècles suivans ont produit en ce genre de véritables chefs-d'œuvre.

La reliure des livres carrés n'est pas elle-même une invention récente, on la trouve désignée sous le nom de φέλλος dans Hesychius (5). Au moyen âge on la nommoit alæ, à cause de sa ressemblance avec les ailes des oiseaux (6). Au ive siècle, les reliures de luxe étoient déjà employées pour les livres d'église. Saint Jérôme se plaint amèrement, dans une de ses lettres, de ces inutiles prodigalités. « On teint les parchemins en pourpre, dit-il, on les couvre de lettres d'or, on revêt les livres de pierres précieuses, et les pauvres meurent de froid à la porte du temple : *Gemmis codices vestiuntur et nudus ante fores emoritur Christus* (7). La Notice des dignités de l'empire romain, qu'on croit écrite du temps d'Honorius (8), représente et décrit, parmi les insignes des officiers impériaux, plusieurs livres carrés. Ces livres, qui renfermoient les instructions de l'empereur pour l'administration des provinces, se composoient d'extraits du *Laterculum majus*, ou *sacrum Laterculum*.

(1) Ita ut sub singulorum imaginibus facta magistratusque eorum non amplius quaternis quinisve versibus descripserit. Cornel. Nepos. Vie d'Atticus, c. 18, Conf. Pline, l. c.

(2) Pline le jeune, VII, xxxiii, 2.

(3) *Idem*, I, xvi, 8 ; IV, xxviii.

(4) Pline j., V, x, 1.

(5) Suidas écrit φελλάς.

(6) Du Cange, Glossaire.

(7) Ad Eustochium, *de Custod. virgin.*, ep. 18, alias 22.

(8) Vers l'an 450.

rarement, en trois (1). Dans tous les cas , on laissoit constamment à chaque page quatre marges, deux horizontales et deux perpendiculaires, déterminées souvent par quatre lignes, qui se coupoient à angles droits vers les quatre angles de la page (2). On s'est autorisé de quelques passages d'anciens auteurs pour avancer que, dans les anciens livres carrés, il y avoit une pagination comme dans nos livres imprimés. Cette opinion nous paroît un peu hasardée. On cite d'abord en preuve l'épigramme de Martial :

> Quam brevis immensum capit membrana Maronem
> Ipsius vultus *prima* tabella gerit.

On pourroit alléguer, pour les volumes, le passage des Tristes (3) où Ovide parle de la *première page* de l'Art d'aimer, dans laquelle il interdit aux femmes vertueuses la lecture de cet ouvrage. Mais est-il besoin qu'un livre soit paginé pour qu'on puisse en citer le premier feuillet ou la première page? Lorsque Pline, impatient de recevoir une longue lettre de Minutianus , lui dit qu'il en comptera non-seulement les pages , mais encore les lignes et les syllabes (4), il est vraiment impossible de voir dans cette phrase obligeante la preuve que les livres carrés étoient paginés. Schwarz (5) s'est pourtant autorisé de ce passage pour établir l'usage de la pagination chez les anciens; nous ne nous expliquons cette méprise que par une préoccupation momentanée, qui aura empêché le savant Allemand de jeter les yeux sur la lettre de Pline (6). Ses autres preuves sont plus spécieuses , mais non plus solides. C'est d'abord l'épigramme où Martial désigne les livres de comptes d'un avare par ce vers :

> Centum explicentur paginæ calendarum (7).

----

(1) Montfaucon, *Pal. gr.*, liv. I, c. 4. La bibliothèque ambroisienne , à Milan, possède un manuscrit grec en onciales du commencement du vii<sup>e</sup> siècle, qui contient , sur trois colonnes, une partie des saintes Ecritures. Diarium italic., c. II , p. 11.

(2) Voy. le livre ouvert qui se trouve dans les insignes du magister scriniorum. Pancirol, *Notice de l'empire*, fol. 62 recto.

(3) II, 303. Voy. ci-dessus, p. 80.

(4) Voy. ci-dessus, p. 116.

(5) *De ornam. libr. veter.*, IV, 12, p. 155.

(6) Du reste, Schwarz dit lui-même, un peu plus loin (IV, 14, p. 159), qu'il n'y avoit pas de pagination chez les Romains : *paginas vero non signârunt numeris uti hodie.*

(7) Epigramm. VIII, xliv, 11.

Les livres carrés se fermoient au moyen de divers procédés. Dans le *laterculum majus*, dont la Notice de l'empire renferme deux représentations, la tablette droite est terminée par un large morceau de cuir, percé à ses extrémités de plusieurs trous, qui paraissent garnis d'œillets métalliques. Lorsque le livre étoit fermé, ce morceau de cuir alloit, en recouvrant la tranche, se rabattre sur la tablette gauche, et se rattacher à un autre fort morceau de cuir garni de boutons; il avoit, de plus, trois lanières de cuir qui servoient à fermer plus solidement le livre, mais dont la combinaison et le mécanisme sont assez difficiles à saisir. D'autres livres ont, fixée à l'angle supérieur de l'un des plats, une longue courroie qui entouroit le *codex*, soit dans sa longueur, soit dans sa largeur; ces liens se nommoient *offendices* (1). Les fermoirs se montrent aussi dans les livres figurés parmi les insignes des officiers de l'empire. Tantôt il y a un seul fermoir au milieu de la longue tranche du livre, tantôt deux, un à chaque extrémité (2). Quelquefois on mettoit quatre fermoirs à chaque *codex*, deux sur la longue tranche et un sur chacune des deux petites (3); ces fermoirs se nommoient *unci* ou *hamuli* (4). Fermer un livre par un des moyens que nous avons indiqués se disoit *signare librum*; un rouleau serré avec ses liens est nommé, par Horace, *signatum volumen* (5); et Isidore définit les *offendices*, *lora quibus libri signantur*. *Resignare librum* signifioit, au contraire, ouvrir un livre.

Le titre extérieur des livres carrés n'étoit pas sur le dos du livre, mais sur un des plats; il suffit, pour s'en convaincre, d'ouvrir, au hasard, la Notice des dignités de l'empire. Pour conserver les livres, on les plaçoit dans des espèces d'étuis, ou plutôt on les enveloppoit dans des lambeaux d'étoffe qu'on nommoit, au moyen âge, chemises, *camisæ*, *camisulæ*, *manutergiæ* (6).

Les feuillets des livres carrés étoient opistographes, c'est-à-dire écrits des deux côtés. Les pages étoient ou tracées dans toute la largeur du papier, ou divisées en deux colonnes; quelquefois, mais

(1) Isidore et Festus, *Glossaire*.
(2) Voy. la *Notice de l'empire*, fol. 109 verso, 110 recto, et passim.
(3) Voy. la huitième planche du quatrième volume de Carpentier, supplément au Glossaire de Du Cange, et les publications de M. le comte de Bastard.
(4) Voy. Du Cange, au mot *ligatores*.
(5) Horace, épître I, xiii, 2.
(6) Du Cange, au mot *camisa*.

Est illi conjux quæ te manibusque *sinuque*
   Excipiet, vel si pulverulentus eas (1).

Ailleurs il reproche à Sévère de s'ennuyer à la lecture d'un livre
d'épigrammes, tandis qu'il avoit avidement recueilli et colporté
partout chacune d'elles, lorsqu'il les avoit séparément copiées avant
leur publication:

   Hæc sunt singula quæ *sinu ferebas*
   Per convivia cuncta per theatra (2).

Ovide craint que personne ne veuille accueillir son livre, de peur
de déplaire à Auguste, qui avoit exilé l'auteur:

   Si quis erit qui te, quod sis meus, esse legendum
   Non putet, e *gremio* rejiciatque suo, etc. (3).

Souvent il arrivoit que le contact de la robe ébarboit les tranches
des livres; pour remédier à cet inconvénient, on leur donnoit une
espèce de couverture en bois, et alors on les portoit à la main.
C'est ce qu'il faut conclure de cette épigramme de Martial,
que nous transcrivons avec le titre parce qu'il est de Martial lui-
même:

### MANUALE.

   Ne toga barbatos faciat, vel pænula libros
   Hæc abies chartis tempora longa dabit (4).

On a vu dans ce mot *abies* des tablettes de sapin formant la reliure
d'un livre carré; mais il nous semble qu'en émettant cette opinion
on s'est mis peu en peine de faire accorder le titre *manuale* avec le
distique dont il est suivi. Nous remarquons d'abord le mot *chartis*,
qui, nous l'avons prouvé, est synonyme de *voluminibus*, ce qui
pourroit exclure déjà l'idée d'une reliure carrée. En second lieu,
il faut remarquer que tout ce quatorzième livre de Martial est uni-
quement composé de devises, ou, pour ainsi dire, de billets
d'envoi pour les divers objets dont, à Rome, on se faisoit mutuellement présent à l'époque des saturnales. L'ustensile en sapin,

---

(1) *Idem*, III, v, 7.
(2) *Idem*, II, vi, 7. Voy. aussi I, 26; iv, 86, vi, 61.
(3) Tristes, I, i.    Voy. aussi Pline le jeune, IX, xxv, 3.
(4) Épigr. xiv, 84.

Ensuite une phrase de l'anthologie, dont le sens est : Le monument de ta gloire, ô Diodore, n'est certainement point ta tombe, ce sont les mille pages de tes livres (1). A ces deux passages on peut joindre les vers où Juvénal exalte ironiquement la longueur des ouvrages historiques :

> Vester porro labor fæcundior, historiarum
> Scriptores : petitur plus temporis atque olei plus :
> Namque, oblita modi, *millesima pagina* surgit
> Omnibus, etc. (2).

Mais qui ne voit que dans ces trois passages les mots *centum, mille, millesima* sont autant de tropes par lesquels on désigne un grand nombre, mais un nombre indéterminé de pages par un nombre déterminé?

La seule preuve d'une pagination, encore ne peut-elle s'appliquer qu'aux registres publics des municipes, se tire d'un ancien marbre découvert à Cæré, en 1548, et que Schwarz ne paraît pas avoir connu, puisqu'il n'en cite qu'une phrase d'après Pignorius. Cette longue inscription est donnée en entier par Orelli (3); on y trouve trois indications de pages. COMMENTARIUM COTTIDIANUM MUNICIPII CAERITUM , INDE PAGINA XXVII , KAPITE VI. — INDE PAGINA ALTERA CAPITE PRIMO. — INDE PAGINA VIII , KAPITE PRIMO.

Dans quelques manuscrits du moyen âge, les cahiers qui les composent, *quaterniones*, ont un numéro d'ordre comme les feuilles de nos livres imprimés; mais on ne trouve pas cette précaution dans les plus anciens manuscrits.

Nous avons, à dessein, réservé pour ce chapitre quelques observations qui s'appliquent également aux volumes et aux livres carrés. Les anciens, lorsqu'ils portoient les livres sur eux, les plaçoient dans le pli de leur toge (4). Martial, étant dans la Gaule citérieure, envoie à Rome son troisième livre, et l'adresse à Julius et à sa femme, qui l'accueilleront, dit-il, avec joie, lors même qu'il seroit couvert de poussière :

(1) Anthol. gr., cit. par Schwarz, IV, 12.
(2) Satyr. VII, vers 93.
(3) Inscript. select , no 3787.
(4) Il paroît que les plis formés par la toge, sur leur poitrine, leur servoient de poches ; ils y mettoient jusqu'à leur monnoie.
Et fiet vario sordidus ære sinus.
Martial, V, xvi, 8.

Ne nigram cito raptus in culinam
Cordyllas madido tegat papyro,
Vel thuris piperisve sit cucullus (1).

C'est par allusion à cet usage que Perse appelle de beaux vers
des vers dignes de l'huile de cèdre, et qui ne craignent ni les petits
poissons ni les épices :

Cedro digna locutus
Linquere, nec scombros metuentia carmina nec thus (2).

Les mauvais livres avoient encore une certaine utilité, que l'on
fait assez connoître en s'abstenant de la désigner en termes exprès :
*Annales Volusii cacata charta,* dit Catulle (3). Sénèque applique la
même épithète, sans l'exprimer pourtant, aux œuvres d'un
autre annaliste : Vous savez, dit-il, combien cet ouvrage est lourd
et *comment on l'appelle,* quam ponderosi sint et quid vocentur (4).

(1) Épigramm. III, 2; cf., IV, 86, XIII, 1; et Sidoine Apollinaire, Carm. IX,
vers 317.
(2) Satyr. I, 42.
(3) Ed. Vossius, p. 86 et 87.
(4) Sénèque, épître 93.

nommé *manuale*, étoit un de ces objets. Mais il ne viendra dans l'idée à personne que l'on ait été dans l'usage de se faire don d'une reliure, car la reliure se confectionne sur le livre même, et ne forme qu'un tout avec lui. Ce *manuale* étoit donc un étui dans lequel on renfermoit le volume pour le porter à la main. C'est, à notre avis, un instrument de ce genre qui est représenté, avec un roseau à écrire, des rouleaux et des tablettes, dans le frontispice de la page 55 du deuxième tome des peintures d'Herculanum. Celui-ci est double; il se compose de deux tubes conjoints, ayant chacun au sommet un couvercle de forme conique. Au dos est une anse qui servoit à le transporter plus commodément. Ces étuis étoient évidemment faits exprès pour le volume, et c'est surtout aux livres qu'on y renfermoit qu'étoit nécessaire la petite courroie dont nous avons parlé plus haut (1), et qui servoit à les retirer de la boîte.

Il ne faut pas douter que, lorsque l'usage des livres carrés se fut répandu pour les publications littéraires, on n'ait employé, afin de leur assurer une longue durée, les mêmes procédés que pour les volumes : les enveloppes, les linimens d'huile de cèdre, les étuis. Les enveloppes des livres se nommoient, au moyen âge, des chemises, *camisiæ* (2); elles étoient ordinairement en toile, mais les livres précieux étoient couverts d'étoffes de luxe : ainsi les Heures de saint Louis, que possède aujourd'hui la Bibliothèque royale, sont encore revêtues d'une chemise de sandal rouge, espèce d'étoffe de soie peluchée, qui est aussi ancienne que le manuscrit. Lorsque les ouvrages écrits dans des *codices* ne valoient pas la peine d'être conservés, on ne pouvoit pas les livrer aux écoliers pour apprendre à écrire, puisqu'ils étoient déjà couverts d'écriture des deux côtés, et en cela ils valoient encore un peu moins que les mauvais volumes; mais ils avoient, avec ces derniers, d'autres destinations qui leur étoient communes : ils étoient achetés par les cuisiniers, par les épiciers, par les marchands de poisson, et servoient à envelopper des olives, du poivre et d'autres denrées (3). Martial presse son livre de se choisir un patron qui puisse le recommander et lui donner la vogue :

(1) Voy. plus haut, p. 103.
(2) Sacrista librorum camisias... lavat. Statut. cartus, I, XLI, 36.
(3) Voy. Horace, *Epítr.* II, 1, 270. Stace, *Silves*, IV, IX, 11.

# CHAPITRE SEPTIÈME.

## Des tablettes.

Es tablettes, nommées en grec δέλτοι, γραμματεῖα, πυκτίδες, σανίδες, en latin, *tabellæ*, *ceræ*, *codicilli*, *pugillares* (1), étoient un assemblage de petites planches de bois, d'ivoire ou de métal préparées pour recevoir l'écriture : leur usage remonte à l'antiquité la plus reculée. Dieu dit, dans le 4ᵉ livre des Rois (2) : « J'effacerai Jérusalem comme on efface sur des tablettes, et en effaçant je retournerai le style et le passerai et repasserai sur sa face. » Les tablettes étoient connues en Grèce du temps d'Homère. Les lettres données par Prœtus à Bellérophon étoient, si l'on en croit les anciens, sur des planches en bois pliées, c'est-à-dire attachées les unes aux autres ἐν πίνακι πτυκτῷ (3), ce qui ne peut s'entendre que de tablettes de bois. Pline, faisant allusion à ce passage d'Homère, traduit les mots πίναξ πτυκτὸς tantôt par *pugillar*, tantôt par *codicillus* (4), ce qui prouve la synonymie des deux expressions latines. Cette synonymie est encore établie par un passage où Catulle s'emporte contre une vieille entremetteuse qui lui a soustrait ses tablettes :

> .............. mœcha turpis
> Negat mihi vostra redditurum
> *pugillaria*....................
> ...... ....................

(1) *Tabellæ* étoit le nom générique.

(2) XXI, 13.

(3) Iliad., VI, v. 168.

(4) *Pugillarium* usum fuisse etiam ante Trojana tempora invenimus apud Homerum. Pline, XIII, 21. — Quum Homerus *codicillos* missitatos, epistolarum gratia indicet. *Idem*, XXXIII, 4. — Pollux entend aussi par πίνακι πτυκτῷ des tablettes, et cite deux passages d'Aristophane, où elles sont nommées δέλτοι et γραμματεῖα. Onomast., X, xiv, 58.

une lettre , en traçoit quelquefois le brouillon sur des tablettes : *accubueram hora nona, cum ad te horum exemplum* in codicillis *exaravi* (1). Ailleurs nous voyons qu'il employoit aussi les tablettes pour correspondre dans Rome avec ses amis : *quæsivi à Balbo* per codicillos *quid esset in lege* (2). L'usage des tablettes, dans des temps moins anciens de l'histoire de Rome, ne peut être un objet de contestation. Ce qui doit , du reste, prouver le mieux combien cet usage a toujours été répandu, c'est que, depuis des temps très-anciens jusqu'au vi$^e$ siècle , on trouve les tablettes employées pour apprendre aux enfans à lire (3).

Au moyen âge, les tablettes servent encore à divers usages. Éginhard (4) raconte que Charlemagne avoit toujours, sous son chevet, des tablettes dans lesquelles il s'exerçoit à écrire. En 839, un riche seigneur, nommé Goibert, étant tombé malade dans le monastère de Saint-Bertin, écrivit lui-même son testament sur des tablettes de cire, dont l'extérieur étoit doré et recouvert d'une enveloppe faite avec des *barbes* de poisson (5). Trois siècles après , saint Anselme , alors prieur de l'abbaye du Bec, et, depuis, archevêque de Cantorbéry, avoit écrit sur des tablettes une preuve invincible de l'existence de Dieu, qu'il se proposoit de développer dans une dissertation spéciale. La chronique rapporte que, pendant la nuit, le malin esprit, jaloux du bien qu'alloit produire la publication de cette pieuse homélie, brisa les tablettes et en dispersa la cire sur le pavé; mais, comme cette cire étoit dure et cassante, il fut facile au saint prieur d'en réunir et raccorder les morceaux ; et, pour prévenir un accident semblable, il se hâta de transcrire, sur du parchemin, les élémens de sa dissertation (6). Au xiii$^e$ siècle, on écrivoit encore, sur des tablettes de cire , les inventaires du mobilier des églises , les itinéraires des rois, les dépenses qu'occasionnoient leurs voyages. La Bibliothèque royale possède , en ce genre, les tablettes de Philippe le Bel , sur lesquelles on peut voir une savante dissertation

(1) Ad famil., IX, 26.
(2) *Ibid.*, IV, 18; cf., VI, 12.
(3) Plaute, Bachid., III, III, 36. Isidor., Orig., VI, 9.
(4) Vie de Charlemagne, c. xxv.
(5) In tabulis ceratis, quæ exterius celatæ erant barbulis crassi piscis , et subtus deauratæ erant. Sithiens. Chartularium , éd. Guérard, p. 169, et Du Cange, au mot *barbula.*
(6) Nouv. Trait. de diplom., t. I, p. 462.

BIBLIOTHÈQUE DE L'ARSENAL

> Mœcha putida redde *codicillos* ,
> Redde, putida mœcha, *codicillos* (1).

Il y avoit cependant, comme nous le verrons plus bas, une certaine différence entre les *pugillares* et les *codicilli*.

Hérodote raconte que Démarate, fils d'Ariston, exilé en Médie, voulant prévenir les Grecs des projets d'invasion de Xerxès, prit des tablettes dont il enleva la cire, écrivit sa lettre sur le bois avec un poinçon, et la recouvrit ensuite de cire, en sorte que l'écriture étoit cachée, et que les tablettes n'auroient rien appris à celui qui les auroit interceptées (2). L'usage des tablettes, chez les Grecs, est encore attesté par Démosthène. Saumaise (3) prouve, par un passage emprunté au célèbre orateur, que les sûretés pour argent prêté se donnoient de deux manières, par un billet écrit sur papyrus, $\beta\iota\beta\lambda\iota\delta\tilde{\iota}\tilde{\omega}$, ou par un double contrat consigné dans des tablettes, $\gamma\rho\alpha\mu\mu\alpha\tau\iota\delta\tilde{\iota}\tilde{\omega}$.

Les tablettes étoient en usage chez les Carthaginois du temps d'Alexandre. Carthage, effrayée des progrès rapides du conquérant, et craignant qu'il ne lui prît l'envie de soumettre l'Afrique, envoya vers lui Hamilcar, surnommé le Rhodien. Celui-ci, se disant exilé et feignant du ressentiment contre sa patrie, fit agréer ses services à Alexandre, par l'entremise de Parménion. Tout ce qu'il pouvoit découvrir des projets du roi de Macédoine, il le faisoit savoir à Carthage, au moyen de tablettes semblables à celles que Démarate avoit employées (4).

Chez les Romains, Plaute, Cicéron, Catulle, Ovide, Properce attestent, par une foule de passages, que les tablettes étoient d'un usage général dans les derniers temps de la république. Toutes les fois que, dans les comédies de Plaute, il est question d'une correspondance par billets dans l'intérieur de la ville, cette correspondance est écrite sur des tablettes (5). Cicéron, avant d'écrire

---

(1) Catulle, éd. Vossius, p. 99.

(2) Hérodote, VII, 239, éd. Schweighaeuser, cf. Justin, II, 10.

(3) *De Modo usurarum*, p. 403.

(4) Justin, XXI, 6. Aulugelle, XVII, 9.

(5)  Nec epistola quidem ulla sit in ædibus
 Nec cerata adeo tabula.
> Asinaria, IV, 1, 18.

 Tace dum perlego tabellas.
> Pseudolus, I, 1, 25. Voyez aussi Epid. II,
> 11, 66. Cucurl., II, 111, 36, etc.

perpendiculairement et ouvertes : les planches dont elles sont composées portent au dos, dans le haut, de petits anneaux traversés et retenus par un anneau plus grand ou par un lien ; indépendamment de ces anneaux, les feuillets sont attachés les uns aux autres par trois charnières presque imperceptibles, peut-être par de simples fils. Dans le troisième volume, planche quarante-cinquième, on voit des tablettes dont les ais sont sans doute aussi garnis d'anneaux ; mais ceux-ci sont reliés au moyen d'une verge de fer, ressemblant à un style, qui les traverse tous de haut en bas, comme les crayons qui ferment nos agendas traversent les boucles de cuir fixées aux deux ailes de la reliure. On ne peut pas prendre cette verge de fer pour un style, car les tablettes sont dans la main droite d'une femme qui, de la main gauche, tient le style et en appuie la pointe sur ses lèvres. Au-dessus de la verge de fer est une espèce de ruban fixé au dos des tablettes, et qui retombe en dehors ; ce ruban et l'anneau des tablettes précédentes servoient peut-être à les retirer d'un étui.

Enfin, dans le volume deuxième, le frontispice de la page 55 représente des tablettes de quatre feuilles au moins pliées en forme de paravent. Voilà, s'il l'avoit eu à sa disposition, le meilleur argument que Schwarz eût pu produire en faveur de son système de livres à plis, *libri plicatiles ;* encore ne pourroit-il s'appliquer ni à du papyrus ni à du parchemin, car les tablettes sont en bois enduit de cire. On en faisoit du même genre en écorce très-mince, ainsi que le prouve un passage d'Hérodien cité par Schwarz, le seul qui donne à son système une apparence de vérité. Voici la traduction littérale de ce passage, où il est question de l'empereur Commode : « Prenant des tablettes en écorce très-mince, et qui se plient alter-« nativement d'un côté et de l'autre, il écrit, etc. (1). » Toute l'erreur de Schwarz consiste à avoir traduit, dans ce passage, par le mot latin *libellus,* le mot grec γραμματεῖον, qui signifie *pugillar* (2), et à être parti de là pour englober dans sa nouvelle classe de livres tous les écrits désignés sous le nom de *libelli,* qui étoient ordinairement de petits rouleaux en papyrus.

Dans l'opinion de Montfaucon, les tablettes ont été quelquefois

(1) Λαβὼν γραμματεῖον τούτων τῶν ἐκ φιλύρας εἰς λεπτότητα ἠσκημένων, ἐπαλλήλῳ τε ἀνακλάσει ἀμφοτέρωθεν ἐπιτυγμένων, γράφει κ. τ. λ. Hérodien, *Histor.*, I, 17, cité par Schwarz, v. 3.

(2) Voy. Saumaise, *De modo usur.*, p. 403-404.

de l'abbé Lebeuf, dans les mémoires de l'Académie des Inscriptions et Belles-Lettres (1).

On se fera une idée assez nette des diverses formes que les Romains donnoient à leurs tablettes en examinant quelques planches et quelques vignettes des peintures d'Herculanum. Le frontispice de la page 7, deuxième volume, représente, dans le milieu, une cassette cylindrique remplie de volumes, avec le titre, *pittacium*, dans les tranches. A droite est un sac d'argent ficelé, à gauche une quantité de pièces de monnoie, et, au-dessus, des tablettes d'une forme remarquable ; elles s'ouvrent non en large, à la manière de nos livres modernes, mais en long comme certains atlas géographiques et quelques albums. Sur la tranche d'ouverture, chaque tablette porte, dans son milieu, une petite patte ou poignée en bois, faisant l'office de ces rubans ou de ces bandes de parchemin qu'on colle aux feuillets des missels et des grands livres de commerce pour les ouvrir à un endroit déterminé. La forme de ces tablettes et les objets qui les entourent ont fait présumer qu'elles contenoient des comptes de recette et de dépense.

Il y avoit des tablettes de forme triangulaire, à qui leur ressemblance avec la lettre △ avoit fait donner, par les Grecs, le nom de δέλτοι (2); nous croyons en voir un modèle dans le frontispice de la 55ᵉ page, au tome II des peintures d'Herculanum ; et quelques-uns des académiciens d'Herculanum ont déjà émis cette opinion : d'autres considèrent cet objet comme une écritoire, *theca calamaria*, sans faire attention qu'il est évidemment composé d'une matière flexible, et que sa forme n'indique pas un meuble destiné à renfermer des roseaux à écrire. Au reste, la même vignette représente aussi un roseau, et on peut juger, au simple coup d'œil, que la boîte en question, si c'étoit une boîte, dans quelque sens qu'on la tournât, ne seroit pas assez longue pour le contenir.

Les autres dessins que nous avons à citer sont beaucoup plus clairs, beaucoup plus arrêtés ; ils nous fourniront conséquemment mieux que des conjectures. Le frontispice de la page 93, toujours dans le même volume des Peintures, représente des tablettes posées

(1) Tom. XXXIII, éd. in-12.

(2) Henri Estienne, d'après Eustathe. — Mazocchi, qui veut absolument tirer de l'Orient toute la terminologie de la librairie ancienne, fait venir δέλτος de l'hébreu *deltoth*, qui signifie *porte*, mot équivalent du grec θύρα, par lequel les Attiques désignoient les feuillets des diptyques.

trouvées dans les fouilles d'Herculanum ; elles ont sept feuilles percées au dos , et passées dans un anneau qui les réunit et les retient ensemble (1). C'étoit peut-être ce que nous appelons *une semaine*. Les tablettes d'ivoire et d'os pouvoient aussi être enduites de cire comme celles de bois dont il nous reste à parler.

Parmi ces dernières , les plus précieuses étoient les tablettes en bois de citrus, *pugillares citrei*. Le citrus étoit une espèce de cyprès qu'on retiroit de l'Afrique septentrionale ; on l'employoit surtout à faire des tables portées sur des pieds d'ivoire. Martial fait allusion à cet usage dans l'épigramme où il fait parler les *pugillares citrei* :

> Secta nisi in tenues essemus ligna tabellas ,
> Essemus libyci nobile dentis onus (2).

Ce bois de citrus , au dire du même poëte, valoit plus que son pesant d'or (3), et l'on peut voir , dans Pline le naturaliste , qui parle fort au long des tables de citrus , le prix énorme que quelques-unes de ces tables avoient atteint (4).

Le même auteur fait mention des tablettes en if et en érable (5); celles dont Properce déplore la perte dans une de ses élégies étoient en buis (6). Toute espèce de bois pouvoit, du reste, servir à faire des tablettes ; on les enrichissoit quelquefois d'ornemens en or. La Bibliothèque du roi en possède qui sont, à la vérité, très-modernes (7), mais qui peuvent donner une idée passablement exacte des tablettes antiques ; elles se composent de douze feuillets ayant chacun un peu plus de deux lignes d'épaisseur, et égalant en longueur et en largeur un in-douze ordinaire. Les deux surfaces extérieures ne portant pas de cire , les douze planchettes ne forment que 22 pages d'écriture. Dans chaque page , le bois de la planchette reste à nu dans une certaine largeur sur les quatre côtés, et forme ainsi quatre marges comme dans nos livres imprimés. L'espace quadrangulaire circonscrit par ces quatre marges a été creusé à une

---

(1) Andr. de Jorio, *offic. de' papiri*, p. 71.

(2) Epigr. XIV, 3.

(3)                 Accipe felices, Atlantica munera, silvas ;
         Aurea qui dederit dona, minora dabit.
                  Epigr. intit. *Mensa citrea*, XIV, 89.

(4) Hist. nat., XIII, 29.

(5) *Ibid.*, XVI, 63.

(6) Eleg. III, xxii, 8.

(7) Elles renferment une écriture allemande de la 2e moitié du xviie s

composées avec cette espèce de papyrus sur lequel on pouvoit effacer l'ancienne écriture et en tracer une nouvelle; d'où il semble conclure que *pugillar* étoit synonyme de *palimpsestus* (1). Il y a un peu de confusion dans ce passage. Les anciens avoient le secret de laver et d'effacer l'écriture sur le papier même. Le papier pouvoit se plier en forme de tablettes pour recevoir un testament; mais rien n'autorise à prononcer que le papier palimpseste, la *charta deleticia* (2), fut toujours un *pugillar*. Nous n'avons pas encore rencontré un seul passage attestant l'existence de tablettes en papier.

Nous apprenons de Martial qu'on en faisoit en parchemin, *pugillares membranei*, et qu'elles offroient le même avantage que les tablettes de cire, c'est-à-dire qu'on pouvoit à volonté en effacer et en renouveler l'écriture (3). Puisque, avec une éponge mouillée, on lavoit le papyrus écrit, il nous semble que le parchemin, moins fragile de sa nature, pouvoit très-bien aussi supporter cette opération. Cependant les commentateurs s'accordent à dire que le parchemin des tablettes étoit revêtu d'un enduit de plâtre et de craie : nous ignorons sur quelle autorité se base cette explication. On a vu, néanmoins, que les habitans de l'île de Chypre écrivoient avec le style sur du parchemin recouvert d'un enduit quelconque. De là vient qu'ils appeloient le style ἀλειπτήριον, mot dérivé du verbe ἀλείπειν, qui signifie *oindre*, et que de ce verbe, combiné avec le mot διφθέρα, *peau*, ils avoient fait le mot διφθεραλοιφὸς, par lequel ils désignoient un maître d'école (4).

Nous avons déjà parlé des tablettes d'ivoire sur lesquelles on écrivoit avec de l'encre noire; ces tablettes sont clairement désignées dans cette épigramme de Martial :

> Languida ne tristes obscurent lumina ceræ,
> Nigra tibi niveum littera pingit ebur.

On en faisoit aussi en os. Des tablettes de cette matière ont été

---

(1) Usi sunt veteres charta deletili (leg. deleticia), sive pugillaribus, ubi prius scripta abradere seu detergere poterant et nova scribere. Paleogr. gr., p. 19.

(2) Digeste, XXXVI, xi, 4.

(3)        Esse puta ceras, licet hæc membrana vocetur ;
> Delebis quoties scripta novare voles.
>
> *Epigramm.*, XIV, 7.

(4) Voy. Hesychius et Hemsterhuisius, dans ses Comment. sur Pollux, X, xiv.

achetées à Rome en 1699. Elles renfermoient des inscriptions et des figures relatives aux superstitions des gnostiques (1).

Les tablettes avoient deux , trois , quatre , cinq feuillets et davantage ; ces feuillets se nommoient en latin *tabellæ* ou *ceræ*, en grec πτυχὲς , d'où les mots de *duplices* , *triplices* , *quincuplices* , *multiplices ceræ*, en grec δελτία δίπτυχα, τρίπτυχα, πολύπτυχα. Si les tablettes n'avoient que deux feuillets , ces feuillets étoient appelés θύραι dans le dialecte attique, et les tablettes elles-mêmes γραμματεῖον δίθυρον, à cause de leur ressemblance avec une porte à deux battans (2). De là aussi l'expression latine *bipatens pugillar* (3), qui désigne des tablettes ouvertes.

Les diptyques ou tablettes à deux feuilles ne recevoient l'écriture que sur deux pages, les deux faces extérieures n'étant pas enduites de cire. A Rome, les consuls, les questeurs et les autres magistrats, à leur entrée en fonctions , envoyoient à leurs amis , entre autres présens, des diptyques sur lesquels étoient gravés leurs noms. Ces tablettes étoient ordinairement en ivoire, travaillées avec art et enrichies d'ornemens en or :

> Dentes
> Qui secti ferro in tabulas, auroque micantes
> Inscripti rutilum cælato consule nomen
> Per proceres et vulgus eunt (4).

Le luxe des diptyques devint, pour les magistrats , une occasion de dépenses ruineuses. Une loi fut portée pour défendre à tous les dignitaires de l'empire, excepté aux consuls ordinaires, d'envoyer en présent des corbeilles d'or et des diptyques d'ivoire (5); mais cette prohibition ne fut point observée : le fils de Symmaque , promu à la dignité de questeur, offrit à l'empereur lui-même un diptyque recouvert d'or, et à ses amis des diptyques d'ivoire et des corbeilles d'argent (6). Le temps a respecté quelques-uns de ces anciens diptyques ; Montfaucon en a fait graver plusieurs dans le supplément de son Antiquité expliquée; nous y renvoyons ceux qui seroient curieux de juger de l'art et du travail qu'exigeoient ces ta-

(1) Voy. Paléogr. gr., p. 16, 20, 180, et Antiquit. expliq., t. 11, p. 378, et planches 177 et 178.
(2) Pollux, X, 14.
(3) Ausonne, Carm. 146, v., 3.
(4) Claudien , De laudib. Stilich., III, 346.
(5) Cod. Théod., XV, ix, 1, De expensis ludorum.
(6) Symmaque, epist. II, 81 ; cf., V, 46 ; VII, 76 ; IX, 119.

certaine profondeur pour recevoir la cire, qui est ainsi au niveau des marges. Les planchettes sont réunies par une double ficelle de moyenne grosseur et par une feuille de parchemin collée sur le dos des tablettes : lorsqu'elles sont fermées, la cire d'une page porte sur la cire de la page qui est en regard ; ce frottement des pages les unes contre les autres a fait, en divers endroits, sur la cire, des creux et des raies qui rendent l'écriture, déjà peu lisible par elle-même, encore plus difficile à déchiffrer. Les anciens avoient remédié à cet inconvénient au moyen d'un morceau de bois fiché dans le milieu de chaque tablette, et qui s'élevoit un peu au-dessus du niveau de la cire. Lorsque les tablettes étoient fermées, ces morceaux de bois se mettoient en contact et empêchoient le frottement de la cire des pages. La cire des tablettes de la Bibliothèque royale que nous venons de décrire est rougeâtre ; celle des tablettes de Philippe le Bel est presque noire. Quelquefois on enduisoit le bois des tablettes de cire blanche ; mais ensuite on passoit sur cette cire une légère couche de couleur rouge. De cette manière le style, en traçant les lettres, perçoit la couche de couleur, et arrivoit jusqu'à la surface blanche de la cire, en sorte que les lettres se détachoient en blanc sur un fond rouge. Dans le premier livre des Amours (1), Ovide parle de tablettes d'érable dont la cire avoit été revêtue d'une teinte de minium :

> . . . . . . . Minio penitus medicata rubebas.

Il les couvre de malédictions parce qu'elles lui avoient apporté, de la part de son amante, une réponse peu favorable à ses désirs, et finit par souhaiter qu'elles périssent promptement de vétusté, et que leur cire décolorée, *alba*, soit rejetée dans un coin immonde.

Au lieu de cire on employoit aussi pour l'enduit des tablettes la malthe, μαλθη (2), espèce de pâte composée, selon les bénédictins (3), d'un mélange de poix, de cire, de plâtre et de graisse.

De même qu'on a fait des livres carrés en réunissant ensemble de grandes plaques métalliques, de même on a fait des tablettes avec de petites lames de plomb réunies par des charnières et par des anneaux que traversoit une baguette de même métal. Montfaucon a possédé et décrit des tablettes de ce genre qu'il avoit

(1) Élég. XII.
(2) Pollux, d'après Aristophane, X, 14.
(3) Nouv. Trait. de diplom., tom. iv, p. 31 et 32.

à peine de le quitter : *Plane nihil erat quod ad te scriberem, modo enim discesseras et paullo post* triplices *remiseras* (1). L'épigramme suivante de Martial indique probablement leur destination la plus ordinaire :

Tunc triplices nostros non vilia dona putabis
Quum se venturam scribet amica tibi (2).

Les tablettes étoient, comme on voit, un des objets que les Romains s'envoyoient en présent aux jours des saturnales : ils ne devoient pas être composés d'une matière bien précieuse ; car Martial, qui, dans son quatorzième livre, fait alterner continuellement les riches présens et les dons plus modestes, place les *triplices* après les tablettes d'ivoire. Une autre de ses épigrammes prouve qu'on se donnoit les triplices par douzaines :

Omnia misisti mihi saturnalibus, Umber,
Munera contulerant quæ tibi quinque dies :
*Bissenos* triplices, et dentiscalpia septem (3).

Une observation importante à faire, c'est qu'à Rome on écrivoit sur papyrus les lettres qu'on envoyoit à de grandes distances, tandis que les correspondances dans Rome même, ou à des distances très-rapprochées, se faisoient sur des tablettes (4). Ce double usage est consigné dans une seule et même phrase d'une lettre de Cicéron à Lepta. Chargé, par *une lettre* de ce dernier, qui étoit loin de Rome, de prendre certaines informations sur une loi de César, Cicéron demande ces informations à Balbus, par un billet écrit sur des tablettes, parce que Balbus, pris d'une violente douleur aux pieds, ne recevoit personne. *Simul accepi a Seleuco tuo litteras, statim quæsivi e Balbo, per codicillos quid esset in lege* (5).

Dans Ovide, Canacé, écrivant à Caunus, dont elle est éloignée, se sert d'une feuille de papyrus (6); mais Biblis, écrivant à son frère, qui habite avec elle sous le même toit, emploie des tablettes de cire (7). Ovide, lui-même, exilé dans le Pont, ne reçoit et n'en-

(1) Ad Attic., XIII, 8.
(2) XIV, épigr. 6, intitulée Triplices.
(3) Epigr. VIII, 53.
(4) Cette observation a été faite par Paul Manuce, dans ses Commentaires sur les lettres de Cicéron à Quintus, II, 10 et III, 1 ; et par Schwarz, *De ornam. libr.*, V, 6, p. 183 et 184.
(5) Ad famil., VI, 19. Voy. aussi la lettre suiv.
(6) Heroid., ép. XI.
(7) Métamorph., fab. XI.

blettes de luxe. Dans la classe des tablettes à deux feuillets, il faut aussi ranger, sans doute, celles sur lesquelles, depuis les derniers temps de la république, on donnoit les suffrages dans les assemblées des comices. Cette espèce de vote par scrutin secret avoit été substituée à l'ancienne manière de voter de vive voix et à découvert, par quatre lois qu'on nomma *leges tabellariæ* (1) ; chaque citoyen recevoit, de certains officiers nommés *diribitores* ou *distributores*, la tablette sur laquelle il devoit donner son suffrage (2). Mais cette manière de voter, appliquée aux élections, donna lieu à des abus. Pline le jeune se plaint que, sur plusieurs tablettes, on avoit écrit des quolibets, et même des choses peu décentes, que plusieurs électeurs avoient porté leur propre nom au lieu de celui du candidat. Il paroît, du reste, que la formule du suffrage étoit écrite sur les tablettes avant qu'on les distribuât. Cicéron raconte que, lorsque le décret d'accusation contre Clodius fut présenté à la confirmation du peuple, les satellites de l'accusé envahirent l'entrée des ponts par lesquels passoient les tribus pour aller déposer les suffrages, et qu'on ne distribuoit aucune tablette qui portât les mots *uti rogas* (3) ; ces mots étoient la formule par laquelle les citoyens déclaroient leur adhésion à la proposition qui leur étoit faite ; elle s'écrivoit ordinairement par les deux initiales V. R. Lorsqu'il s'agissoit d'une loi, la formule d'opposition étoit exprimée par la lettre A, qui signifioit *antiquo*, c'est-à-dire *je rejette*, je m'en tiens aux anciens usages.

Les tablettes à deux et à trois feuilles, *duplices* et *triplices*, servoient aux correspondances. Ce fut un diptyque, γραμματεῖον δίπτυχον, qu'employa Démarate pour instruire les Grecs des projets de Xerxès. Les tablettes qu'Ovide maltraite si fort, dans son livre des Amours, à cause de la fatale réponse qu'elles lui ont apportée, sont aussi des diptyques. Le poëte, jouant sur le nom latin, s'écrie avec douleur :

Ergo ego vos rebus *duplices* pro nomine sensi !

Les tablettes à trois feuillets avoient quatre pages propres à recevoir l'écriture, les deux pages extérieures restant toujours sans enduit. Cicéron, étant à Tusculum, écrivoit à Atticus, qui venoit

(1) Cicéron, De legibus, III, 16.
(2) Pline jeune, IV, xxv, 1, 4 ; III, xx.
(3) Ad Attic., I, 14.

Nondum legerit hos licet puella
Novit quid cupiant vitelliani (1).

En second lieu, elles étoient fort petites :

Quod minimos cernis, mitti nos credis amicæ :
Falleris, et nummos ista tabella rogat (2).

Elles ne pouvoient contenir que des écrits fort courts, des épigrammes, par exemple. Martial dit, en parlant des siennes à Sévère, qui
les copioit séparément à mesure qu'elles étoient composées par le
poëte :

Hæc sunt quæ, relegente me, solebas
Rapta exscribere, sed vitellianis.

Le nom de ces tablettes venoit, à ce que l'on imagine, de leur enduit, dans lequel entroit du jaune d'œuf, *vitellum*.

La facilité avec laquelle on pouvoit effacer, sur la cire, une première écriture, et la remplacer par une autre, permettoit de répondre à un billet sur les tablettes mêmes où il avoit été tracé.
Ovide se plaint que les tablettes d'érable, enduites de cire rouge,
par lesquelles il demandoit un rendez-vous à son amante, soient
*revenues* avec un refus :

Flete meos casus, tristes *rediere* tabellæ
Infelix hodie littera posse negat.

Puis, tournant son ressentiment contre ces maudites tablettes, il
les accable d'invectives :

Ite hinc difficiles, funebria ligna, tabellæ
Tuque negaturis cera referta notis :
His ego commisi nostros insanus amores
Molliaque ad dominam verba ferenda dedi.

Il finit par regretter qu'elles n'appartiennent pas à quelque usu-
rier, qui pourroit, jour par jour, y inscrire ses pertes :

Inter ephemeridas melius tabulasque jacerent
In quibus absumptas fleret avarus opes (3).

Au contraire, Properce, ayant perdu des tablettes auxquelles il
étoit attaché, s'afflige dans la crainte qu'on ne les fasse servir à
ce vil usage :

(1) Martial, épigr. XIV, 8.
(2) *Id.*, *ibid.*, 9.
(3) Voy. les Amours, I, xii.

voie que des lettres sur papyrus, *epistolæ*, *chartæ* (1). Mais ouvrez son livre des Amours, composé et publié à Rome, c'est sur des tablettes qu'il écrit à ses maîtresses (2). C'étoit aussi sur des tablettes que Properce écrivoit à Cinthie, et que Cinthie répondoit à Properce, lorsque tous deux étoient à Rome (3); mais, quand Cinthie mande son amant à Tibur, où elle l'attend, elle lui adresse une lettre, *epistola* (4), quoique, de Tibur à Rome, la distance ne soit pas fort grande. Pline fait allusion à l'usage universellement reçu de son temps, lorsque, après avoir parlé de la lettre écrite sur papier, par Sarpédon, pendant le siége de Troie, et découverte par Mutianus dans un temple de Lycie, il ajoute : « Je n'en suis que plus étonné, si le papier étoit, à cette époque, connu en Lycie, qu'Homère ait fait donner à Bellérophon des tablettes plutôt qu'une lettre sur papyrus, *Bellerophonti codicillos datos, non epistolas* (5). » Enfin cet usage a fourni à Juste Lipse l'interprétation d'un passage assez obscur d'une lettre de Sénèque, adressée à Lucilius, absent de Rome depuis peu de temps : *Video te, mi Lucili, cum maxime ; audio ; adeo tecum sum, ut dubitem an incipiam, non epistolas, sed codicillos tibi scribere* (6). Sénèque ne peut se faire à l'idée d'être séparé de son ami ; il est encore avec lui, il le voit, il l'entend ; et, en prenant le roseau pour faire une *lettre*, il lui semble encore prendre le style pour écrire un *billet*.

On voit, en effet, d'après le genre des correspondances auxquelles on employoit les tablettes, qu'on ne leur confioit que des lettres très-courtes, telles que peuvent s'en écrire des personnes qui sont à portée de se voir et de se parler tous les jours, en un mot ce que nous appelons des billets. Pour cela, deux ou trois feuillets devoient suffire. On peut donc ranger dans la classe des *duplices* ou des *triplices* les tablettes que Martial appelle *vitelliani*. D'abord elles servoient aux correspondances secrètes, et l'on peut, à bon droit, s'étonner de n'en trouver aucune mention dans les poëtes élégiaques :

(1) Voy. Tristes, IV, VII, 7, V, II, 1, et passim ; quant aux lettres écrites du Pont, le titre même d'*epistolæ* exclut l'idée d'une lettre écrite sur des tablettes.

(2) Amours, I, XI, 7 ; XII, 1, 27 ; II, XIV, 15 ; Art d'aimer, I, 437 ; II, 396 ; III, 485, etc., etc.

(3) Properce, III, 22.

(4) *Ibidem*, 15.

(5) Hist. nat., XIII, 27.

(6) Sénèque, épît. 56.

et se colloient sous la cire ou l'argile qui recevoit l'empreinte du cachet. Les testamens et les actes publics furent longtemps fermés et cachetés ainsi ; mais les faussaires avoient trop beau jeu, car il leur étoit facile de détacher le fil, d'enlever le cachet et d'ouvrir les tablettes. Pour remédier à cet inconvénient, Néron ordonna que les tablettes testamentaires seroient percées dans le milieu de leur longueur, à l'extrémité de la marge, et que le fil qui serviroit à les attacher ne seroit cacheté qu'après avoir été tourné trois fois autour des tablettes en passant dans le trou (1). Dans la suite, on étendit ces précautions à tous les actes publics et privés (2). Les tablettes consacrées à la transcription des testamens portoient spécialement le nom de *codicilli ;* aussi ce mot est-il souvent, dans les anciens auteurs, synonyme de *testamentum.* Mais les testamens étoient valablement écrits sur toutes les matières propres à recevoir l'écriture (3), pourvu que l'acte conservât toujours la forme carrée. Or il est déjà prouvé que les feuillets qui entroient dans la composition d'un livre carré, de quelque matière qu'ils fussent, prenoient le nom de *tabulæ* ou *tabellæ.* C'est pour cela qu'on ne trouve jamais *liber* ou *libellus testamenti ,* mais toujours *tabulæ testamenti , ultimæ ceræ , supremæ tabulæ , codicilli,* ou même simplement *tabulæ* (4).

Nous avons vu des lettres, des invitations nommées *codicilli.* Les anciens donnoient encore ce nom à des espèces d'agendas sur lesquels ils notoient ce dont ils vouloient se souvenir, ou les faits qui frappoient leur attention et dont ils se proposoient de s'occuper plus tard. Pline le jeune appelle *codicilli* les tablettes sur lesquelles son oncle faisoit décrire, sous sa dictée, les phénomènes de la première éruption du Vésuve (5).

Les agendas littéraires étoient plus particulièrement désignés sous le nom de *pugillares.* C'étoit sur des *pugillares* que travailloit le naturaliste romain lorsqu'il voyageoit ou qu'il se faisoit porter en chaise dans les rues de Rome (6). Lorsque Pline le jeune alloit se repo-

(1) Adversus falsarios tunc primum repertum, ne tabulæ nisi pertusæ, ac ter lino per foramina trajecto obsignarentur. Sueton. in Neron., c. 17.
(2) Paulus, Recept. sentent., V, xx ; et Saumaise, De modo usur., p. 453, sq.
(3) Digeste, xxxvii, xi, 1. Voy. le passage p. 9, not. 6.
(4) Martial, IV, 69 ; V, 39, 63 ; IX, 88. Pline le jeune , II, xvi, 1; xx, 5; VI, xxxi, 7 ; et Saumaise, De modo usur., p. 415-419.
(5) Pline j., VI, xvi, 8, 10.
(6) Voy. plus haut, p. 66.

> Me miserum ! his aliquis rationem scribit avari
> Et ponit duras inter ephemeridas (1).

Puisque nous sommes ramenés aux registres de recette et de dépense, aux livres-journaux des usuriers, nous ferons remarquer qu'il y avoit une différence entre ces derniers, *ephemerides*, et les livres d'échéance, *kalendarii*, spécialement destinés à la consignation des sommes prêtées, de la date des prêts et des rentrées. Ces calendriers étoient, au moins quelquefois, en forme de volumes. *Magnus kalendarii* LIBER VOLVITUR, a dit Sénèque dans une de ses épîtres (2). Martial, en parlant d'un pareil registre, nous donne encore la preuve qu'il étoit non-seulement ployé en rouleau, mais encore divisé en colonnes :

> Centum *explicentur paginæ calendarum* (3).

On appeloit *tabellæ laureatæ* celles que les généraux romains adressoient au sénat ou aux empereurs pour leur annoncer le succès de leurs armes. Lampride, racontant les victoires d'Alexandre Sévère, dit qu'on lui apportoit de tous côtés des tablettes couvertes de laurier, dont la lecture, dans le sénat et parmi le peuple, lui attiroit des éloges universels : *Ex omnibus locis ei tabellæ laureatæ sunt delatæ*, etc. (4). Ovide, faisant allusion à des victoires d'un autre genre, appelle ses tablettes *victrices ;* il veut les couvrir de laurier et les consacrer dans le temple de Vénus :

> Non ego victrices lauro redimire tabellas
> Nec Veneris media ponere in æde morer.

Pour ces sortes d'occasions solennelles, on se servoit de tablettes à cinq feuilles, *quincuplices*. Nous voyons du moins, dans Martial, qu'on publioit, dans des *quincuplices*, l'annonce des triomphes décernés par le peuple ou par le sénat :

> Cæde juvencorum Domini calet area felix
> Quincuplici cera cum datur auctus honor (5).

Les tablettes se cachetoient exactement comme les lettres sur papyrus ; on les enveloppoit d'un fil dont les deux bouts se joignoient

(1) Properce, III, 22.
(2) Epîtr. 87, tom. II, p. 373, ed. varior.
(3) Epigr., VIII, 44.
(4) Lamprid., in Sever., c. 58.
(5) Epigr. XIV, 4.

Sic bis sex capiunt capiunt et carmina centum;
Id quoque multiplices paginulæ faciunt.

Il s'agit ici de tablettes en forme de carré long, semblables à celles
que nous avons décrites page 150, d'après les peintures d'Herculanum. Elles se composoient de huit feuillets ne formant ensemble que quatorze pages, car la surface extérieure de la première et de la dernière tablette étoit sans enduit. Chaque page contenoit en longueur un hexamètre, et en hauteur huit vers : les quatorze pages contenoient donc ensemble quatorze fois huit vers, c'est-à-dire cent douze.

Les vers de l'abbé de Bourgueil prouvent encore que l'usage des tablettes de cire s'est conservé jusque dans des temps assez modernes. On peut voir, dans les Mémoires de l'Académie des inscriptions et belles-lettres, la dissertation par laquelle l'abbé Lebeuf a établi que l'emploi des tablettes et du style n'avoit jamais entièrement cessé depuis les temps les plus anciens jusqu'au xviiie siècle. Nous nous contenterons de faire observer, après le savant abbé, que, du viiie au xiie siècle, il étoit d'usage d'écrire d'abord sur la cire les brouillons des ouvrages qu'on mettoit ensuite au net sur du parchemin. Guibert, abbé de Nogent en 1105, en écrivant sa vie, atteste l'existence de cet usage en déclarant qu'il ne s'y astreignoit pas lui-même. Au viiie siècle, l'auteur de la vie de saint Boniface, archevêque de Mayence, termine ainsi son ouvrage : *Ego Wilibaldus episcopus, vitam et passionem Bonifacii conscripsi, primum in cereis tabulis ad probationem Lulli et Magengaudi; post eorum examen in pergamenis rescripsi* (1).

Dans les beaux siècles de la chevalerie, les écuyers suivoient assidûment les tournois pour en étudier et en apprendre les usages; ils notoient, sur des tablettes qu'ils apportoient exprès avec eux, les circonstances qui leur sembloient les plus remarquables, et dont ils espéroient tirer quelque profit (2).

Enfin nous trouvons, dès les temps les plus anciens, les tablettes employées de diverses manières dans les églises. Au cierge pascal, qu'on bénit et qu'on allume, avec du feu nouveau, le samedi saint, jour qui marquoit, autrefois, le commencement d'une nou-

(1) Mém. de l'Ac. des inscr. et belles-lettres, tom. 33, p. 481-487.
(2) Ibid., tom. 34, p. 522, et tom. 35, p. 135. Mém. de la Curne de Sainte-Palaye.

velle année, on attachoit une tablette de cire, nommée *indiculus*, sur laquelle on écrivoit toutes les notes chronologiques qui concouroient avec l'année nouvelle : c'étoient ordinairement l'année de l'Incarnation, l'indiction, le concurrent et l'épacte ; on y ajoutoit souvent le cycle lunaire, le terme pascal, la lettre dominicale, le nombre d'or, le nom du pape et du roi régnant avec l'année du pontificat de l'un et du règne de l'autre. Chaque église faisoit à ces indications générales quelques additions tirées de ses fêtes particulières (1). Nous avons dit, ailleurs, que les inventaires du bien des églises s'écrivoient aussi sur des tablettes de cire. A la fin du xv^e siècle, l'usage de l'église de Sens étoit d'écrire sur la cire les noms de ses officiers. A Saint-Martin-de-Savigny, au diocèse de Lyon, les tablettes de chœur, où l'on marquoit les noms des ecclésiastiques qui devoient officier et desservir le chœur pendant la semaine, étoient tracées sur de la cire avec un poinçon d'argent. La même coutume fut observée dans l'église de Rouen, au moins jusqu'en 1722 : seulement, au lieu d'un style d'argent, on se servoit d'un simple poinçon en fer (2).

(1) Voy. Du Cange, Gloss., au mot *Cereus*.
(2) Voy. Lebeuf, Mém. de l'Acad. des inscr. et belles-lettres, tom. 33, p. 497 et suiv.

# CHAPITRE HUITIÈME.

## Des Copistes et des Libraires.

ICÉRON, dans une de ses lettres à Atticus (1), fait allusion à un proverbe grec ainsi conçu : λόγοισιν Ἑρμόδωρος ἐμπορεύεται, *Hermodore trafique de discours.* Cet Hermodore, disciple de Platon, avoit recueilli et publié les leçons de son maître (2). Comme, ni dans le nom de l'éditeur, ni dans le fait de l'édition, on ne voit rien d'assez remarquable pour avoir donné naissance à un proverbe, on pourroit supposer que la spéculation d'Hermodore étoit tout à fait nouvelle, et que sa singularité fut la source du dicton. Cependant Xénophon avoit déjà, peut-être, publié les leçons de Socrate (3), et nous savons que, de son temps, il y avoit dans Athènes des libraires pourvus, surtout, de livres d'agrément qu'ils envoyoient dans les contrées voisines et jusque sur les bords du Pont-Euxin (4). Quelque temps après la mort de Platon, Zénon, jeté par un naufrage sur les côtes de l'Attique, vint à Athènes; il entra chez un libraire qui lisoit à haute voix un ouvrage de Xénophon ; et cette lecture produisit sur lui une impression telle qu'il abandonna le commerce pour se livrer à l'étude de la philosophie (5). D'après Eckhard (6), les livres étoient encore fort rares, ce qui obligeoit les

(1) XIII, 21.
(2) Suidas, au mot Λόγος.
(3) Diogen. Laërce, l. II, p. 45, c.
(4) Barthélemy, d'après Xénoph., Expédition de Cyrus, l. VII, p. 412.
(5) Diogène Laërce, l. VII, p. 164, c.
(6) Exercit. critic., de Editione librorum apud veteres. Isenaci, 1777, in-4, p. 23.

personnes studieuses à se réunir chez les libraires pour les entendre lire, moyennant une certaine rétribution, ou à les louer de ces mêmes libraires, comme cela eut lieu, au témoignage de Diogène Laërce, pour les œuvres de Platon. Il y a, dans cette assertion d'Eckhard, un malentendu : le passage de Diogène Laërce, auquel il fait allusion, ne parle nullement de libraires, et se rapporte, d'ailleurs, à une époque postérieure au temps où vivoit Platon. Il est question de notes ou signes insérés dans les écrits du célèbre philosophe. Diogène dit que les exemplaires ainsi notés furent d'abord rares, et que ceux qui les possédoient les prêtoient pour de l'argent (1).

La publication des leçons de Platon, par son disciple Hermodore, celle des discours de Socrate par Xénophon, peuvent servir à prouver ce fait, avancé aussi par Eckhard (2), que, dans les temps les plus reculés, comme dans les commencemens de l'imprimerie, ce sont des hommes instruits et éclairés qui ont entrepris de propager les livres, parce qu'ils étoient seuls en état de rendre cette propagation véritablement utile, en donnant des textes purs et corrects. Chez les Hébreux, le mot qui correspondoit à l'expression grecque, γραμματεῖς (copistes), étoit un titre honorifique, et désignoit des savans, interprètes des saintes écritures (3). Il paroît même que, pour les mettre à même de vaquer plus librement à leurs doctes travaux, on leur avoit assigné une résidence particulière. C'étoit une ville nommée en hébreu *Kiriath sepher*, mots rendus dans la version des Septante par πόλις γραμματῶν, et par *civitas litterarum* (la ville des lettres), dans la traduction latine (4). A Rome, ce furent encore des hommes lettrés qui les premiers s'occupèrent activement de publications littéraires (5).

Mais, en Grèce comme en Italie, la librairie devint bientôt un commerce pur et simple. Le mal n'auroit pas été bien grand si les libraires marchands avoient apporté dans l'exercice de leur pro-

(1) Diog., l. III, p. 85, c. Voy. aussi les Comment. de Ménage.

(2) Ouvr. cité, p. 18.

(3) Eckhard, p. 10.

(4) Voy. Josué, XII, 15 et 16; les Juges, I, 11 et 12.

(5) Quelquefois des hommes studieux s'astreignoient, pour leur propre utilité, à copier des livres ; c'est ainsi que Démosthène, afin de former son style, avoit transcrit huit fois de sa main l'histoire de Thucydide. Lucien, Advers. ndoct., § iv.

fession un esprit éclairé et un peu d'amour pour les lettres. Malheureusement il n'en fut pas toujours ainsi, surtout en Grèce, où l'ignorance des libraires fournissoit matière à la verve satirique de Lucien : « Qui pourroit, dit-il, lutter, pour la science, avec les libraires, βιβλιοκαπήλοις, qui ont une si grande quantité de livres ? » Et, pour qu'on ne puisse se méprendre à cet éloge ironique, il leur reproche ensuite de ne rien comprendre, d'ignorer les plus simples notions de la philosophie, et même de ne pas savoir parler leur langue (1). Suivant Strabon (2), rien n'étoit plus incorrect que les livres qu'on vendoit soit à Rome, soit à Alexandrie, parce que les libraires se mettoient peu en peine de les collationner, et qu'ils employoient, pour les écrire, de mauvais copistes, γραφεῦσι φαύλοις χρώμενοι.

Dans des temps où l'écriture à la main étoit le seul moyen de publication connu, la valeur des livres dépendoit évidemment de l'instruction et de l'habileté des copistes. Aussi les Romains attachoient-ils un prix immense à leurs esclaves lettrés : ces esclaves coûtoient fort cher ; ceux qui étoient versés dans la littérature grecque se payoient jusqu'à 80 mille sesterces (20,000 francs) (3). Calvisius, érudit charlatan et plein d'affectation, payoit 100 mille sesterces (25,000 francs) chacun de ses *servi litterati* (4). Aussi, les propriétaires économes, soit pour s'épargner des frais d'achat considérables, soit pour faire une spéculation avantageuse, élevoient-ils eux-mêmes, dès l'enfance, leurs esclaves dans ces arts qui leur donnoient un si haut prix. Atticus avoit dans sa maison des esclaves très-instruits, d'excellens lecteurs (anagnostæ), de nombreux copistes (librarii), et il les élevoit tous de telle sorte qu'il n'y avoit pas même chez lui un valet de pied qui ne sût lire et écrire (5). Marcus Crassus, qui possédoit aussi des lecteurs, des copistes, des architectes, etc., présidoit lui-même à leurs exercices et surveilloit avec soin leur éducation (6). Les anciens s'attachoient à leurs esclaves

(1) Advers. indoctum, t. II, p., 556.
(2) L. XIII, p. 419.
(3) Horace, épître II, 5.
(4) Sénèque, epist. 27. Dans une loi où Justinien fixe, entre cohéritiers, un maximum pour le prix des esclaves qui font partie d'une succession, le prix des sténographes (notarii) est de 2/5 au-dessus de celui des esclaves adultes artisans. *Cod. Just.*, VI, XLIII, 3.
(5) Cornel. Nepos, Vie d'Atticus, c. XIII.
(6) Plutarque, Vie de Crassus, ch. 2.

en raison des services qu'ils en tiroient ; ils s'inquiétoient de leur santé, et s'affligeoient de leur mort presque autant que s'ils avoient fait partie de leur famille. « J'ai l'esprit fort troublé, écrit Cicéron à Atticus ; car je viens de perdre un jeune esclave, appelé Sosithée, qui me servoit de lecteur, et j'en suis plus affligé qu'on ne devroit, ce semble, l'être de la mort d'un esclave (1). » Lorsque les maîtres s'étoient convaincus, par une longue expérience, que l'attachement d'un esclave lettré répondoit au leur, ils l'affranchissoient, et ce bienfait, loin de donner à l'affranchi le désir de jouir complétement de son indépendance, ne faisoit ordinairement que l'attacher davantage à son ancien maître. On peut voir, dans le xvi⁰ livre des *Lettres familières,* combien Cicéron avoit d'attachement pour Tiron, son affranchi, combien la maladie de ce compagnon de ses travaux lui causoit d'inquiétude. La mort d'un affranchi lettré, nommé Athamante, chagrinoit fort Atticus ; Cicéron, en le consolant de cette perte, lui recommande vivement la santé d'Alexis, autre copiste qu'il affectionnoit parce que son écriture ressembloit à celle de son maître (2) : Soignons-le bien, dit Cicéron, et, s'il règne dans votre quartier quelque épidémie, faites-le transporter, ainsi que Tisamène, dans ma maison, dont le dernier étage est vacant (3). Un affranchi de Pline le jeune, nommé Zozime, qui joignoit à beaucoup d'autres talens celui de lire parfaitement les discours, les histoires et les poëmes, fut atteint, à deux reprises, d'un crachement de sang dangereux ; son patron l'envoya d'abord passer quelque temps en Égypte, ensuite il emprunta une maison de campagne dans le midi des Gaules, où Zozime pût aller refaire sa santé délabrée (4). Il faut voir en quels termes affectueux, avec quelle sollicitude paternelle le même auteur raconte à un de ses amis la maladie et les symptômes de convalescence d'un autre lecteur, son cher Encolpius (5).

---

(1) Et mehercule, eram conturbatior. Nam puer festivus, anagnostes noster, Sositheus decesserat, meque plus quam servi mors debere videbatur commoverat. Ad Attic., I, 12.

(2) Ad Attic., VII, 2.

(3) Alexim vero curemus..... et siquid habet collis ἐπιδήμιον, ad me cum Tisameno transferamus ; tota domus superior vacat ut scis. Ad Attic., XII, 10.

(4) Plin. jun. V, xix.

(5) *Ibid.,* VIII, 1.

Parmi ces esclaves lettrés, les copistes sont ceux qui réclament surtout notre attention. En général, on appeloit βιβλιογράφοι, *librarii*, ceux dont le principal emploi étoit de copier les livres ; γραμματεῖς, *scribæ*, les greffiers et les secrétaires officiels des fonctionnaires publics ; ὑπογραφεῖς, *amanuenses*, les expéditionnaires. Cette terminologie n'étoit pas néanmoins tellement rigoureuse que, dans tous les cas et dans tous les auteurs, il faille attribuer au même mot une signification invariable. Cicéron désigne, par exemple, par le mot de *librarius*, *librariolus*, non-seulement un faiseur de livres (1), mais encore un secrétaire, ce que d'autres auteurs appelaient *servus ab epistolis* (2). Les secrétaires des édiles, des préteurs, des questeurs, etc., se nommoient tantôt *scribæ*, tantôt *scribæ librarii*, ou simplement *librarii* (3). Suétone donne aussi au mot *amanuenses* la simple signification de secrétaires (4). Quelques femmes ont même, chez les anciens, professé l'art d'écrire, comme le prouve cette inscription publiée par Gruter :

SEXTIA XANTA
SCRIBA LIBRARIA (5)

On ne pouvoit confondre les copistes avec les auteurs, qu'on appelait *scriptores;* la distinction est clairement établie dans cette phrase de Tite-Live (6) : *Malim equidem* librarii *mendam quam mendacium* scriptoris *esse in summa auri et argenti.* Horace (7), il est vrai, donne une fois à un copiste le nom de *scriptor*, mais il le fait suivre immédiatement du mot *librarius.* On trouve aussi le mot de *scriptor* avec la signification de copiste, dans l'inscription de Stratonicée, contenant l'édit de Dioclétien dont nous avons parlé plus haut ; mais le sens de la phrase est trop clair pour qu'on puisse hésiter sur la signification du mot : *Scriptori in scriptura optima versuum numero centum* (8)... On voit que le sa-

(1) Ad Attic., XIII, 21, 23 ; XXII, 22, etc., etc.
(2) Ad Attic., IV, 16, 18 ; XV, 7.
(3) Saumaise, De secretariis, ap. Sallengr., tom. II, col. 663.
(4) Vie de Titus, c. 3.
(5) Gruter, p. 594, 3.
(6) XVIII, 55.
(7) Art poétique, vers 354.
(8) An edict of Diocletian, p. 20, Giraud, *Droit de Propriété*, pièces just., p. 48. Nous proposons de rétablir ainsi les trois lignes que nous citons, et dont la seconde seule est entière : MEMBRANA SCRIPTORIA DIMENSIONE PEDALI

laire de l'écrivain étoit fixé à tant par cent lignes; malheureusement la pierre est dégradée à l'endroit où devoit se trouver le chiffre de ce salaire; le prix du parchemin, le salaire du tabellion, *in scriptura libelli vel tabulæ versibus numero centum*, manquent aussi dans cette précieuse inscription.

Le mot *antiquarius* signifioit aussi copiste, dans les écrivains de la basse latinité. Sidoine Apollinaire parle d'un *antiquarius* qui ne pouvoit écrire que difficilement parce que son encre se geloit dans le roseau (1). Cassiodore, dans un chapitre spécial consacré à l'orthographe et aux copistes, appelle toujours ces derniers *antiquarii* (2). Isidore de Séville signale une différence entre les *antiquarii* et les copistes ordinaires, appelés *librarii*; ceux-ci copioient toute espèce de livres anciens et modernes; les premiers ne copioient que les vieux ouvrages (3), et c'est de là qu'ils avoient pris leur nom.

Pendant le moyen âge, la profession de copiste fut longtemps le partage exclusif des moines et des ecclésiastiques; il arriva de là que le mot *clerc* (clericus) devint synonyme de copiste (4).

Les esclaves lettrés ne travailloient que pour leurs maîtres; mais peu de personnes étoient assez riches pour en avoir. D'un autre côté, nous savons qu'aucune disposition de loi ne garantissoit aux auteurs la propriété de leurs œuvres, et que chacun avoit le droit de les copier. Ainsi Artémidore, envoyant à son fils un livre qui lui étoit dédié, lui recommande formellement de le réserver pour ses études, et de ne pas le communiquer à des personnes *qui pourroient en prendre des copies*, καὶ μὴ πολλοῖς κοινωνῆς ἀντιγράφοις (5). Pline le jeune, après avoir raconté par quel concours de circonstances il avoit été amené à faire un volume de petits vers, ajoute : Je ne m'en repens point, car on le lit, on *le copie*, on le chante même; *legitur*, describitur, *cantatur etiam* (6). Ceux qui avoient un exem-

---

PERGAMENA. — Scriptori in scriptura optima, etc. — Communis scripturæ versuum numero centum.

(1) Licet antiquarium moraretur insiccabilis gelu pagina et calamo durior gutta. Epître IX, 18.

(2) *De Instit. divin. litterar.*, c. 30. Cf. Ausone, épître XVI, 1.

(3) Librarii autem idem et antiquarii vocantur; sed librarii sunt qui et nova et vetera scribunt, antiquarii qui tantummodo vetera, unde et nomen sumpserunt. Orig., VI, 14.

(4) Du Cange, Glossaire, au mot *clericus*.

(5) Artem. ad fil., IV, 1, p. 198; nous empruntons ce passage à Eckhard, p. 18.

(6) Epist. VII, 4, 9.

plaire d'un ouvrage le prêtoient pour le copier à ceux qui désiroient l'avoir : « J'ai reçu , écrit Cicéron à Atticus , le livre que vous m'avez envoyé par Vibius ; l'auteur est mauvais poëte , mais il sait quelque chose et n'est pas tout à fait inutile : je le fais copier et je vous le renvoie aussitôt , *describo et remitto* (1). » Si maintenant on réfléchit au grand nombre de Romains lettrés qui n'avoient sans doute ni les moyens d'acheter et d'entretenir des copistes, ni le loisir de copier eux-mêmes les livres dont ils avoient besoin, on comprendra qu'au début même de la littérature latine , il a dû s'établir à Rome des copistes de profession consacrant leur vie à transcrire, pour les vendre, les ouvrages qui tomboient entre leurs mains (2). Ce commerce dut être, comme tous les autres, exercé par des affranchis et des étrangers. Les Grecs, surtout, durent y réussir ; car, en subjuguant la Grèce , Rome ne cessa point de reconnoître sa suprématie littéraire. Tous les noms de copistes que nous avons eu l'occasion de citer et beaucoup d'autres que nous pourrions citer encore sont des noms grecs. Ces écrivains publics auroient pu faire de très-bonnes affaires en se bornant à transcrire et à vendre les monumens de leur propre littérature , tant les lettres grecques étoient cultivées et répandues dans la capitale du monde romain; mais ils copioient aussi des livres latins, quoique dans les livres de ce genre leur talent ne se montrât pas sous un beau jour. Cicéron , chargé par son frère Quintus d'acheter à Rome des ouvrages en langue latine, ne sait où s'adresser à cause de l'incorrection de ceux que transcrivent et vendent les libraires , *ita mendose scribuntur et veneunt* (3). C'est probablement pour échapper à cet inconvénient qu'il avoit lui-même des copistes qui publioient ses ouvrages, et peut-être même ceux d'autrui; son frère, par exemple, étant éloigné de Rome, lui envoyoit ses mémoires avec prière de les revoir et de les publier : *ita remittit, ut me roget ut annales suos emendem et edam* (4).

Dans les premiers temps , la profession du libraire n'étoit pas distincte de celle du copiste ; la même personne vendoit les livres qu'elle copioit, de même que dans nos provinces tous les imprimeurs ont encore aujourd'hui un magasin de librairie. C'est à

---

(1) Ad Atticum, II, 20.
(2) Pollux, VII, xxxiii, 211.
(3) Ad Quintum fratr., III,
(4) Ad Attic., II, 16.

cause de ce cumul que les marchands de livres furent d'abord appelés *librarii*, nom qui désignoit proprement des copistes. Catulle, ayant reçu en présent, de Calvus, un détestable ouvrage, veut
lui envoyer, en échange, tout ce qu'il trouvera de plus mauvais dans
les rayons des marchands et il s'exprime ainsi :

> Non modo hoc tibi, salse, sic abibit ;
> Nam, si luxerit, *ad librariorum*
> *Curram scrinia* Cæsios, Aquinios,
> Suffenum, omnia colligam venena,
> Ac te his suppliciis remunerabor (1).

Il va sans dire que le soin de coller, de relier, d'orner les livres
étoit aussi laissé à celui qui les copioit. « De même, dit Vossius (2), que chez les Grecs, l'écrivain (bibliographus), le relieur
(bibliopegus), le marchand (bibliopola) n'étoient qu'une seule et
même personne, de même, à Rome, ces trois emplois étoient réunis
entre les mains de celui qu'on appeloit *librarius*. » Nous avons vu,
en effet, que Cicéron demandoit à Atticus de jeunes copistes, *libra-
rioli*, qui pussent servir de colleurs à Tyrannion (3). Tyrannion ar-
rangeoit à Antium la bibliothèque de l'orateur romain ; Atticus lui
envoya Denys et Ménophile, qui collèrent des titres sur les livres,
les ornèrent d'enveloppes de luxe et les disposèrent merveilleusement dans leurs cases (4). Ainsi, même dans les ateliers d'Atticus, la division du travail n'existoit pas; le même ouvrier écrivoit,
colloit et ornoit les livres, disposoit les cases ou les rayons destinés
à les recevoir. Là cependant se trouvoit en germe la distinction du
copiste et du libraire. Atticus, avec ses nombreux esclaves lettrés,
étoit un véritable libraire, quoiqu'il n'en portât pas le nom ; c'est
une chose qui, à la rigueur, n'auroit pas besoin d'être prouvée ; il
étoit naturel qu'il tirât parti du travail de ses copistes, comme il
tiroit parti de la vigueur et de l'adresse de ses gladiateurs (5).
Atticus étoit éditeur; Cicéron lui confia entre autres éditions celle
de ses Académiques, de l'Orateur, d'un discours contre Antoine,
de ses lettres (6). Un libelle, dans lequel Hirtius avoit ramassé tout

(1) Catull., ed. Vossius, p. 38. .
(2) Ibid., p. 54.
(3) Voy. plus haut, p. 87.
(4) Voy. Ad Attic., IV, 5 et 8.
(5) Ad Attic., IV, 4 et 8.
(6) Ad Attic., XVI, 21 sq.; XII, 6 ; XV, 13 ; XVI, 5.

ce qui se pouvoit dire contre Caton d'Utique, fut aussi publié par Atticus à la prière et sur les vives instances de Cicéron. J'ai envoyé, dit celui-ci, le livre à Musca pour qu'il le donne à vos copistes, car je veux qu'il soit publié. Et plus bas : Je veux que vos gens publient la lettre d'Hirtius contre Caton, leurs injures ne peuvent qu'ajouter à sa gloire (1).

Mais Atticus ne se bornoit certainement pas à publier les ouvrages composés par Cicéron et ceux que celui-ci le chargeoit de répandre. C'étoit bien réellement un libraire, un entrepreneur de publications. Sans cela, comment expliquer la promesse qu'il avoit faite à son ami de lui monter une bibliothèque? Songez, lui écrit Cicéron, au moyen de remplir l'engagement que vous avez pris de me créer une bibliothèque. C'est sur vos soins obligeans que je fonde l'espérance des jouissances que je me promets de goûter quand je me serai tiré de l'embarras des affaires (2). Pour remplir une pareille promesse ne falloit-il pas avoir un assortiment de livres nombreux et variés? En effet, cette bibliothèque d'Atticus dont Cicéron avoit tant d'envie, qu'il lui recommandoit de conserver précieusement lors même qu'on lui en offriroit un très-haut prix, pour laquelle enfin il accumuloit toutes ses épargnes (3), cette bibliothèque, au jugement de tous les commentateurs, n'étoit autre chose que la librairie, le fonds de magasin d'Atticus. « Il ne s'agit « pas, dit l'abbé Mongault, de la bibliothèque à l'usage d'Atticus, « un homme de lettres comme lui n'avoit garde de s'en défaire ; il « s'agit de livres qu'il faisoit copier à ses esclaves pour les vendre « ensuite ; car personne ne fut plus appliqué à tirer parti de tout « et à augmenter son bien de toutes les manières possibles. »

(1) Misi librum ad Muscam ut tuis librariis daret, volo enim eum divulgari, quod, quo facilius fiat imperabis tuis. Ad Attic., XII, 40. Librum propterea volo divulgari a tuis, ut ex istorum vituperatione sit illius major laudatio. Ibid., XII, 44. Voy., dans le même livre, les lettres 45 et 47.

(2) Et velim cogites, id quod mihi pollicitus es, quemadmodum bibliothecam nobis conficere possis. Omnem spem delectationis nostræ, quam, quum in otium venerimus, habere volumus, in tua humanitate positam habemus. Ad Atticum, I, 7.

(3) Libros tuos conserva, et noli desperare eos me meos facere posse. Ad Attic. I, 4. Bibliothecam tuam cave cuiquam despondeas, quamvis acrem amatorem inveneris : nam ego omnes meas vindemiolas eo reservo, ut illud subsidium senectuti parem. Ibid., I, 10. Libros tuos cave cuiquam tradas : nobis eos quemadmodum scribis conserva. Ibid. I, 11.

Il est donc bien avéré qu'Atticus faisoit un commerce de livres. Aussi ne voyons-nous pas la nécessité d'entendre métaphoriquement cette phrase de Cicéron à son ami : *Ligarianam præclare vendidisti* (1), ni même ce qui suit : *posthac, quidquid scripsero tibi præconium deferam*, quoiqu'on puisse, à la rigueur, en conclure que *vendere* dans le premier membre signifie *faire valoir*. Il nous semble qu'on peut traduire ainsi : *Vous avez très-bien vendu mon discours pour Ligarius, et désormais je vous confierai la vente de tous mes ouvrages*. Notez que c'étoit bien, en effet, Atticus qui avoit fait l'édition. Dans ce plaidoyer, Cicéron avoit parlé comme d'un homme vivant de L. Corfidius, qui étoit mort depuis assez longtemps. Instruit de cette erreur, il pria Atticus de faire effacer ce nom par Pharnace, Anthée et Salvius dans tous les exemplaires (2). Remarquons, en passant, que les exemplaires devoient être assez nombreux, puisque trois copistes furent employés à y effacer un seul nom. Un autre passage des lettres de Cicéron prouve d'une manière péremptoire qu'Atticus vendoit ses livres, et qu'il tenoit même un registre où il portoit les livres vendus et ceux qu'il envoyoit en présent. « Je vous suis fort obligé, lui dit Cicéron, de m'avoir expédié l'ouvrage de Sérapion ; j'ai donné ordre qu'il vous fût payé comptant, afin que vous ne l'inscrivissiez pas comme un don sur vos registres (3). »

Dans la suite, des affranchis ou des étrangers, assez riches pour acheter une certaine quantité d'esclaves lettrés, se livrèrent exclusivement au commerce de la librairie ; on les appela *bibliopolæ*. Martial, dans une de ses épigrammes, fait dire à Lucain : On prétend que je ne suis pas poëte, mais telle n'est pas l'opinion du libraire qui me vend :

Sunt quidam qui me dicunt non esse poetam,
Sed qui me vendit bibliopola putat (4).

Les auteurs latins nous ont fait connaître le nom et la demeure de plusieurs des libraires de l'ancienne Rome. Les vers d'Horace ont immortalisé le nom des Sosie, dont la boutique étoit sur le fo-

---

(1) Ad Attic., XIII, 12.
(2) Ad Attic., XIII, 44.
(3) Fecisti mihi pergratum quod Serapionis librum ad me misisti. Pro eo tibi præsentem pecuniam solvi imperavi, ne tu expensum muneribus ferres. Ad Attic., II, 4.
(4) Martial, XIV, 194.

rum de César, près des temples de Vertumne et de Janus (1). Dans le voisinage du temple de la Paix, un affranchi, nommé Secundus, faisoit aussi le commerce de la librairie (2). Martial nomme encore deux autres libraires, dont il n'indique pas les demeures : le premier est Valerianus Pollius Quinctus (3) ; le second est Tryphon, l'éditeur de Quintilien (4). Le quartier d'Argilet, dans la seconde région de la ville, étoit le quartier de la librairie ; Martial dit à son livre, en le publiant :

> Argiletanas mavis habitare tabernas
> Cum tibi, parve liber, scrinia nostra vacent (5).

Parmi les libraires qui l'habitoient, un des plus renommés s'appeloit Attrectus. Martial, afin de se défaire d'un importun, qui veut emprunter son livre pour se dispenser de l'acheter, l'adresse à cet Attrectus, dont la boutique, dit-il, est dans Argilet, proche du forum de César (6). Enfin Sénèque nomme un certain Dorus, libraire et propriétaire des œuvres de Cicéron pour les avoir achetées, *tanquàm emptor* (7) : ces deux mots semblent prouver que les libraires de Rome ne se contentoient pas de faire transcrire chez eux les livres qu'ils vendoient, mais encore qu'ils achetoient, pour les revendre, les ouvrages transcrits par ceux que nous appellerions aujourd'hui des ouvriers en chambre.

Il est à remarquer que Sénèque appelle ce Dorus, non point *bibliopola*, mais *librarius* (8), mot qui rappelle les premiers temps, pendant lesquels il n'y avoit d'autres marchands de livres que des copistes, mettant en vente les produits de leur propre industrie. Cet état de choses se maintint peut-être dans les provinces. Sidoine Apollinaire, parlant d'un libraire de Reims, l'appelle un scribe ou un marchand de livres, *scribam seu bibliopolam*, et un très-ancien commentateur donne ce même mot de *bibliopola* comme l'é-

---

(1) Horace, épître. I, 20, Art. p., vers 345.

(2) Martial, I, 3.

(3) Idem, I, 114.

(4) Idem, IV, 71 ; XIII, 3.

(5) Idem, I, 4.

(6) Idem, I, 118.

(7) De beneficiis, VII, 6.

(8) Aulugelle se sert de la même expression, *Noctes atticæ*, XVIII, 4.

quivalent des mots *scriptor librarius*, par lesquels Horace désigne un copiste (1).

Il existoit des libraires dans les Gaules, dès les premiers siècles de notre ère. « Je ne croyois pas, dit Pline le jeune, qu'il y eût des libraires à Lyon; je n'en ai eu que plus de plaisir à apprendre par vos lettres qu'on y vend mes ouvrages, et je me réjouis de voir que la faveur dont ils jouissent à Rome les a suivis encore hors de l'Italie (2). » Martial nous fait connaître, dans les Gaules, non loin de Lyon, une autre ville littéraire, c'est Vienne en Dauphiné ; l'é-pigramme du poëte est si flatteuse pour le bon goût et le juge-ment des Viennois, qu'on nous excusera de la rapporter ici en entier :

> Fertur habere meos, si vera est fama, libellos
> Inter delicias pulcra Vienna suas.
> Me legit omnis ibi senior, juvenisque, puerque,
> Et coram tetrico casta puella viro.
> Hoc ego maluerim, quam si mea carmina cantent
> Qui Nilum ex ipso protinus ore bibunt,
> Quam meus hispano si me Tagus impleat auro;
> Pascat et Hybla meas, pascat Hymettos apes.
> Non nihil ergo sumus, nec blandæ munere linguæ
> Decipimur. Credam jam puto, Lause, tibi (3).

Enfin on pourroit conjecturer, d'après un vers de Martial, qu'il y avoit, de son temps, des libraires dans la Grande-Bretagne :

> Dicitur et nostros cantare Britannia versus (4).

On s'est autorisé d'un vers d'Horace (5) et d'un chapitre d'Aulu-gelle (6), pour prétendre que les libraires de Rome se débarras-soient des mauvais livres en les expédiant dans les provinces où ils étoient vendus à vil prix ; il falloit ajouter que les provinces récla-moient aussi l'envoi des ouvrages en vogue.

> Hic meret æra liber Sosiis, *hic et mare transit* (7),

(1) Art p., vers 354.
(2) Bibliopolas Lugduni esse non putabam ? ac tanto libentius ex litteris tuis cognovi venditari libellos meos, quibus peregre manere gratiam quam in urbe collegerint, delector. Plin. j., IX, xi, 2.
(3) Epigr. VII, 88, adressée à *Lausus*.
(4) Epigr. XI, 3.
(5) Epître I, 20, 11. — (6) IX, 4.
(7) Art poét., v. 345.

dit Horace en parlant d'un bon livre qui instruit à la fois et amuse le lecteur. Ovide et Martial se glorifient, en vingt endroits de leurs ouvrages, d'être lus dans tout l'univers :

Quumque ego præponam multos mihi, non minor illis
Dicor, *et in toto plurimus orbe legor* (1).

Notus *gentibus* ille Martialis
Et notus *populis* (2).

*Toto* legor *orbe* frequens et dicitur : Hic est (3).

Il y avoit des librairies à Rome du temps de Catulle ; cet auteur les appelle *libelli*, à l'imitation des Athéniens qui désignoient les boutiques des marchands par le nom des objets qu'on y vendoit (4). Clodius, poursuivi par Antoine sur le forum, n'échappa à la mort qu'en se réfugiant dans l'escalier d'une boutique de librairie, *in scalas tabernæ librariæ* (5). Aulugelle nomme les magasins de livres simplement *librariæ*, d'où est venu notre mot *librairie*.

Les devantures de ces boutiques étoient, des deux côtés de l'entrée, couvertes d'inscriptions indiquant les ouvrages en vente et les noms de leurs auteurs. Les murs intérieurs étoient garnis de rayons disposés en cases, comme nos magasins de papiers peints ; ces cases se nommaient *des nids* (*nidi*) (6). Martial, envoyant chez Attrectus le libraire l'importun qui lui emprunte ses ouvrages, s'exprime ainsi :

Argi nempe soles subire letum.
Contra Cæsaris est forum taberna,
Scriptis postibus hinc et inde totis
Omnes ut cito perlegas poetas.
Illinc me pete ; me roges Attrectum :
Hoc nomen dominus gerit tabernæ.
De primo dabit alterove *nido* (7).

Les librairies étoient un lieu de rendez-vous pour les oisifs, les hommes lettrés, les grammairiens, les rhéteurs et leurs élèves. Te

(1) Tristes, IV, 10. Voy. aussi IV, 1x, 19.
(2) Martial, X, 9.
(3) Idem, V, 13. Voy. aussi VIII, 3, 61 ; IX, 10 ; X, 103.
(4) Vossius in Catull., p. 120.
(5) Cicer. Philip., II, 9.
(6) V, 4 : XIII, 30.
(7) Martial, I, 118.

plaira-t-il enfin de nous apprendre où tu te caches ? dit Catulle à Camérius; nous t'avons cherché partout, dans le champ de Mars, dans le Cirque , dans *toutes les librairies*, dans le temple de Jupiter, etc.

> Te campo quæsivimus minore .
> Te in circo, te in omnibus *libellis* (1).

Aulugelle , dans une librairie, confondit, devant une nombreuse assemblée (*aliis qui aderant compluribus*), un faux savant qui prétendoit pouvoir seul expliquer les satires de Varron (2) ; un autre pédant du même genre, qui se faisoit fort de pénétrer le sens le plus intime des ouvrages de Salluste, fut livré par Sulpice Apollinaire à la risée d'un cercle nombreux (*multorum hominum cœtu*) réuni chez des libraires du quartier dit *Sandaliarium* (3).

Ce qu'on estimoit le plus dans un livre , c'étoit la correction du texte ; nous verrons plus tard les précautions qu'on prenoit pour éviter ou faire disparoître les fautes : comme il étoit bien difficile qu'il ne s'en glissât pas toujours quelques-unes , les personnes qui vouloient acheter un livre se faisoient accompagner, chez le libraire, par un grammairien instruit, pour faire ce que nous appellerions la collation de l'ouvrage. Dans une librairie du quartier appelé *Sigillaria* , Aulugelle vit marchander ainsi un exemplaire des Annales de Fabius; le grammairien qui assistoit l'acheteur prétendoit avoir trouvé une faute , le libraire offroit de parier ce qu'on voudroit qu'il n'y en avoit aucune (4). Ce petit fait prouve combien libraires et acheteurs attachoient du prix à la correction du texte des ouvrages.

Tous les livres ne se vendoient pas en boutique, et les anciens avoient comme nous des marchands en plein vent, des bouquinistes qui tenoient à vil prix des livres de rebut, enfin des étalages sous les portiques, comme nous en voyons dans les passages, sous les galeries de l'Odéon , du Palais-Royal , etc. Aulugelle, revenant de la Grèce, s'arrêta à Brindes, où il acheta *sur le port*, pour un prix très-modique, une grande quantité de livres de rebut écrits en langue grecque (5). Stace se plaignoit à Plotius d'avoir reçu de lui,

(1) Catulle, ed. Vossius, p. 119.
(2) Nuits attiques, XIII, 30.
(3) Ibid., XVIII, 4 .
(4) Ibid., V, 4.
(5) Ibid., IV, 9.

en échange d'un bon et bel ouvrage, un détestable volume acheté dans les boîtes d'un misérable bouquiniste, *de capsa miseri libellionis emptum* (1). Enfin, suivant un ancien commentateur, c'est un étalage disposé entre les colonnes d'un portique qu'Horace a prétendu désigner, dans les vers suivans, par le mot *pila* :

> Nulla taberna meos habet neque pila libellos
> Queis manus insudet vulgi (2).

Le second vers indique qu'il s'agit bien de livres exposés, que chacun peut consulter et examiner, et non de simples affiches, ou bien de courtes pièces de vers écrites sur des colonnes, double interprétation qu'on peut appliquer à ces deux autres vers de l'art poétique :

> Mediocribus esse poetis
> Non Dî, non homines non concessere columnæ (3).

Outre les colonnes et les portes des boutiques, il y avoit, dans les villes de l'Italie, des pans de muraille blanchis et disposés exprès pour recevoir des affiches ; ces affiches n'étoient pas sur du papier collé au mur, mais écrites avec de l'encre rouge sur la muraille même. Il en existe encore, dans ce genre, un assez grand nombre à Pompéi, annonçant des fêtes, des chasses, des combats de gladiateurs, des représentations théâtrales (4); les annonces de librairie devoient bien certainement trouver place parmi ces affiches diverses. Il est également fort présumable que les boutiques de libraire avoient, comme toutes les autres, au-dessus de leur porte, une enseigne emblématique, comme on en voit encore tant de nos jours. Les ruines de Pompéi offrent, à chaque pas, des enseignes de ce genre. Sur la porte d'une école est représenté un sévère pédagogue, battant à outrance un malheureux écolier pour quelque tour espiègle, ou quelque défaut de mémoire (5) dans le récit de sa leçon. Malheureusement on ne peut que soupçonner le fait, sans même pouvoir former une conjecture sur la nature des enseignes des librairies.

(1) Silv., IV, IX, 20.
(2) Satyre I, IV, 71.
(3) Art poét., vers 372.
(4) Viaggio à Pompei, pag. 47 et suiv.
(5) Ibid., p. 58 et suiv., 78 notes.

Les libraires de Rome faisoient, à ce qu'il paroît, des profits considérables. Tryphon, par exemple, l'éditeur de Martial et de Quintilien, retirait cent pour cent de la vente de ses livres, si, toutefois, il faut prendre au pied de la lettre cette épigramme de Martial :

Omnis in hoc gracili Xeniorum turba libello
Constabit nummis quattuor empta tibi.
Quattuor est nimium : poterit constare duobus
Et faciet lucrum bibliopola Tryphon (1).

Il s'agit ici du XIII<sup>e</sup> livre de Martial intitulé *Xenia*, qui se compose de 127 titres de deux mots au plus, et de 274 vers ; on voit que chaque exemplaire revenoit au libraire à moins de deux sesterces (0 fr. 45 c.); il le vendoit quatre sesterces environ (99 c.). Le premier livre des épigrammes de Martial, qui est beaucoup plus long, puisqu'il se compose de 119 épigrammes formant ensemble plus de 700 vers, se vendoit, avec tous ses ornemens, cinq deniers (4 fr. 95 c.) (2); enfin un gros volume, ne renfermant pas d'excellentes choses, *tomus vilis*, alloit de six sesterces (1 fr. 50 c.) jusqu'à dix sesterces ou 2 fr. 20 c. Ces prix paroissent inférieurs à ceux qui ont cours aujourd'hui ; mais il en étoit bien autrement dans les temps où le commerce de la librairie étoit encore dans l'enfance. Platon paya trois petits traités de Philolaüs cent mines attiques, somme dont la valeur intrinsèque égaloit, en monnoie de France, environ 10,000 francs, et Aristote donna 3 talents (16,465 fr.) du petit nombre de livres qui avoient appartenu à Speusippe, disciple de Platon (3).

L'invasion des barbares porta, dans l'Occident, un coup mortel aux lettres ; on peut se figurer avec quelle rapidité dut tomber en Italie le commerce de la librairie sous des rois qui ne savoient même pas signer leur nom. Depuis cette époque, nous ne trouvons pas de libraires proprement dits jusqu'au XII<sup>e</sup> siècle, et les monumens des littératures anciennes auroient à jamais péri, si, durant cette longue période de barbarie, à peine interrompue par le règne

(1) Martial, XIII, 3.
(2)     De primo dabit alterove nido
        Rasum pumice, purpuraque cultum
        Denariis tibi quinque Martialem.  I, 118.
(3) Diogène Laërce, IV, 5; in Platon., III, 9; VIII, 85; Aulugelle, III, 17. Ce dernier dit que les trois Traités de Philolaüs coûtèrent 10,000 deniers, évaluation identique avec celle de Diogène Laërce.

brillant de Charlemagne, les moines ne s'étoient appliqués à transcrire et à perpétuer les anciens livres. Déjà, dès le ive siècle, saint Jérôme (1) recommandoit la transcription des livres comme une des occupations les plus convenables à la vie monastique; à la même époque, saint Éphrem (2) nous montre les moines occupés, soit à tisser de la toile, soit à faire des corbeilles, soit enfin à transcrire des livres et à teindre en pourpre des parchemins; et la copie des livres étoit la seule occupation des religieux, dans les couvens fondés par saint Martin de Tours (3). Deux siècles après, Cassiodore (4) recommandoit encore aux moines les travaux des copistes (antiquariorum), et traçoit à leur usage un traité de transcription et d'orthographe. Il alla même plus loin, et, en introduisant d'habiles relieurs dans son monastère de Viviers, il composa pour eux un recueil varié de dessins de reliures, parmi lesquelles on devoit choisir celle qui conviendroit le mieux à chaque ouvrage. A peu près dans le même temps, saint Benoît fondoit son immortel institut, dont les immenses travaux devoient jeter un jour tant de lumière sur toute l'histoire du moyen âge. Mais, au sein des ordres religieux les moins renommés dans l'histoire des lettres, la transcription des manuscrits fut l'occupation principale des cénobites; les règles des chartreux, tout en accordant aux frères de diverses professions les instrumens nécessaires pour l'exercice de leur industrie, énoncent comme un fait qu'il y a dans l'ordre bien peu de religieux qui ne soient pas écrivains : « Presque tous ceux que nous « recevons, y est-il dit, nous leur apprenons à écrire, si c'est pos-« sible. » Et plus loin, une punition est infligée au moine qui, sachant et pouvant écrire, refuseroit de s'adonner à cet exercice (5).

Ce que les moines s'efforçoient surtout d'atteindre dans leurs travaux, c'étoit cette pureté, cette correction du texte qui font le plus grand prix des ouvrages. « Je l'avoue, dit Cassiodore à ses religieux, parmi tous les travaux auxquels vous vous livrez, ceux des copistes, pourvu, toutefois, qu'ils écrivent correctement (si tamen veraciter scribant), sont ceux que j'approuve le plus. » Saint Jérôme, en per-

---

(1) Ad Rusticum, ep. 95, alias 4.
(2) Cité par Eckhard, d'après Mabillon, p. 52.
(3) Sulpice Sévère, Vie de S. Martin, chap. VII, cité par Du Cange, au mot *scriptores*.
(4) Institut. divin., lect. c. 30.
(5) Statut., cart. II, xvi, 8; xxii, 5.

mettant de laisser prendre à ceux qui le désireroient des copies de sa traduction d'Esdras, recommande qu'on écrive distinctement les mots hébreux qui s'y trouvent en grand nombre ; car, dit-il, à quoi servira d'avoir fait un livre correct, si les copistes ne mettent tous leurs soins à conserver la pureté du texte (1) ? Et ce n'étoient pas seulement des livres de dévotion, des ouvrages de dogme ou de morale que copioient les moines, c'étoient des auteurs profanes, des poëmes, des histoires, des œuvres scientifiques, Cicéron, Salluste, Virgile, Pline l'ancien, etc., etc., toujours avec le même soin, avec la même attention à conserver le texte primitif dans toute sa pureté (2).

Mais, tant que la propagation des livres a été abandonnée aux moines, il n'y a pas eu, à proprement parler, d'éditions, c'est-à-dire d'entreprises de publications se manifestant par de nombreuses copies d'un même livre, faites dans le but de le répandre. Les clercs et les moines travailloient, soit pour eux-mêmes, soit surtout pour leur église ou pour leur couvent. Des communications littéraires étoient ouvertes entre les maisons religieuses les plus éloignées ; elles se prêtoient mutuellement les livres qui manquoient dans leur bibliothèque, et se les renvoyoient après les avoir copiés ; ces copies servoient elles-mêmes d'originaux pour de nouvelles transcriptions, et celles-ci, à leur tour, étoient encore copiées. Comme il étoit bien difficile qu'un texte ne s'altérât point en passant successivement entre tant de mains différentes, les copistes avoient coutume de placer au commencement ou à la fin des manuscrits un avertissement, à ceux qui copieroient après eux, de collationner soigneusement leur travail, et, quelquefois, des imprécations contre ceux qui ajouteroient au texte ou qui en retrancheroient quelque chose (3). On peut voir un exemple d'adjuration de ce genre en tête de la Chronique d'Eusèbe, traduite par saint Jérôme, et, à la fin de l'Apocalypse de saint Jean, des imprécations contre les copistes infidèles.

Les moines continuèrent à s'occuper de la transcription des livres jusqu'à l'invention de l'imprimerie, et non-seulement ils étoient copistes, mais encore peintres, enlumineurs et relieurs ; ce fait est

(1) Præf. in Esdram.

(2) Voy., dans les Annales de philosophie chrétienne, numéros de janvier et février 1839, les articles de M. Achery sur les bibliothèques au moyen âge.

(3) Voy. Fabricius, biblioth. grecq., l. V, c. 1.

prouvé par un passage de Trithême, abbé de Spanheim, au xv<sup>e</sup> siècle, passage où l'on voit aussi que les religieux, plus éclairés en cela que les copistes de l'ancienne Rome, se partageoient entre eux le travail : « Que l'un, dit-il, corrige le livre que l'autre a « écrit; qu'un troisième fasse les ornemens à l'encre rouge; que « celui-ci se charge de la ponctuation, un autre des peintures ; « que celui-là colle les feuilles et relie les livres avec des tablettes « de bois; vous, préparez ces tablettes; vous, apprêtez le cuir ; « vous, les lames de métal qui doivent orner la reliure. Que l'un « de vous taille les feuilles de parchemin, qu'un autre les polisse ; « qu'un troisième y trace au crayon les lignes qui doivent guider « l'écrivain; enfin qu'un autre prépare l'encre, et un autre les « plumes (1). » Ces travaux, auxquels les religieux attachoient une extrême importance, s'exécutoient dans une salle spéciale qu'on appeloit *scriptorium*, consacrée par une bénédiction particulière dont Du Cange a donné la formule (2). D'après les règles de l'ordre de Saint-Victor de Paris, ce lieu devoit être dans l'intérieur du cloître, mais, cependant, séparé du reste du couvent; les écrivains devoient s'y tenir renfermés et y garder un religieux silence; personne n'avoit le droit d'y entrer, si ce n'est l'abbé, le prieur, le sous-prieur et le bibliothécaire; celui-ci fournissoit aux écrivains non-seulement le matériel de l'écriture, mais encore les originaux qu'ils devoient copier (3).

Cassiodore nous apprend lui-même qu'il avoit disposé, dans la salle de son monastère de Viviers destinée aux copistes, une horloge solaire, une clepsydre, enfin des lampes mécaniques qui pouvoient se passer de la main de l'homme et s'entretenoient elles-mêmes d'huile en quantité suffisante pour donner pendant longtemps une vive lumière (4). Nous citons ces deux faits parce qu'ils prouvent que, dès le principe, les heures de travail étaient réglées dans les monastères et que les copistes prolongeoient leur tâche assez avant dans la nuit.

Nous avons dit que les marchands de livres reparoissent au xii<sup>e</sup> siècle; on trouve, en effet, dans Pierre de Blois, la mention

(1) Tract. de Laud. scriptor. manual., cité par Eckhard, p. 52.
(2) Gloss., au mot *scriptorium*.
(3) Voir les extraits des statuts de l'abbaye de S.-Victor, cités par Du Cange, au mot *scriptores*.
(4) De insit. divin. litter., c. 30.

d'un *publicus mango librorum* (1). Ces libraires, institués pour les besoins des écoles, étoient soumis à la censure et à la juridiction des universités ; on les nommoit *librarii* ou *stationnarii* : il est bon de noter que le mot de *stationes* est employé déjà par un vieux scoliaste d'Horace pour désigner les étalages de librairie placés sous les portiques publics (2). Ces libraires employoient, pour la transcription des livres, des copistes de profession, nommés *escrivains* ; ils plaçoient dans leur boutique les livres qu'ils recevoient de ces copistes et les vendoient ensuite aux écoliers. A la fenêtre de la boutique étoit affiché un placard de parchemin, sur lequel étoient écrits, en lettres visibles et bien formées, les titres des ouvrages en vente, avec le tarif de leur prix, tarif qui étoit fixé par des commissaires que l'université nommoit *ad hoc*. Avant d'être admis à exercer la profession de libraire, il falloit prêter serment de la remplir toujours avec la plus grande bonne foi et fournir même une caution que ce serment seroit fidèlement observé ; le moindre délit auroit été sévèrement puni par l'université (3). En 1292, il y avoit dans Paris une rue qui portoit le nom de rue *as escrivains*, à cause de la profession exercée par le plus grand nombre de ses habitants ; et, dans le rôle de la taille de cette année, on trouve 24 copistes, 17 relieurs et 8 libraires ; en 1342, époque du règlement le plus explicite qui ait été fait par l'université sur le commerce de la librairie, 28 libraires acceptèrent ce règlement et en jurèrent l'observation (4).

(1) Epîtr. 71.

(2) Horace, Satyr. I, iv, 71, éd. de Gessner. Le mot *stationners* est resté dans la langue angloise.

(3) Voyez les statuts concernant la librairie dans l'histoire de l'université de Paris, t. III, p. 419; tom. IV, pp. 37, 278 et suiv., 321, 425.

(4) Voy. mon Paris sous Philippe le Bel, p. 318, 506, 519.

# CHAPITRE NEUVIÈME.

## De l'édition des Livres.

L A question de l'édition des livres chez les anciens a été traitée par J.-F. Eckhard, directeur du gymnase d'Iéna, dans une brochure in-4 de 58 pages, ayant pour titre : *Exercitatio critica de editione librorum apud veteres*. Le savant allemand s'occupe tour à tour des Hébreux, des Grecs et des Latins, et il termine par quelques considérations sur les livres en Occident pendant le moyen âge. Il établit d'abord clairement ce qu'il faut entendre par édition d'un ouvrage. C'est la mise en vente, dans un endroit indiqué, à un prix fixé, d'un nombre plus ou moins considérable d'exemplaires de cet ouvrage. Mais il oublie bientôt ce principe et reconnoît dans l'antiquité au moins deux modes d'édition qui sont loin de remplir les conditions que nous venons d'indiquer. S'autorisant d'un seul fait que nous avons déjà signalé, Zénon entendant lire chez un libraire d'Athènes un écrit de Xénophon, il suppose qu'il étoit d'usage de déposer à l'avance, dans une librairie, un exemplaire d'un livre, afin de s'assurer des acheteurs pour les copies qu'on en feroit ensuite. Cette coutume fort problématique, et l'usage parfaitement constaté où étoient les auteurs romains de lire en public leurs ouvrages, sont regardés par Eckhard comme deux modes particuliers d'édition. Faire faire un certain nombre d'exemplaires d'un livre par ses propres copistes ou par ceux d'un ami, ou bien confier ce soin aux libraires étoient, suivant le même auteur, deux autres manières distinctes d'éditer un livre. « Quiconque, dit-il formellement, employoit un de ces modes de publication étoit censé faire une édition, *is edere librum putabatur* (1). » Du reste, les libraires achetoient-ils les manuscrits des auteurs ? leur payoient-ils au moins un droit pour la publication de leurs ouvrages ? faisoient-ils l'édition à leurs frais et à leurs risques ou de compte à demi ? recevoient-ils directement de l'auteur le livre à publier, ou faisoient-ils copier le premier exemplaire qui leur tomboit sous la main ? Pas un mot sur toutes ces questions.

Pour procéder avec ordre, il faut d'abord se rendre compte de ce que les Latins entendoient par *éditer* un livre, et la manière la plus sûre d'arriver à ce but c'est d'examiner les expressions dont ils se servoient pour désigner une publication. Publier un livre se disoit, en latin, *librum edere* (2), *publicare* (3), *emittere* (4), *divulgare* (5), *pervulgare* (6), *proferre* (7), *foras dare* (8) ; et paroître, en parlant d'un livre, se disoit *exire* (9). Ces expressions, et notamment *emittere, proferre, foras dare, exire* s'expliquent-elles suffisamment par le dépôt d'un ouvrage dans une librairie, ou par sa lecture publique ? non, sans doute. Il y a dans tous ces mots quelque chose de plus : l'idée d'un livre qui sort des mains de son auteur *exit*, et se répand dans le public *profertur, foras datur*. Lorsque Pline le jeune veut persuader à Octave de publier enfin les excellens poëmes qu'il garde en portefeuille, il lui dit : « Quant à l'édition, vous agirez plus tard « comme vous voudrez ; mais au moins récitez, les applaudisse-« mens vous engageront à publier ensuite (10). » La récitation et l'édition étoient donc deux choses parfaitement distinctes, et un ouvrage récité n'en étoit pas moins inédit. Que falloit-il donc pour qu'un livre fût censé publié ? Il falloit qu'il fût copié, affiché, mis en vente. C'est encore Pline le jeune qui nous l'apprend dans sa lettre à Suétone, dont il avoit d'avance annoncé les ouvrages. Il presse son ami de publier enfin ses écrits et de le dégager ainsi de l'espèce d'engagement qu'il a pris lui-même envers le public : Que

(1) Voy. p. 24 et 39.

(2) Cicéron, Ad Attic., XIII, 21. Martial, passim. — (3) Plin. jun. I, 1, 1. I, v, 2. — (4) Id. I, 11, 6. — (5) Cicer., Ad Attic., XII, 40, 44, 47. — (6) Id. ibid., 45. — (7) Id. ibid., XV, 13. — (8) Id. ibid., XIII, 22.

(9) Ibid., XVI, 21.

(10) Et de editione quidem interim ut voles : recita saltem quo magis libeat emittere, etc. Épître II, x, 6.

je voie enfin, dit-il, vos ouvrages affichés, que j'apprenne qu'on les copie, qu'on les lit, qu'ils sont en vente (1).

Mais la récitation en public précédoit la publication ; si ce n'étoit pas une édition proprement dite, c'étoit au moins un préliminaire de l'édition. Le but avoué de cette cérémonie étoit de pressentir le jugement du public et de corriger dans un ouvrage les endroits qui n'auroient pas obtenu son approbation à la lecture. *Silius Italicus*, dit Pline, *judicia hominum recitationibus experiebatur*. L'auteur du panégyrique de Trajan étoit lui-même un grand partisan des récitations publiques ; il ne craignoit même pas de lire devant un nombreux auditoire des poésies peu compatibles avec la gravité de sa profession. « Voici, dit-il, les raisons qui m'engagent « à réciter en public : d'abord celui qui récite, par respect pour « l'assemblée, revoit ses écrits avec une attention plus scrupuleuse ; « ensuite il a dans son auditoire une sorte de conseil dont le juge- « ment décide ses doutes. Il reçoit des critiques de beaucoup de « ses auditeurs ; sinon il devine aisément leur sentiment à leur « physionomie, à leurs regards, à un geste de la tête ou de la main, « à leur murmure, à leur silence. Sur de tels indices, on distingue « facilement un jugement véritable d'une approbation de com- « plaisance. De plus, si quelqu'un de mes auditeurs tient par ha- « sard à lire ce qu'il aura entendu réciter, il verra que j'ai changé « ou supprimé certains passages, peut-être d'après son avis, quoi- « qu'il ne me l'ait pas formellement exprimé (2). » « Chacun, dit « un peu plus loin le même auteur, a ses motifs de réciter. Pour « moi, je l'ai souvent dit, je le fais pour qu'on m'indique mes « fautes s'il m'en échappe, et il m'en échappe sans aucun « doute (3). » Pline parle-t-il sincèrement, ou faut-il voir, dans les passages que nous venons de citer, les détours d'une vanité hypocrite cherchant à voiler, sous le masque d'une apparente bonhomie, un amour excessif des flatteries et des applaudissemens ? C'est là ce qu'il importe fort peu d'examiner ; il suffit qu'ils nous révèlent le but primitif, le but avoué des récitations publiques. Chacun sentira aisément que bien peu d'usages prêtoient aux abus autant que celui-là.

(1) Patere me videre titulum tuum : patere audire describi, legi, vænire, volumina Tranquilli mei. V, xi, 3.
(2) Plin. j., V, iii, 8, 9, 10.
(3) VII, xvii, 1.

Les récitations publiques commencèrent à Rome sous Auguste; l'usage en fut introduit par Asinius Pollion (1). Auparavant on se contentoit de lire ou de faire lire les ouvrages durant les repas, chez soi ou chez ses amis. Cicéron, par exemple, envoyant de Pouzzoles son traité de la Gloire à Atticus qui étoit à Rome, lui recommande de ne pas le publier, mais d'en noter les plus beaux endroits qu'il pourra faire réciter à table par son lecteur Salvius, devant des auditeurs bien disposés (2). Mais déjà la vanité s'étoit emparée de cette coutume, et les mauvais écrivains, sous prétexte de donner à dîner à leurs amis, leur infligeoient, comme un accessoire obligé, l'audition de leurs rapsodies (3). Cet abus, à la fois si commode et si flatteur pour la médiocrité vaniteuse, prit un rapide accroissement et finit par devenir un usage presque universel. Aussi le spirituel épigrammatiste latin, invitant à souper son ami Turannius et n'ayant à lui offrir qu'une très-maigre chère, s'engageoit, par forme de compensation, à ne lui pas faire subir l'ennui d'une lecture (4).

L'idée des réunions purement littéraires obtint en peu de temps une vogue immense. Les hommes sages ne pouvoient méconnoître ce qu'il y avoit de bon et d'utile dans la coutume de lire en public, mais ils lisoient rarement, sans apprêt, sans ostentation, et seulement devant leurs amis (5). Ils recevoient chez eux, ou bien, s'ils n'avoient pas un logement convenable, dans la maison d'un autre;

---

(1) Pollio Asinius primus omnium Romanorum advocatis hominibus scripta sua recitavit. Sénèq., excerpt. e controv. IV, proemium.

(2) De Gloria misi tibi. Custodies igitur ut soles : sed notentur eclogarii ; quos Salvius, bonos auditores nactus, in convivio duntaxat legat. Ad Attic., XVI, 2. Enfin, voyez aussi, pour l'usage de lire dans les repas, Martial, IV, 8, v, 16 ; Plin. j., I, xv, 2.

(3) . . . . . . . . . . . . . . . . . . . . . . . . . . . . Tussim
        Sextio ferat frigus
    Qui me vocat quum malum legit librum.

Catulle ed. Vossius, p. 102. Voyez aussi la charmante épigramme de Martial sur l'infatigable Ligurinus. III, 50.

(4)        Parva est cœnula, quis potest negare?
        Sed finges nihil, audiesve fictum,
        Et vultu placidus tuo recumbes ;
        Nec crassum dominus leget volumen.
                                    V, 78.

(5)    Nec recitem quidquam, nisi amicis ; idque coactus.
            Horace, satyr. I, iv, 73, cf. Plin. j., V, iii, 12 ; VII, xvii, 12.

ils trouvoient toujours de zélés amateurs des lettres, disposés à prêter la leur pour ces sortes de cérémonies (1). Ceux qui n'avoient point une maison à eux, qui ne pouvoient disposer de celle d'un autre, ou qui ne se contentoient pas d'un auditoire peu nombreux, récitoient véritablement en public, sous les portiques, dans les théâtres, dans les temples, dans les jardins publics, au forum, dans les bains (2), etc. Ovide, tout jeune encore, avoit lu des vers devant le peuple :

> Carmina cum primum populo juvenilia legi
> Barba resecta mihi bisve semelve fuit (3).

Et Pomponius Secundus le tragique, lorsqu'il ne tomboit pas d'accord avec ses amis des corrections qu'il falloit faire à ses ouvrages, avoit coutume d'en appeler au peuple (4). Les poëtes de Rome avoient formé entre eux une espèce d'académie qui se réunissoit dans un lieu particulier nommé *schola poetarum* (5). C'étoit là, suivant Juste-Lipse, que se faisoient leurs lectures. Ils avoient même, au dire du savant commentateur, un jour particulier où ils se réunissoient tous les ans pour resserrer, dans un repas de corps, les liens de confraternité qui les unissoient (6).

Les auteurs qui devoient lire en public invitoient leurs amis par des lettres particulières, *codicilli*. Les étrangers étoient prévenus par des annonces, *libelli*, qu'on faisoit distribuer dans la ville, ou par des affiches écrites sur les colonnes des portiques (7). C'étoit presque une fête publique que l'annonce d'une lecture faite par un écrivain en vogue : Lætam fecit cum Statius urbem promisitque diem (8).

---

(1) Juvénal, VII, 40. Martial, IV, 6. Plin. j., VIII, xii, 1, 2.

(2) Juvénal, I, 12 ; VII, 45. Aulugelle, XVIII, 5. Horace, satyre I, iv, 75. Pétron., p. 24, l. 33. J.-Lipse, epist. select., lettre 46. Casaubon, Commentaires sur Perse.

(3) Tristes, IV, x, 57.

(4) Plin. j., VII, xvii, 11.

(5) Martial, III, 20; IV, 61.

(6) Juste-Lipse, Lettre sur les récitations, epistol. select., 46. Je n'ai pu vérifier ce fait que Juste-Lipse avance d'après l'autorité d'Ovide, attendu que, suivant sa coutume, il ne cite pas le passage.

(7) Plin. j., III, xviii, 4. Martial, XIV, 142. Vet. scholiast. ad Horatii Art. poet., V, 373.

(8) Juvénal, VII, 83.

Le peuple se portoit alors en foule à l'assemblée et, dans son enthousiasme frénétique, brisoit souvent les bancs de l'auditoire. C'est ce qu'exprime Juvénal au même endroit en disant de l'auteur de la Thébaïde :

Fregit subsellia versu.

Les Romains manifestoient leur approbation par des applaudissemens de divers genres. C'étoient des murmures flatteurs (bombi), des bruits de tuiles (imbrices), de vases de terre ou de tessons (testæ), espèces de castagnettes que l'on frappoit les unes sur les autres ou avec de petits bâtons (1); des cris d'encouragement, des bravos (2), enfin des baisers (3) qu'on envoyoit à l'acteur ou au lecteur qu'on vouloit applaudir. Souvent on se levoit spontanément comme pour témoigner au lecteur l'enthousiasme qu'il inspiroit (4). Le sifflet étoit, comme chez nous, l'interprète d'un auditoire mécontent (5); nous verrons tout à l'heure tous les moyens qu'employoient les auteurs pour conjurer cette désapprobation terrible.

C'étoit une espèce de devoir pour les parens et les amis d'un auteur que d'assister à ses lectures (6). Pline le jeune savoit un gré infini à sa femme de ce qu'elle venoit, couverte d'un voile, écouter lorsqu'il récitoit en public (7). Le même auteur raconte (8) que Passienus Paullus, poëte élégiaque assez distingué, devoit un jour lire des vers devant une assemblée dont faisoit partie Javolenus Priscus en qualité d'ami intime du poëte. La pièce que devoit lire Paullus commençoit par ces mots : Vous l'ordonnez, Priscus. « Moi ? je n'ordonne rien, » répondit aussitôt Javolenus, qui prit pour lui l'apostrophe. Cette distraction démonta pour tout le reste de la séance la gravité de l'auditoire.

Suétone raconte une aventure analogue arrivée à l'empereur Claude; car plusieurs empereurs romains se mêlèrent d'écrire, récitèrent

(1) Sueton. in Neron., c. 20.
(2) Perse, I, 49. Horace, Art. poét., vers 428.
(3) Martial, I, 4 et 77.
(4) Martial, X, 10. Plin. j., VI, 17.
(5) Cicer., pro Roscio comædo, c. 11. Ad Atticum, II, 18, 19. Horace, satyr. I, 1, 66.
(6) Voy. Plin., epist. I, xiii, 6 et passim.
(7) Plin. IV, xix, 3.
(8) VI, xv.

en public et assistèrent aux récitations (1). Claude, dans sa jeunesse, avoit écrit une histoire d'après le conseil de Tite-Live et avec l'aide de Sulpicius Flavus; il commençoit à la réciter devant un nombreux auditoire, lorsqu'un des bancs de l'amphithéâtre, s'étant brisé par le poids d'un des assistans, entraîna dans sa chute plusieurs des gradins inférieurs. Tout le monde de rire et Claude tout le premier, si bien qu'il ne put reprendre assez de gravité pour faire écouter convenablement sa lecture.

Ces petits faits et quelques autres que nous trouvons dans Pline ne sont pas de nature à prouver qu'il y eût à Rome un grand zèle pour les lectures publiques, surtout dans la classe des auditeurs : on y assistoit par habitude, tout en maugréant contre l'usage, comme beaucoup de personnes chez nous s'astreignent aux visites du 1er janvier, tout en appelant de leurs vœux l'abolition de cette assujettissante coutume. Parmi les invités, les uns ne venoient pas du tout, les autres faisoient un acte de complaisance forcée et regardoient comme du temps perdu celui qu'ils passoient à écouter une lecture ; aussi ne se piquoient-ils pas d'une grande exactitude. Ils musoient longtemps à la porte de l'auditoire, faisoient demander si le lecteur étoit arrivé, s'il avoit débité sa préface, si son livre avançoit. Alors seulement ils entroient, lentement et les uns après les autres. Ils s'asseyoient, mais du reste pas d'attention, pas un mot d'encouragement, pas un geste d'approbation, et, comme nous l'avons vu, ils saisissoient toutes les circonstances qui pouvoient faire diversion à l'ennui du récit. La plupart même quittoient la séance avant la fin, les uns en dissimulant autant que possible leur sortie, les autres ouvertement et sans gêne (2). Cette indifférence ne refroidissoit pas le zèle des auteurs, et chacun des jours des mois d'avril, de juillet et d'août, spécialement consacrés sans doute à ces solennités, étoit marqué par une lecture publique (3).

Les plus mauvais écrivains n'étoient pas les moins zélés, et s'il faut en juger par quelques traits satyriques de Martial, de Juvénal et d'Horace, les Francaleu n'auroient pas manqué aux poëtes comiques de l'ancienne Rome qui auroient voulu composer une métro-

(1) Suétone, Vie d'Auguste, c. 85. Vie de Néron, c. 20. Capitolin, Vie de Pertinax, c. 11. — Lampride, Vie d'Alexandre Sévère, c. 35. — Plin. j., I, xiii, 3.

(2) Voy. Plin. j., I, xiii ; VI, xvii.

(3) Id., I, xiii, 1 ; VIII, xxi, 2. Juvénal, III, 9.

manie. Pour ces récitateurs fanatiques tous les endroits étoient bons : dans des thermes publics, au milieu du forum, ils étoient tout aussi à l'aise que dans leur propre maison (1). Martial a personnifié, sous le nom d'un certain Ligurinus, cette malheureuse manie de récitation qui faisoit de chaque petit poëte un fléau pour ceux qui l'approchoient. Nous ne pouvons résister au désir de rapporter, quoiqu'elle soit un peu longue, la première des trois épigrammes consacrées à ce personnage.

> Occurit tibi nemo quod libenter,
> Quod, quacumque venis, fuga est et ingens
> Circa te, Ligurine, solitudo,
> Quid sit scire cupis? Nimis poeta es;
> Hoc valde vitium periculosum est.
> Non tigris catulis citata raptis,
> Non dipsas medio perusta sole,
> Nec sic scorpius improbus timetur,
> Nam tantos, rogo, quis ferat labores?
> Et stanti legis et legis sedenti.
> Currenti legis et legis cacanti.
> In thermas fugio, sonas ad aurem.
> Piscinam peto, non licet natare.
> Ad cœnam propero, tenes euntem.
> Ad cœnam venio; fugas sedentem.
> Lassus dormio; suscitas jacentem.
> Vis quantum facias mali videre?
> Vir justus, probus, innocens... timeris (2).

Rome étoit pleine de pareils personnages à qui rien ne coûtoit pour se produire. Louer à grands frais une maison, des bancs et des chaises, et disposer une salle en amphithéâtre, briguer des auditeurs, répandre des annonces, s'épuiser enfin en démarches et en frais de tout genre (3), telles étoient les conditions auxquelles on se soumettoit pour un triomphe d'un instant.

On ne peut, sans un vif sentiment d'intérêt et de curiosité, lire dans les poëtes satyriques de l'époque, et les prétentions des auteurs, et leurs minauderies devant le public, et les précautions prises d'avance pour se ménager un succès. Nous ne sommes plus alors dans la Rome d'Auguste; on diroit que Martial, Perse et Ju-

(1) Horace, satyre I, iv, 75.
(2) III, 45; cf., 47 et 50.
(3) Juvénal, VII, 45. Tacite, de Orator., 9.

vénal ont deviné nos vanités de salon et nos intrigues de coulisses. Entrons dans cet Athénée romain, vaste amphithéâtre dont les gradins s'élèvent jusqu'au toit (1). Devant un public nombreux est assis le récitateur, sur un siége élevé (2); il est peigné avec soin, revêtu d'une robe blanche toute neuve; à sa main gauche brille une pierre précieuse (3); son cou est entouré d'une cravate en laine ou en fourrure prouvant, au dire de Martial, qu'il lui est aussi difficile de parler que de se taire (4). Pour entretenir la pureté de sa voix, il se rince le gosier avec une liqueur émolliente (5). Il tire enfin de son sein un énorme volume et commence à réciter du bout des lèvres, avec des yeux mourans, des airs de tète langoureux, une voix efféminée, une manière de prononcer pleine d'affectation (6). Quelquefois le lecteur s'interrompoit, et, avec un regard où petilloit la plus vive impatience de poursuivre sa lecture : « Je « finirai, disoit-il, si vous le désirez. » — Continuez, continuez, lui crioient ceux même qui auroient voulu le voir cesser à l'instant (7). Et l'auteur enchanté reprenoit son récit, que coupoient de temps à autre des applaudissemens de commande. Dans beaucoup d'auditoires les gens qui témoignoient le plus vif enthousiasme étoient ceux qui écoutoient le moins. Leurs yeux étoient constamment fixés, non sur le lecteur, mais sur un des auditeurs dont ils épioient les signes. Celui-ci étoit le mésochoros ou chef de claque : un geste de sa main commandoit les bravos (8) à des esclaves, à des affranchis, à des malheureux qui, pour trois deniers, un repas ou un habit neuf, s'étoient d'avance engagés à applaudir et avoient été répartis dans tous les rangs de l'amphithéâtre (9). Mais voici

(1) Sidoine Apoll., II, 9; IX, 14.
(2) Perse, I, 17.
(3) Id. *ibid.*, 15.
(4)     Qui recitat lana fauces et colla revinctus
        Hic se posse loqui posse tacere negat.
                                    Martial, VI, 41.
Cette cravate se nommoit *focale* (Id., XIV, 142). Martial dit ailleurs qu'elle seroit plus convenablement placée sur les oreilles des auditeurs qu'autour du cou de celui qui récite. IV, 40.
(5) Perse, I, 17.
(6) Id., *ibid.*, 18, 33 sq. 98, 104 sq.
(7) Sénèque, epist. 95.
(8) Plin. j., II, xiv, 7.
(9) Juvénal, VII, 43. Perse, I, 53. Pline, l., c. Pétron., p. 4, l. 27, ed. Lotich.

une manière bien plus piquante de se ménager un brillant succès, nous en devons la connoissance à Casaubon (1), qui lui-même l'a empruntée à Philostrate. Un financier ignorant et qui se piquoit de littérature aimoit fort à réciter ses écrits en public, et tenoit surtout à faire sensation dans son auditoire. Lorsqu'il prêtoit de l'argent, il stipuloit d'abord un honnête intérêt, mais ajoutoit toujours au prêt une condition *sine qua non*, à savoir que l'emprunteur viendroit l'écouter et l'applaudir; si quelqu'un y manquoit, il le poursuivoit en justice pour inexécution d'une clause essentielle du contrat.

Nous avons cru devoir entrer dans quelques détails sur les lectures publiques, parce qu'elles étoient dans le principe, et qu'elles furent toujours pour les auteurs sérieux, une institution utile, un moyen efficace d'améliorer leurs ouvrages, et le préliminaire obligé de l'édition proprement dite (2); venons maintenant à l'édition.

Un auteur a aujourd'hui trois manières de se défaire d'un ouvrage inédit : c'est de le vendre, de le donner ou de le publier à ses frais. On peut d'abord poser en fait que les libraires de Rome n'achetoient pas les manuscrits des auteurs; les seuls ouvrages qui se vendissent inédits étoient les pièces de théâtre (3), encore étoient-elles achetées, non par les libraires, mais par les comédiens ou les personnes qui donnoient des jeux au peuple.

Nous lisons cependant dans Suétone que le grammairien Pompilius Andronicus, retiré à Cumes, se trouva dans un tel dénûment, qu'il fut forcé de vendre *à quelqu'un*, pour 16 mille sesterces (3,960 fr.), un ouvrage capital intitulé *elenchi annalium*, ou *annales elenchi* (4). Pompilius Andronicus étoit contemporain d'Antoine Gniphon, lequel enseignoit à Rome du temps de Cicéron (5). Or, à cette époque, il y avoit bien des copistes, *librarii*, qui transcrivoient et vendoient les livres qui tomboient entre leurs mains; mais il n'est pas bien certain qu'il y eût encore des entrepreneurs de publications en grand, des libraires proprement dits, puisque le mot de *bibliopola* ne se montre, dans les auteurs latins,

(1) Comment. sur Perse, p. 98.
(2) Plin. jun., III, x et xv; V, xiii et passim.
(3) Aulugelle, III, 3. Juvénal, VII, 90 sq.
(4) Adeo inops atque egens, ut coactus sit præcipuum illud opusculum annalium elenchorum sedecim millibus nummum cuidam vendere. Suéton., de Illustrib. gramm., c. 8.
(5) Id., *ibid.*, c. 7 et 8.

qu'à partir du siècle d'Auguste. D'ailleurs, dans le passage de Suétone, il n'est pas question de libraire; l'ouvrage de Pompilius Andronicus fut vendu, dit-il simplement, à quelqu'un, et ce quelqu'un n'étoit pas un éditeur de profession, puisque le livre seroit resté inconnu si le grammairien Orbilius ne l'avoit racheté dans la suite et publié sous le nom de son auteur (1). L'acheteur étoit peut-être un de ces hommes qui, jaloux de se faire à peu de frais une réputation d'écrivain, achetoient les livres d'autrui et s'en attribuoient le mérite (2); peut-être étoit-ce bien réellement un auteur qui avoit besoin pour ses travaux du livre d'Andronicus, et auquel ce dernier, à cause de son indigence, étoit forcé de vendre les documents que Salluste recevoit en pur don du grammairien Ateius (3).

On pourroit nous opposer encore un autre passage de Sénèque, le seul qu'on ait allégué jusqu'ici avec quelque apparence de raison, pour prouver que les auteurs vendoient leur manuscrit aux libraires. Après avoir accumulé une foule de subtilités sur les diverses manières de posséder, Sénèque ajoute : « Nous disons que « les ouvrages de Cicéron lui appartiennent; Dorus, le libraire, « prétend qu'ils sont à lui, et ces deux propositions sont vraies : « l'un peut les revendiquer comme auteur, l'autre comme ache- « teur, et on peut dire avec raison qu'ils sont à l'un et à l'autre, « car ils appartiennent à chacun d'eux d'une manière différente. « De même Tite-Live peut acheter ou recevoir en présent ses ou- « vrages du libraire Dorus (4). » A la rigueur, on concevroit ici la mention de Tite-Live, comme d'un homme vivant, car l'historien de Padoue n'est mort qu'en 770 de Rome, et Sénèque avoit alors quinze ou dix-huit ans; encore faudroit-il qu'il eût écrit son *Traité des bienfaits* à cet âge et non, comme on le croit généralement, après la mort de Claude. Mais, comment supposer qu'un libraire du temps de Sénèque ait pu acheter la propriété des œuvres de Cicéron? Si l'on n'admet pas l'explication que nous avons don-

---

(1) Quos libros Orbilius suppressos redemisse se dixit, vulgandosque curasse nomine auctoris.

(2) Martial, I, 67.

(3) Suétone, Ouvr. cit., c. 10.

(4) Libros dicimus esse Ciceronis : eosdem Dorus librarius suos vocat et utrumque verum est. Alter illos tanquam auctor, alter tanquam emptor asserit; ac recte utriusque dicuntur esse. Utriusque enim sunt sed non eodem modo. Sic potest T. Livius a Doro accipere aut emere libros suos. De beneficiis, VII, 6.

née ailleurs du mot *emptor* (1), dans ce passage, il faudra convenir au moins qu'il y a ici une altération du texte qui ne permet pas d'en tirer une conjecture plausible.

Revenons à notre assertion. Nous pensons qu'il n'y avoit entre les auteurs et les libraires aucune relation d'intérêt, et, quoique nous ne puissions appuyer ce sentiment que sur des preuves négatives, elles nous paraissent tellement convaincantes qu'elles engendrent à nos yeux une certitude.

Stace, dont la *Thébaïde*, lue en public, mettoit en mouvement Rome tout entière et soulevoit, dans un immense auditoire, un frénétique enthousiasme, Stace étoit obligé, pour avoir du pain, de faire des tragédies (2). Les vers de Martial eurent une vogue inouïe; il jouit, de son vivant, d'un renom que bien peu d'auteurs obtenoient après leur mort; mais il vécut toujours pauvre (3). Tout chevalier romain qu'il étoit, il se trouvoit dans l'obligation, et n'en rougissoit pas, de demander à Parthenius une robe neuve, et, quand il l'avoit obtenue, il lui falloit encore mendier le manteau (4). Aussi, disoit-il lui-même : Que me sert que nos soldats lisent mes vers au fond de la Dacie, que mes épigrammes soient chantées dans la Bretagne? ma bourse n'en est pas mieux garnie, *nescit sacculus ista meus* (5). Mais il faut bien remarquer que ni Martial, dans ses plaintes fréquentes sur la pénurie de ses finances, ni Juvénal, dans la satyre sur la misère des gens de lettres, ne songent à accuser les libraires. Dans les relations de ces derniers avec les auteurs, la part de chacun étoit faite : au libraire l'argent, à l'écrivain la gloire. Ce partage est clairement exprimé dans ces vers de l'Art poétique d'Horace :

> Omne tulit punctum qui miscuit utile dulci
> Lectorem delectando pariterque monendo.
> Hic merèt æra liber Sosiis; hic et mare transit
> Et longum noto scriptori prorogat ævum.

Et Tacite, dans son dialogue sur l'orateur (6) : « Les vers,

(1) Voy. p. 175.
(2) Juvénal, VII, 86 sqq.
(3) Martial, V, 13.
(4) Id., VIII, 28; IX, 50.
(5) Id., XI, 3.
(6) Ch. IX.

« dit-il, ne conduisent point aux honneurs, ils ne mènent point à
« la fortune ; tout leur fruit se borne à un plaisir court, à des louan-
« ges frivoles et stériles. » Et plus bas : « La renommée, à laquelle
« les poëtes sacrifient tout, et qu'ils avouent être le seul prix de
« leurs travaux, *quod unum pretium omnis sui laboris fatentur*,
« n'est pas autant le partage des poëtes que des orateurs. »

Cependant un auteur ne pouvoit pas sustenter sa vie matérielle
avec le seul espoir d'une immortalité douteuse, et, puisqu'il consa-
croit tout son temps à des travaux littéraires, il est probable qu'il
devoit en retirer quelque profit. « Les anciens auteurs, dit Mar-
« tial (1), ne se contentoient pas de la gloire. » Mais vendoient-
ils leurs ouvrages? Non ; ils en attendoient le prix de la générosité
des grands, *minimum vati munus Alexis erat*. Dans les républiques
grecques, les poëtes chantoient les vainqueurs des jeux publics et en
attendoient leur salaire ; dans les royaumes, ils vendoient leur
muse aux monarques qui vouloient l'acheter, et l'avarice des prin-
ces leur valoit souvent d'amères satyres (2). A Rome, les poëtes spé-
culoient sur la vanité des empereurs et des grands. Dans la pièce de
vers où Martial se plaint que sa bourse se ressente si peu de la vogue de ses livres, que demande-t-il? des libraires plus généreux ?
Nullement. Il désire que les destins donnent à Rome un nouveau
Mécène, comme ils lui ont envoyé un nouvel Auguste dans la personne de Nerva (3). D'où vient, suivant Juvénal, la détresse des
gens de lettres ? C'est que Rome n'a plus des Mécène, des Proculeïus,
des Fabius, des Lentulus, des Cotta (4). Pline le jeune fournit généreusement à Martial les frais de son voyage, lorsque le célèbre épigrammatiste quitta Rome pour se retirer dans sa patrie. « Je l'ai
« fait, dit-il, et par amitié, et par reconnaissance des vers qu'il a
« composés à ma louange. Autrefois, les vers en l'honneur d'un
« particulier ou d'une ville valoient au poëte de l'argent ou des
« honneurs; mais cette belle et excellente coutume s'est perdue
« comme tant d'autres : car, en cessant de mériter des éloges, nous
« en sommes venus à regarder les éloges comme des choses vaines
« et ridicules (5). » Heureusement Auguste avait cultivé et encou-

(1) Epigr. V, xvi, 11.
(2) Voyez la xvie idylle de Théocrite.
(3) Epigr. XI, iii, 9.
(4) Satyre, VII, v. 94.
(5) Plin. j., III, xxi, 3.

ragé les lettres : qui ne connoît les marques de faveur que reçurent de lui Virgile et Horace ? Ses bienfaits se répandoient même sur des auteurs plus obscurs. Un pauvre poëte grec avait l'habitude de l'attendre à la porte de son palais et de lui remettre une courte pièce de vers à sa louange. Fatigué de ce manége, dont il faisoit probablement semblant de ne pas comprendre le but, l'empereur prit un jour un morceau de papier, y traça une courte épigramme, et la remit au Grec en échange de la sienne. Le poëte la prend, la lit, la loue avec enthousiasme, et, tirant de sa bourse quelques misérables pièces de monnoie, s'empresse de les présenter à César, en lui exprimant un vif regret de ne pas pouvoir lui offrir davantage ; cette fois Auguste fut obligé de comprendre, il fit compter au rusé poëte cent mille sesterces (24 mille francs) (1). Les successeurs d'Auguste suivirent son exemple et récompensèrent les hommes de lettres, tantôt par des honneurs, tantôt par des présents. Domitien enrichit Quintilien et paya généreusement les flatteries de Martial ; Trajan combla de faveurs Pline le jeune, et Vespasien donna en une seule fois à Saleius 500 mille sesterces (123 mille francs). Tacite, qui rapporte ce dernier trait, ajoute : Il est beau, sans doute, de mériter, par ses talens, les libéralités du prince ; mais combien n'est-il pas plus beau encore, si notre fortune nous impose des besoins, de ne recourir qu'à soi, de n'implorer que son génie, de n'avoir que soi pour bienfaiteur ? Cette ressource qu'avoient les orateurs manquoit donc aux poëtes. Aussi, sans les libéralités des empereurs, ils n'auroient eu, dit Juvénal (2), d'autre parti à prendre que de se faire garçons de bains, mitrons, crieurs publics, délateurs ou faux témoins. Ils n'auroient certainement pas été réduits à une aussi triste condition, s'ils avoient pu vendre leurs manuscrits aux libraires, et partager avec ces derniers les bénéfices de la publication des ouvrages en vogue. Mais l'idée même d'une spéculation pareille n'existoit pas à Rome ; car, dans l'état de détresse où étoient les littérateurs, leur verve satyrique, qui s'exerçoit sans gêne contre la lésinerie des grands, n'auroit pas épargné l'avarice des libraires.

S'il falloit encore d'autres preuves pour établir que les auteurs ne trafiquoient pas de leurs livres, nous en trouverions une sans réplique dans le silence des lois sur la propriété littéraire. En ad-

(1) Voy. Macrobe, Saturn. II, 5 in fin.
(2) Juvénal, VII, 1 sqq.

mettant que la condition des éditeurs dans l'antiquité fût absolument la même que celle de nos éditeurs modernes, il faudroit
admettre aussi que les ouvrages de l'esprit étoient, comme chez
nous, une propriété dont l'exploitation étoit aliénable, soit à
terme, soit pour toujours. Mais des transactions de cette nature
ne pouvoient évidemment avoir lieu que sous l'égide d'une légis-
lation spéciale, qui réglât et garantît les droits respectifs de l'auteur et de l'éditeur, du propriétaire et de l'usufruitier. Or cette lé-
gislation n'a jamais existé; on n'en trouve aucune trace dans le
vaste recueil des lois romaines, depuis les lois des Douze Tables
jusqu'aux dernières novelles des empereurs d'Orient.

Il restoit donc aux écrivains l'alternative ou de publier leurs
ouvrages à leurs frais ou de les donner à un libraire qui se char-
geât de l'édition. Le premier moyen a été rarement employé, mais
il l'a été sans aucun doute. Les riches Romains qui, comme Crassus
et Atticus, avoient un grand nombre d'esclaves lettrés, n'avoient pas
besoin d'une entremise étrangère lorsqu'ils vouloient publier un
écrit. Dire que Cicéron avoit aussi ses copistes, c'est dire en même
temps qu'il a été souvent lui-même l'éditeur de ses propres
ouvrages. Nous trouvons des exemples de cette manière de publier,
même à une époque où le commerce de la librairie avoit déjà pris
un assez grand développement. Du temps de Pline le jeune, un
certain Regulus, plutôt par ostentation que par un vrai sentiment
de douleur et de regret, avoit composé un livre sur la mort de son
fils : d'abord il le lut publiquement à Rome, ensuite il le fit transcrire à mille exemplaires et l'expédia dans toute l'Italie et dans les
provinces (1). Mais ce mode de publication dut, nous le répétons,
être fort rare aussitôt qu'il y eut des libraires soigneux et en nombre suffisant; car les bons auteurs n'avoient pas besoin d'y avoir re-
cours; les mauvais devoient rarement en avoir les moyens.

Arrivons donc au troisième mode de publication et à la véritable condition des libraires. Ceux-ci étoient, en thèse générale,
des gens qui recevoient gratuitement des auteurs les ouvrages inédits, qui les faisoient transcrire à leurs risques et périls et qui s'in-
demnisoient des frais de publication en percevant seuls tous les
bénéfices de la vente. Ils avoient, comme on voit, sur les éditeurs
modernes cet avantage, qu'en aucun cas ils n'exposoient rien au

(1) Plin. j., IV, VII, 2.

delà du prix de la main-d'œuvre et de la matière première des livres. Nous pouvons maintenant donner une nouvelle preuve à l'appui d'un fait que nous avons avancé ailleurs, à savoir qu'Atticus étoit, même pour Cicéron, un véritable libraire. On ne contestera pas que le noble chevalier, dans l'édition des ouvrages de son ami, ne fournît au moins la main-d'œuvre; la chose est trop bien connue : ce qui l'est moins, c'est qu'il faisoit aussi les avances du matériel. Cicéron avoit composé ses Académiques en deux livres, et l'édition en étoit déjà commencée, lorsqu'il s'avisa de les refaire sur un nouveau plan et de les mettre en quatre livres. En annonçant à Atticus ce remaniement, il lui dit : Les copies que vous avez des anciennes Académiques sont maintenant inutiles, *mais vous supporterez aisément cette perte*(1); et aussitôt il se met à faire l'éloge de son nouvel ouvrage, qui égale, à son avis, ce que les Grecs ont écrit de plus parfait. L'intention de Cicéron est évidente, il cherche à consoler Atticus d'une dépense inutile, en lui prouvant que la vente du nouvel ouvrage, plus travaillé que le précédent, le dédommagera amplement d'une perte d'ailleurs peu considérable.

Quelquefois les travaux des auteurs étoient rendus publics à leur insu, et leur nom seul suffisoit pour donner la vogue à cette édition. Une des causes qui engagèrent Quintilien à publier ses Institutions oratoires, ce fut qu'on colportoit dans Rome deux livres sur l'éloquence, qui étoient bien de lui à la vérité, mais qui n'avoient pas été destinés à voir le jour et dont lui-même n'avoit pas surveillé l'édition. C'étoient des leçons qu'il avoit publiquement prononcées; sténographiées par ses élèves, elles avoient été, sans son aveu, livrées à la publicité. Quintilien, du reste, ne trouve rien à redire à ce procédé, sinon qu'il n'auroit pas fallu mettre au jour un travail fait pour rester inédit ; mais *ces bons jeunes gens*, dit-il, c'est l'intérêt qu'ils me portent qui les a fait agir (2)! Nouvelle preuve que les Romains n'avoient pas l'idée de ce que nous appelons la propriété littéraire. Trois siècles après, nous retrouvons encore un fait du même genre. Pammaque, ami de saint Jérôme, faisoit son possible pour supprimer à Rome tous les exemplaires de l'ou-

(1) Tu illam jacturam feres æquo animo, quod illa quæ habes de Academicis frustra descripta sunt. Ad Atticum, XIII, 13.

(2) Boni Juvenes sed nimium amantes mei temerario editionis honore vulgaverunt. Quintil. Proemium, ad Marcellum.

vrage écrit contre Jovinien par le célèbre solitaire de Bethléem, ouvrage qui devoit nuire à son auteur dans l'opinion publique, à cause de l'extrême sévérité avec laquelle l'institution du mariage y est appréciée. Saint Jérôme, tout en remerciant son ami, le prévient que ses efforts sont inutiles, que plusieurs exemplaires de son livre sont répandus en Orient, qu'on y en a même apporté de Rome; car, ajoute-t-il, à peine ai-je écrit quelque chose, *que mes amis ou mes envieux s'empressent de le publier* (1).

Les libraires se tenoient au courant des besoins et des caprices du public lettré, soit par les réunions qui avoient lieu dans leurs boutiques, soit par les récitations qu'ils suivoient sans doute avec une grande assiduité; ils pouvoient ainsi calculer à l'avance les chances d'écoulement qu'auroit tel ou tel ouvrage. Aussi, lorsqu'il se présentoit une spéculation avantageuse, n'épargnoient-ils ni les visites, ni les sollicitations, ni les flatteries pour obtenir de l'auteur le précieux manuscrit dont la publication leur promettoit quelques avantages. « Il faut publier quelque chose, dit Pline le jeune, il le « faut pour plusieurs raisons, surtout parce que les livres que j'ai « déjà mis au jour sont très-répandus, quoiqu'ils n'aient plus le « mérite de la nouveauté. C'est du moins ce que disent les libraires « et peut-être veulent-ils me flatter. Mais qu'importe si, en « me trompant, ils me rendent mes études plus chères (2)? » Un document unique en son genre, et que pour cela même on nous permettra de rapporter en son entier, c'est la lettre par laquelle Quintilien, pressé par le libraire Tryphon, lui confie enfin la publication de ses Institutions oratoires (3). En voici la traduction : « *Vous me sollicitez chaque jour, et avec de vives instances* (4), de « commencer enfin l'édition des livres sur l'art oratoire, que j'avois « composés pour mon cher Marcellus. Je ne pensois pas encore « avoir suffisamment mûri cet ouvrage; j'y ai travaillé, vous le sa- « vez, un peu plus de deux ans, distrait d'ailleurs par de nom- « breuses affaires; encore ce temps a-t-il été consacré moins à la « composition qu'aux recherches presque infinies et aux innom-

---

(1) Epist. ad Pamm., vet. edit. 52.
(2) Nisi tamen auribus nostris bibliopolæ blandiuntur. Sed sane blandiantur, dum, per hoc mendacium, nobis studia nostra commendent. Plin., I, 11, 6.
(3) Elle est imprimée en tête de l'ouvrage.
(4) Efflagitasti quotidiano convicio.

« brables lectures qu'exigeoit le plan que je m'étois tracé. D'un
« autre côté, me conformant au précepte d'Horace qui, dans son
« Art poétique, conseille de ne pas précipiter l'édition, mais de la
« renvoyer à la neuvième année, je laissois reposer mon travail
« pour donner à l'amour-propre d'auteur le temps de se refroidir;
« je voulois alors revoir plus scrupuleusement mon livre et l'exa-
« miner avec l'impartiale attention d'un lecteur désintéressé. Mais,
« si le public le demande avec autant d'instances que vous me l'af-
« firmez, livrons au vent les voiles, coupons le câble et souhaitons
« au navire un heureux voyage. Surtout que les copies soient aussi
« correctes que possible ; je me confie beaucoup pour cela dans
« votre exactitude et votre diligence. » Nous avons déjà montré
ailleurs combien les anciens attachoient de prix à la correction des
livres. Le premier moyen d'obtenir cette qualité précieuse étoit
d'avoir un bon original, et comme cet original étoit fourni par l'auteur, celui-ci devoit l'écrire ou le faire écrire sous ses yeux et en
surveiller la confection avec une attention scrupuleuse. Cicéron
faisoit transcrire ses ouvrages par ses propres copistes avant de les
livrer à Atticus, et il n'envoyoit à ce dernier, pour les publier dé-
finitivement, ces premières copies qu'après une sévère révision.
« Les livres que je dédie à Varron, dit-il, sont terminés ; on cor-
« rige seulement les fautes des copistes (1). » Nous voyons, dans un
autre passage, que l'orateur romain avoit fait aussi transcrire par
ses propres écrivains le traité de Finibus, avant d'en confier l'é-
dition à son ami (2). Mais les soins que prenoient les auteurs de
revoir sévèrement les exemplaires de leurs livres, qui devoient servir d'originaux dans les ateliers du libraire, ne dispensoient pas
celui-ci de faire collationner encore chacune des copies exécutées
par ses ouvriers. Strabon (3) reproche pourtant aux libraires
de Rome et d'Alexandrie de ne pas s'astreindre à ce soin indispensable. En effet, la collation pouvoit être faite de deux manières :
ou bien chaque copie étoit lue successivement à haute voix
par un copiste, tandis qu'un autre suivoit sur l'original ; ou bien,
pendant que l'original étoit lu à haute voix, un certain nombre de

(1) Libri ad Varronem sunt detexti tantum librariorum menda tolluntur.
Ad Attic., XIII, 23.

(2) Ibid., XIII, 21.

(3) XIII, 204 et 419.

copistes suivoient la lecture sur autant de copies. La collation exigeoit ainsi ou beaucoup de temps ou beaucoup de monde, et dans aucun cas elle ne devoit plaire à celui qui faisoit de la librairie un pur métier, et dont le but étoit, sans s'inquiéter du plus ou moins de perfection, de faire beaucoup en peu de temps. Mais il faut cependant croire que dans le nombre des libraires il s'en trouvoit quelques-uns assez zélés pour les lettres, ou assez jaloux de l'honneur de leur maison, pour chercher à répandre autant que possible des livres irréprochables sous le rapport de la correction et de l'exactitude du texte. La dernière phrase de la lettre de Quintilien, que nous avons rapportée plus haut, sembleroit prouver que Tryphon étoit de ce nombre.

Ordinairement les anciens ne publioient un ouvrage que lorsqu'il étoit entièrement terminé ; nous en avons déjà vu un exemple dans le cours de rhétorique de Quintilien. Cicéron ne livra ses Académiques à son éditeur Atticus que lorsque l'ouvrage fut complet. De même on ne peut douter que l'Énéide de Virgile, dans laquelle on trouve un assez grand nombre de vers inachevés, n'ait été publiée d'un seul coup, après la mort de l'auteur. Mais, comme chaque livre d'un ouvrage formoit un volume, il arrivoit quelquefois, surtout pour les pièces détachées, que les publications se faisoient par livraisons. C'est ainsi qu'ont paru successivement les quatorze livres d'épigrammes de Martial ; on peut s'en convaincre en lisant les premières épigrammes de chaque livre. Le même mode de publication étoit parfois employé pour les histoires. C. Fannius mourut, au rapport de Pline le jeune (1), après avoir publié trois livres de l'histoire des proscriptions de Néron, et laissant son ouvrage incomplet.

Il y auroit sans doute de la folie à méconnoître la supériorité immense de nos moyens de publication sur le procédé unique employé dans l'antiquité : il y a loin du foible roseau des copistes à la miraculeuse puissance de la presse ; et cependant, en y regardant de plus près, on se prend à ne plus mépriser autant les moyens si bornés, l'instrument si imparfait des éditeurs antiques. Pour tout ce qui ne tient pas à la rapide diffusion des ouvrages, il est peu d'avantages que l'imprimerie puisse disputer à l'écriture à la main. On trouveroit presque dans tous les siècles des manuscrits qui,

(1) V, v, 3.

pour la propreté, la régularité, la correction de l'écriture, la profusion, l'élégance et la richesse des ornemens, le disputeroient aux plus belles impressions. Quant à ce que nous appellerons les tours de force de la presse, nous doutons qu'elle puisse présenter quelque chose d'aussi extraordinaire que cet exemplaire manuscrit de l'Iliade et de l'Odyssée, qui entroit dans une coquille de noix (1). Le véritable triomphe de l'imprimerie, c'est qu'elle peut faire beaucoup en très-peu de temps. Ici l'écriture à la main a évidemment le dessous, et néanmoins elle fut peut-être, dans l'antiquité, plus active qu'on n'est généralement porté à le croire. Martial, énumérant les avantages d'un livre court, dit d'abord que le copiste peut le transcrire en une heure, *una peragit librarius hora* (2). Il s'agit de son 2ᵉ livre, composé de 93 épigrammes formant ensemble 540 vers. Le poëte exagère sans doute la rapidité du copiste : ajoutons donc 3 heures et donnons à chaque écrivain 4 heures pour transcrire 540 vers. Supposons, de plus, que, dans l'atelier du libraire, cinq copistes, sous la dictée d'un lecteur, soient occupés à transcrire le 2ᵉ livre de Martial et qu'ils travaillent 8 heures par jour, ils auront fait 10 exemplaires chaque jour et 300 exemplaires en un mois.

Un autre avantage de la forme des éditions dans l'antiquité, c'est qu'en tout état de choses l'auteur pouvoit faire des corrections à son livre, et que ces corrections étoient à l'instant reportées sur tous les exemplaires de l'ouvrage qui étoient encore en magasin. Nous avons cité le passage des lettres de Cicéron où il prie Atticus d'employer trois de ses copistes à effacer un mot dans le plaidoyer pour Ligarius (3). Voici un autre passage non moins remarquable, pris à la même source : « Vous lisez mon traité de l'orateur et je vous « en suis bien reconnaissant ; je le serai encore davantage si, non- « seulement dans vos exemplaires, *mais dans ceux des autres*, vous « voulez remplacer le nom d'Eupolis par celui d'Aristophane (4). » Que signifient les mots *non modo in libris tuis sed etiam in aliorum?* L'éditeur, en pareil cas, faisoit-il annoncer les corrections importantes, afin que les personnes qui déjà avoient acheté l'ouvrage

---

(1) Plin. l'ancien, VII, 21.
(2) Martial, II, 1, 5.
(3) Voy. plus haut, p. 174.
(4) Ad Attic., XII, 6.

pussent elles-mêmes le corriger ? c'est ce que nous n'osons décider. Mais il n'en est pas moins constant qu'on pouvoit corriger et qu'on corrigeoit, en effet, les livres avant que l'édition fût épuisée et qu'on songeât à en faire une nouvelle. Aux exemples que nous avons cités, l'on peut ajouter une lettre adressée par Pline le jeune à Népos. Celui-ci, ayant acheté quelques ouvrages de Pline, y avoit vraisemblablement trouvé beaucoup de fautes ; il s'empressa d'en prévenir l'auteur, qui promit de les faire corriger (1). On conçoit, d'après ce que nous avons dit ailleurs sur les palimpsestes, que de simples corrections ne devoient offrir aucune difficulté, puisqu'on avoit le moyen d'effacer la première écriture sur une feuille entière et d'employer une seconde fois cette même feuille comme si elle n'eût jamais servi. Aussi Cicéron, après avoir fait faire l'original de ses Académiques, écrivoit-il à Atticus, en le priant de bien considérer s'il falloit décidément dédier l'ouvrage à Varron : « Quoique « les noms soient déjà écrits, il est, disoit-il, facile de les effacer « ou de les remplacer par d'autres (2). »

Les changemens faits par les auteurs à leurs livres ne se bornoient pas à de simples corrections, ils y ajoutoient quelquefois des notes, probablement en marge, et des variantes en interlignes. Pline, envoyant un de ses ouvrages à Minucius, avoit prévenu les critiques qu'il prévoyoit pour quelques expressions ambitieuses, en écrivant, au-dessus, des locutions un peu plus simples, quoiqu'il fût loin d'approuver ces changemens appropriés au goût de son ami (3).

L'exemplaire sur lequel l'auteur avoit, de sa main, écrit des notes et indiqué des corrections à faire, acquéroit par cela même un prix plus élevé que les autres : c'est ce que nous apprenons d'une épigramme de Martial contenant l'envoi de ses sept premiers livres avec des notes et des corrections autographes :

> Septem quos tibi mittimus libellos
> Auctoris calamo sui notatos ;
> Hæc illis prætium facit litura (4).

(1) Petis ut libellos meos, quos studiosissime comparasti, recognoscendos emendandosque curem ; faciam. IV, xxvi, 1.

(2) Etsi nomina jam facta sunt ; sed vel induci vel mutari possunt. Ad Attic., XIII, 14.

(3) Laudabor in eo quod adnotatum invenies, et suprascripto aliter explicitum, etc. VII, xii, 3. Peut-être le mot *adnotatum* indique-t-il les signes de correction, *notæ*, qu'on mettoit en marge des volumes.

(4) Epigr., VII, 17.

Une autre épigramme du même poëte (1) témoigne encore du prix qu'on attachoit, à Rome, aux pièces écrites par la main même d'un auteur en réputation. L'écriture de telle ou telle personne se nommoit *chirographus*. Suétone se sert de ce mot lorsqu'il dit qu'Auguste ne séparoit pas les mots en écrivant quelque chose de sa main, *notavi et in chirographo non dividit verba*, etc. (2). Ailleurs, il nous apprend qu'Auguste exerçoit ses neveux à imiter son écriture, *chirographum* (3). Enfin le même historien dit avoir eu sous les yeux des tablettes et des *libelli* renfermant des vers écrits de la main de Néron, *ipsius chirographo* (4). L'écrit original se nommoit, comme chez nous, un écrit autographe, par exemple : *litteræ Augusti autographæ* (5).

S'il étoit toujours facile de corriger, au gré de l'auteur, tous les exemplaires de son livre qui restoient en magasin, il étoit bien difficile de faire participer à ces améliorations successives les copies déjà vendues, surtout celles qui avoient été expédiées au loin. Il y avoit donc une certaine diversité entre les différens exemplaires d'une même édition, et c'est dans cette diversité qu'ont pris naissance les variantes recueillies par les érudits des temps modernes, dans les anciens manuscrits qui nous restent d'un même ouvrage.

Nous avons parlé de *première édition*, d'*écoulement des livres*, d'*édition nouvelle*, il est important de ne pas se méprendre sur la signification qu'il faut donner à ces termes dans l'antiquité. Il n'est pas probable que les libraires de Rome fissent exécuter de suite, comme font les nôtres, une quantité considérable d'exemplaires du même ouvrage, et qu'ils attendissent, pour faire faire de nouvelles copies, l'entier écoulement des premières ; ç'auroit été s'exposer, sans motif et sans utilité, à conserver en magasin des livres qui, réprouvés peut-être par le goût public, auroient pu, au bout d'un certain temps, n'avoir plus aucune valeur. Le procédé de publication employé dans l'antiquité permettoit, au contraire, à tout libraire-éditeur d'échapper à cette chance de perte, car il pouvoit fort bien s'arrêter après avoir fait faire un petit nombre d'exemplaires d'un

(1) VII, 11.
(2) Vie d'Auguste, c. 87.
(3) Ibid., c. 64.
(4) Néron, c. 52.
(5) Suét., vie d'Auguste, c. 87.

même livre, et se borner ensuite à remplacer par de nouvelles copies celles qu'il auroit vendues ; de cette manière, il n'étoit jamais pris au dépourvu et ne s'exposoit pas à perdre sans aucun
fruit des dépenses considérables. Avec de tels procédés un livre
pouvoit n'avoir qu'une seule édition d'une durée indéfinie.

Si l'auteur, non content de quelques corrections partielles, faciles
à introduire dans les copies déjà faites de son ouvrage, entrepre-
noit une révision complète de cet ouvrage, le refondoit, l'abrégeoit
ou l'augmentoit, les copies qui en étoient faites après cette révision
formoient alors une nouvelle édition. Martial, par exemple, donna
une deuxième édition de son dixième livre, dans laquelle il corri-
gea soigneusement le peu qu'il conserva de la première édition, et
ajouta beaucoup d'épigrammes nouvelles :

> Festinata prior decimi mihi cura libelli
> Elapsum manibus nunc revocavit opus.
> Nota leges quædam, sed lima rasa recenti ;
> Pars nova major erit ; lector utrique fave (1).

Plus tard le poëte abrégea encore ce dixième livre en même temps
que le onzième, et les publia tous deux ensemble en les dédiant à
Domitien :

> Longior undecimi nobis decimique libelli
> Arctatus labor est et breve rasit opus.
> Plura legant vacui , quibus otia tuta dedisti :
> Hæc lege tu, Cæsar ; forsan et illa leges (2).

Les traductions diverses, faites par différentes personnes, d'un
ouvrage en langue étrangère étoient regardées comme autant d'éditions du même ouvrage. Isidore de Séville compte *sept éditions* des
Livres saints. Ce sont, d'abord la version des Septante, ensuite
celles d'Aquila, de Symmaque, de Théodotion ; puis cette version
vulgaire (3) qui, ne portant pas de nom d'auteur, étoit simplement
appelée *quinta editio ;* enfin la double traduction d'Origène, formant les sixième et septième éditions , que l'auteur avoit enrichies
d'une concordance avec les éditions précédentes.

Il nous reste à parler de quelques moyens employés soit par les
auteurs, soit par les libraires pour procurer aux ouvrages en vente

(1) Epigr. X, 2.
(2) Ibid., XII, 5.
(3) La Vulgate, Isid., Orig., VI, 4.

un prompt écoulement. Ici encore on pourra peut-être appliquer ce dicton si rebattu, mais si vrai : Rien de nouveau sous le soleil. Les auteurs sérieux visoient à mériter l'approbation du public éclairé en ne publiant que des ouvrages solides, instructifs, irréprochables surtout pour le style. Dans cette vue, ils ne se lassoient pas de les revoir, de les corriger, de les *limer*, c'étoit leur mot (1). Non contens de cela, ils les lisoient et les communiquoient à leurs amis, recevoient les critiques, les discutoient, les admettoient en tout ou en partie ; en un mot, ils ne publioient que lorsqu'ils étoient satisfaits et d'eux-mêmes et du jugement de leurs aristarques (2). Les partisans de la littérature facile, les écrivains paresseux et efféminés contre lesquels Perse s'indigne avec tant d'énergie, employoient de tout autres moyens pour captiver la faveur du public ; ils s'éloignoient des bons modèles, et, pour flatter le mauvais goût des lecteurs, n'hésitoient pas à descendre à leur niveau. Les idées et le style de ces écrivains se ressentoient de cette affectation prétentieuse qu'ils apportoient, comme on a vu, dans les récitations. Mais c'étoit surtout dans la composition du titre de l'ouvrage que se concentroient tous les efforts de leur esprit alambiqué. Aulugelle et Pline l'Ancien, dans leurs préfaces, ont donné de ces titres à la mode une liste qui suffiroit à défrayer pendant longtemps nos modernes auteurs de rêveries poétiques et sentimentales. *Rayons*, *prairies*, *fleurs*, *fruit*, *corne d'abondance*, *problèmes*, *découvertes*, *conjectures* : tels étoient les titres que les auteurs grecs et latins se plaisoient à mettre en tête de leurs livres, sans doute sans s'inquiéter beaucoup du rapport qu'ils avoient avec le sujet.

Ces titres, écrits ensuite en grosses lettres sur les devantures des boutiques de librairie et sur les colonnes et les murailles destinées aux affiches, excitoient vivement la curiosité des lecteurs. Pour aider à leur effet, les éditeurs faisoient copier séparément un ou deux chapitres, une ou deux pièces de vers de l'ouvrage qu'ils alloient mettre en vente, et les faisoient répandre dans le public. Pline le jeune allègue cet exemple à Lupercus pour s'excuser de lui avoir envoyé seulement une partie d'un discours sur lequel il lui demande son jugement. Si vous ne pouvez, lui dit-il, juger

(1) Voy. Pline et Martial passim, Forcellini et Gessner, au mot *lima*.
(2) Plin. jun., VII, xvii, 7 ; xx, 1, etc.

de l'ensemble, vous pourrez au moins me dire votre avis sur le morceau que je vous envoie, comme vous pourriez prononcer sur le mérite d'une tête sculptée sans pouvoir toutefois juger de l'exactitude des proportions entre cette tête et le reste de la statue. Et il ajoute : *nec alia ex causa principia librorum circumferuntur, quam quia existimatur pars aliqua, etiam sine ceteris, esse perfecta* (1). Ces espèces d'extraits, envoyés en forme de spécimen pour donner un avant-goût de l'ouvrage, devoient sans doute indiquer, comme nos prospectus, le lieu et le jour de la mise en vente, le prix du livre et les autres détails qu'il importoit aux acheteurs de connoître. Si, de plus, on fait attention que la propriété littéraire n'étoit pas garantie, que tout libraire pouvoit faire copier et vendre pour son compte un livre aussitôt qu'il étoit répandu, on sera porté à croire que le libraire à qui l'auteur confioit d'abord son manuscrit devoit chercher les moyens de se réserver l'exploitation exclusive de l'ouvrage aussi longtemps que possible. La meilleure manière d'arriver à ce but étoit de ne mettre en vente aucun exemplaire avant de s'être assuré d'avance, pour le livre, un nombre considérable de souscripteurs, et la distribution des prospectus et des spécimens devoit aider puissamment au succès de cette petite ruse commerciale.

Ce moyen de se procurer du débit étoit, du reste, fort légitime ; en voici un qui l'est beaucoup moins : Sur le déclin de l'empire d'Occident, à l'époque où la littérature païenne s'éclipsa devant les savans travaux des Pères de l'Église catholique, des libraires ne craignirent pas, dans l'intérêt de leur commerce, de publier de fort mauvais ouvrages sous l'autorité d'un nom illustre ; de là les écrits faussement attribués à S. Cyprien, à S. Augustin, à S. Ambroise, etc. Cette supercherie, qui passa facilement dès l'abord, grâce à la célébrité du nom qu'on mettoit en avant, ne se put découvrir pendant le moyen âge, époque entièrement dépourvue de critique, et trompa les amateurs des lettres jusqu'après la renaissance (2).

Eckhard (3) signale une erreur du même genre, mais qui auroit eu une cause toute différente. Les libraires de l'antiquité avoient,

---

(1) Plin. j., II, v, 12.
(2) Eckhard, p. 48.
(3) *Ibidem.*

à ce qu'il paroît, la coutume, comme les copistes du moyen âge et nos modernes éditeurs, de mettre leur nom sur les livres qu'ils publioient ; il est arrivé de là que, dans des temps d'ignorance, on a pris quelquefois dans les anciens manuscrits le nom du libraire pour celui de l'auteur. C'est ainsi que les vies des grands capitaines, écrites suivant l'opinion la plus accréditée, telles que nous les avons aujourd'hui par Cornélius Népos, ont été longtemps attribuées à Æmilius Probus, *libraire* (1) du temps de Théodose, et même imprimées d'abord sous son nom. De combien d'erreurs pareilles sommes-nous peut-être encore aujourd'hui les dupes!

(1) C'est Eckhard qui le qualifie ainsi.

# CHAPITRE DIXIÈME.

### Des Bibliothèques.

Il n'étoit guère possible de traiter des livres chez les anciens, sans consacrer au moins quelques pages à leurs bibliothèques ; mais les travaux qu'ont publiés sur ce sujet des savants du premier ordre (1) ne nous permettent pas l'espoir de trouver là-dessus quelque fait nouveau et intéressant : si donc nous nous y arrêtons, ce sera pour ainsi dire par manière d'acquit, en glissant rapidement sur les détails historiques généralement connus, pour n'insister que sur quelques notions moins saillantes, et qui, par conséquent, ont été plus négligées, nous voulons parler de la disposition intérieure des bibliothèques.

La plus ancienne collection de livres dont il soit fait mention dans l'histoire est celle que réunit le roi égyptien Osymandias, dans son immense palais de Thèbes : sur la porte de la salle qui les renfermoit, étoit écrite cette célèbre inscription : *Trésor des remèdes de l'âme*, ou plus prosaïquement, *Pharmacie de l'âme*, ψυχῆς ἰατρεῖον (2) ; on ne dit pas si cette collection étoit publique ou exclusivement réservée à l'usage du prince. La première bibliothèque que nous trouvions dans l'ordre chronologique, après celle d'Osymandias, est la bi-

(1) Voyez entre autres Struvius, Bibliotheca historiæ litterariæ selecta, ouvrage terminé par Jugler, qui l'a publié en 3 vol. in-8. Jena, 1754. La Notice sur les bibliothèques est dans le 1ᵉʳ volume, ch. 2, 3, 4 et 5. Tous les travaux antérieurs, et ils sont en très-grand nombre, s'y trouvent mentionnés.

(2) Diodore de Sicile, I, 49.

bliothèque ouverte au public athénien par Pisistrate. Cette
collection fut enlevée et transportée en Perse par Xerxès ; mais les
Athéniens la recouvrèrent dans la suite, grâce à la libéralité de
Seleucus Nicanor (1). Au deuxième siècle, Athènes renfermoit plusieurs belles bibliothèques (2). De ce nombre étoit celle qu'y fit
construire l'empereur Adrien près du Panthéon, qu'il orna de
marbre de Phrygie, de statues, de peintures, d'or et d'albâtre (3).
Du temps de Pisistrate, Polycrate, tyran de Samos, un peu plus
tard Cléarque, premier tyran d'Héraclée-du-Pont (4), et le poëte Euripide, eurent de nombreuses collections de livres. Athénée (5),
louant Larensius de son zèle à rassembler des livres grecs, dit
qu'il l'emportoit en cela sur Polycrate de Samos, Pisistrate, tyran
d'Athènes, Euclide l'Athénien, Nicocrate de Chypre, Euripide le
poëte, Aristote le philosophe et Nélée qui conserva les livres de ce
dernier. La bibliothèque d'Aristote ne passa dans les mains de
Nélée qu'après avoir appartenu à Théophraste (6). Nélée la vendit
à Ptolémée Philadelphe, qui la réunit aux autres livres achetés
par lui à Athènes et à Rhodes, et envoya le tout dans cette fameuse
bibliothèque d'Alexandrie dont nous parlerons tout à l'heure (7).
Quant aux livres d'Aristote qui, après avoir été longtemps enfouis
par les héritiers de Nélée, furent vendus plus tard à Apellicon de
Théos et transportés d'Athènes à Rome par Sylla (8), la manière
dont Strabon en parle ne permet pas de douter qu'il ne s'agisse des
œuvres mêmes du célèbre philosophe, de celles de Théophraste
et des copies qu'en avoit fait faire Apellicon.

La collection formée par Aristote donna, s'il faut en croire
Strabon, aux successeurs d'Alexandre, l'idée de cette célèbre bibliothèque d'Alexandrie, qui compta jusqu'à 700 mille volumes (9).
Elle fut fondée par Ptolémée Soter, dans le quartier de la ville
nommé Brucchium, et probablement contiguë à ce musée, où les

(1) Aulugelle, VI, 17, cf. Athénée, I, 4.
(2) Aristid. ap. Photium, cod. 246, p. 1231, éd. Genèv., 1612.
(3) Pausanias in Atticis, p. 16 et 17, éd. Sylburg, 1583.
(4) Memnon apud Phot., biblioth., cod. 224, p. 704, éd. Genève, 1612.
(5) L. c.
(6) Strabon, XIII, t. IV, 2° part., p. 202, trad. fr. Plutarq., Sylla, c. 26.
(7) Athénée, l. c.
(8) Strabon et Plutarque, l. c.; Lucien, adv. indoct., c. 4.
(9) Ammien Marcell., XXII, xvi, 13. Aulugelle, VI, 17.

savans, réunis par le roi en une espèce de corporation, avoient une promenade, un lieu garni de siéges pour leurs conférences et une grande salle pour prendre leurs repas. Lorsque la bibliothèque du Brucchium, par les soins de Ptolémée Philadelphe et de ses successeurs, eut atteint le chiffre de 400 mille volumes, on songea à former dans un autre endroit une bibliothèque supplémentaire. Les livres nouveaux furent donc réunis dans le Sérapeum, et ceux-ci s'élevèrent, à la longue, au nombre de 300 mille. Le Brucchium ayant été incendié lorsque César se rendit maître d'Alexandrie, les 400 mille volumes qu'il renfermoit périrent dans les flammes (1); il ne resta plus que les 300 mille volumes du Sérapeum. Mais, dans la suite, cette bibliothèque s'augmenta de toute celle des rois de Pergame dont Antoine fit présent à la reine Cléopâtre (2), et elle subsista ainsi jusqu'à la destruction du temple de Sérapis sous Théodose.

Le premier directeur de la bibliothèque d'Alexandrie fut Démétrius de Phalère, qui apporta à sa formation un grand zèle et une grande activité (3). Nous trouvons après lui, sous Philadelphe, Zénodote d'Éphèse; Ératosthène, sous Évergète; Apollonius de Rhodes et Aristonyme, sous Ptolémée Épiphane; Aristophane de Byzance, sous Évergète II; sous Tibère, un grammairien nommé Chærémon; et peu après, Denys, fils de Glaucus (4).

Le fondateur de la bibliothèque de Pergame fut, selon Strabon (5), Eumène, fils d'Attale premier au IIe siècle avant J.-C. Lorsque cette bibliothèque fut donnée par Antoine à la reine d'Égypte, elle renfermoit, dit Plutarque (6), 200 mille volumes simples βιβλίων ἀπλῶν, c'est-à-dire, selon Schwarz (7), des volumes qui ne contenoient chacun, suivant l'usage, qu'un seul livre du même ouvrage. Il ne faut donc pas se laisser imposer par ces nombres de 200, 300, 400, 700 mille volumes, qui, à la rigueur, sembleroient

(1) Sénèque, de Tranquill. anim., c. 9. Orose, l. 6, c. 15.

(2) Tertullien, Apolog. XVIII, cité par Juste-Lipse, Syntagm. de Biblioth., c. 2, et Plutarque, Vie d'Antoine, c. 58.

(3) Josephe, Antiq. jud., XII, 11, 1.

(4) Voy. Suidas et Heyne, opusc. acad., tom. I, p. 129. Bonamy, Mém. de l'Acad. des inscr. et belles-lettres, éd. in-12, t. 13, p. 623 et suiv., p. 638.

(5) Liv. XIII, 2e part. du t. IV, p. 242, tr. fr.

(6) Vie d'Antoine, c. 58.

(7) II, XI, p. 65.

prouver que la bibliothèque d'Alexandrie étoit presque aussi considérable que notre grande Bibliothèque royale. Si l'on pense à l'exiguïté des anciens volumes, on comprendra facilement que l'immense collection des Ptolémées renfermoit peut-être moins de matières que plusieurs de nos bibliothèques particulières.

La littérature et les livres ne furent en honneur à Rome que fort tard. Lorsque Carthage eut succombé sous les armes de Scipion, les bibliothèques trouvées dans cette capitale n'excitèrent en aucune manière la convoitise des vainqueurs; ils en firent présent aux roitelets de l'Afrique et ne réservèrent que les 28 volumes de Magon sur l'agriculture, qu'ils voulurent, à cause de l'utilité du sujet, faire traduire en latin (1). La première collection de livres un peu considérable qui se soit vue à Rome est, suivant Isidore de Séville (2), celle que Paul-Émile y apporta, l'an 160 av. J.-C., après la défaite de Persée. Vint ensuite la bibliothèque de Sylla, composée des livres d'Apellicon de Théos, que le dictateur avoit enlevés à Athènes. Parmi les trésors que Lucullus rapporta de ses guerres d'Asie, et dont il orna sa maison de Tusculum, il faut compter une précieuse collection de livres, qu'il se fit gloire d'augmenter encore et dont il permit le libre accès aux savans et aux littérateurs, surtout aux Grecs (3). Mais, à cette époque, l'amour des livres commençoit à se répandre; des libraires étoient établis à Rome, et de riches personnages avoient des esclaves lettrés, continuellement occupés aux travaux de transcription. Atticus avoit, comme nous l'avons vu, ou une riche bibliothèque, ou, suivant les commentateurs, un fonds considérable de livres à vendre. Dans tous les cas, ses livres étoient toujours à la disposition de Cicéron (4) et probablement de bien d'autres personnes; nous avons vu que Cicéron avoit la plus grande envie des livres d'Atticus, et qu'il destinoit à les acheter toutes ses économies (5). A peu près dans le même temps qu'il en exprimoit si vivement le désir, il reçut en présent de Papirius Petus, frère de Servius Claudius, la bibliothèque de ce dernier (6); c'est peut-être cette collection qu'il fit transporter dans sa maison

(1) Pline, XVIII, 5.
(2) Orig., VI, 5.
(3) Isidor., ibid. Plutarque, Vie de Lucullus, c. 42.
(4) Ad Attic., IV, 14.
(5) Voy. plus haut, p. 200.
(6) Ad Atticum, I, 20.

d'Antium, et dont le classement et la disposition furent confiés aux soins de Tyrannion, aidé de deux esclaves lettrés d'Atticus. Les bibliothèques commençoient, comme on voit, à sortir de la capitale et à se répandre dans l'Italie. Cicéron, étant à Cumes, trouvoit un trésor de lectures instructives dans l'ancienne bibliothèque de Sylla, qui avoit passé entre les mains de L. Cornel. Sylla Faustus, son fils (1).

Cependant César songeoit à doter Rome d'une bibliothèque publique; il chargea Varron de former et de classer une collection de livres grecs et latins aussi considérable que possible (2); mais l'histoire ne dit pas que ce projet ait jamais reçu d'exécution. En effet, la première bibliothèque publique que Rome ait possédée fut fondée par Asinius Pollion et magnifiquement ornée par lui des dépouilles des Dalmates (3). Deux vers d'Ovide prouvent qu'elle étoit située dans un temple de la Liberté.

> Nec me, quæ doctis patuerunt *prima* libellis,
> Atria Libertas tangere passa sua est (4).

Après la défaite définitive des Dalmates, Auguste fit construire, avec leurs dépouilles, un monument entouré de portiques, dans lequel Octavie consacra une bibliothèque en l'honneur de son fils Marcellus (5). Cette bibliothèque, qui prit le nom d'Octavienne, étoit probablement double, c'est-à-dire composée de livres grecs et latins. Suétone dit, en effet, que le grammairien Melissus, affranchi de Mécène, reçut la mission de classer *les bibliothèques* dans le portique d'Octavie (6). Telle étoit aussi la bibliothèque palatine que fonda Auguste dans son palais même à côté du temple d'Apollon (7). Ce fut peut-être cette collection dont le classement fut

(1) Ego hic pascor bibliotheca Fausti, Ad Attic., IV, 10.

(2) Bibliothecas græcas et latinas, quas maximas posset, publicare, data M. Varoni cura comparandarum ac digerendarum. Suéton., Vie de César, c. 44.

(3) Pline, VII, 31; XXXV, 2. Isidore, VI, 5. Pline (VII, 31) dit : Bibliotheca quæ *prima in orbe* ab Asinio Pollione ex manubiis publicata Romæ est. Il y a évidemment erreur; il faut lire avec Juste-Lipse : quæ, prima in urbe, ab, etc.

(4) Tristes, III, 1, 71.

(5) Dion, XLIX, 43. Plutarq., Vie de Marcellus, à la fin.

(6) De illustr. gramm., c. 21.

(7) Suétone, Vie d'Auguste, ch. 29. Dion, LIII, 1. Horace, épître. I, III, 17.

confié au grammairien Pompeius Macer, qui reçut d'Auguste la défense de rendre publiques certaines productions de la jeunesse de César (1). Higynus, affranchi d'Auguste, semble, d'après la courte notice que lui consacre Suétone, avoir eu la direction de la bibliothèque entière du palais, *præfuit palatinæ bibliothecæ* (2). Juste-Lipse rapporte cependant deux anciennes inscriptions qui prouvent que chaque partie de la bibliothèque, c'est-à-dire la partie grecque et la partie latine, avoit un préposé particulier. L'une est l'épitaphe d'un certain Julius Félix, directeur de la bibliothèque grecque palatine (*a bibliotheca græca palatina*); l'autre est l'épitaphe d'Antiochus, conservateur, sous Tibère, de la bibliothèque latine d'Apollon (*a bibliotheca latina Apollinis*) (3). Une autre inscription publiée par Orelli (4) nous fait aussi connaître un Grec nommé Alcibiade, qui étoit à la fois conservateur de la bibliothèque latine du palais et secrétaire de l'empereur pour les lettres latines, *scriba ab epistolis latinis*. Le bibliothécaire désigné dans les inscriptions que nous venons de citer par les mots *a bibliotheca* se nommoit aussi *custos* (5). Les bibliothèques de Rome étoient-elles toutes soumises à une direction générale? c'est ce qu'on pourroit conclure de la notice de Suidas sur ce Denys, fils de Glaucus, que Heyne croit avoir été directeur de la bibliothèque d'Alexandrie après le philosophe Chærémon. Denys vint à Rome sous Néron et y vécut jusqu'à l'empire de Trajan. Il fut, dit Suidas, préposé aux *bibliothèques* et secrétaire des empereurs (6).

Tibère fonda, dans la partie du palais qu'il habitoit, une bibliothèque qu'on appela bibliothèque de Tibère, ou bibliothèque de la maison de Tibère (7). Juste-Lipse attribue à Vespasien l'établissement de celle qui étoit contiguë au temple de la Paix, dans laquelle Aulugelle trouva un traité, qu'il avoit longtemps cherché, de L. Ælius, précepteur de Varron (8). Trajan construisit, sur le

---

(1) Suétone, Vie de César, c. 56.
(2) *Idem*, de illustr. grammat., c. 20.
(3) Just.-Lipse, Syntagm. de bibliothecis, c. vɪ.
(4) Orelli, Select. inscr., n° 41.
(5) Ovide, Tristes, III, 1, 63.
(6) Καὶ τῶν βιϐλιοθηκῶν προῦστη, καὶ τῶν ἐπιστολῶν καὶ πρεσϐειῶν ἐγενέτο, καὶ ἀποκριμάτων.
(7) Aulugell., XIII, 19. Vopiscus, Vie de Probus, c. 2.
(8) Aulugelle, XVI, 8.

forum auquel il donna son nom , une bibliothèque qui fut depuis transportée dans les Thermes de Dioclétien (1). Aulugelle la nomme *bibliothèque du temple de Trajan.* Vopiscus, qui en parle en quatre endroits différens , l'appelle toujours *bibliothèque Ulpiénne* (2), du nom d'*Ulpius,* qui étoit le nom de famille de cet empereur. Enfin il y avoit encore une bibliothèque considérable au Capitole : elle périt dans un incendie, probablement celui qui arriva sous Titus, et qui détruisit aussi la bibliothèque Octavienne et plusieurs autres monumens considérables (3). Domitien déploya un grand zèle pour la restauration de ces collections précieuses; il fit venir des livres de tous côtés, entre autres d'Alexandrie , où il envoya exprès des copistes pour copier et collationner différens ouvrages. Le nombre des bibliothèques publiques s'accrut encore sous les empereurs suivans ; au temps de Constantin , Rome en comptoit vingt-neuf , parmi lesquelles la bibliothèque Palatine et la bibliothèque Ulpienne étoient les plus considérables (4).

Ces collections publiques ne durent pas peu contribuer à entretenir chez les particuliers l'amour des livres. Déjà, du temps de Sénèque, le luxe des bibliothèques étoit poussé à Rome à un degré inimaginable. Une bibliothèque étoit regardée dans une maison comme un ornement nécessaire; aussi en trouvoit-on jusque chez les gens qui savoient à peine lire, et si considérables que la lecture des titres des livres auroit seule rempli la vie du propriétaire (5). C'est vers ce temps que vint à Rome le grammairien Epaphrodite de Chéronée , qui ramassa jusqu'à trente mille volumes de choix (6). Plus tard , Sammonicus Severus , précepteur de Gordien le jeune , laissa à son élève la bibliothèque qu'il avoit reçue de son père, et qui se montoit à soixante-deux mille volumes (7).

Les riches Romains avoient des collections de livres dans leurs maisons de campagne. Lorsqu'une maison de ce genre étoit léguée avec son mobilier, les livres et la bibliothèque qu'elle contenoit fai-

(1) Dion, LXVIII, 16. Vopiscus, Hist. de Probus, c. 2.
(2) Vie d'Aurélien, c. 1, 8. Vie de Tacite, c. 8. Vie de Probus, c. 2.
(3) Orose, VII, 16. Dion , LXVI, 24.
(4) P. Victor, Descriptio Romæ, à la suite de la Notice des dignités de l'empire, publiée par Labbe, à Paris, en 1651, in-18, p. 261.
(5) Sénèque, de Tranquill. anim., c. 9.
(6) Suidas.
(7) J. Capitolin, Vie de Gordien le j., c. 18.

soient partie du legs (1). On peut citer pour exemple la bibliothèque de Jules Martial , de Pline le jeune, et les nombreuses collections de Silius Italicus (2).

Enfin nous trouvons , dès le IIe siècle , des bibliothèques publiques dans de petites villes de l'Italie : Tibur en possédoit une assez bien fournie , située dans un temple d'Hercule (3). Pline le jeune nous apprend lui-même qu'il avoit prononcé un discours pour l'inauguration de la bibliothèque de Côme, sa patrie (4); et l'ensemble de sa lettre prouve que cette collection avoit été formée peut-être en entier, mais bien certainement en partie par lui et sa famille (5). Dans une ancienne inscription découverte à Milan , nous trouvons, entre autres choses , que Pline le jeune avoit donné , pour la réparation ou l'entretien de cette bibliothèque (*in tutelam bibliothecæ*), une somme de 100,000 sesterces (environ 25,000 francs) (6).

Les chrétiens héritèrent du zèle des littérateurs romains pour la formation de collections bibliographiques : S. Pamphile , prêtre et martyr, posséda jusqu'à trente mille volumes (7), dont il fit présent à l'église de Césarée. Saint Jérôme et Gennadius , au rapport d'Isidore de Séville, recherchèrent dans tout l'univers les ouvrages des écrivains ecclésiastiques , et en dressèrent un catalogue. Les exemples et les préceptes de ces hommes célèbres firent naître, au sein des institutions monastiques , cette foule de copistes aux travaux desquels nous devons la conservation de ce qui nous reste des anciennes littératures. Les empereurs romains, lorsqu'ils eurent transporté à Constantinople le siége de leur autorité, s'occupèrent de former aussi, dans la nouvelle capitale, une collection de livres. Une loi de Valens, de l'an 372 , institua des gardiens pour cette bibliothèque , et y établit sept copistes, quatre grecs et trois latins , pour transcrire les livres nouveaux et renouveler les an-

---

(1) Instructo fundo legato, libri quoque et bibliotheca quæ in eodem fundo sunt legato continentur. Pauli Sentent. III, VI, 51.

(2) Martial VII, 17. Plin. jun., II, XVII, 6 ; III, VII, 8.

(3) Aulugelle, IX , 14. XIX, 5.

(4) Plin. I, VIII, 2.

(5) Onerabit hoc modestiam nostram , etiamsi stylus ipse fuerit pressus demissusque , propterea quod cogimur cum de munificentia parentum nostrorum tum de nostra disputare.

(6) Orelli, Select. inscr., n° 1172.

(7) Isidore, Origin., VI, 6.

ciens (1). Cédrénus raconte que, sous l'empereur Basiliscus, un incendie dévora, dans la bibliothèque de Constantinople, cent vingt
mille volumes (2). Nous trouvons encore dans l'Histoire de l'Académie des inscriptions et belles-lettres (3) la mention d'une collection
de livres formée à Constantinople, et qui survécut à la chute de
l'empire grec. Des scrupules religieux portèrent Amurat IV à la
livrer aux flammes.

Chez les Romains comme chez nous, le mot de bibliothèque
avoit trois acceptions différentes : il signifioit tantôt une collection
de livres, tantôt l'édifice ou la partie de l'édifice où étoit conservée
cette collection, tantôt, enfin, les casiers (*pegmata*) dans lesquels
étoient déposés les volumes (4), absolument comme les rouleaux de
papier chez nos marchands de papiers peints. Les cases pouvoient
avoir de trois pieds à trois pieds et demi de long, s'il faut en juger
d'après le dessin donné par Schwarz, d'un ancien marbre trouvé à
Nimègue, et sur lequel est sculptée une bibliothèque remplie de
rouleaux. Chaque volume présentoit celle de ses tranches dans laquelle étoit inséré le *pittacium*, qui, retombant sur la tranche,
offroit aux yeux le titre de l'ouvrage. Les fascicules, qui réunissoient plusieurs volumes d'un même ouvrage, étoient placés tout
attachés dans les cases des bibliothèques; on en a trouvé quelques-
uns à Herculanum (5).

Les cases se nommoient *nidi*, comme celles des magasins de librairie (6) ou bien *foruli* (7), *capsæ* (8), peut-être même *loculi*.
Nous trouvons du moins le mot de *loculamentum* dans Sénèque (9)
pour désigner un casier, un assemblage de plusieurs cases, ce que,
dans nos bibliothèques, nous nommons une travée, et que les anciens appeloient une armoire, *armarium* (10). Les armoires destinées
aux livres carrés renfermoient des rayons à rebord formant plu-

---

(1) Code Théod., XIV, ix, 2 ; t. iv, p. 202.
(2) Mabillon, De re diplom., I, 8, p. 33.
(3) Éd. in-12, tom. IV, p. 524 et suiv.
(4) Digeste, XXXII, lii, 7. Festus.
(5) A. de Jorio, offic. de' papiri, p. 60, not. 99, et pl. A cc. B x.
(6) Martial, VII, 17.
(7) Juvénal, III, 219 et vet. scholiast. h. l. (8) Digeste, XXXIII, x, 3.
(9) De Tranquill. anim., c. 9.
(10) Au moyen âge, ce mot désignoit la bibliothèque entière, et *armarius*
le bibliothécaire.

sieurs étages de plans inclinés, sur lesquels les livres étoient placés
à plat, à côté les uns des autres, occupant ainsi une place égale à leur
largeur. Celle de leurs tablettes sur laquelle le titre étoit écrit se
trouvoit ordinairement en dessus exposée aux yeux. Dans les deux
dessins de ce genre d'armoires publiés par Pancirol (1), on voit
qu'on ne s'astreignoit pas toujours à écrire le titre du livre sur la
même tablette ; il étoit tantôt sur un des plats, et tantôt sur l'autre.

Dans les bibliothèques des riches Romains, les armoires étoient
quelquefois en bois de cèdre avec des ornemens d'ivoire (2). Il
semble même, d'après un passage du Digeste, que quelques-unes
étoient entièrement en ivoire (3). Ce luxe dans l'ornement des bibliothèques se prolongea jusqu'après la chute de l'empire d'Occident ; car, dans la *Consolation philosophique* de Boèce, ouvrage écrit
un peu avant l'année 526, il est encore question de bibliothèques
dont *les murs* sont ornés d'ivoire et de verre, *comptos ebore et vitro
parietes* (4). Juste-Lipse, qui cite ce passage, s'en autorise pour
avancer que les armoires n'étoient pas adossées aux parois laté-
rales, mais élevées au milieu de la salle, comme c'étoit, dit-il, l'u-
sage de son temps dans les bibliothèques publiques. Nous avons
bien de la peine à croire que les anciens, dont les ouvrages exi-
geoient une si grande place, se soient volontairement privés de la
moitié de l'espace qu'ils pouvoient mettre à profit dans leurs bibliothèques. Pline le jeune dit formellement que la collection de livres
qu'il avoit à sa maison de campagne étoit renfermée dans une armoire fixée au mur, en forme de bibliothèque. Parieti ejus (cubiculi)
in bibliothecæ speciem armarium insertum est, quod non legendos
libros, sed lectitandos capit (5). La pièce dans laquelle ont été
découverts les manuscrits d'Herculanum est fort petite ; deux hommes avec les bras étendus peuvent en toucher les extrémités. Il y
avoit, en effet, dans le milieu, une armoire isolée dont on pouvoit
aisément faire le tour, remplie de livres des deux côtés. Mais aux
murailles, dans tout le contour de la pièce, étoient adossées d'autres armoires qui ne s'élevoient que jusqu'à hauteur d'homme (6).

(1) Notice des Dignités de l'empire, fol. 109 vers. et 110 rect.
(2) Sénèque, de Tranquill. anim., c. 9.
(3) Ut dicimus *eboream bibliothecam emit*. XXXII, LII, 7.
(4) Cité par Juste-Lipse, Syntagma de bibliothecis, c. 9.
(5) Epist. II, XVII, 8.
(6) Offic. de' papiri, p. 12.

Ce fait semble prouver que l'usage des échelles étoit inconnu dans les anciennes bibliothèques de Rome ; car, si quelqu'un devoit sentir le besoin de gagner de l'espace en hauteur pour distribuer sa collection de livres, c'étoit à coup sûr le philosophe épicurien , propriétaire de la maison des papyrus à Herculanum, dont le cabinet avoit à peine dix ou douze pieds carrés. Cependant , comme Sénèque , dans sa brusque sortie contre le luxe des bibliothèques , parle de casiers étagés jusqu'au toit, *loculamenta tecto tenus instructa* , nous n'osons nous prononcer sur cette question d'une manière trop affirmative. Nous constatons seulement un fait , c'est qu'il y avoit, avant le ii⁰ siècle de notre ère, des bibliothèques disposées comme les nôtres, dont les rayons étoient loin de s'élever jusqu'au plafond. Dès lors on n'a pas besoin , pour interpréter le passage de Boèce , de soutenir que les armoires fussent exclusivement dans le milieu de la pièce ; elles pouvoient être le long des murs, et laisser encore, dans la partie supérieure de ces murs, assez de place pour des ornemens en verre et en ivoire ; à moins qu'on ne préfère donner un autre sens aux paroles de Boèce, et dire, ce qui se peut faire à la rigueur, qu'il a voulu parler simplement d'armoires à cadres d'ivoire et à panneaux en verre adossées aux murailles.

Un autre fait que l'autorité de Juste-Lipse a presque fait passer en force de chose jugée , c'est que les armoires des bibliothèques publiques étoient numérotées. La seule preuve qu'on puisse en donner est cette phrase de Vopiscus : la bibliothèque Ulpienne renferme, *dans l'armoire sixième,* un livre d'ivoire, etc. (1). Cette preuve est-elle bien convaincante? et n'auroit-on pu, sans que chaque armoire portât un numéro d'ordre , désigner la position de l'une d'elles relativement aux autres? Peut-être pensera-t-on que l'adjectif numérique *sextus* , par sa position après le substantif , est bien l'expression d'un chiffre réel; nous laissons cette question au jugement des philologues.

Ce qui paroît un peu moins douteux, c'est que les bibliothèques des anciens étoient cataloguées. Nous venons de voir , par un passage d'Isidore de Séville, que S. Jérôme et Gennadius avoient fait un catalogue de leurs collections de livres. Pline le jeune, se proposant de faire connoître tous les ouvrages de son oncle à Macer,

___

(1) Habet bibliotheca Ulpia in armario sexto, librum elephantinum, etc. Vie de Tacite, c. 8.

qui se plaisoit à les lire, lui dit : Je ferai, pour vous , l'office d'un catalogue, *fungar indicis partibus* (1). «Prenez, dit Sénèque, le catalogue des philosophes, *sume in manus indicem philosophorum*, l'aspect seul de tant de travaux suffira pour vous réveiller et vous engager à faire aussi quelque chose (2). » C'étoit peut-être un catalogue raisonné, une espèce de manuel de bibliographie que cet ouvrage du grammairien Aurelius Opilius intitulé *Pinax* , dans lequel il écrivoit par deux initiales son surnom, que Suétone trouvoit écrit par une seule dans la plupart *des catalogues* et des titres de ses livres, *in plerisque indicibus et titulis* (3). Enfin, Quintilien voulant, sans s'exposer au reproche d'ignorance , se dispenser de citer un grand nombre de poëtes d'un ordre inférieur : Il n'est personne, dit-il, quelque étranger qu'il soit à la poésie, qui ne puisse prendre dans une bibliothèque et insérer dans ses ouvrages le catalogue des poëtes. Si donc j'en passe quelques-uns sous silence, ce n'est pas qu'ils me soient inconnus (4). Ces catalogues étoient-ils de simples inventaires , ou bien l'inscription de chaque ouvrage y étoit-elle suivie d'une indication propre à faire sur-le-champ trouver la place assignée au livre dans la bibliothèque? c'est ce qu'il est même impossible de conjecturer. Nous avons rencontré dans les manuscrits de la Bibliothèque royale quelques catalogues de bibliothèques monacales du XIIe et du XIIIe siècle. Ce sont des inventaires purs et simples sans numéros d'ordre : seulement ils sont divisés par chapitres , correspondans aux diverses parties du système bibliographique de l'époque. Il peut donc se faire que les ouvrages inscrits dans un chapitre n'occupassent pas, dans la bibliothèque, la même place que ceux qui étoient marqués dans un chapitre différent. Il pouvoit, par exemple, y avoir une armoire pour les exemplaires de l'Écriture sainte, une autre pour les Pères, une troisième pour les philosophes , une quatrième pour les grammairiens , ainsi de suite.

Revenons aux bibliothèques de l'antiquité. En reconnoissant qu'il y avoit en Italie des collections *publiques* de livres , il étoit évidemment inutile d'accumuler, comme on l'a fait, les citations,

---

(1) Plin. jun., III, v. 2.

(2) Sénèque, épître 39.

(3) De illustr. grammat., c. 6.

(4) Nec sane quisquam est tam procul a cognitione eorum (poetarum) remotus, ut non indicem certe ex bibliotheca sumptum transferre in libros suos possit. Inst. orat. X, 1, tom. I, p. 739, ed. varior.

afin de prouver que les bibliothèques étoient pour les littérateurs des lieux de rendez-vous et qu'on y avoit disposé des siéges pour leur commodité. Tout ce qu'on peut faire remarquer, c'est qu'on y permettoit les réunions par groupes et les conversations, ainsi que le prouve, d'une manière péremptoire, le 19ᵉ chapitre du 13ᵉ livre d'Aulugelle. On pourroit conjecturer, d'après un autre passage du même auteur, que le prêt des livres au dehors n'étoit pas interdit aux conservateurs des bibliothèques publiques. Aulugelle étoit à Tibur avec plusieurs amis de son âge dans la maison de campagne d'un homme riche, où, au milieu des chaleurs de l'été, ils se rafraîchissoient en buvant de la glace fondue. Parmi eux étoit un péripatéticien qui s'évertuoit à leur prouver, en invoquant Aristote, que la glace fondue, très-salutaire, du reste, pour les plantes, étoit tout à fait nuisible à l'homme. Ne pouvant les convaincre, il alla chercher à la bibliothèque de Tibur, qui étoit alors dans le temple d'Hercule et assez bien garnie de livres, l'ouvrage même d'Aristote dont il invoquoit l'autorité et le leur apporta (1).

Outre le bois de cèdre, l'ivoire et le verre, on employoit encore, pour l'ornement des bibliothèques, le marbre et l'or. Les *habiles* architectes, dit Isidore de Séville (2), ne dorent pas les plafonds des bibliothèques, parce que l'éclat de l'or peut nuire aux yeux ; ils les pavent en marbre vert, couleur qui est salutaire à la vue. On peut conclure de cette phrase que ces précautions n'étoient pas toujours observées et que les marbres blancs et les dorures enrichissoient quelquefois les pièces destinées à renfermer des livres ; mais leurs ornemens les plus répandus, c'étoient les portraits et les statues des grands hommes dont elles renfermoient les ouvrages. « Je « ne dois pas, dit Pline l'Ancien, omettre ici une invention moderne. « Depuis quelque temps on consacre dans les bibliothèques, en « or, en argent, ou du moins en airain, les bustes des grands « hommes dont la voix immortelle retentit dans ces lieux ; et « même, quand leur image ne nous a pas été transmise, nos regrets « y substituent les traits que notre imagination leur prête ; c'est ce « qui est arrivé pour Homère, et certes je ne conçois pas de plus

---

(1) Sed quum bibendæ uivis pausa fieret nulla, *promit* e bibliotheca Tiburti, quæ tunc in Herculis templo satis commode instructa libris erat, Aristotelis librum, *eumque ad nos adfert.* Noct. attic., XIX, 5.

(2) Origin., VI, 11.

« grand bonheur pour un mortel que ce désir qu'éprouvent les
« hommes de tous les siècles de savoir quels ont été ses traits. L'u-
« sage dont je parle fut établi à Rome par Asinius Pollion, qui
« le premier, ouvrant une bibliothèque publique, rendit le génie
« des grands écrivains le patrimoine des nations. Je ne pourrois dire
« si les rois d'Alexandrie et de Pergame, qui se disputèrent la gloire
« de fonder des bibliothèques, n'ont pas fait la même chose avant
« lui (1). » Outre l'or, l'argent et le bronze, les anciens employoient, pour faire des bustes ou des statues, la cire, l'ivoire, le
marbre (2) et le plâtre (3). Les simples portraits trouvoient aussi place
dans les bibliothèques ; on pourroit le conjecturer peut-être d'a-
près ce passage où Pline le jeune dit en parlant de Silius Italicus (4) :
Il possédoit plusieurs maisons de campagne, et dans toutes, beaucoup de livres, beaucoup de statues, beaucoup de portraits qu'il
conservoit, ceux de Virgile surtout, avec une grande vénération.
Ordinairement on ne recherchoit les portraits des hommes célèbres
qu'après leur mort. Pline le jeune dit, en parlant de Pompeius
Saturninus, qui vivoit encore : S'il avoit vécu parmi nos aïeux,
nous rechercherions avidement, non-seulement ses livres, mais
encore ses portraits (5). Dans la lettre suivante, il loue Titinius
Capito, qui plaçoit dans sa maison, partout où il pouvoit, les portraits des Brutus, des Cassius, des Caton. Le seul homme vivant
dont Pollion admit l'image dans sa bibliothèque fut Varron (6),
et cette exception lui fit d'autant plus d'honneur que Varron étoit
son rival en érudition et en science. Plus tard on trouve plusieurs
exemples de statues d'hommes vivans placées dans les bibliothèques, soit publiques, soit particulières.

Une inscription étoit ordinairement tracée au bas du portrait ou
de la statue. Martial a composé un quatrain pour mettre au bas de
son portrait, que Stertinius avoit fait mettre dans sa bibliothèque,
parmi ceux de plusieurs autres hommes célèbres (7). Numérien,

(1) Hist. nat., XXXV, 2, trad. fr. de M. Guéroult.
(2) Juvénal, II, 4.
(3) Plin. j., IV, vii, 1.
(4) III, vii, 8.
(5) Si inter eos quos nunquam vidimus floruisset, non solum libros ejus,
verum etiam imagines conquireremus. Epîtr. I, xvi, 8.
(6) Pline, VII, 31.
(7) Voy. Epigrammes, IX, 1.

au rapport de Vopiscus (1), étoit si éloquent, qu'on lui décerna une statue dans la bibliothèque Ulpienne, non en sa qualité de César, mais en sa qualité de rhéteur. Au bas de la statue étoit cette inscription : Nvmeriano caesari oratori temporibvs svis potentissimo. Enfin Sidoine Apollinaire nous apprend lui-même qu'une statue portant son nom lui fut consacrée, sans doute par l'empereur Avitus, son beau-père, dans la bibliothèque de Trajan (2).

Il n'est guère possible de déterminer avec précision la place que les statues occupoient dans les bibliothèques. S'il étoit parfaitement prouvé que les casiers ne s'élevoient jamais au delà de la hauteur d'un homme, nous pencherions à croire qu'elles étoient sur les corniches mêmes des armoires ou sur les petites colonnes qui les séparoient. Juste-Lipse pense qu'elles étoient placées sur de petits pupitres, devant l'armoire où étoient les livres des auteurs qu'elles représentoient. Il cite ce passage un peu amphibologique de Juvénal :

> Indocti primum , quamquam plena omnia gypso
> Chrysippi invenias : nam perfectissimus horum est
> Si quis Aristotelem similem vel Pittacon emit,
> Et jubet archetypos pluteum servare Cleanthas (3).

Le mot *pluteus*, comme nous l'avons remarqué ailleurs d'après Isidore et un vieux commentateur de Juvénal, est synonyme d'*armarium* et ne désigne pas ici un pupitre ou un socle de statue. D'un autre côté, une statue placée sur un pupitre devant une armoire pleine de livres auroit été assez embarrassante. Peut-être étoient-elles aux côtés de l'armoire comme placées en sentinelles pour en garder les trésors ; c'est du moins un des sens les plus plausibles qu'on puisse donner au dernier des vers de Juvénal que nous venons de citer. Cette interprétation ne rendroit pas plus obscur le sens de cet ancien distique, qui étoit placé au bas de la statue de Virgile, et qui est rapporté par Juste-Lipse :

> Lucis damna nihil tanto nocuere poetæ
> Quem præsentat honos carminis et plutei (4).

Cet *honos plutei* s'expliqueroit par le soin qu'on auroit eu de placer

---

(1) Notice sur Numérien , au commencement.
(2) Epître 16, liv. IX.
(3) Satire II, 4.
(4) Syntagm. de bibliot., c. 10.

la statue du poëte soit au-dessus, soit à côté de l'armoire, *pluteus*, qui étoit spécialement consacrée à conserver les divers exemplaires de ses œuvres. De même ceux qui, dans la 10e lettre du 1er livre à Atticus, lisent *plutealia sigilla*, au lieu de *putealia sigillata*, doivent entendre ces mots de statuettes propres à orner les armoires d'une bibliothèque; car, comme le fait observer Juste-Lipse, si avant Pollion on n'admettoit pas dans les bibliothèques les portraits des grands hommes, on y plaçoit au moins les images des Dieux.

Nous terminerons ce chapitre par une note très-succincte sur les collections de livres formées à différentes époques dans notre patrie et en indiquant l'origine de la plus riche collection que possède aujourd'hui la France.

En Gaule, les lettres ne cessèrent d'être cultivées en dehors des monastères que lorsque la puissance romaine y fut entièrement anéantie. Sidoine Apollinaire, évêque de Clermont en Auvergne, nous fait encore connaître, au ve siècle, plusieurs collections de livres particulières, la plupart dans la Gaule méridionale. Ce sont, entre autres, les bibliothèques de Loup, professeur à Périgueux (1), celle du consul Magnus à Narbonne (2), celle de Rurice, évêque de Limoges (3), enfin la plus riche et la plus curieuse de toutes, celle que Tonance Ferréol possédoit, dans sa maison de Prusiane, sur les bords du Gardon, non loin des frontières du Rouergue (4).

Au viiie siècle nous trouvons une collection de livres formée par Charlemagne, et que ce prince, par son testament, ordonna de vendre, pour en distribuer le prix aux pauvres (5). Cette prescription ne fut pas observée ou bien une nouvelle collection fut créée par Louis le Débonnaire, car il y eut une bibliothèque du palais jusqu'après Charles le Chauve. Ebbon, depuis archevêque de Reims, Garward, dont Eginhard a inséré six vers élégiaques dans la vie de Charlemagne, et Hilduin, depuis abbé de Saint-Bertin, furent successivement préposés à la garde et à la conservation de cette collection (6).

Enfin il paroît, par le testament d'Éverard, comte de Frioul au ixe siècle (7), que l'exemple des empereurs avoit engagé des particu-

---

(1) Epître. VIII, 11. — (2) Carm. XXIV, 90 sq. — (3) Epître. V, 15. — (4) Epître. II, 9, cf. Carm. ultim.
(5) Eginhard, Vie de Charlem., à la fin.
(6) Histoire littéraire, tom. IV, p. 223 sqq.
(7) Spicilége, éd. in-fol., tom. II, p. 876 sq.

liers à amasser des livres. Mais, depuis le vi<sup>e</sup> siècle jusqu'au xiv<sup>e</sup>, c'est dans les monastères qu'il faut chercher les bibliothèques un peu considérables. Nous renvoyons à l'histoire littéraire de la France ceux qui seroient curieux de quelques détails sur chacune des collections monastiques. Il nous suffira de dire ici que, dans toutes les maisons religieuses, une bibliothèque étoit regardée comme aussi indispensable qu'un arsenal dans une place forte : de là le proverbe : *Claustrum sine armario, quasi castrum sine armamentario.* On devine aisément à cette allusion que les bibliothèques monastiques étoient surtout des collections de livres religieux ; néanmoins les compositions purement scientifiques et littéraires n'en étoient jamais exclues. Il existe, au contraire, une foule de preuves de l'ardeur avec laquelle les moines recherchoient les anciens ouvrages grecs et latins, du soin qu'ils mettoient à les transcrire, à introduire dans le texte la plus grande correction possible (1). C'est, sans contredit, à leurs travaux que nous devons tout ce qui nous reste des écrivains de l'antiquité ; c'est dans les bibliothèques des monastères que les premiers imprimeurs, qui furent aussi les premiers érudits, trouvèrent la plupart des manuscrits précieux sur lesquels furent d'abord publiés les chefs-d'œuvre de la littérature grecque et romaine. Les soins les plus minutieux étoient sévèrement prescrits pour la conservation de ces trésors bibliographiques; un religieux devoit demander pardon comme d'une faute punissable d'avoir laissé tomber un livre ; il devoit veiller avec soin à ce que ceux qu'il empruntoit à la bibliothèque du couvent ne fussent exposés ni à la fumée ni à la poussière ; la moindre tache arrivée par sa négligence étoit un sujet d'un grave reproche. Enfin le prêt des livres, même lorsqu'ils ne devoient point sortir de la maison, étoit soumis à des garanties bien autrement efficaces que dans nos bibliothèques publiques. Le sacristain ou le bibliothécaire, *armarius*, dans les monastères où cette charge existoit, devoient nonseulement inscrire l'emprunt, mais encore exiger de l'emprunteur un gage qui n'étoit remis qu'au moment où le livre étoit restitué (2). Voilà comment les moines entendoient la conservation des livres ; aussi possédoient-ils déjà de riches collections, lorsque nos rois

(1) Voy., dans les Ann. de philos. chrétienne de janvier et février 1839, les articles intitulés : *Des Bibliothèques au moyen âge.*

(2) Stat. cartus, II, xvi, 9; I, xli, 3. Voy. aussi Felibien, Hist. de Paris pièces justific., t. III, p. 177.

commençoient à peine à réunir quelques rares manuscrits, plutôt encore pour leur usage particulier que dans une vue d'utilité publique.

Au xiii° siècle, les croisades, qui imprimèrent aux esprits une impulsion si puissante dans de nouvelles voies, occasionnèrent en France le premier essai de bibliothèque publique. Saint Louis, excité par l'exemple d'un prince d'Orient qui ramassoit des livres de tous côtés, fit faire des exemplaires de l'Écriture sainte, des Pères de l'Église, et d'autres ouvrages; il en forma une collection qu'il mit à la disposition des savans, des professeurs et même des étudians; mais, par une étrange aberration, le saint roi détruisit lui-même l'avenir que se pouvoit promettre une si sage institution, en dispersant ses livres et en les distribuant par testament entre divers monastères. Une collection semblable, commencée par Philippe le Bel, ne paraît pas non plus avoir subsisté après la mort de ce prince (1). Ce fut seulement vers la fin du xiv° siècle, sous le règne de Charles V, que se forma, à Paris, une collection bibliographique devenue, depuis, la plus considérable et la plus riche des bibliothèques de l'Europe. D'après l'inventaire de la bibliothèque du Louvre, dressé en 1377 par Gilles Mallet (2), qui en fut le premier garde, elle se composoit de 900 manuscrits répartis dans trois étages d'une tour du palais nommée, à cause de sa destination, *Tour de la librairie.* Tels furent les modestes commencemens de notre magnifique Bibliothèque royale qui, indépendamment de ses riches collections de médailles, d'antiques, de cartes et d'estampes, possède au moins 70 mille manuscrits et 900 mille volumes imprimés.

(1) Histoire littéraire, tom. XVI, p. 34.
(2) Publié par extrait dans l'Hist. de l'Acad. des inscr., t. I, p. 421, et en entier par M. Van Praët. 1 vol. in-8, chez Crapelet, 1837.

FIN.

# TABLE DES MATIÈRES.

FIN DE LA TABLE.

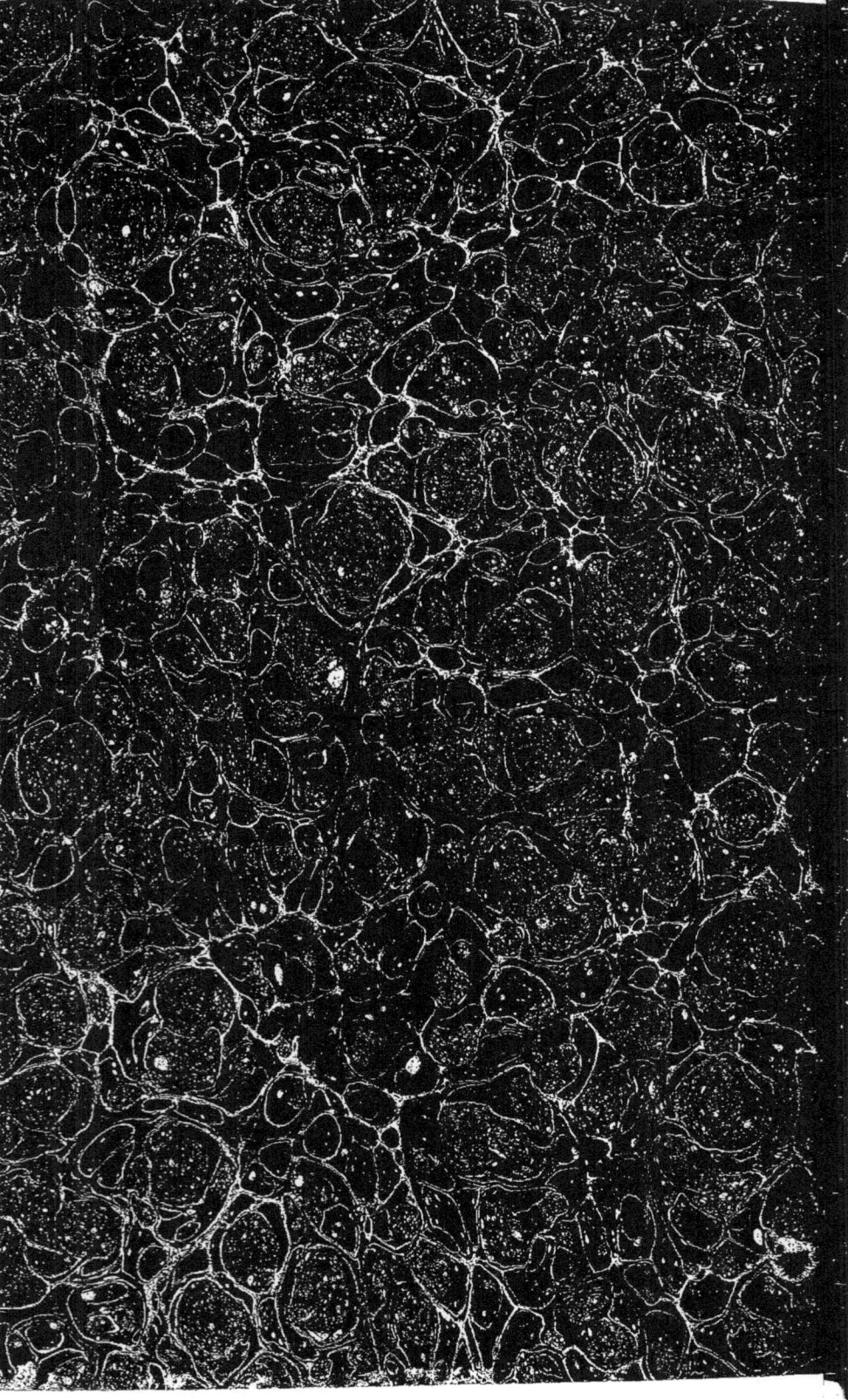

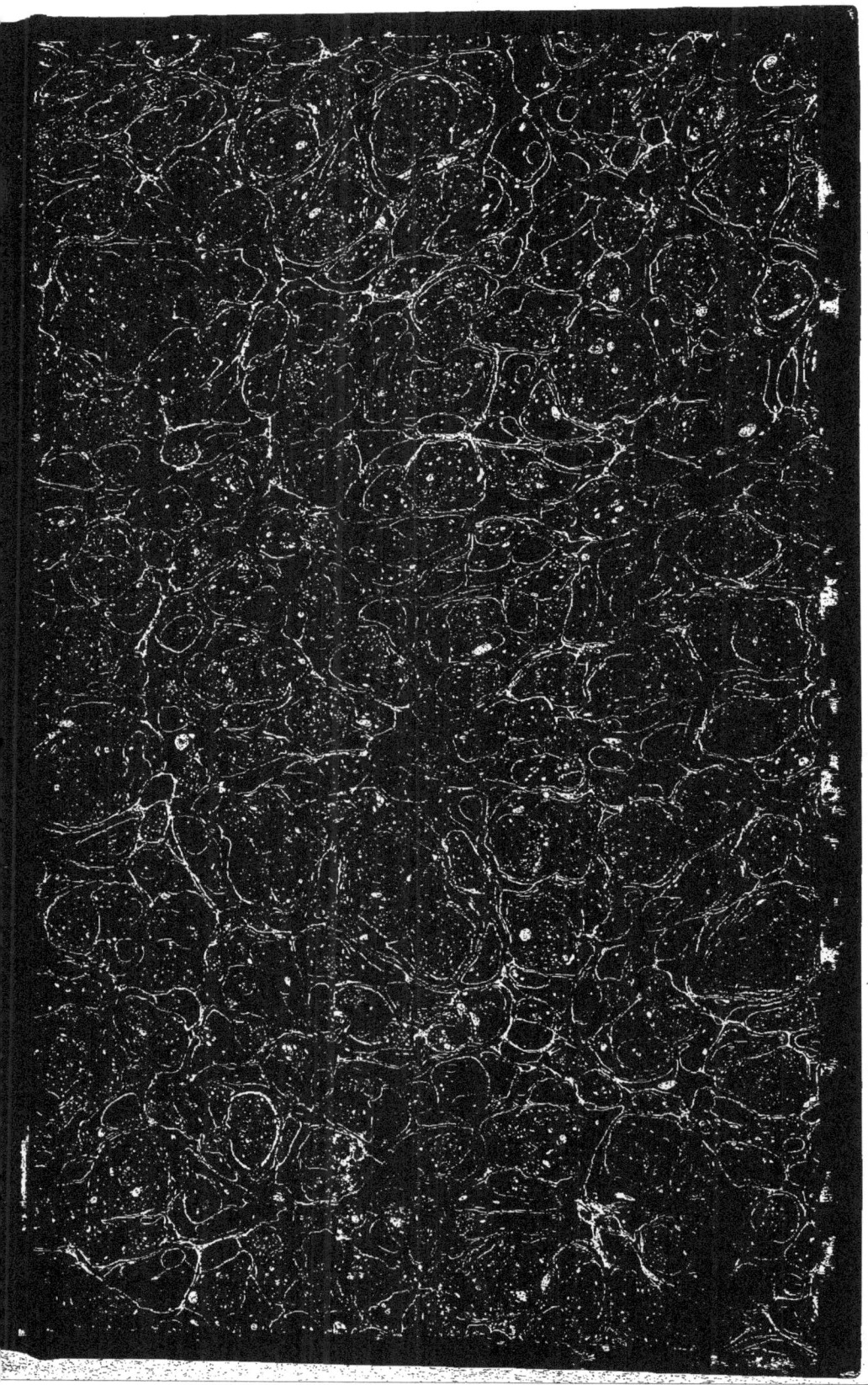

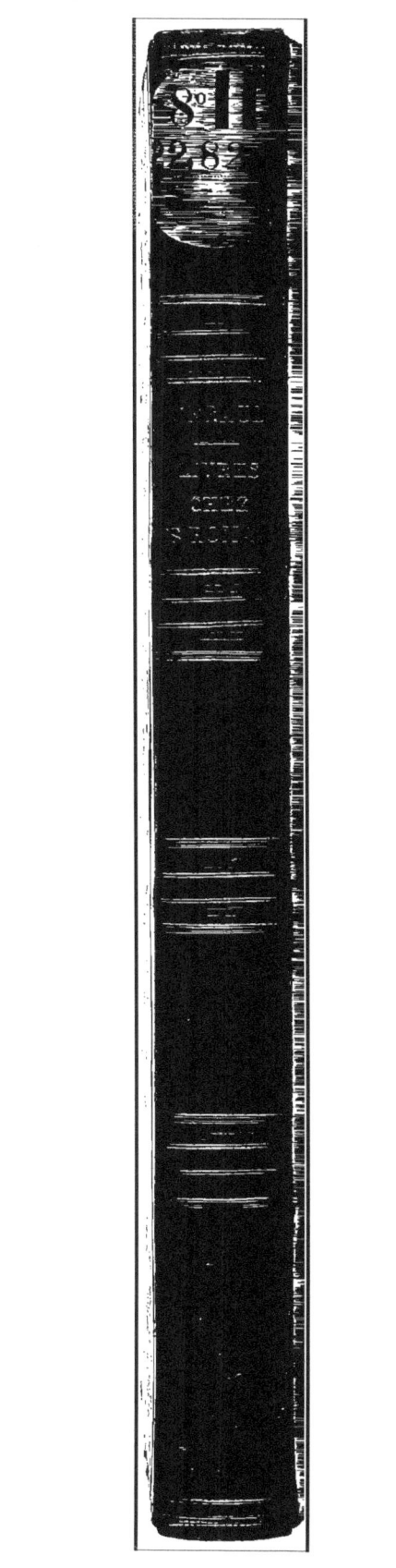

www.ingramcontent.com/pod-product-compliance
Lightning Source LLC
Chambersburg PA
CBHW070501030726
47503CB00004B/1127

* 9 7 8 2 0 1 1 3 3 3 1 3 1 *